minha avó
pede desculpas

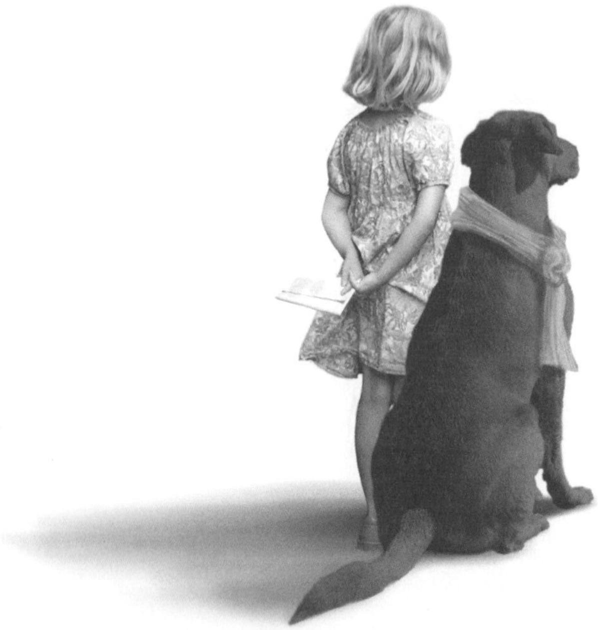

FREDRIK BACKMAN

minha avó pede desculpas

Tradução
Paulo Chagas de Souza

ROCCO

Originalmente publicado na Suécia com o título:
MIN MORMOR HÄLSAR OCH SÄGER FÖRLÅT

(Título em inglês: My Grandmother Asked Me To Tell You She's Sorry)

Este livro é uma obra de ficção. Qualquer referência a fatos históricos, pessoas reais ou lugares foi usada de forma fictícia. Outros nomes, personagens, locais e acontecimentos são produtos da imaginação do autor, e qualquer semelhança com acontecimentos reais ou localidade ou pessoas, vivas ou não, é mera coincidência.

Copyright © by 2013 Fredrik Backman

Todos os direitos reservados incluindo os
de reprodução no todo ou parte sob qualquer forma.

Edição brasileira traduzida a partir da sueca,
publicada mediante acordo com Salomonsson Agency.

Direitos para a língua portuguesa reservados
com exclusividade para o Brasil à
EDITORA ROCCO LTDA.
Rua Evaristo da Veiga, 65 – 11º andar
Passeio Corporate – Torre 1
20031-040 – Rio de Janeiro – RJ
Tel.: (21) 3525-2000 – Fax: (21) 3525-2001
rocco@rocco.com.br/www.rocco.com.br

Printed in Brazil/Impresso no Brasil

Preparação de originais: SÔNIA PEÇANHA

CIP-BRASIL. CATALOGAÇÃO NA PUBLICAÇÃO
SINDICATO NACIONAL DOS EDITORES DE LIVROS, RJ

B122m

    Backman, Fredrick
        Minha avó pede desculpas / Fredrick Backman ; tradução Paulo Chagas de Souza. - 1. ed. - Rio de Janeiro : Rocco, 2024.

    Tradução de: Min mormor hälsar och säger förlåt
    ISBN 978-65-5532-434-1
    ISBN 978-85-9517-050-6 (recurso eletrônico)

    1. Ficção sueca. 2. Ficção fantástica. I. Souza, Paulo Chagas de. II. Título.

24-88764
                        CDD: 839.73
                        CDU: 82-3(485)

Meri Gleice Rodrigues de Souza - Bibliotecária - CRB-7/6439

O texto deste livro obedece às normas do
Acordo Ortográfico da Língua Portuguesa.

Para o macaco e o sapo.
Pelas eternidades de dez mil contos de fada.

1

FUMO

Toda criança de sete anos merece um super-herói. É assim que as coisas são. E quem não concorda com isso realmente não tem nada na cabeça.

É isso que a avó materna de Elsa costuma dizer.

Elsa tem sete anos, está para completar oito. Ela não leva muito jeito para ter sete anos, ela sabe disso. Sabe que é diferente. O diretor da escola diz que ela precisa "se adaptar" para "se relacionar melhor com as crianças da idade dela", e, quando as pessoas da idade dos avós de Elsa a conhecem, sempre dizem que ela é "muito madura para sua idade". Elsa sabe que esse é só outro jeito de dizer "irritante demais para sua idade", porque eles sempre dizem isso assim que ela os corrige por terem pronunciado *déjà-vu* errado ou não conseguirem distinguir "fuzil" e "fusível". Assim como os metidos em geral não conseguem. Então eles dizem "madura para sua idade", os metidos, dando um sorriso forçado para os pais dela. Como se isso fosse uma deficiência, como se Elsa os ofendesse não sendo totalmente idiota só porque tem sete anos. E é por isso que ela não tem nenhum amigo além da avó materna. Porque todas as outras crianças de sete anos da escola dela são exatamente tão idiotas quanto crianças de sete anos tendem a ser. Mas Elsa é diferente.

Ela não está nem aí, diz vovó. Porque todas as melhores pessoas são diferentes – veja só os super-heróis. E se fosse normal ter superpoderes, todo mundo teria.

Vovó tem setenta e sete anos, quase completando setenta e oito. Ela também não leva muito jeito para ter essa idade. Parece que é velha porque seu rosto se assemelha a papel de jornal dentro de um sapato molhado, mas nunca ninguém diz que vovó é madura para sua idade. "Tem muito pique", dizem às vezes para a mãe de Elsa, parecendo ou muito preocupados ou muito bravos enquanto mamãe suspira e pergunta em quanto vai ficar o prejuízo. Ou quando vovó pensa que as pessoas realmente deviam se sentir culpadas se têm tão pouca solidariedade que puxam o freio de mão do carro quando ela vai fazer baliza com o Renault. Ou quando ela fuma dentro do hospital fazendo o alarme de incêndio disparar e, em seguida, grita "mas que inferno que tudo *tenha que ser* tão politicamente correto hoje em dia, caramba!", quando os vigias vêm e a forçam a apagar o cigarro. Ou como naquela vez em que ela fez um boneco de neve no jardim de seus vizinhos Britt-Marie e Kent, e vestiu-o com roupa de verdade, de forma que ficou parecendo uma pessoa que tivesse caído do telhado. Ou como na vez em que homens arrumadinhos de óculos ficaram dando voltas no quarteirão tocando a campainha de todas as casas querendo falar de Deus e Jesus e o paraíso, e vovó ficou na sua sacada com o roupão aberto, atirando neles com uma arma de paintball, e Britt-Marie não conseguia chegar direito a uma conclusão se estava mais chocada por causa da arma de paintball ou porque vovó não estava usando nada por baixo do roupão, mas a polícia fez B.O. pelas duas coisas, por via das dúvidas.

Esses são os momentos, Elsa supõe, em que as pessoas acham que vovó tem pique para sua idade.

Dizem também que vovó está maluca agora. Mas na realidade ela é um gênio. Só que também não bate muito bem. Ela era médica, ganhou prêmios, e os jornalistas escreviam artigos sobre ela. Viajava para os lugares mais terríveis do mundo quando todos os outros fugiam deles. Ela salvava vidas e lutava contra o mal em toda parte. Como os super-heróis fazem. Mas um dia alguém disse a ela que estava velha demais para salvar vidas, apesar de Elsa ter uma forte desconfiança de que essa pessoa de fato queria dizer "maluca demais", então agora ela não é mais médica. Vovó chama esse alguém de "sociedade" e diz que é só porque tudo hoje em dia tem que ser tão politicamente correto que ela não pode mais passar a faca nas pessoas. E que o principal, na realidade, é que a sociedade se tornou muito cheia de frescura com a proibição do fumo nas salas de cirurgia, e quem consegue trabalhar nessas condições? Hein?

Então agora ela fica a maior parte do tempo em casa e deixa Britt-Marie e mamãe loucas. Britt-Marie é a vizinha da vovó, mamãe é a mãe de Elsa. E, na realidade, Britt-Marie também é vizinha da mãe de Elsa, já que a mãe de Elsa é vizinha da avó de Elsa. E claro que Elsa também é vizinha da vovó, já que Elsa mora com a mãe. Menos a cada dois fins de semana, quando ela fica na casa do papai e de Lisette. E George também é vizinho da vovó, pois ele vive junto com a mamãe. É meio confuso.

Mas, enfim, vamos nos ater ao assunto: salvar vidas e deixar as pessoas loucas são os superpoderes da vovó. O que faz com que ela seja um super-herói completamente disfuncional, pode-se dizer. Elsa sabe disso porque foi ver na Wikipédia o que era "disfuncional". A Wikipédia é o que as pessoas da idade da vovó descrevem como uma "obra de referência, só que na internet!", quando vão explicar o que é. "Obra de referência" é o que Elsa descreve como "A Wikipédia, só que analógica", quando vai explicar o que isso é. Elsa foi olhar "disfuncional" nos dois lugares, e significa que alguma coisa funciona embora não exatamente como seria de esperar. Essa é uma das coisas favoritas de Elsa com relação à vovó.

Mas talvez não exatamente hoje. Pois já é uma e meia da manhã e Elsa está muito cansada e, na verdade, só queria ir se deitar, mas não dá porque agora vovó jogou cocô num policial de novo.

É um pouquinho complicado...

Elsa olha à sua volta na pequena sala retangular e dá um bocejo tão entediado que dá a impressão de que está tentando engolir a própria cabeça da frente para trás.

— Eu disse *mesmo* que você não devia passar por cima da cerca, disse mesmo — resmunga ela, olhando para o relógio.

Vovó não responde. Elsa tira o cachecol da Grifinória e o coloca no colo. Ela nasceu no dia seguinte ao Natal há sete anos, quase oito. Foi o mesmo dia em que pesquisadores da Alemanha registraram a mais poderosa erupção de raios gama de todos os tempos de um magnetar sobre a Terra. Elsa não sabe exatamente o que é um "magnetar", mas é algum tipo de estrela de nêutrons. E a palavra soa parecida com "Megatron", que é o nome daquele vilão nos *Transformers*, que é o que as pessoas que não leem suficiente literatura de qualidade chamariam de "programa infantil". Para falar a verdade, os Transformers são robôs, mas, se formos rigorosos, eles poderiam eventualmente até ser considerados super-heróis. Elsa adora tanto os Transformers quanto as estrelas de nêutrons, e acha que uma "erupção de raios gama" parece um pouco com aquela vez em que vovó derramou Fanta no iPhone de Elsa e tentou secá-lo na torradeira. E vovó diz que o fato de Elsa ter nascido nesse dia faz com que ela seja especial. Ser especial é a melhor maneira de ser diferente.

Mas nesse momento vovó está ocupada despejando montinhos de fumo na mesa de madeira diante dela e enrolando em papel de cigarro farfalhante. Elsa geme.

— Eu disse para você não passar por cima da cerca!

Na verdade, não quer soar desagradável. Ela só está um pouco brava. Tão brava como só crianças de sete anos cansadas em delegacias e homens de meia-idade que estão esperando aviões atrasados e não recebem mais informações podem ficar.

Vovó suspira de desdém e procura um isqueiro nos bolsos de seu casaco grande demais. Ela não parece estar levando nada disso a sério, principalmente porque nunca parece fazê-lo. A não ser quando quer fumar e não encontra um isqueiro, isso ela leva muito a sério. Fumar é uma coisa séria para vovó.

— Era uma cerquinha de nada, não é para fazer tempestade num copo d'água, meu Deus do céu! — diz ela despreocupada.

— Não me vem com "meu Deus do céu"! Foi você que jogou cocô no policial! — observa Elsa. Vovó revira os olhos.

— Chega de frescura. Parece sua mãe falando. Você tem um isqueiro?

— Eu tenho sete anos! — responde Elsa.

— Até quando você vai usar isso como desculpa?

— Até eu não ter mais sete anos?

Vovó geme e resmunga algo parecido com "tá bom, tá bom, não custa nada perguntar" e continua procurando nos bolsos.

— Aliás, acho que você não pode mesmo fumar aqui dentro – informa Elsa para ela um pouquinho mais calma e passando os dedos pelo longo rasgão no cachecol da Grifinória.

Vovó desdenha.

— É claro que pode fumar. É só abrir uma janela.

Elsa olha cética para as janelas.

— Essa janela é daquelas que não dá para abrir, eu acho.

— Sei. Por que havia de ser assim?

— Tem grade nelas.

Vovó olha para as janelas decepcionada. E em seguida para Elsa.

— Então agora não se pode nem fumar na delegacia. Jesus. Estou me sentindo dentro do *1984*.

Elsa boceja de novo.

— Você me empresta seu celular?

— Pra quê? – questiona vovó.

— Quero conferir uma coisa – responde Elsa.

— Onde?

— Na internet.

— Você investe muito tempo nessas coisas de internet.

— É "passar" que se diz.

— Como é que é?

— Quero dizer que não se usa "investir" nesse sentido. Ninguém sai por aí dizendo "Investi duas horas lendo *Harry Potter e a Pedra Filosofal*", não é?

Vovó revira os olhos e entrega o celular a Elsa.

— Você já ouviu falar daquela menina que morreu de tanto pensar? – zomba vovó.

— Você já ouviu falar daquela que morreu de tanto NÃO pensar? – retruca Elsa.

O policial que entra na sala parece muito, muito cansado. Ele senta do outro lado da mesa e olha para vovó e Elsa com um desânimo extraordinário.

— Eu quero ligar pro meu advogado — exige vovó imediatamente.

— Eu quero ligar pra minha mãe! — exige Elsa logo em seguida.

— Nesse caso, eu quero ligar pro meu advogado primeiro! — insiste vovó.

O policial fica mexendo num montinho de papel.

— Sua mãe está vindo — diz ele num suspiro para Elsa.

Vovó ofega de um jeito dramático que só ela consegue fazer.

— Por que vocês ligaram pra *ela*? Vocês não batem bem? Ela vai ficar brava pra cachorro! — protesta ela, como se o policial tivesse acabado de lhe dizer que estava pensando em largar Elsa no mato e deixar que ela fosse criada por lobos.

— Nós temos que ligar para o responsável pela criança — explica o policial calmamente.

— *Eu* também sou responsável pela criança! Sou *avó* da criança! — exclama vovó se levantando da cadeira, gesticulando ameaçadoramente com seu cigarro apagado.

— É uma e meia da manhã. Alguém precisa cuidar da criança — diz o policial sem se alterar, apontando para o relógio, antes de olhar incomodado para o cigarro.

— Sim! Eu! *Eu* tomo conta da criança! — cospe vovó.

Com muito esforço, o policial faz um gesto educado que percorre a sala de interrogatórios.

— E como você acha que está se saindo, até agora?

Vovó parece um tanto ofendida. Mas, por fim, ela se senta na cadeira novamente, pigarreando.

— Bem... tudo estava ótimo até vocês começarem a me perseguir!

— Você invadiu um zoológico — observa o policial.

— Era uma cerquinha de nada — insiste vovó.

— Não existe invasãozinha — diz o policial.

Vovó dá de ombros e sacode as mãos por cima da mesa, como se achasse que já tinha martelado esse assunto por tempo suficiente e agora já fosse mesmo hora de virar a página.

— Ah, faça-me o favor! Posso fumar aqui dentro, não posso?

O policial, sério, faz que não com a cabeça. Vovó se inclina para a frente, olha bem fundo nos olhos dele e sorri.

— Nem ao menos uma exceção para uma pobre senhorinha?

Elsa dá um cutucão na vovó e muda para a língua secreta delas. Porque vovó e Elsa têm uma língua secreta – o que todas as avós têm que ter com seus netos, já que de fato existe uma lei falando isso, diz vovó. Ou, pelo menos, deveria existir.

— Pare com isso, vovó! É ilegal dar em cima de policiais!

— Quem disse?

— O policial! – responde Elsa.

— A polícia devia existir para o bem-estar dos cidadãos! Eu pago impostos, se quer saber! – retruca vovó.

O policial olha para elas como se olha para uma criança de sete anos e uma senhora de setenta e sete que começam a discutir em uma língua secreta numa delegacia no meio da noite. Então vovó pisca um pouquinho sedutora para ele e implorando aponta de novo para o cigarro, mas, quando ele sacode a cabeça, vovó se inclina ofendida para trás na cadeira e vocifera na língua do dia a dia:

— E essa história do politicamente correto, então. Hoje em dia, é pior que um *apartheid* contra nós fumantes neste maldito país!

O rosto do policial ficou bem mais sério.

— Eu teria mais cuidado de me expressar assim.

Vovó revira os olhos. Elsa aperta os seus na direção dela.

— Como se escreve isso?

— O quê? – suspira vovó, como se faz quando literalmente o mundo inteiro está contra a gente, apesar de pagarmos os impostos.

— Essa coisa aí do *apartai* – diz Elsa.

— A-p-a-r-t-a-i-d-e – soletra vovó.

Claro que não é assim que se escreve. Elsa percebe isso assim que se inclina por cima da mesa, pega o celular da vovó e dá um Google. Vovó soletra mal pra caramba. O policial folheia seus papéis.

— Vamos deixar você ir para casa, mas terá que comparecer aqui de novo por causa da invasão e de suas infrações de trânsito — diz ele friamente para vovó.

— Que infrações de trânsito?! — exclama vovó surpresa para o policial.

— Dirigir ilegalmente, para começar — diz o policial.

— Como assim ilegalmente? É meu carro! Não preciso de uma porcaria de autorização para dirigir meu próprio carro!

O policial sacode a cabeça pacientemente.

— Não. Mas você precisa de carteira de motorista.

Vovó abre os braços inconformada.

— Pois é, é essa sociedade que quer regulamentar tudo.

No instante seguinte, ouve-se o maior estouro na sala, quando Elsa taca o Android na mesa.

— O que é que há com você agora? — admira-se vovó.

— Não tem NADA a ver com *apartheid*!!! Você comparou não poder fumar com o *apartheid*, mas na verdade não é a mesma coisa. Não tem absolutamente NADA a ver!

Vovó acena resignada com a palma da mão.

— Sabe como é, eu disse que era... meio parecido com...

— Não é meio parecido com NADA! — enfatiza Elsa.

— Foi uma comparação, meu Deus...

— Uma comparação totalmente ridícula!

— Como você sabe disso?

— WIKIPÉDIA! — diz Elsa em voz alta, apontando para o celular da vovó.

Vovó vira-se para o policial, exausta.

— É assim que seus filhos se comportam?

O policial aparenta desconforto.

— Nós... não deixamos as crianças navegarem sozinhas na internet na nossa família...

Vovó imediatamente estende os braços na direção de Elsa, como se com esse movimento quisesse dizer "a-há!". Elsa só sacode a cabeça e cruza bem os braços.

Minha avó pede desculpas

— É só você pedir desculpas agora por ter jogado cocô no policial para a gente poder ir para casa, vovó! — resmunga ela na língua secreta, ainda indignada com a história do *apartheid*.

— Desculpa — responde vovó na língua secreta.

— Para o policial, não para mim, sua doida! — diz Elsa.

— Não vou pedir desculpa para fascistas. Eu pago os impostos. E é VOCÊ que é uma doida! — retruca vovó amuada.

— É VOCÊ! — rebate Elsa.

Então as duas se sentam de braços cruzados e viradas ostensivamente de costas uma para a outra, até vovó fazer um gesto com a cabeça para o policial e dizer na língua normal:

— Será que você poderia comunicar à minha neta mimada que ela pode ir a pé para casa se continuar com essa atitude?

— Ah! Diz pra ELA que pretendo ir de carro com mamãe e que ELA pode ir a pé! — retruca Elsa de imediato.

— Diga a ELA que ela po... — começa vovó.

Então o policial se levanta sem dizer uma palavra e sai do recinto, fechando a porta como se pretendesse ir para outra sala enfiar o rosto numa almofada macia e grande e gritar o mais alto que pudesse.

— Olha o que você fez — diz vovó.

— Olha o que VOCÊ fez! — responde Elsa.

Pouco depois, entra uma policial de braços musculosos e olhos verdes. Não parece ser a primeira vez que encontra vovó, porque ela ri daquele jeito cansado como as pessoas que conhecem vovó fazem e diz dando um suspiro profundo:

— Você precisa parar com isso, nós temos que cuidar de criminosos de verdade também.

Então vovó resmunga:

— Vocês é que têm que parar.

Depois, as duas foram liberadas para casa.

Enquanto esperam a mãe de Elsa na calçada, ela passa os dedos pensativa no rasgo de seu cachecol. Ele corta no meio o brasão da Grifinória. Elsa tenta não começar a chorar, mas não dá muito certo.

— Ah, sua mãe pode consertar isso — diz vovó tentando alegrá-la e dá um soquinho no ombro dela.

Elsa ergue os olhos e parece inquieta. Vovó faz que sim com a cabeça um pouco envergonhada, fica mais séria e abaixa a voz.

— Sei lá, nós podemos... você sabe. Podemos dizer para sua mãe que o cachecol rasgou quando você tentou me impedir de passar por cima da cerca dos macacos.

Elsa concorda e passa de novo os dedos pelo cachecol. Ele não rasgou quando vovó passou por cima da cerca dos macacos. Ele rasgou na escola, quando três das meninas mais velhas que odeiam Elsa, sem ela saber direito o porquê, a pegaram na frente do refeitório, bateram nela, rasgaram o cachecol e o tacaram na privada. As risadas delas ainda davam voltas, reverberando como bolas de fliperama na cabeça de Elsa.

Vovó vê o olhar dela e se inclina com intimidade para a frente, sussurrando na língua secreta:

— Um belo dia, vamos levar essas idiotas da sua escola para Miamas e jogá-las para os leões!

Elsa enxuga os olhos com o dorso da mão e sorri bem de leve.

— Não sou boba, vovó. Sei que você fez tudo isso hoje para me fazer esquecer o que houve na escola — sussurra ela.

Vovó chuta um pouco o cascalho e pigarreia.

— Ah... você sabe. Você é minha única neta. Não queria que você lembrasse do dia de hoje pelo que houve com o cachecol. Então pensei que, em vez disso, você podia se lembrar de hoje como o dia em que sua avó invadiu o zoológico...

— E fugiu de um hospital — diz Elsa sorrindo.

— E fugiu de um hospital — diz vovó sorrindo.

— E jogou cocô num policial — acrescenta Elsa.

— Na verdade, era terra! Ou pelo menos a maior parte era!

— Mudar as lembranças é um belo superpoder — admite Elsa.

Vovó dá de ombros.

— Se a gente não pode tirar o que é ruim, a gente enche com o que é legaus.

Minha avó pede desculpas

– Essa palavra não existe.
– Eu sei.
– Obrigada, vovó – diz Elsa, encostando a cabeça no braço dela.
Então vovó só assente e sussurra:
– Nós, cavaleiras do reino de Miamas, só cumprimos nosso dever.
Porque toda criança de sete anos merece um super-herói. E quem não concorda com isso realmente não tem nada na cabeça.

2

MACACO

Mamãe foi buscá-las na delegacia. Dava para ver que estava muito brava, mas manteve-se controlada e equilibrada e não chegou nem a elevar o tom de voz, porque mamãe é tudo que vovó não é. Elsa pegou no sono antes de ter, ao menos, colocado o cinto e já estava em Miamas quando elas pegaram a estrada.

Miamas é o reino secreto de Elsa e vovó. É um dos seis reinos da Terra--dos-Quase-Despertos. Vovó o inventou quando Elsa era pequena, e mamãe e papai tinham acabado de se separar. Elsa tinha medo de dormir, porque lera na internet sobre crianças que morrem durante o sono. Vovó é boa para inventar coisas. Então, quando papai se mudou do apartamento, e todas estavam tristes e cansadas, Elsa se esgueirava pela porta de entrada toda noite, descia a escada de pijama na ponta dos pés, entrava no apartamento da vovó e aí elas iam para dentro do guarda-roupa grande que nunca parava de crescer, semicerravam os olhos e partiam.

Porque não é preciso fechar os olhos para ir para a Terra-dos-Quase--Despertos. É aí que está a graça. Só é preciso estar *quase* adormecido. E justamente naqueles últimos segundos em que você ainda está com os olhos só quase fechados, e a névoa cobre a fronteira entre aquilo que você sabe e aquilo em que você acredita, é aí que você parte. Você vai para a Terra--dos-Quase-Despertos no lombo do bicho-nuvem, porque vovó determinou que esse é o único jeito de chegar lá. Os bichos-nuvem entram pela porta da sacada da vovó, pegam ela e Elsa e aí voam mais alto, cada vez mais alto, até que Elsa vê todos os seres mágicos prodigiosamente malucos que povoam a Terra-dos-Quase-Despertos: os anfantes, os arrependeres, o Nuvo, os wurses, os anjos da neve, os príncipes, as princesas e os cavaleiros. Os bichos-nuvem pairam por cima dos bosques escuros sem fim, onde Coração de Lobo e todos os outros monstros moram, e deslizam por sobre todas as cores ofuscantes e os ventos suaves que contornam os portões das cidades do reino de Miamas.

É difícil dizer com convicção se vovó é uma pessoa meio louca porque ela já esteve muito tempo em Miamas, ou se Miamas é um lugar meio louco porque vovó já esteve muito tempo lá. Mas é daí que vêm todas as histórias da vovó. As histórias mais prodigiosamente loucas.

Vovó diz que o reino é chamado de Miamas por uma eternidade de pelo menos dez mil contos de fada, mas Elsa sabe que vovó só inventou que ele deveria se chamar assim porque ela não conseguia falar "pijama" quando pequena e dizia "miama" em vez disso. Só que claro que vovó teima que não inventou porcaria nenhuma e que Miamas e todos os outros cinco reinos da Terra-dos-Quase-Despertos são o que existe de mais verdadeiro, que, na realidade, eles são muito mais de verdade que esse mundo em que vivemos, "onde todos são economistas e tomam leite sem lactose e são teimosos". Vovó não se dá muito bem vivendo no mundo real. Existem regras demais aqui, e vovó não é lá muito boa para regras. Ela rouba no Banco Imobiliário, anda com seu Renault na pista dos ônibus e não fica atrás da linha na esteira de bagagem do aeroporto. E vai ao banheiro com a porta aberta.

Mas ela conta os melhores contos de fadas de todos, e então a gente pode perdoar muitíssimas falhas de caráter, foi isso que Elsa decidiu.

―――

Todos os contos de fada que valem alguma coisa vêm de Miamas, diz vovó. Os outros cinco reinos da Terra-dos-Quase-Despertos fazem outras coisas: "Mirevas" é o reino em que a gente vela os sonhos; "Miploris" é o reino em que a gente guarda todas as tristezas; "Mimovas" é de onde vêm todas as músicas; "Miaudacas" é de onde vem toda a coragem; e "Mibatalos" é o reino onde cresceram todos os soldados mais valentes que lutaram contra as sombras pavorosas na Guerra-Sem-Fim.

Mas Miamas é o reino favorito da vovó e de Elsa, porque lá contador de histórias é a profissão mais nobre que se pode ter. Lá quem dá vida a uma história pode ser mais poderoso que um rei. Em Miamas, a imaginação é moeda corrente; em vez de comprar alguma coisa com dinheiro, pode-se comprá-la com uma boa história. Lá as bibliotecas não são chamadas de biblioteca, mas de "banco", e cada conto de fada vale uma fortuna. Vovó gasta milhões todas as noites: histórias cheias de dragões, e trolls, e reis, e rainhas, e bruxas. E sombras. Porque todo mundo imaginário precisa ter inimigos temíveis, e na Terra-dos-Quase-Despertos os inimigos são as sombras, pois elas querem matar toda a imaginação.

E, já que estamos falando sobre sombras, é preciso mencionar o Coração de Lobo. Porque foi ele que derrotou as sombras na Guerra-Sem-Fim. Ele foi o primeiro e o maior super-herói de que Elsa já ouviu falar.

Vovó leva Elsa para Miamas todas as noites. Lá Elsa foi sagrada cavaleira. Lá ela pode passear montada nos bichos-nuvem e ter a própria espada, e ela nunca mais teve medo de dormir depois disso. Porque em Miamas ninguém diz que as meninas não podem ser cavaleiras, e lá as montanhas alcançam o céu e as fogueiras nunca se apagam, e nenhum metido tenta rasgar seu cachecol da Grifinória.

É claro, vovó também diz que ninguém fecha a porta quando vai ao banheiro em Miamas. Que, na verdade, é lei ter uma política de *open door* em todos os contextos por toda a Terra-dos-Quase-Despertos. Mas Elsa tem certeza absoluta de que ela conta outra versão da verdade lá. É assim que vovó chama as mentiras: "outras versões da verdade". Então, quando Elsa acorda numa cadeira no quarto de hospital da vovó na manhã seguinte, vovó está sentada na privada com a porta aberta, e lá fora no corredor está a mãe de Elsa. Vovó, no maior pique, conta uma daquelas outras versões da verdade. Isso não dá lá muito certo. Porque, afinal, a verdade verdadeira é que vovó fugiu do hospital durante a noite, e Elsa saiu de fininho do apartamento quando mamãe e George estavam dormindo, e elas foram juntas para o zoológico de Renault. Lá, vovó passou por cima da cerca. Talvez pareça um pouco irresponsável fazer tudo isso no meio da noite com uma criança de sete anos. Elsa admite que isso é verdade.

Claro que vovó, cuja roupa está empilhada no chão e continua com cheiro de macaco num sentido extremamente literal, se justifica dizendo que, quando passou por cima da cerca da jaula dos macacos e aquele vigia ficou gritando para ela, achou que ele podia ser um estuprador assassino e por isso começou a atirar terra nele e no policial. E então mamãe, muito controlada, sacode a cabeça cansada e diz que vovó está inventando.

E vovó não gosta quando as pessoas dizem que as coisas são inventadas, ela prefere o termo menos pejorativo "desprivilegiado com relação à realidade", então é isso que ela diz para mamãe, que não parece concordar muito com isso. Mas se controla. Porque ela é tudo que vovó não é.

— Essa é uma das piores coisas que você já fez — diz mamãe enfaticamente na direção do banheiro.

— Acho isso muito, muito improvável, querida filha — responde vovó, despreocupada lá de dentro.

E então mamãe repassa objetivamente tudo que vovó aprontou, e aí vovó diz que mamãe só está brava porque não tem nenhum senso de humor. E então mamãe diz que vovó devia parar de se portar feito uma criança irresponsável. Vovó diz:

— Você sabe onde os piratas estacionam o carro?

E quando mamãe não responde, vovó berra de lá do banheiro:

— Numa gaRAAAAAgem! — E quando mamãe suspira e massageia a têmpora, vovó comenta com desdém: — Tá vendo? Nenhum senso de humor.

E então mamãe fecha a porta do banheiro, e vovó fica muito, muito brava. Porque ela não gosta de se sentir aprisionada quando está sentada na privada.

Ela já está internada há duas semanas, mas quase todo dia foge para pegar Elsa para ir tomar sorvete ou vai para casa quando mamãe não está e faz um escorregador de espuma na escada. Ou invade um zoológico. Justamente o que, por acaso, deu na telha da vovó fazer.

Só que é claro que vovó não gosta que se fale em "fugir" do hospital, porque ela acha que deve haver um desafio se for para contar como fuga. Como um dragão ou uma série de armadilhas ou, pelo menos, um muro e algum tipo respeitável de fosso ou coisa do gênero. Mamãe e os funcionários do hospital não concordam totalmente, isso dá para dizer.

Entra uma enfermeira no quarto e calmamente pede um minuto da atenção da mamãe. Ela dá à mamãe um papel, mamãe escreve alguma coisa nele e devolve, e a enfermeira sai novamente. Vovó já teve nove enfermeiros diferentes desde que foi internada. Com sete, ela se recusou a cooperar, e dois se negaram a colaborar com ela. Um deles porque vovó disse que ele tinha um "bumbum bonitinho". Vovó insistiu que isso era um elogio ao bumbum dele, não a ele, e que ele não precisava criar tanto caso em cima disso. Então mamãe disse a Elsa para pôr os fones de ouvido, mas mesmo assim deu tempo de Elsa ouvir as duas discutirem sobre a diferença entre "assédio sexual" e "um simples elogio ao bumbum, caramba!".

Elas brigam muito, mamãe e vovó. E isso acontece desde quando Elsa consegue se lembrar. Por tudo. Porque se vovó é uma super-heroína disfuncional, então mamãe, ao contrário, é uma super-heroína extremamente funcional. O relacionamento delas é um pouco como o de Ciclope e Wolverine em *X-Men*, Elsa costuma pensar, e então sente falta de ter alguém por perto que entenda o que ela quer dizer com isso. As pessoas ao redor de Elsa leem pouquíssima literatura de qualidade e, certamente, não compreendem que os quadrinhos de *X-Men* são um exemplo preciso dessa categoria. Elsa presume que ela devia explicar de uma forma bastante simplificada para alguém que não está familiarizado com literatura de qualidade que os X-Men são super-heróis. Só que, na verdade, eles são mutantes, e a rigor existe uma certa diferença, mas, sem querer ser detalhista demais com relação a isso, Elsa talvez devesse resumir dizendo que vovó e mamãe têm superpoderes exatamente opostos. Como se o Homem-Aranha, que é um dos super-heróis favoritos de Elsa, tivesse uma nêmesis com um nome tipo Homem Liso e cujo superpoder fosse que ele não conseguisse nem subir num banco. Só que no bom sentido.

Agora, com certeza, Ciclope e Wolverine não têm superpoderes exatamente opostos por definição, mas, se Elsa for explicar isso para alguém que não entenda nada, ela não acha que vá querer realmente deixar isso mais difícil que o necessário.

E talvez baste, agora que ela está repensando, entender que mamãe é ordem, e vovó é caos. Elsa leu uma vez que "o Caos é vizinho de Deus", mas aí mamãe disse que o único motivo para o Caos ter ido morar nas terras de Deus era que ele não conseguia mais morar do lado da vovó.

Mamãe tem pastas e agendas para tudo, e o celular dela toca uma musiquinha quinze minutos antes de ela ter alguma reunião. Vovó escreve as coisas de que precisa se lembrar com uma canetinha direto na parede da cozinha. E não só quando está em casa, mas em qualquer parede onde esteja. Não é um sistema perfeito, é claro, porque, para se lembrar de determinada tarefa, ela precisa estar exatamente no mesmo lugar onde fez a anotação. Mas, quando Elsa apontou isso para vovó, ela respondeu com desdém: "De qualquer forma, é menor o risco de eu perder a parede de uma cozinha do que de sua mãe perder aquela porcariazinha de telefone!" Só que aí Elsa observou que mamãe, na verdade, nunca perde nada. Então vovó revirou os olhos e suspirou: "Nã-nã-não, mas sua mãe é uma exceção, claro. Isso se aplica a… você sabe… pessoas imperfeitas."

O superpoder da mamãe é a perfeição. Ela não é tão divertida como vovó, mas, por outro lado, sempre sabe onde o cachecol de Grifinória de Elsa está. "Uma coisa só está realmente perdida quando sua mãe não conseguir encontrá-la", mamãe costuma sussurrar no ouvido de Elsa quando dá um laço com o cachecol em volta do seu pescoço.

Ela é a chefe, a mãe de Elsa. "Não só profissionalmente, é o estilo de vida dela", vovó costuma dizer com desdém. Mamãe não é, por assim dizer, o tipo de pessoa que a gente acompanha, ela é o tipo de pessoa que a gente segue. A avó de Elsa é mais o tipo de pessoa que a gente evita, longe de seguir, e ela nunca encontrou um cachecol em toda a sua vida.

Além disso, vovó não gosta de chefes, e isso é um problema particularmente nesse hospital, porque mamãe é chefe demais exatamente aqui, pois ela *é* chefe aqui.

— Você está exagerando, Ulrika, caramba! – grita vovó pela porta do banheiro, ao mesmo tempo que entra uma nova enfermeira junto com um médico, mamãe escreve alguma coisa num papel e menciona alguns números.

Mamãe ri contida para a enfermeira e o médico, eles riem de nervoso e saem. Então fica um silêncio lá dentro do toalete durante um bom tempo, e mamãe parece preocupada, como a gente costuma ficar quando há silêncio nas proximidades da vovó durante muito tempo. Então ela dá uma fungada e abre a porta com força. Vovó está sentada nua na privada com uma perna confortavelmente por cima da outra. Ela gesticula com o cigarro aceso na direção da mamãe.

— Dá licença? Será que a gente pode ter um pouco de privacidade quando vai ao banheiro?

Mamãe massageia as têmporas e fica com a mão por cima da barriga. Vovó olha séria para ela e acena com o cigarro.

— Vai com calma, Ulrika, caramba, lembre-se que você está grávida!

— Talvez você também deva pensar nisso – retruca mamãe. Só que controlada.

— *Touché* – murmura vovó, inalando profundamente.

(Esse é o tipo da palavra que Elsa compreende, sem saber exatamente o que quer dizer.)

Mamãe sacode a cabeça lentamente.

— Você ao menos chega a pensar o quanto isso é perigoso para Elsa e para a nova criança? – diz ela, apontando para o cigarro.

Vovó revira os olhos.

— Pare de criar caso! As pessoas sempre fumaram e mesmo assim nasceram crianças absolutamente saudáveis. Só a sua geração que não entende que a humanidade sobreviveu milhões de anos sem testes de alergia e essas porcarias, antes de vocês chegarem e começarem a achar que são extraordinários. Na época das cavernas, você realmente acha que eles colocavam pele de mamute numa máquina de lavar?

Elsa inclina a cabeça.

— Existia cigarro naquela época?

Minha avó pede desculpas

Vovó dá um gemido.

– Agora você também vai começar?

Mamãe mantém a mão na barriga. Elsa fica na dúvida se faz isso porque a Metade está chutando ou para tapar os ouvidos dela. Mamãe é a mãe da Metade, mas George é o pai, então a Metade é meio-irmão de Elsa. Ou vai ser, de qualquer forma. Mas vai ser uma pessoa inteira, só que meio-irmão ou meia-irmã, prometeram para Elsa. Foram alguns dias desconcertantes, antes de ela entender a diferença. "Mesmo sendo tão inteligente, você pode ser bem tapada de vez em quando!", exclamou vovó, quando Elsa perguntou a ela sobre isso. Aí elas brigaram durante umas três horas. Quase foi um novo recorde pessoal de desentendimento para elas.

– Eu só queria mostrar os macacos para ela, Ulrika – resmunga vovó por fim, falando mais baixo e jogando o cigarro na pia.

– Eu não consigo... – responde mamãe, desanimada mas contida, e sai para o corredor a fim de assinar vários papéis repletos de números.

De fato, vovó só queria mostrar os macacos para Elsa, essa parte da história é verdade. Elas tinham conversado ao telefone à noite, Elsa de casa e vovó do hospital, e começaram a discutir se havia um tipo especial de macaco que dormia em pé ou não. Lógico que vovó tinha se enganado, porque estava na Wikipédia e coisa e tal, mas aí Elsa contara sobre o cachecol na escola e então vovó decidira que elas iriam para o zoológico olhar os macacos para fazer Elsa pensar em outra coisa. E Elsa saiu de fininho enquanto mamãe e George dormiam. E quando vovó ia passar por cima da cerca do zoológico chegou um vigia noturno e depois um policial, e aí vovó jogou terra neles. Mas eles acharam que era cocô. Principalmente porque vovó gritou: "ISSO AQUI É COCÔ!!!"

Mamãe some de vista, conversando com alguém no corredor. O celular dela toca o tempo todo. Elsa se senta na cama da vovó, que põe uma camisola e se senta de frente para ela sorrindo. Então elas ficam jogando Banco Imobiliário. Vovó afana dinheiro do banco e, quando Elsa a desmascara, rouba o carro e foge para a estação Leste para tentar sair da cidade.

Então mamãe entra no quarto com uma cara cansada e diz para Elsa que elas vão para casa agora porque vovó precisa descansar. Elsa dá um abraço bem, bem demorado na vovó.

— Quando você vai poder ir para casa? — pergunta Elsa.

— Provavelmente amanhã! — promete vovó, alegre.

Porque ela sempre faz isso. E aí ela tira o cabelo de Elsa da frente dos olhos e, quando mamãe desaparece no corredor de novo, de repente, fica com cara de séria e diz na língua secreta para Elsa:

— Eu tenho uma missão importante para você.

Elsa assente, porque vovó sempre dá missões a ela na língua secreta em que só quem já esteve na Terra-dos-Quase-Despertos sabe falar, e Elsa sempre as cumpre. Porque é assim que fazem os cavaleiros de Miamas. É seu dever. Menos comprar cigarro e fazer bife, esses são os limites que Elsa estabelece. Porque isso é nojento demais. Até os cavaleiros têm que ter princípios.

Vovó se estica para baixo do lado da cama e apanha uma sacola grande de plástico do chão. Não há carne nem cigarro nela. São doces.

— Você precisa levar chocolate para Nosso Amigo.

Elsa leva alguns segundos para entender exatamente de que amigo ela está falando. Quando isso acontece, olha perplexa para vovó.

— Você está MALUCA? Você quer que eu MORRA?

Vovó revira os olhos.

— Não venha de chororô. Você está querendo me dizer que uma cavaleira de Miamas não tem coragem de cumprir sua missão?

Elsa a encara ofendida.

— Muito maduro ameaçar assim.

— Muito maduro dizer "maduro", então! — ironiza vovó.

Elsa puxa a sacola de plástico em sua direção. Está cheia de sacolinhas farfalhantes com chocolate Daim. Vovó aponta.

— É importante você tirar o papel de cada pedaço. Senão ele fica bem chateado.

Elsa aperta os olhos e olha contrariada dentro da sacola.

— O que é para eu dizer, então? Ele nem sabe quem eu sou!

Minha avó pede desculpas

Vovó dá um suspiro tão alto de desdém que parece que está assoando o nariz.

— Claro que ele sabe! Meu Deus do céu! Só diz que sua avó manda lembranças e pede desculpas.

Elsa ergue as sobrancelhas.

— Pede desculpas pelo quê?

— Porque fiquei vários dias sem deixar doces pra ele — responde vovó, como se fosse a coisa mais natural do mundo.

Elsa olha dentro da sacola de novo.

— É uma baita irresponsabilidade mandar sua única neta numa missão como essa, vovó. Ele pode até me matar.

— Sem chororô — diz vovó.

— Sem chororô *você*! — protesta Elsa.

Vovó sorri. Porque ela sempre faz isso. Por fim, Elsa também sorri. Pois ela sempre faz isso. Vovó abaixa a voz.

— Você tem que dar o chocolate para Nosso Amigo discretamente. Você não pode deixar Britt-Marie ver. Espere a reunião dos locatários amanhã à noite e aí você discretamente vai até lá!

Elsa faz que sim. Embora ela morra de medo do Nosso Amigo e, na verdade, continue pensando que é uma baita irresponsabilidade mandar sua única neta numa missão que representa risco. Mas vovó segura firme os indicadores de Elsa entre suas mãos, como ela sempre faz, e é difícil ficar com medo quando faz isso. Elas se abraçam de novo.

— Até logo, ó cavaleira altiva de Miamas — sussurra vovó no ouvido dela.

Porque vovó nunca diz "adeus". Só "até logo".

Quando Elsa veste o casaco no corredor, ela ouve mamãe e vovó conversarem sobre "o tratamento". Aí mamãe diz para Elsa colocar os fones de ouvido. Então Elsa faz isso. Ela queria os fones de ouvido de presente no último Natal e fez questão de insistir que mamãe e vovó deviam pagar metade cada uma. Porque é justo.

Sempre que mamãe e vovó começam a discutir, Elsa coloca os fones de ouvido, aumenta o volume da música e finge que elas são atrizes em um filme mudo. Elsa é o tipo de criança que aprendeu cedo na vida que é mais fácil passar pelas coisas se a gente pode escolher a própria trilha sonora.

A última coisa que ela ouve é vovó perguntando quando ela pode ir buscar o Renault na polícia. Renault é o carro da vovó. Ela diz que o ganhou numa partida de pôquer. Claro que na verdade é "um Renault", mas Elsa ficou sabendo que o carro se chamava Renault quando era pequena, antes de entender que esse não era o nome só daquele carro. Então ela continua usando-o como um nome.

E é um nome que cai muito bem para ele, pois soa como um velho francês com tosse, e o Renault da vovó é velho e enferrujado e francês, e quando se muda a marcha ele faz um barulho que parece que estão arrastando móveis de jardim por cima de um piso de cimento. Elsa sabe disso porque às vezes vovó fuma e come *kebab* enquanto dirige o Renault, então só sobram os joelhos para ela dirigir, aí vovó pisa na embreagem e grita "AGORA!", e então é para Elsa mudar a marcha.

Elsa sente saudade disso.

Mamãe diz para vovó que ela não vai poder ir buscar o Renault. Então vovó diz irritada que, na verdade, é o carro dela, nesse momento mamãe responde algo sobre não se poder dirigir um carro sem carteira de motorista. Aí vovó chama mamãe de "menininha" e diz que tem a porcaria da carteira de motorista de seis países diferentes. Ao que mamãe pergunta contida se por acaso um desses países é o país onde elas moram. Então vovó se cala emburrada, enquanto uma enfermeira coleta o sangue dela.

Elsa vai esperar perto do elevador, porque não gosta nem um pouco de agulha, independentemente de se ela vai entrar no braço dela ou da vovó. Senta-se numa cadeira e começa a ler *Harry Potter e a Ordem da Fênix* no iPad. Já deve ser a décima segunda vez que ela o lê. Esse é o livro do Harry Potter de que ela gosta menos, por isso não leu mais vezes.

É só quando mamãe sai para buscá-la e elas estão indo para a garagem que Elsa se dá conta de que esqueceu o cachecol da Grifinória no corredor diante do quarto da vovó. Então, ela volta lá correndo.

Minha avó pede desculpas

Vovó está sentada na beira da cama com as costas voltadas para a porta falando ao telefone e não a vê. Elsa entende que ela está conversando com seu advogado, porque vovó o está instruindo quanto ao tipo de cerveja que é para ele trazer na próxima vez que vier ao hospital. Elsa sabe que o advogado contrabandeia cerveja dentro de enciclopédias que vovó diz que vai usar em sua "pesquisa", mas que estão forradas de garrafas de cerveja. Elsa pega o cachecol do gancho e vai chamar vovó quando ouve a voz dela ficar mais grave ao telefone:

— Ela é minha neta, Marcel. Que Deus abençoe a cabecinha dela. Eu nunca conheci uma menina tão inteligente. A responsabilidade vai ter que ser dela. Ela é a única que pode tomar a decisão certa.

Depois de alguns instantes de silêncio, vovó prossegue decidida:

— Eu SEI que ela é só uma criança, Marcel! Mas ela é muito mais esperta que todos esses idiotas juntos! E o meu testamento é esse, e você é meu advogado. Simplesmente faça como eu digo.

Elsa fica parada no corredor segurando a respiração. E só quando vovó diz "é por isso que eu NÃO QUERO contar isso para ela ainda, Marcel! Porque toda criança de sete anos merece um super-herói!", que Elsa se vira e vai embora silenciosamente, com o cachecol da Grifinória cheio de lágrimas.

E a última coisa que ela ouve vovó dizer ao telefone é:

— Eu não quero que Elsa saiba que vou morrer, porque toda criança de sete anos merece um super-herói, Marcel. Toda criança de sete anos merece um super-herói que tem como um de seus superpoderes não poder ter câncer.

3

CAFÉ

Tem algo especial em casa de avó. A gente sempre se lembra do cheiro dela.
Claro que esse é um prédio normal. Em grande parte. Ele tem quatro andares, nove apartamentos e o cheiro da vovó. E café, claro, ele cheira a café quase o tempo todo. E tem um regulamento afixado na lavanderia com o título "Para o bem-estar de todos", onde "bem-estar" está sublinhado duas vezes, um elevador que está sempre quebrado, coleta seletiva no jardim, uma bêbada, um cão de caça e uma vovó.

Um prédio normal. Em grande parte.

Vovó mora no último andar. No apartamento em frente, moram mamãe, Elsa e George. O apartamento da vovó é exatamente igual ao da mamãe, mas muito mais bagunçado, porque o apartamento da vovó é como vovó, e o apartamento da mamãe é como mamãe.

George vive junto com mamãe, e essa não é a coisa mais fácil do mundo, porque isso implica que ele é vizinho da vovó. George tem barba e um boné superpequeno, adora correr com um short por cima da *legging* e cozinhar em inglês. Ele diz "*pork*", em vez de "carne de porco", quando lê receitas, e vovó diz que é "sorte dele que ele é legal, porque ele é lento como uma porta de curral". Ela nunca fala "George", só diz "o Tapado". Mamãe fica muito irritada quando ela faz isso, mas Elsa sabe que vovó não age assim para irritá-la. Só faz isso porque quer que Elsa saiba que ela está do seu lado, não importa o que aconteça. Porque é isso que a gente faz quando se é avó, e os pais do neto se separam e arrumam novos parceiros e, de repente, dizem que o neto vai ter um meio-irmão. A gente fica do lado do neto. Sempre. Haja o que houver. Então vovó considera o fato de isso irritar profundamente mamãe como um simples bônus.

Mamãe e George ainda não descobriram se a Metade é uma metade menino ou uma metade menina. Embora desse para saber, George faz questão de não saber. Ele chama a Metade às vezes de "ele", às vezes de "ela", para não "aprisionar a criança num papel de gênero". Na primeira vez que disse isso, Elsa pensou que ele tinha falado "papel higiênico". Essa foi uma tarde bem confusa para todos os envolvidos.

A Metade vai se chamar Elviro ou Elvira, mamãe e George já decidiram. Quando Elsa contou isso para vovó, ela exclamou:

– Elviro?!

– É a versão masculina de Elvira – explicou Elsa, e aí vovó sacudiu a cabeça e comentou com desdém:

– Elviro? Você acha que o menino vai ajudar Frodo a levar o anel para Mordor, é? – Isso foi logo depois de vovó assistir a todos os filmes do *Senhor dos anéis* com Elsa, porque a mãe de Elsa dissera expressamente que ela não podia assistir a nenhum deles.

Obviamente, Elsa sabe que não é que vovó não goste da Metade de fato. Ou de George. Ela só fala assim porque é avó, e vovó sempre fica do lado de Elsa, haja o que houver. Mesmo depois daquela vez em que Elsa lhe disse que odiava George. Que até odiava a Metade de vez em quando. É difícil pra caramba não amar uma avó que ouve a gente dizer uma coisa tão terrível e ainda continua do nosso lado.

No apartamento embaixo do da vovó vivem Britt-Marie e Kent. Eles gostam muito de ter coisas, e Kent sempre diz quanto custam todas as coisas. Kent quase nunca fica em casa porque é empresário. Ou "Kempresário", como ele costuma dizer e rir alto, diante de pessoas que não conhece. E se elas não riem imediatamente, Kent diz isso mais uma vez, um pouco mais alto. Como se não ter ouvido a piada é que fosse o problema.

Britt-Marie está quase o tempo todo em casa, então Elsa supõe que ela não seja uma empresária. Vovó diz que ela é "ranzinza em tempo integral". Britt-Marie e vovó não se dão muito bem, pode-se dizer. E isso significa que elas não se dão muito bem meio como coelho e caçador não se dão muito bem. "A velha tem a alma esfolada", vovó costuma dizer, porque Britt-Marie sempre tem a aparência de quem acabou de colocar um chocolate esquisito na boca. Foi ela que afixou o aviso com o título "Para o bem-estar de todos!" na lavanderia. O bem-estar de todos é muito importante para Britt-Marie, embora ela e Kent sejam os únicos do prédio que têm máquina de lavar e secadora no apartamento. Uma vez, depois de George ter lavado a roupa na lavanderia, Britt-Marie tocou a campainha do apartamento e pediu para falar com a mãe de Elsa. Ela estava com uma bolinha de felpa azul do filtro da secadora e estendeu a mão na direção da mamãe, como se aquilo fosse um filhote de pássaro recém-nascido. "Acho que você esqueceu isso aqui quando lavou roupa, Ulrika!", ela disse. Então, quando George explicou que, na verdade, era ele quem cuidava de lavar a roupa, Britt-Marie olhou-o e sorriu, mas não pareceu nem um pouco que aquele era um riso sincero. Então ela disse "que moderno", riu muito afável para mamãe, entregou-lhe a felpa e falou: "Para o *bem-estar* de todos, aqui neste condomínio, nós esvaziamos o filtro da secadora quando acabamos de usá-la, Ulrika!"

Claro que não é nenhum condomínio ainda. Mas vai ser, Britt-Marie faz questão de comentar, Kent e ela vão cuidar disso. E no condomínio de Britt--Marie as regras serão muito importantes. É por isso que ela é a nêmesis da vovó. Elsa sabe o que "nêmesis" significa porque quem conhece literatura de qualidade sabe.

No apartamento em frente ao de Britt-Marie e Kent vive a mulher da saia preta. Mas a gente quase nunca a vê, a não ser quando ela passa bem rápido entre seu apartamento e a entrada do prédio de manhã cedo e depois tarde da noite. Ela está sempre de sapato de salto alto, com uma pasta fina e uma saia preta perfeitamente passada, e fala extremamente alto num fio branco que vai até a orelha. Ela nunca diz oi e jamais sorri. Vovó diz que aquela saia é bem passada demais, e "se eu fosse uma roupa que essa mulher estivesse usando, não ousaria ficar amarrotada".

Minha avó pede desculpas

Embaixo do apartamento de Britt-Marie e Kent vivem Lennart e Maud. Lennart bebe pelo menos vinte xícaras de café por dia e, mesmo assim, parece que está ganhando um prêmio quando fazem café de novo. Ele é a segunda pessoa mais legal do mundo e é casado com Maud, que é a pessoa mais legal do mundo e está sempre acabando de fazer biscoitos. Eles moram com Samantha, que dorme quase o tempo todo. Samantha é um *bichon frisé*, mas Lennart e Maud falam com ela como se não fosse. Quando Lennart e Maud tomam café diante de Samantha, eles não o chamam de "café", mas de "bebida de adulto". Vovó diz que eles dois são totalmente idiotas, mas Elsa acha que tudo bem, se eles são tão legais. E sempre tem sonhos e abraços na casa deles. "Sonho" é um tipo de biscoito. Os abraços são abraços normais.

No apartamento em frente ao de Lennart e Maud vive Alf. Ele é motorista de táxi e está sempre de jaqueta de couro e de mau humor. O sapato dele tem a sola tão fina quanto papel-manteiga, pois ele não levanta os pés quando anda. Vovó diz que é porque ele tem o centro de gravidade mais baixo de todo o universo.

No apartamento embaixo do de Lennart e Maud vivem o menino que tem uma síndrome e a mãe dele. O menino com síndrome é um ano e algumas semanas mais novo que Elsa e nunca fala. A mãe dele toda hora perde alguma coisa. É como se as coisas escorressem do bolso dela, como em um desenho animado, quando um bandido é revistado pela polícia e a pilha das coisas que saem dos seus bolsos fica mais alta que o bandido. Mas tanto ela quanto o menino com síndrome têm olhos bem afetuosos e nem vovó parece não gostar deles. E o menino está sempre dançando.

No apartamento ao lado do deles, em frente ao elevador que nunca funciona, vive o Monstro. Elsa não sabe o nome verdadeiro dele, mas ela o chama de Monstro porque todo mundo tem medo dele. Com isso, ela quer dizer realmente todo mundo. Inclusive a mãe de Elsa, que não tem medo de nada no mundo inteiro, cutuca Elsa de leve nas costas quando vão passar em frente ao apartamento do Monstro. Ninguém o vê porque ele nunca sai durante o dia, mas, nas reuniões de condomínio, Kent sempre diz que "criaturas assim não deviam poder andar soltas por aí! Mas, afinal, é isso que acontece quando a gente os coloca num hospital psiquiátrico em vez de numa cadeia nessa droga de país!". Britt-Marie escreveu cartas para o proprietário do prédio exigindo que o Monstro fosse despejado porque ela está convencida de que ele atrai "outros dependentes químicos". Elsa não sabe direito o que isso significa. Ela também não tem certeza se Britt-Marie sabe. Ela perguntou a vovó certa vez, mas vovó só ficou quieta por um tempo e disse que "certas coisas a gente deve simplesmente deixar pra lá", com voz baixa. E a avó de Elsa lutou na Guerra-Sem-Fim, a guerra contra as sombras na Terra-dos--Quase-Despertos. Também já se deparou com os mais pavorosos seres que as eternidades de dez mil contos de fada puderam sonhar.

É assim que se mede o tempo na Terra-dos-Quase-Despertos, em *eternidades*. Não há relógios na Terra-dos-Quase-Despertos, então o tempo é medido com base no que se sente. Se parece uma eternidade, deve-se dizer "isso é uma eternidade menor". E se parece umas vinte eternidades ou algo assim, então o certo é dizer "uma eternidade absoluta". E a única coisa que dura mais que uma eternidade absoluta é uma eternidade de contos de fada, porque uma eternidade de contos de fada é uma eternidade das eternidades absolutas. E a coisa mais longa de todas que existe em alguma eternidade são eternidades de dez mil contos de fada. Esse é o maior número que existe na Terra-dos-Quase-Despertos.

Mas vamos nos ater ao assunto: bem lá embaixo do prédio onde todas essas pessoas vivem há uma sala de reunião. É lá que são realizadas as assembleias dos locatários, uma vez por mês. Claro que essa é uma frequência de assembleia um pouco maior do que nos prédios normais, mas os apartamentos desse prédio são todos alugados, e Britt-Marie e Kent querem muito que todos que moram ali exijam do proprietário, "por meio de um processo democrático", que ele lhes venda os apartamentos, de forma que o prédio passe a ser um condomínio. Então é necessário que haja assembleias. Porque ninguém mais no prédio quer um condomínio. A democracia em si é a parte do processo democrático de que Kent e Britt-Marie gostam menos, pode se dizer.

E as reuniões são sempre terrivelmente enfadonhas, obviamente. Primeiro as pessoas debatem durante duas horas tudo aquilo que discutiram na reunião anterior, depois todos pegam sua agenda e acertam quando vão fazer a próxima reunião, aí ela acaba. Mas Elsa está indo para lá mesmo assim, porque precisa saber quando o bate-boca começa para ninguém perceber que ela saiu de fininho.

Kent ainda não chegou, porque sempre se atrasa. Alf também ainda não chegou, porque ele sempre chega exatamente na hora. Mas Maud e Lennart estão sentados à mesa grande, e Britt-Marie e mamãe estão de pé na despensa, falando de café. Samantha está dormindo no chão. Maud estende um grande pote de sonhos para Elsa. Lennart está sentado ao seu lado, esperando o café. Enquanto isso, ele bebe o da garrafa térmica que trouxe. É importante para Lennart sempre ter algum café enquanto espera o fresco.

Britt-Marie está de pé ao lado da pia da despensa, frustrada e de braços cruzados, olhando nervosa para mamãe, que está fazendo café. Isso deixa Britt-Marie nervosa, porque ela acha que é melhor esperarem por Kent. Britt-Marie sempre acha que é melhor aguardar o Kent. Mas mamãe não é muito de esperar, ela é mais de assumir o controle, então faz o café. Britt-Marie começa a recolher minuciosamente migalhas invisíveis da pia com a palma da mão. Quase sempre há migalhas invisíveis em toda parte, e Britt-Marie sente que precisa remover. Ela sorri afavelmente para mamãe.

— Tudo certo com o café, Ulrika?

— Tudo, obrigada — responde mamãe, sucintamente.

— Talvez a gente deva, de qualquer forma, esperar por Kent — insiste Britt-Marie, afavelmente.

— Ah, acho que somos capazes de fazer café sem Kent — responde mamãe, contida.

Britt-Marie cruza os braços de novo. Sorri.

— Ah, sim, faça como quiser, Ulrika. Afinal, você sempre faz assim.

Mamãe parece que está contando até um número de três algarismos e continua fazendo o café.

— É só café, Britt-Marie.

Britt-Marie faz que sim compreensiva e tira um pouco de poeira invisível de sua saia. Sempre tem poeira invisível na saia de Britt-Marie, que só ela enxerga e que precisa ser removida.

— Kent sempre faz um café muito bom. Todos sempre acham que Kent faz um café muito bom – diz ela.

Maud está sentada à mesa e parece inquieta. Porque Maud não gosta de conflitos. É por isso que ela faz tantos biscoitos, pois é muito mais difícil ter conflitos quando se tem biscoitos. E dá um cutucão com o cotovelo em Elsa e faz um sinal para ela pegar um sonho. Elsa pega dois. Enquanto isso, mamãe diz educadamente para Britt-Marie que "não é muito difícil fazer café", e então Britt-Marie responde que "não, não, claro que não, afinal não há nada que as mulheres da sua família achem difícil!". Aí mamãe sorri. E então Britt-Marie também. Só que elas não parecem mesmo estar sorrindo por dentro.

Mamãe inspira profundamente e mede mais café; Britt-Marie retira mais poeira invisível da saia e diz meio de passagem:

— Bem, acho encantador que você e a pequena Elsa estejam aqui hoje. Todos achamos... adorável.

Mamãe solta um "mmm" contido, pegando mais uma medida de café. Um pouco mais de poeira invisível é removida. Então Britt-Marie continua:

— Quer dizer, deve ser difícil arrumar tempo para Elsa, Ulrika, nós entendemos, você que é tão ambiciosa com sua *carreira*.

Então mamãe coloca a medida de café meio como se estivesse imaginando jogá-la na cara de Britt-Marie. Só que contida. Britt-Marie vai até a janela, ajeita uma planta e diz como se estivesse só pensando em voz alta:

— E seu namorido é tão bom, não é mesmo? Ficando em casa para tomar conta das coisas. É assim que se chama, não é? *Namorido?* É bem moderno, a gente já entendeu.

Então ela sorri de novo. Afavelmente. Depois remove mais poeira invisível da saia e acrescenta:

— Não que haja algo de errado com isso, obviamente.

Mamãe dá um sorriso contido e pergunta:

— Tem algo em especial que você queira dizer com isso, Britt-Marie?

Então Britt-Marie ergue os olhos perturbada, como se estivesse totalmente chocada por ter sido tão mal-entendida, e exclama imediatamente:

Minha avó pede desculpas

— É óbvio que não, Ulrika! Óbvio que não! Eu não quis dizer absolutamente nada além disso, nada mais!

Britt-Marie sempre diz tudo duas vezes quando fica nervosa ou com raiva ou as duas coisas. Elsa se lembra daquela vez em que ela e vovó foram para a Ikea e compraram cobertores bem espessos de lã azul. Vovó ficou sentada a tarde inteira passando pente neles, depois colocou tudo que estava no chão numa sacola. Aí Elsa teve que ficar na escada com uma lanterna vigiando, enquanto vovó entrava de fininho na lavanderia e despejava toda a sacola na secadora.

Britt-Marie ficou dizendo tudo duas vezes durante semanas depois disso.

Alf aparece na porta de péssimo humor, a jaqueta de couro com o logotipo da companhia de táxi no peito, rangendo a cada movimento. Ele está com um jornal vespertino na mão. Olha para o relógio. São exatamente sete horas.

— Está escrito sete horas na porcaria do papel — rosna ele assim que entra na sala, sem se dirigir a ninguém em especial.

— Kent está um pouco atrasado — diz Britt-Marie, rindo e apertando as mãos diante dos quadris. — Ele tem uma reunião importante de negócios com a Alemanha — explica ela, como se a reunião de Kent fosse com o país inteiro.

Quinze minutos depois, Kent entra em disparada na sala, com um casaco esvoaçante como uma capa ao seu redor, e gritando ao celular:

— Ja, Klaus! Ja! We will dizcuzz it at ze meeting in Frankfurt!

Alf ergue os olhos do jornal, dá uma batidinha em seu relógio e resmunga:

— Caramba, espero que não tenha criado problema para você o fato de todos nós aqui termos chegado na hora.

Kent o ignora, esfrega as mãos entusiasmado e, virando-se na direção de Lennart e Maud, pergunta sorrindo:

— Então, vamos começar a reunião? Hein? Não é como se alguém fosse fazer um bebê aqui, né?

Em seguida, volta-se animado na direção da mamãe, aponta para a barriga dela e diz sorrindo:

— Pelo menos, nenhum *outro* bebê! — E quando mamãe não começa imediatamente a dar risada, Kent aponta para a barriga dela de novo e repete:

— Pelo menos, nenhum *outro* bebê! — Só que com a voz mais alta. Como se o problema fosse esse.

Maud serve biscoitos. Mamãe, café. Kent toma um gole, dá um salto e exclama:

— Nossa! Que forte!

Alf toma toda a xícara de um gole só e murmura:

— Na medida certa!

Britt-Marie toma um golinho de nada, coloca a xícara na palma da mão, sorri afavelmente e acrescenta:

— Eu realmente acho que está um pouco forte. — Depois ela olha de relance para mamãe e acrescenta: — E você toma café, Ulrika, mesmo estando grávida. — E antes que mamãe tenha tempo de responder, Britt-Marie se desculpa imediatamente dizendo: — Não que tenha algo de errado nisso, obviamente. Óbvio que não!

Então, Kent declara aberta a reunião, e todos debatem durante duas horas aquilo que tinham discutido na reunião anterior.

E é aí que Elsa sai de fininho sem que ninguém perceba. Olha sorrateiramente para a porta do apartamento do Monstro, mas se tranquiliza, porque ainda está claro lá fora. Ele nunca sai quando ainda está claro.

Então ela dá uma olhadinha na porta do apartamento ao lado do do Monstro, o que não tem nenhum nome na caixa de correio. Aquele em que mora Nosso Amigo. Elsa fica a dois metros dela e prende a respiração porque está com medo que ele venha esmagar a porta, se lance por entre as farpas e tente apertar a garganta dela, se ouvir que se aproximou demais. Vovó é a única que o chama de Nosso Amigo. Todos os outros o chamam de "cão de caça". Principalmente Britt-Marie.

Claro que Elsa não sabe exatamente o quão de caça esse cão é, mas, de qualquer forma, ela nunca viu um cachorro tão grande em toda a sua vida. Quando a gente o ouve latir pela porta de madeira, dá a sensação de que alguém jogou uma bola medicinal na nossa barriga.

Elsa só o viu uma vez, na casa da vovó, alguns dias antes de ela ficar doente. Mas não conseguia imaginar outra vez que tenha sentido mais medo,

Minha avó pede desculpas

mesmo se estivesse frente a frente com uma sombra da Terra-dos-Quase-
-Despertos.

Era um sábado, e vovó e Elsa iam a uma exposição sobre dinossauros. Foi nessa manhã que mamãe pôs o cachecol da Grifinória para lavar, sem perguntar se podia, e obrigou Elsa a usar outro. Um verde. Verde da Sonserina. Mamãe sabe que Elsa odeia verde. Às vezes, falta total empatia a essa mulher, pensa Elsa.

Nosso Amigo tinha se deitado na cama da vovó, como uma esfinge diante de uma pirâmide. Elsa ficou paralisada no corredor só olhando fixamente para aquela cabeça preta gigante e aqueles olhos tão escuros que era difícil decidir de cara se eram mesmo olhos ou apenas precipícios bem no crânio da fera. Era a coisa mais gigantesca que Elsa já tinha visto.

Vovó saíra da cozinha e estava vestindo o casaco como se fosse a coisa mais natural do mundo que a maior coisa do universo estivesse deitada na cama dela.

— Quem é... esse aí? — sussurrou Elsa.

Vovó continuou a enrolar um cigarro e respondeu totalmente despreocupada:

— É Nosso Amigo. Ele não faz nada com você, desde que você não faça nada com ele.

Muito fácil para ela dizer isso, pensou Elsa, aborrecida. Como ela ia saber que porcaria era capaz de provocar uma coisa daquelas? Um dia, uma das meninas que a odeiam bateu em Elsa na escola só porque achou que ela estava com um "cachecol feio". Usá-lo foi a única coisa que Elsa fez, e ela bateu nela por causa disso.

Agora, lá estava Elsa com seu cachecol de sempre na máquina de lavar e no pescoço outro bem diferente que sua mãe tinha escolhido, e aí ouve dizer que essa fera não faria nada com ela, se não fizesse nada com a fera. Mas Elsa, na verdade, não tinha a menor ideia do tipo de cachecol que a fera gostava, então que tipo de informação era aquela para dar a alguém, esperando que a pessoa consiga elaborar uma estratégia de sobrevivência eficaz com base nela? Hein?

Por fim, Elsa disse ofegante:

— Esse cachecol não é meu! É da mamãe! Ela não tem bom gosto! — E recuou na direção da porta.

Nosso Amigo só ficou olhando fixamente na direção dela. Ou, pelo menos, foi isso que Elsa achou que ele estava fazendo, se aquilo fossem olhos. Então ele mostrou os dentes, disse Elsa tinha quase certeza. Mas vovó só sacudiu a cabeça, resmungou alguma coisa sobre "ah, esses filhotes" e revirou os olhos na direção do Nosso Amigo. Em seguida, ficou procurando as chaves do Renault, e aí ela e Elsa foram para a exposição de dinossauros. Vovó deixara a porta do apartamento bem aberta, Elsa se lembra, e quando elas entraram no Renault e Elsa perguntou o que Nosso Amigo estava fazendo na casa da vovó, ela só respondeu:

— Foi visitar.

Quando Elsa perguntou por que ele ficava latindo de dentro do apartamento dele com tanta frequência, vovó respondeu simplesmente:

— Latindo? Ah, ele só faz isso quando Britt-Marie passa.

E quando Elsa perguntou o motivo, vovó deu um sorriso de orelha a orelha e respondeu:

— Porque ele se diverte com isso.

Então Elsa perguntou na casa de quem Nosso Amigo morava, e vovó respondeu:

— Nem todo mundo precisa morar com alguém, meu Deus do céu! Eu, por exemplo, não moro com ninguém.

Apesar de Elsa insistir que isso talvez tivesse alguma relação com o fato de vovó não ser um *cachorro*, ela nunca mais deu nenhuma explicação relacionada a isso.

E agora Elsa está aqui na escada, desembrulhando o chocolate Daim. E lança o primeiro tão rápido que a caixinha de correio bate quando ela o solta. Prende a respiração e sente o coração pulsando em toda a sua cabeça. Mas aí lembra que vovó disse que ela precisa fazer isso rápido para Britt-Marie não começar a desconfiar lá embaixo na reunião. Porque Britt-Marie realmente odeia Nosso Amigo. Então Elsa tenta se lembrar de que, apesar de tudo, ela é uma cavaleira de Miamas e abre a caixinha de correio de novo, com um tiquinho mais de coragem.

Ela escuta a respiração dele. Parece o som de uma avalanche de rochas em seus pulmões. O coração de Elsa bate de tal maneira que ela fica convencida de que ele deve estar sentindo as vibrações do outro lado da porta.

— Minha avó pede desculpas por ter ficado tanto tempo sem trazer doces! — diz ela pela caixinha de correio, tirando o papel que envolve o chocolate e começando a soltar nacos dele no chão.

Recolhe os dedos apavorada quando o ouve se mexer. Após alguns segundos de silêncio, escuta o ruído crocante quando o chocolate é esmagado entre as mandíbulas do Nosso Amigo.

— Vovó está doente — conta Elsa, enquanto ele come. Ela mesma não está preparada para a forma como as palavras saem trêmulas de sua boca. Elsa tem a impressão de que Nosso Amigo está respirando mais devagar. Ela coloca mais chocolate para dentro.

— Ela está com câncer — sussurra.

Elsa não tem amigos, então não tem muita certeza de como é o procedimento para esse tipo de situação. Mas acha que, se tivesse amigos, ia querer que eles soubessem se ela tivesse câncer.

— Ela manda lembranças e pede desculpas — sussurra Elsa para dentro da escuridão. Ela lança o resto do chocolate e fecha cuidadosamente a caixinha de correio.

Ela fica parada por um instante, olhando para a porta do Nosso Amigo. Depois para a do Monstro. Se essa fera consegue se esconder atrás de uma porta, então não quer nem saber o que pode estar atrás da outra, pensa ela.

Em seguida, ela desce a escada a passos largos até chegar à portaria do prédio. George continua na lavanderia. Dentro da sala de reunião, todos tomam café e discutem.

Porque esse é um prédio normal.

Em grande parte.

4

CERVEJA

O quarto do hospital cheira tão mal e parece tão frio quanto quartos de hospital tendem a ficar quando faz dois graus lá fora e alguém esconde garrafas de cerveja embaixo do travesseiro e depois abre uma janela para tentar pôr para fora o cheiro de cigarro. Não funcionou.

Vovó e Elsa estão jogando Banco Imobiliário. Vovó não diz nada sobre câncer, pelo bem de Elsa. E Elsa não diz nada sobre a morte, pelo bem da vovó. Porque vovó não gosta de falar da morte, principalmente da própria morte. A morte é a nêmesis da vovó. Então, quando mamãe e os médicos saem do quarto para falar em voz baixa e séria no corredor, Elsa tenta parar de parecer inquieta. Isso também não dá muito certo.

Vovó sorri misteriosamente.

— Eu já contei de quando arranjei trabalho para os dragões em Miamas? — pergunta ela na língua secreta.

É bom ter uma língua secreta num hospital, porque suas paredes têm ouvidos, diz vovó. Principalmente quando as paredes têm a mãe de Elsa como chefe.

— Ai! Claro que já! — suspira Elsa.

Então vovó faz que sim com a cabeça e conta toda a história, de qualquer forma. Porque não existe ninguém que tenha ensinado vovó como fazer para não contar uma história. E Elsa fica ouvindo, pois não existe ninguém que tenha ensinado a ela como não fazer isso.

Minha avó pede desculpas

É por isso que uma das coisas que mais comumente dizem sobre vovó, quando ela não está por perto, é que "dessa vez ela passou do limite mesmo". Britt-Marie, por exemplo, diz isso com muita frequência. Elsa acha que é por isso que vovó gosta tanto do reino de Miamas, porque não dá para passar do limite em Miamas, já que o reino não tem limites. E isso não significa o mesmo que quando as pessoas na TV vão se descrever e dizem que não têm limites jogando o cabelo para trás, porque ninguém sabe direito onde Miamas começa e termina. Isso porque, diferentemente dos outros cinco reinos da Terra-dos--Quase-Despertos, que são construídos mais de pedras e argamassa, Miamas é totalmente feito de imaginação. Também não é porque a muralha de Miamas tenha um humor suscetível pra caramba e, de repente, uma bela manhã, pode dar na telha dela se deslocar alguns quilômetros pela floresta, porque precisa de "um tempo só para si". Só para na manhã seguinte demorar duas vezes mais para voltar até a cidade de novo porque decidiu emparedar algum dragão, um troll ou coisa do gênero, com quem, por um motivo ou outro, ficou amuada. Na maior parte das vezes porque o dragão ou o troll ficou acordado a noite toda, bebeu aguardente e fez xixi no muro enquanto dormia.

Aliás, há um monte de trolls e dragões em Miamas, mais que em qualquer outro dos cinco reinos da Terra-dos-Quase-Despertos, porque o principal produto de exportação em Miamas são as histórias. As pessoas do mundo real geralmente não sabem disso, pois na maior parte são metidas, mas os trolls e os dragões têm boas chances de emprego em Miamas, porque toda história precisa de um vilão. "Claro que elas não foram sempre assim", vovó costuma informar toda convencida a Elsa. Ela reclama dizendo "você já contou isso antes", e aí vovó costuma repetir mais uma vez mesmo assim. Porque houve um tempo em que principalmente os dragões ficaram quase totalmente esquecidos pelos contadores de histórias de Miamas. Especialmente os que tinham uma certa idade enfrentavam um mercado de trabalho desesperadamente difícil, vovó explicava para Elsa, enquanto ela revirava os olhos. "Pura e simplesmente não se escreviam bons papéis para os dragões de meia-idade", vovó dizia, fazendo uma pausa dramática, para depois acrescentar: "Não se *escreviam!*" Então ela desfia toda a história de como os dragões simplesmente começaram a arranjar um monte de problemas em Miamas quando ficavam zanzando sem trabalho e não tinham nada para fazer o dia todo, como eles tomavam aguardente, fumavam charuto e acabavam batendo boca com a muralha. Então, por fim, as pessoas de Miamas imploraram à avó de Elsa que as ajudasse com alguma medida concreta em relação ao mercado de trabalho. Foi aí que vovó teve a ideia de que os dragões deviam vigiar os tesouros no fim das histórias.

Até esse momento, tinha sido realmente um enorme problema técnico narrativo, isso de os heróis nas fábulas irem em busca de tesouros e, quando os encontravam bem no fundo de uma caverna, simplesmente saíam andando, levando-os embora de lá. Só isso. Nenhuma batalha final épica ou apoteoses dramáticas, nem coisa nenhuma. "Só o que se podia fazer era jogar videogames totalmente sem graça depois", vovó costumava dizer com vários movimentos da cabeça para enfatizar a seriedade da situação. Vovó sabe disso porque, no verão, Elsa a ensinou a jogar um jogo chamado World of Warcraft, e vovó ficou jogando dias inteiros durante várias semanas, até mamãe dizer que vovó estava começando a "apresentar tendências desagradáveis" e a proibiu de dormir no quarto de Elsa daí em diante.

Mas, seja como for, quando os contadores de histórias ouviram a ideia da vovó, o problema todo foi resolvido em uma tarde. "E é por isso que todos os contos de fada hoje em dia têm dragões no final! Graças a mim!", diz vovó, dando uma risadinha. Como sempre.

Ela tem uma história de Miamas para cada situação, e, se não for nenhuma ocasião, mesmo assim ela tem uma história. Uma delas fala de Miploris, que é o reino em que todas as tristezas são guardadas e cuja princesa teve um tesouro mágico roubado por uma bruxa feia e, desde esse dia, a persegue todo dia. Outra fala de dois irmãos príncipes, e os dois eram apaixonados pela princesa de Miploris e quase despedaçaram toda a Terra-dos-Quase-Despertos em sua luta furiosa pelo amor dela.

Uma história fala do anjo do mar, que suportava o peso de uma maldição que o forçava a vagar subindo e descendo o litoral da Terra-dos-Quase-Despertos depois de ter perdido seus entes queridos. E uma história trata do

Minha avó pede desculpas

"Eleito", o dançarino mais amado de Mimovas, que é o reino de onde provém toda a música. Na história, as sombras tentavam abduzir o Eleito, para destruir Mimovas inteira, mas os bichos-nuvem o salvaram e foram voando até chegar a Miamas. E quando as sombras foram atrás deles, todos os habitantes – os príncipes, a princesa, os cavaleiros, os soldados, os trolls, os anjos e a bruxa – se uniram em todos os reinos da Terra-dos-Quase-Despertos para proteger o Eleito. E foi assim que começou a Guerra-Sem-Fim. Ela se estendeu durante as eternidades de dez mil contos de fada, até que os wurses voltaram das montanhas e Coração de Lobo saiu da floresta e liderou o exército do bem na última batalha, obrigando as sombras a retornarem para o mar.

Claro que Coração de Lobo por si só já é toda uma história, porque ele nasceu em Miamas, mas exatamente como todos os outros soldados cresceu em Mibatalos. Ele tem coração de guerreiro, mas alma de contador de histórias, e se tornou o guerreiro mais invencível que os seis reinos já viram. Morou longe de tudo, nas florestas escuras durante eternidades de muitos contos de fada, porém voltou quando a Terra-dos-Quase-Despertos mais precisou dele.

Vovó tem contado essas histórias para Elsa desde sempre. Claro que no começo elas eram só para fazer Elsa dormir e para treiná-la na língua secreta da vovó, e um pouco porque vovó é totalmente pirada. Mas ultimamente as histórias já são uma coisa totalmente diferente. Alguma coisa que Elsa não consegue discernir.

Ela sabe disso porque foi olhar o que "discernir" significa.

— Põe a Estação Leste de volta – diz Elsa.

— Eu a comprei – tenta vovó.

— Sei! Até parece que comprou! Põe ela de volta! – responde Elsa, irritada.

— Parece que estou jogando Banco Imobiliário com Hitler, caramba! – protesta vovó, pondo a Estação Leste de volta.

— Hitler só ia querer jogar War – resmunga Elsa, porque foi pesquisar na Wikipédia quem era Hitler, e ela e vovó discutiram um bocado sobre vovó usar o nome dele em comparações.

— *Touché* – resmunga vovó, e Elsa tem quase certeza de que não é assim que se deve usar essa palavra.

Então as duas ficam jogando em silêncio durante mais ou menos um minuto. Porque esse é o tempo que elas conseguem ficar sem se desentenderem.

– Você deu o chocolate para o Nosso Amigo? – pergunta vovó.

Elsa faz que sim. Mas ela não diz nada sobre ter contado para ele a respeito do câncer da vovó. Um pouco porque acha que vovó vai ficar chateada, e muito já que ela não quer falar de câncer. Tinha dado uma olhada na Wikipédia ontem. Depois deu uma olhada no que quer dizer "testamento" e aí ficou tão brava que passou a noite inteira sem conseguir dormir.

– Como foi que você e Nosso Amigo ficaram amigos? – pergunta ela.

Vovó dá de ombros.

– Do jeito normal.

Elsa não sabe qual é o jeito normal. Pois ela não tem nenhum outro amigo, a não ser vovó. Mas ela não diz nada porque sabe que vovó vai ficar triste com isso.

– Enfim, a missão está cumprida – diz ela em voz baixa.

Vovó faz que sim entusiasmada e dá uma espiada na porta, como se estivesse com medo de que alguém as observasse. Então estende uma das mãos para baixo do travesseiro. As garrafas tilintam e ela xinga quando derrama cerveja na fronha, mas, em seguida, pesca um envelope e o aperta na mão de Elsa.

– Esta é sua próxima missão, cavaleira Elsa. Mas você só pode abrir amanhã.

Elsa inspeciona o envelope cética.

– Já ouviu falar de e-mail?

– Não dá para mandar uma coisa dessas por e-mail!

Elsa pesa o envelope na mão. Aperta o volume no fundo.

– O que tem aqui dentro?

– Uma carta e uma chave – diz vovó.

E, de repente, ela fica com uma expressão ao mesmo tempo séria e de medo. E essas são duas expressões muito incomuns no rosto da vovó, que estende as mãos e envolve com elas os dois indicadores de Elsa.

Minha avó pede desculpas

— Amanhã, vou te encarregar da maior caça ao tesouro a que já te mandei, minha cavaleirinha valente. Você está preparada?

Vovó sempre adorou caça ao tesouro. Em Miamas, ela é considerada uma modalidade esportiva. Há competições de caça ao tesouro, porque ela é um "JO". Só que em Miamas "JO" significa "Jogos Ocultos", não Jogos Olímpicos, pois todos os participantes são invisíveis. Não é um esporte para o público, pura e simplesmente.

Elsa também adora caça ao tesouro. Não tanto quanto vovó, porque ninguém em nenhum dos reinos durante eternidades de dez mil contos de fada consegue gostar de caça ao tesouro tanto quanto vovó. Elsa adora caça ao tesouro porque é um jogo só dela e da vovó, que consegue transformar qualquer coisa numa caça ao tesouro. Como quando elas foram fazer compras e vovó esqueceu onde tinha estacionado o Renault. Ou quando ela fala para Elsa olhar sua correspondência e pagar todas as suas contas porque vovó acha isso muito chato. Ou quando é dia de educação física na escola e Elsa sabe que as crianças mais velhas vão bater nela com toalhas torcidas no vestiário. Com vovó tudo é uma caça ao tesouro. Ela consegue transformar um estacionamento em montanhas mágicas e toalhas torcidas em dragões que precisam ser vencidos. E Elsa é sempre a heroína.

Mas Elsa nunca viu vovó desse jeito. Tudo que ela diz sempre parece ser meio piada, mas isso não. Vovó se inclina para a frente.

— A pessoa que vai ficar com a chave vai saber o que fazer com ela. Você tem que proteger o castelo, Elsa.

Vovó sempre chama o prédio em que moram de "castelo". Elsa sempre achou que era só porque ela é um pouco pirada. Mas agora fica na dúvida.

— Proteja o castelo, Elsa. Proteja sua família. Proteja seus amigos! — repete vovó decidida.

— Que amigos? — pergunta Elsa.

Vovó coloca as mãos em volta do rosto dela e sorri.

— Eles vão vir. Amanhã vou enviar você numa caça ao tesouro, e vai ser uma história fantástica e uma aventura grandiosa. E você tem que me prometer que não vai me odiar por causa disso.

Os olhos de Elsa ardem quando ela pisca.

— Por que eu odiaria você?

Vovó acaricia as pálpebras dela.

— É privilégio das avós nunca precisar mostrar seus piores lados para os netos, Elsa. Nunca precisar falar do lixo que eram antes de se tornarem avós.

— Conheço um monte dos seus piores lados! — protesta Elsa, logo acrescentando: — Como que você não entende que a gente não pode secar um iPhone numa torradeira?

Ela espera que isso faça vovó rir, mas não adianta. Ela apenas sussurra triste:

— Vai ser uma aventura grandiosa e uma história fantástica. Mas é culpa minha que tenha um dragão no final, minha cavaleira querida.

Elsa olha para ela apertando os olhos, porque nunca a ouviu dizer isso. Vovó costuma dizer que é "graças a ela" que existem dragões no fim das histórias. Nunca que é "culpa dela". Vovó está sentada diante de Elsa, parecendo muito pequena e frágil, de um jeito que Elsa nunca tinha visto. Nada parecido com uma super-heroína.

Vovó dá um beijo em sua testa.

— Prometa que você não vai me odiar quando ficar sabendo quem eu era. E prometa que você vai proteger o castelo. Proteger seus amigos.

Elsa não sabe o que tudo isso significa, mas promete. Então dá um abraço mais demorado do que nunca na vovó.

— Dê a carta para quem está esperando. Ele não vai querer receber, mas diga que eu que enviei. Diga que sua avó manda lembranças e pede desculpas.

Então ela enxuga as lágrimas do rosto de Elsa. Depois jogam Banco Imobiliário, comem pãezinhos de canela e conversam sobre quem venceria um duelo entre Harry Potter e o Homem-Aranha. Uma discussão ridícula, claro, considera Elsa. Mas vovó gosta de ficar batendo boca por essas coisas, porque é incapaz de conceber que Harry Potter possa esmagar seu adversário.

Elsa até gosta do Homem-Aranha, de certa forma. A questão não é essa. Mas contra Harry Potter? Qual é? Harry Potter ia detonar.

Minha avó pede desculpas

Vovó pega mais pãezinhos de canela de grandes sacos de papel embaixo de outro travesseiro. Não porque seja obrigada a esconder os pãezinhos de canela da mãe de Elsa como ela faz com as cervejas. Ela adora guardar tudo junto porque gosta de comer tudo de uma vez. Cerveja com pãozinho de canela é a refeição favorita da vovó. Elsa reconhece o que está escrito nas sacolas. Vovó só come pãozinho de canela de uma única padaria, porque diz que nenhuma outra sabe fazer os verdadeiros pãezinhos de canela de Mirevas. Todos os melhores pãezinhos de canela são feitos em Mirevas, e este é o prato nacional da Terra-dos-Quase-Despertos. Uma coisa muito ruim em relação a isso é que o prato nacional só pode ser comido em feriado nacional. Mas uma coisa muito boa é que na Terra-dos-Quase-Despertos todo dia é feriado nacional. "Então fica tudo como devia, diz a velha que cagou na pia", vovó costuma dizer. Elsa espera sinceramente que isso não signifique que vovó esteja pensando em começar a usar a pia da cozinha com a porta aberta.

— Você vai mesmo ficar bem de saúde? – pergunta Elsa, cautelosamente, com a hesitação de uma criança de quase oito anos que faz uma pergunta cuja resposta ela já sabe que não quer saber.

— Claro que vou! – responde vovó, confiante, embora ela veja que Elsa sabe que ela está mentindo.

— Promete – insiste Elsa.

Vovó então se inclina para a frente e sussurra no ouvido dela na língua secreta:

— Eu prometo, minha querida, tão querida cavaleira. Prometo que as coisas vão melhorar. Prometo que tudo vai ficar bem.

Porque vovó sempre diz isso. Que tudo vai melhorar. Que vai ficar tudo bem.

— E continuo achando que o Homem-Aranha conseguiria dar uma surra naquele tal de Harry – acrescenta vovó, com um sorriso. E, por fim, Elsa sorri de volta.

Elas comem mais pãezinhos de canela e jogam mais Banco Imobiliário. Isso torna um pouco mais difícil ficar chateada.

O sol se põe e tudo fica em silêncio. Elsa se deita bem do lado da vovó na cama estreita do hospital. Elas apenas fecham os olhos, e os bichos-nuvem vêm buscá-las, assim partem juntas para Miamas.

E num prédio no outro lado da cidade, todos acordam bem no meio da noite com um sobressalto aterrorizado quando o que eles acreditam ser um cão de caça num apartamento do primeiro andar do nada começa a uivar. Cada vez mais alto e de um jeito mais aterrorizante do que qualquer coisa que qualquer um deles já tenha ouvido vir das profundezas de um animal. Como se ele cantasse tristezas e arrependimento de eternidades de dez mil contos de fada. E fica uivando durante horas. Uiva até o amanhecer.

Quando a manhã penetra no quarto do hospital, Elsa acorda nos braços da vovó. Mas vovó continua em Miamas.

5

LÍRIOS

Ter uma avó é ter um exército. O maior privilégio de um neto é saber que alguém está do seu lado, sempre, haja o que houver. Inclusive quando você está errado. Principalmente nessas horas, na verdade. Uma avó é tanto uma espada quanto um escudo, e é um tipo absolutamente especial de amor que os metidos não compreendem. Quando dizem na escola que Elsa é diferente, como se isso fosse uma coisa ruim, e quando vai para casa com o olho roxo, e o diretor diz que ela "tem que se adaptar" e que "provoca as outras crianças", vovó fica do lado dela. Recusa-se a falar para ela pedir desculpas. Recusa-se a falar para assumir a culpa. Vovó nunca diz que Elsa "não deve se importar porque assim eles não vão achar que é tão divertido provocá-la" ou que ela "simplesmente saia de perto deles". Vovó sabe das coisas. Vovó é alguém que a gente levaria para a guerra conosco.

Quanto mais solitária Elsa está no mundo real, melhor fica seu exército na Terra-dos-Quase-Despertos. Quanto mais forte batem nela com as toalhas durante o dia, mais grandiosa é a aventura que ela vive durante a noite. Em Miamas, ninguém diz que ela vai ter que se adaptar. É por isso que Elsa não ficou lá muito impressionada quando o pai foi com ela pela primeira vez para aquele hotel na Espanha e explicou que tudo lá era *all inclusive*. Porque, se a gente tem uma avó, a vida inteira é *all inclusive*.

Os professores da escola dizem que Elsa tem "dificuldade de se concentrar". Mas não é verdade. Ela consegue recitar todos os livros do Harry Potter em grande parte de cor. É capaz de listar os superpoderes de todos os X-Men e sabe exatamente quais deles o Homem-Aranha conseguiria ou não enfrentar num duelo. É capaz de desenhar uma cópia quase totalmente perfeita do mapa do *Senhor dos Anéis* de olhos fechados. Isso se vovó não fica do lado puxando o papel e chiando que aquilo está chato demais e que vai pegar o Renault e "fazer alguma coisa" em vez daquilo, claro. Ela está um pouco inquieta, a vovó. Mas mostrou a Elsa todos os cantos de Miamas e dos outros cinco reinos da Terra-dos-Quase-Despertos. Inclusive as ruínas de Mibatalos, que foram devastadas pelas sombras no fim da Guerra-Sem-Fim. Elsa ficou com vovó nos penhascos do litoral em que os noventa e nove anjos da neve se sacrificaram, olhando para o mar por sobre o qual um dia as sombras retornarão. Ela sabe tudo sobre as sombras, porque vovó sempre diz que é preciso conhecer seus inimigos melhor do que a si mesmo.

As sombras eram dragões no início, mas tinham uma malignidade e uma escuridão em si tão fortes que se transformaram em outra coisa muito mais perigosa. Elas odeiam os seres humanos e suas histórias há tanto tempo e com tanta intensidade que a escuridão nelas acabou envolvendo seu corpo inteiro, até que não deu mais para distinguir o contorno delas. É por isso que são tão difíceis de derrotar, porque podem desaparecer entrando em paredes ou no chão e emergir em outro lugar. Elas são ferozes e têm sede de sangue, e, se for mordido por elas, você não morre, é atingido por um destino infinitamente pior do que esse: você perde sua imaginação. Ela sai das feridas e deixa você cinza e vazio, definhando ano após ano, até seu corpo ser só uma casca. Até que ninguém se lembra mais de nenhuma história.

E, sem histórias, Miamas e toda a Terra-dos-Quase-Despertos têm uma morte sem fantasia. O tipo mais horrível de morte. Mas Coração de Lobo derrotou as sombras na Guerra-Sem-Fim. Ele saiu das florestas quando as histórias mais precisavam dele e expulsou as sombras para o mar. E um dia as sombras vão retornar, e talvez seja por isso que vovó conta todas as histórias para ela agora, pensa Elsa. Para prepará-la.

Então os professores estão enganados. Elsa não tem dificuldade nenhuma em se concentrar. Ela só se dedica às coisas certas.

Minha avó pede desculpas

Vovó diz que as pessoas que pensam devagar sempre vão acusar as que pensam depressa de ter dificuldade de concentração. "Os idiotas não conseguem entender que os não idiotas podem acabar de pensar numa coisa e já ter passado para outro pensamento antes de eles fazerem isso. É por isso que os idiotas sempre têm tanta raiva e são agressivos. Porque nada os assusta mais do que uma menina inteligente."

Ela costuma dizer isso para Elsa nos dias em que ela teve mais dificuldade que o normal de se concentrar na escola. Nesses dias, elas costumam se deitar na cama gigante da vovó, embaixo de todas as fotografias em preto e branco no teto, e fecham os olhos até as pessoas nas fotografias começarem a dançar. Elsa não sabe quem elas são, vovó só as chama de suas "estrelas", porque, quando a luz dos postes é filtrada pelas persianas, elas cintilam como na abóbada celeste. Nelas há homens de uniforme, de jaleco e outros quase totalmente sem roupa. Homens altos, que sorriem, de bigode e baixinhos de chapéu, e eles ficam todos de pé do lado da vovó, com uma expressão como se ela tivesse acabado de contar uma piada suja. Nenhum deles olha para a câmera, porque não conseguem tirar os olhos dela.

Vovó é jovem. Ela é bonita. É imortal. Fica do lado das placas de trânsito com letras que Elsa não sabe ler e diante de tendas no deserto entre homens com armas na mão. E em toda parte, nas fotografias, há crianças. Algumas estão com a cabeça envolta em ataduras, outras estão deitadas em camas de hospital com tubos no corpo, e uma só tem um braço e um toco onde o outro deveria estar. Mas um menino não parece nem um pouco ferido. Dá a impressão de que conseguiria correr dez quilômetros descalço. Ele tem a idade de Elsa, um cabelo tão grosso e desgrenhado que daria para perder uma chave dentro dele e um olhar como se tivesse acabado de saber onde existe um estoque secreto cheio de fogos de artifício e sorvete. Os olhos dele são grandes e redondos e tão pretos que a parte branca ao redor deles parece giz numa lousa. Elsa não sabe quem ele é, mas ela o chama de "Menino-lobisomem", porque é isso que acha que ele parece ser.

Ela sempre pensa em perguntar mais para vovó sobre o Menino-lobisomem. Mas, à medida que pensa, suas pálpebras se fecham, e, no instante seguinte, ela e vovó estão sentadas cada uma no lombo de algum bicho-nuvem, pairando por sobre a Terra-dos-Quase-Despertos, e logo aterrissam nas portas de Miamas. E aí Elsa pensa que vai perguntar para vovó na manhã seguinte.

E então, em certa manhã, não há mais manhã.

Elsa está sentada no banco do lado de fora da janela grande. Está com tanto frio que os dentes estão batendo. Lá dentro, mamãe conversa com uma mulher que soa como uma baleia. Ou, ao menos, é como Elsa imagina que uma baleia soe. Difícil saber quando nunca se encontrou uma baleia de verdade, mas ela soa do jeito que o toca-discos da vovó soava, depois que ela tentou construir um robô. Não estava muito claro exatamente que tipo de robô vovó tinha pensado que seria, mas, de qualquer jeito, ele não ficou grande coisa. Depois disso, o toca-discos ficou com o som de uma baleia quando tocava disco. Naquela tarde, Elsa aprendeu tanto o que era um LP quanto um CD. Foi aí que ela compreendeu por que as pessoas de idade pareciam ter tanto tempo sobrando. No passado, antes de surgir o Spotify, elas gastavam muito tempo trocando de música. Ela aperta mais um pouco o colarinho do casaco e o cachecol da Grifinória em volta do queixo. A primeira neve caiu durante a noite. Meio que a contragosto. Como se os primeiros flocos tivessem soltado uma exclamação de desdém quando derreteram de encontro ao asfalto para deixar claro que não fazem isso porque mandaram, mas porque querem. Agora eles já são tantos que dá para fazer anjos de neve fácil, fácil. Elsa adora isso.

Em Miamas, há anjos de neve o ano todo. Só que eles não são muito legais, claro, cutuca vovó sempre. São bem arrogantes, acham que são muito importantes e sempre reclamam dos funcionários quando comem em algum dos restaurantes. "Ficam cheirando o vinho e essas chatices", diz vovó. Mas Elsa pensa que não tem tanto problema achar que a gente é muito importante, se a gente é mesmo muito importante.

Elsa estica os pés e apanha os flocos nos sapatos. Ela odeia ficar sentada num banco do lado de fora esperando mamãe, mas, mesmo assim, faz isso, porque a única coisa que odeia mais é ficar sentada do lado de dentro, esperando mamãe.

Ela quer ir para casa. Com vovó. Porque é como se o prédio inteiro sentisse saudade da vovó agora. Não as pessoas que moram nele, mas o próprio prédio. Ele racha e estala por dentro das paredes. E o Nosso Amigo ficou uivando ininterruptamente do seu apartamento durante duas noites inteiras. Britt-Marie obrigou Kent a tocar a campainha do apartamento do Nosso Amigo, mas ninguém abriu. Ele latiu tão alto que Kent tropeçou e foi trombar com uma parede. Então Britt-Marie ligou para a polícia. Faz tempo que ela odeia o Nosso Amigo. Alguns meses atrás, andou pelo prédio colhendo assinaturas num abaixo-assinado, que enviaria para a casa do proprietário, exigindo que "aquele cão de caça apavorante" fosse despejado.

"Não podemos ter cachorros no condomínio. É questão de segurança! É perigoso para as crianças, e a gente precisa pensar nas crianças!", Britt-Marie explicava a todos, como se realmente estivesse preocupada com as crianças. Tudo isso, apesar de as únicas crianças do prédio serem Elsa e o menino com síndrome, e Elsa tem certeza absoluta de que Britt-Marie não se preocupa demais com sua segurança.

O menino com síndrome mora no apartamento de frente para o do cão de caça apavorante, mas a mãe dele disse despreocupada para Britt-Marie que acreditava que o menino era mais incômodo para o cão de caça do que o contrário. Vovó não conseguia parar de rir quando contou isso para Elsa, mas Elsa ficou preocupada, pensando se Britt-Marie não ia querer proibir crianças também. Nunca dá para ter certeza em se tratando de Britt-Marie.

Lennart e Maud foram os únicos que assinaram o abaixo-assinado, não porque de fato não gostem de cães, mas já que têm muita dificuldade de dizer não para qualquer pessoa em geral, em especial para Britt-Marie. Quando vovó viu a lista com o nome deles, desceu para perguntar como podiam assinar um abaixo-assinado para proibir cachorros no prédio, quando eles próprios tinham a Samantha. Lennart e Maud pareceram muito surpresos. "Isso se trata de cachorro, não de Samantha", disse Lennart, cautelosamente. Maud assentiu tão cuidadosamente quanto e esclareceu: "Na realidade, Samantha é um *bichon frisé*."

Vovó tinha dificuldade de contar essa história sem chamar Lennart e Maud de coisas que faziam Elsa reclamar, porque aquilo, na verdade, chamava-se "deficiência psíquica". Então vovó resmungava alguma coisa sobre "tudo ter que ser tão politicamente correto hoje em dia" e acendia outro cigarro.

A própria Britt-Marie explicou com um sorriso afável para vovó que, na verdade, se tratava do fato de que Samantha "não é nenhum cão de caça tão apavorante assim!", e então Elsa achou que talvez não desse para saber que, mesmo que Samantha parecesse contente, talvez estivesse se roendo por dentro. Mas ela não disse isso em voz alta. Porque nunca se sabe em se tratando de Britt-Marie.

———

Elsa desce do banco e começa a dar voltas na neve para afastar o calor dos pés. Ao lado da janela grande, onde a mulher-baleia trabalha, fica um mercado. Há uma placa na frente. "BATATA DOCE 29,90." Elsa tenta se controlar, porque mamãe sempre diz que ela deve fazer isso. Mas, por fim, ela pega sua canetinha no bolso do casaco e faz um hífen bem retinho entre "BATATA" e "DOCE".

Fica olhando para o resultado aliviada. Coloca a canetinha de volta no bolso e vai se sentar no banco de novo. Recosta a cabeça, fecha os olhos e sente os flocos de neve pousarem com pezinhos frios no seu rosto. Quando o cheiro de fumaça alcança suas narinas, ela primeiro acha que está imaginando. De início, é realmente maravilhoso sentir esse aroma espesso penetrar na boca de novo, e sem Elsa entender direito o motivo, ele a faz se sentir segura e aconchegada.

Mas aí ela sente outra coisa. Algo que fica batendo atrás das costelas. Como um sinal de alerta.

O homem está de pé a uma certa distância. Na sombra de um dos edifícios. Ela não o enxerga totalmente com clareza, somente distingue o olho vermelho do cigarro entre seus dedos e que ele é muito magro. Como se não tivesse contornos. Ele está meio virado para o outro lado, como se nem a tivesse visto.

Minha avó pede desculpas

Elsa não sabe por que fica com tanto medo, mas, quando se dá conta, está apalpando ao seu redor no banco, para ver se encontra uma arma. Isso é muito estranho, porque nunca faz isso no mundo real. No mundo real, o primeiro instinto dela sempre é o de correr. Somente em Miamas ela pegaria a espada ao pressentir um perigo, como fazem todos os cavaleiros. Mas Elsa não acha nenhuma espada ali.

Quando ergue os olhos de novo, o homem continua lá de pé, virado para o outro lado, mas ela quase pode jurar que agora ele está mais perto. Ele continua na sombra, embora tenha se afastado do prédio. Como se a sombra não viesse do prédio, mas do próprio homem. Elsa pisca e, quando abre os olhos, não acha mais que o homem se aproximou.

Ela sabe que ele fez isso.

Elsa desce do banco deslizando, recua até a janela grande e tateia até encontrar a maçaneta da porta. Entra aos tropeços. No prédio, respira ofegante e procura se acalmar. Só quando a porta se fecha atrás dela com um clique agradável é que entende por que o cheiro da fumaça do cigarro a fizera se sentir segura. O homem fuma o mesmo tipo de fumo que vovó. Elsa o reconheceria em qualquer lugar, pois vovó costuma deixar que ela ajude a enrolar os cigarros, porque, segundo ela, Elsa tem "dedos bem pequenos que são perfeitos para essas miudezas".

Quando dá uma olhada pela janela, não sabe mais o que é sombra e o que não é. Num momento, imagina que o homem está parado do outro lado da rua, mas logo começa a se perguntar se realmente chegou a vê-lo.

Elsa dá um salto como um animal assustado quando as mãos da mamãe deslizam por seus ombros. Ela se vira com olhos arregalados, antes de as pernas cederem. O cansaço paralisa todos os seus sentidos nos braços da mamãe. Ela não dorme há dois dias. A barriga esticada da mamãe já está grande o suficiente para equilibrar xícaras de chá em cima. George costuma dizer que esse é o jeito de a natureza dar um descanso para uma mulher grávida.

— Agora nós vamos para casa — sussurra mamãe suavemente em seu ouvido.

Elsa afasta o cansaço e se desvencilha das mãos dela.

– Eu quero falar com a vovó primeiro!

Mamãe parece devastada. Elsa sabe disso porque "devastada" é uma palavra da jarra de palavras. Mais tarde a gente fala da jarra de palavras aqui nessa história. Uma coisa de cada vez.

– É... amor... não sei se essa é uma boa ideia – sussurra mamãe.

Mas Elsa já passou correndo pelo balcão da recepção e entrou no quarto. Ela ouve a mulher-baleia berrando atrás dela, mas em seguida ouve a voz contida da mamãe, pedindo que deixe Elsa entrar.

Vovó a espera no meio do quarto. Há um cheiro de lírios lá dentro, as flores favoritas da mamãe. Vovó não tem flores favoritas porque as plantas nunca vivem mais do que um dia no seu apartamento e, num episódio raríssimo de autoavaliação, quem sabe incentivada por sua neta favorita, vovó decidiu que é maldade demais contra a natureza ter flores favoritas assim.

Elsa permanece amuada a uma certa distância, com as mãos enfiadas nos bolsos do casaco. Bate os sapatos no chão de propósito para tirar a neve deles.

– Eu não quero participar dessa caça ao tesouro, ela é idiota!

Vovó não responde. Ela nunca responde quando sabe que Elsa tem razão. Elsa bate os sapatos de novo para tirar a neve.

– VOCÊ é idiota – diz de forma cortante.

Vovó também não responde. Elsa senta-se na cadeira ao lado dela e estende a carta.

– Você mesma pode entregar essa carta idiota – sussurra.

Já faz dois dias que o Nosso Amigo começou a uivar. Dois dias desde que Elsa esteve pela última vez na Terra-dos-Quase-Despertos e no reino de Miamas. Ninguém fala a verdade para ela. Todos os adultos tentam maquiar as coisas para não soarem perigosas ou assustadoras ou terríveis. Como se vovó não tivesse ficado nem um pouco doente. Como se fosse só um acidente. Mas Elsa sabe que eles estão mentindo, porque a avó de Elsa não se mete em acidentes. São os acidentes que se metem com vovó.

E Elsa sabe o que é câncer. Está na Wikipédia.

Minha avó pede desculpas

Ela empurra o lado do caixão para ver se há alguma reação. Porque, por dentro, continua tendo esperança de que isso seja só uma pegadinha da vovó. Como daquela vez em que ela vestiu o boneco de neve com roupa de verdade para ele parecer uma pessoa que tivesse caído da sacada, e Britt-Marie ficou tão brava, quando entendeu que era brincadeira, que ligou para a polícia. E, na manhã seguinte, Britt-Marie deu uma olhada pela janela e descobriu que vovó tinha feito outro boneco de neve igualzinho àquele, e então ela ficou "completamente pê da vida", como vovó disse, e saiu correndo com uma pá de neve na mão. Aí, de repente, o boneco de neve pulou do chão e gritou: "BUUUU!!!"

Vovó contou depois que tinha ficado deitada na neve durante várias horas esperando Britt-Marie e que pelo menos dois gatos fizeram xixi nela durante esse tempo. "Mas valeu a pena!", disse vovó, sorrindo.

Claro que Britt-Marie ligou para a polícia, mas eles disseram que fazer pegadinha não era crime. Britt-Marie discorda completamente disso. Ela chamou vovó de *hooligan*.

Elsa tem saudade disso.

Vovó não se levanta dessa vez. Elsa bate com os punhos no lado do caixão, mas vovó não responde, e ela então bate cada vez mais forte, como se assim pudesse eliminar tudo que está errado. Destruir tudo que está quebrado. Por fim, ela desce da cadeira, ajoelha-se no chão e sussurra:

— Você sabe que eles estão mentindo? Dizem que você "partiu, que nós "perdemos" você. Ninguém diz "morreu".

Elsa enfia as unhas na palma das mãos, um tremor a agitar-lhe todo o corpo.

— Eu não sei chegar até Miamas com você morta...

Vovó não responde. Elsa apoia a testa no caixão. Sente a madeira fria contra a pele e lágrimas quentes nos lábios. Então percebe os dedos suaves da mamãe na sua nuca, vira-se, lança os braços em volta do pescoço dela, e mamãe a carrega para fora. Para longe.

Quando abre os olhos de novo, está sentada no Kia, o carro da mamãe. Ela está do lado de fora na neve, conversando com George no telefone. Elsa sabe que mamãe não quer que ela fique ouvindo porque estão falando do enterro. Ela não é nenhuma idiota.

Elsa continua com a carta da vovó nas mãos. Sabe que não se deve ler as cartas dos outros, mas com certeza leu esta umas cem vezes nos últimos dois dias. Claro que vovó sabia que ela faria isso, então escreveu a carta inteira com letras que Elsa não entende. Com letras das placas de trânsito das fotografias da vovó.

Elsa fita as letras, magoada. Vovó sempre dizia que ela e Elsa nunca teriam segredos uma para a outra, só entre elas. Está furiosa com vovó por ter mentido, porque agora está sentada aqui com o maior segredo de todos e não consegue ler porcaria nenhuma. E sabe que, se ela se desentender com vovó agora, esse vai ser um recorde pessoal que elas nunca vão poder bater.

A tinta escorre por cima do papel quando ela pisca os olhos sobre ele. Embora haja letras que Elsa não entende, provavelmente vovó cometeu erros de ortografia, como se as letras tivessem simplesmente sido jogadas ao acaso, enquanto ela já estava com a cabeça em outro lugar. Não é que vovó não saiba escrever, é só que ela pensa tão rápido que as letras não conseguem acompanhar. E, diferentemente de Elsa, vovó não vê qual é a graça de existirem regras de ortografia. "Você entende o que eu quero dizer, caramba!", protesta ela toda vez que passa bilhetes secretos para Elsa enquanto jantam com mamãe e George, e Elsa coloca o hífen nos lugares certos com sua canetinha vermelha. Essa é uma das poucas coisas pelas quais elas realmente brigam, porque Elsa acha que as letras são algo mais do que simplesmente um jeito de passar a mensagem. Algo mais importante.

Ou brigavam. Elas costumavam brigar por causa disso.

Só há uma única palavra em toda a carta que Elsa consegue ler. Só uma que está escrita com letras normais, aparentemente largada por acaso no meio do texto. Tão anônima que até Elsa passou direto por ela nas primeiras vezes que a leu. Ela lê a palavra várias vezes em seguida, até que não consegue mais enxergar de tanto piscar os olhos. Crava as unhas mais fundo na palma das mãos. Sente-se traída e com raiva por dez mil motivos e, provavelmente, mais outros dez mil que ainda nem passaram por sua cabeça. Porque ela sabe que não é nenhum acaso. Vovó escreveu a palavra exatamente lá de propósito, para Elsa conseguir encontrá-la.

O nome escrito no envelope é o mesmo que está na caixa de correio do Monstro. E a única palavra que ela consegue ler na carta é "Miamas".

Vovó sempre amou caça ao tesouro.

6

DETERGENTE

Ela está com três arranhões no rosto. Como se tivessem sido deixados por garras. E sabe que eles vão querer saber como tudo começou. Elsa saiu correndo, essa é a resposta simples. Ela corre bem. A gente fica bom em correr, se correm atrás da gente com frequência.

Nessa manhã, ela mentira para mamãe dizendo que as aulas começariam uma hora mais cedo do que o normal na escola. E quando mamãe questionou, Elsa puxou a carta da mãe ruim, que é como o Renault: nenhuma grande beleza, mas funciona surpreendentemente bem. "Eu já disse pra você umas cem vezes que as aulas começam mais cedo na segunda-feira! Eu até te dei um bilhete, mas você não escuta mais o que eu digo!", falou Elsa, irritada, sem olhar para a mãe. Então, ela parou de questionar. Murmurou alguma coisa sobre "cabeça de grávida" e pareceu envergonhada. Esse é o jeito mais fácil de desestabilizar mamãe, conseguir fazer com que ela pense que, por um segundo, perdeu o controle.

Em geral, só havia duas pessoas no mundo inteiro que sabiam como fazer mamãe perder o controle. Agora, só havia uma. É um poder muito grande para ser posto nas mãos de alguém que não tem nem oito anos.

Na hora do almoço, Elsa pegou o ônibus de volta para casa, porque achava mais fácil se esquivar de Britt-Marie durante o dia. No caminho, parou no mercado e comprou quatro sacos de chocolate Daim. O prédio estava escuro e silencioso como só o da vovó podia ficar sem ela, como se ele também sentisse saudade dela. Elsa se escondeu de Britt-Marie, que estava indo para o depósito da coleta seletiva sem levar nada. Depois de verificar o conteúdo de todas as latas de lixo e torcer a boca em desagrado, como sempre faz quando vê algo que resolve mencionar sem falta na próxima reunião dos locatários, Britt-Marie desapareceu no caminho do mercado onde daria uma passada e levaria um bom tempo torcendo a boca. Então, Elsa entrou de fininho pela porta e subiu até o primeiro andar. Ali, ela parou tremendo de medo e raiva diante da porta, com a carta na mão. A raiva era da vovó. O medo era do Monstro. E foi assim que começou.

Pouco depois disso, ela saiu correndo tão rápido que as solas dos pés pareciam estar pegando fogo. E agora ela está sentada numa sala com arranhões vermelhos brilhantes como de garras no rosto e espera mamãe, e sabe que eles vão querer saber como tudo começou. Elsa odeia segunda-feira, porque foi assim que começou. Por ser segunda-feira.

Ela dá um empurrão no globo terrestre que está bem na extremidade da escrivaninha. O diretor parece ficar desconfortável quando ela faz isso. Então ela capricha mais.

— Será que você poderia parar com isso, Elsa — diz o diretor, sem ponto de interrogação no final da frase.

— O ar é para todos — explica Elsa.

O diretor inspira, furioso. Aponta para os arranhões no rosto dela.

— Então? Você está preparada para contar como tudo isso começou?

Ela não lhe concede uma resposta.

Mas foi esperteza da vovó. Isso Elsa precisa admitir. Ela continua megairritada com essa caça ao tesouro idiota, mas foi esperteza da vovó escrever "Miamas" com letras normais na carta. Porque Elsa tinha ficado lá na escada criando coragem durante, pelo menos, cem eternidades antes de tocar a campainha. E se vovó não soubesse que Elsa leria a carta apesar de não se dever ler as cartas dos outros, e se ela não tivesse escrito "Miamas" com letras normais, Elsa teria simplesmente jogado o envelope na caixinha de correio do Monstro e saído correndo. Em vez disso, ela ficou lá parada tocando a campainha, porque estava pensando em exigir que o Monstro respondesse suas perguntas.

Porque Miamas é da vovó e de Elsa. Só delas. A raiva de Elsa de ficar sabendo que vovó estava pensando em levar mais algum imbecil para lá era maior do que o medo dela de algum monstro. Está bem, não *muito* maior que o medo de monstros, talvez. Mas o suficiente.

Nosso Amigo continuava uivando no apartamento ao lado, mas não aconteceu nada quando ela tocou a campainha no apartamento do Monstro. Elsa a tocou de novo e bateu à porta de forma que a madeira rangeu. Por fim, ela deu uma espreitada pela caixinha de correio, mas estava tudo escuro lá dentro. Nem um movimento. Nem uma respiração. A única coisa que sentiu foi um cheiro forte de detergente, daquele tipo que sobe pelas mucosas nasais e começa a chutar o interior do globo ocular quando você o inspira.

Mas nenhum monstro. Nem unzinho.

Então, Elsa tirou a mochila das costas e pegou os quatro saquinhos de chocolate Daim. Eliminou o papel de todos os pedaços e despejou-os na caixinha de correio do Nosso Amigo. Durante um instante, a criatura parou de uivar lá dentro. Elsa resolveu chamá-lo de "criatura", até ela chegar a uma conclusão do que ele é de fato, porque, independentemente do que Britt-Marie diz, Elsa tem absoluta certeza de que, de qualquer modo, não é cachorro coisa nenhuma. Nenhum cachorro é tão grande assim.

— Você tem que parar de uivar, Britt-Marie vai chamar a polícia, e eles vão vir aqui matar você — sussurrou ela pela caixinha de correio.

Ela não sabe se a criatura entendeu. Mas, de qualquer modo, ele ficou em silêncio e comeu seu Daim. Assim como todas as criaturas racionais ficam quando lhes oferecem Daim.

— Se você vir o Monstro, diga que eu tenho uma correspondência pra ele — pediu Elsa.

A criatura não respondeu, mas dava para Elsa sentir o hálito quente, quando ele farejou a porta.

— Diga que minha avó manda lembranças e pede desculpas — sussurrou ela.

Então, ela colocou a carta na mochila e pegou o ônibus de volta para a escola. E quando deu uma olhada pela janela, pensou que o tinha visto de novo. O homem magro que estava diante da agência funerária ontem quando mamãe falava com a mulher-baleia. Agora ele estava na sombra do prédio no outro lado da rua. Ela não viu o rosto dele por trás da fumaça do cigarro, mas o gélido pavor instintivo tinha se infiltrado ao redor das costelas dela.

Então ele sumiu.

Elsa acha que talvez tenha sido por isso que ela não conseguiu se tornar invisível quando foi para a escola. A invisibilidade é o tipo de superpoder que a gente pode treinar, e Elsa já praticou muito mesmo, mas não funciona se a gente estiver com raiva ou com medo. Elsa estava com as duas coisas quando chegou à escola. Com medo de homens que surgem nas sombras, sem ela saber o motivo, e com raiva da vovó porque ela envia cartas para monstros, e tanto com raiva quanto com medo dos monstros. Monstros normais têm a decência de morar bem no fundo de cavernas pretas ou de mares congelados. Os monstros assustadores normais, na verdade, não moram em apartamento, nem recebem correspondência.

E, além disso, Elsa odeia segunda-feira. A escola é sempre pior na segunda-feira, porque, nesse dia, aqueles que perseguem os outros foram obrigados a esperar o fim de semana inteiro para poder importunar alguém. Os bilhetes no armário dela são sempre piores na segunda-feira. Então pode ser por isso que a invisibilidade também não funcione. Ela sempre funciona pior na segunda-feira.

Elsa dá mais um cutucão no globo terrestre do diretor. Aí ela ouve a porta se abrir atrás dela, e o diretor se levanta aliviado.

– Oi! Desculpe o atraso! Foi o trânsito! – diz mamãe ofegante, e Elsa sente os dedos dela deslizando carinhosamente pela nuca.

Elsa não se vira. Ela sente o celular da mamãe deslizar pela nuca também, porque mamãe sempre está com ele na mão. Como se ela fosse um cyborg e ele uma parte do seu tecido orgânico.

Elsa gira um pouquinho mais ostensivamente o globo terrestre. O diretor senta-se em sua cadeira de novo, inclina-se para a frente e tenta discretamente puxá-lo para fora do alcance dela. Volta-se esperançoso para mamãe.

– Então, será que esperamos o pai de Elsa?

O diretor gostaria muito que papai estivesse presente nesse tipo de reunião porque parece pensar que, em geral, é um pouco mais fácil discutir com os pais nesse tipo de situação. Mamãe não aparenta ficar muito contente com essa pergunta.

– O pai de Elsa viajou e infelizmente só volta amanhã – responde ela contida.

O diretor parece decepcionado.

– Ah, sim, claro que o objetivo não é criar nenhum tipo de pânico aqui. Principalmente não para você, na sua situação...

Ele aponta com a cabeça na direção da barriga da mamãe, que aparenta se conter bastante para não perguntar exatamente o que ele quer dizer com isso. O diretor pigarreia e, imediatamente, afasta o globo terrestre um pouco mais da ponta dos dedos esticados de Elsa. Ele parece querer advertir à mamãe que pense na criança. As pessoas sempre recomendam que mamãe faça isso quando temem que ela vá ficar com raiva.

"Pense na criança." Elas costumavam se referir a Elsa quando diziam isso. Mas agora se referem à Metade.

Elsa estica o pé e dá um chute num cesto de lixo. Ela ouve o diretor e mamãe conversando, mas não presta atenção. Lá no fundo, espera que vovó a qualquer momento entre berrando e brandindo os punhos, como se estivesse indo para uma luta de boxe num filme antigo. Na última vez que Elsa foi chamada para a diretoria, o diretor só ligou para mamãe e o papai, mas vovó também veio. Vovó não era o tipo de pessoa para quem se tem que ligar.

Naquele dia, Elsa também ficou lá sentada, girando o globo terrestre da escrivaninha do diretor. O menino que a tinha deixado com o olho roxo, daquela vez, também estava lá com os pais. O diretor se virou para o pai de Elsa e disse: "Então, você sabe, isso é só uma brincadeira normal de menino dessa idade..." Depois disso, ele levou um bom tempo tentando explicar para mamãe o que era uma "brincadeira normal de menina" nesse caso, porque ela queria muito saber.

O diretor tinha tentado acalmar vovó dizendo ao menino, que fez Elsa ficar com o olho roxo, que "é realmente uma covardia bater em menina", mas vovó não se acalmou nem um pouco com isso. "Não é uma covardia bater em menina, caramba!", rugiu ela para o diretor. "O menino não é um idiota porque bateu numa menina, caramba! Ele é um idiota porque ele BATE!" E então o pai do menino ficou indignado e começou a gritar com vovó porque ela disse que seu filho era um idiota, e nesse momento vovó respondeu que iria para casa ensinar a Elsa como se "chuta um menino no meio das pernas", e que aí eles veriam "como é superlegal brigar com menina!". Então o diretor pediu que todos se acalmassem um pouco. Foi o que todos fizeram por um instante. Mas aí o diretor quis que o menino e Elsa dessem as mãos e pedissem desculpas um ao outro, então vovó deu um salto da cadeira e disparou: "Por que raios Elsa deveria pedir desculpas?" O diretor disse que Elsa devia assumir parte da culpa, já que tinha "provocado" o menino e que era preciso entender que ele teve "dificuldade em se conter". E foi aí que vovó tentou atirar o globo terrestre no diretor, mas mamãe conseguiu segurar seu braço no último segundo, de forma que a trajetória ficou errada e o globo acertou o computador do diretor, quebrando-lhe a tela. "EU FUI PROVOCADA, ENTÃO NÃO CONSEGUI ME CONTER!", berrou vovó para o diretor enquanto mamãe a arrastava até o corredor.

Vovó era bem intratável quando era provocada. Era mesmo.

É por isso que Elsa sempre rasga todos os bilhetes que encontra em seu armário. Bilhetes que dizem que ela é feia. Que é nojenta. Que vão matá-la. Elsa rasga os bilhetes em pedacinhos tão pequenos que mal se enxerga e os joga em diversos cestos de lixo da escola inteira. É um gesto de compaixão, para que vovó nunca tenha que vê-los. E também para com os autores dos bilhetes, porque vovó os teria matado, se tivesse ficado sabendo.

Elsa levanta-se um pouco da cadeira, inclina-se rapidamente para a frente, por cima da escrivaninha, e gira o globo de novo. O diretor parece desesperado. Elsa afunda na cadeira, satisfeita.

— Mas meu Deus do céu, Elsa! O que aconteceu no seu rosto! – brada mamãe, com ponto de exclamação no final quando vê os três machucados vermelhos.

Elsa dá de ombros sem responder. Mamãe se vira para o diretor. Os olhos dela ardem.

— O que aconteceu com o rosto dela?!

O diretor se retorce na cadeira.

— Bem, então. Vamos ficar calmos. Pense que... enfim, pense na criança.

Ele não aponta para Elsa quando diz essa última frase, e sim para mamãe. Elsa estica o pé e chuta o cesto de lixo de novo. Mamãe respira bem fundo e fecha os olhos. Em seguida, traz o cesto de lixo para mais perto da escrivaninha. Elsa dá uma olhada, ressentida, para ela, afunda tanto na cadeira que precisa se apoiar nos braços para não escorregar e estica o pé de forma que ele quase toca a ponta do cesto de lixo. Mamãe suspira. Elsa também e mais alto. O diretor olha para elas e depois para o globo da sua escrivaninha. Puxa-o um pouco mais para perto.

— Bem... – começa ele por fim, rindo meio sem graça para mamãe.

— Essa foi uma semana complicada para toda a família – interrompe mamãe imediatamente, soando como se estivesse tentando pedir desculpas.

Elsa odeia isso.

— Nós todos sentimos empatia pela situação – diz o diretor, da forma como as pessoas que não sabem o que significa "sentir empatia" usam a expressão.

— Claro que isso não vai se repetir – diz mamãe.

O diretor lança um olhar nervoso na direção do globo.

— Lamentavelmente esse não é o primeiro conflito em que Elsa se mete aqui na escola.

— Nem o último – murmura Elsa.

— Elsa! – explode mamãe.

— Mamãe!!! – ruge Elsa, com três pontos de exclamação.

A mãe suspira. Elsa também e mais alto. O diretor pigarreia e segura o globo com as mãos enquanto diz:

Minha avó pede desculpas

— Nós... então, nós que trabalhamos aqui na escola, em conjunto com a assistente social, claro, pensamos que talvez seja benéfico para Elsa ter ajuda de um psicólogo para canalizar suas agressões.

— Um psicólogo? Mas será que isso não é um pouco dramático demais? – diz a mãe, hesitante.

O diretor mostra a palma das mãos como se pedisse desculpas ou como se estivesse pensando em começar a tocar um pandeiro de faz de conta.

— Não que nós achemos que exista algo *errado*! De jeito nenhum! Pode ser benéfico a muitas crianças com necessidades especiais ir a um psicólogo. Não há do que se envergonhar!

Elsa estica a ponta dos pés e derruba o cesto de lixo.

— Por que você mesmo não vai ao psicólogo? – diz ela para o diretor.

— Elsa! – retruca mamãe, mordaz.

— MAMÃE!!! – retruca Elsa, mais mordaz ainda.

O diretor decide colocar o globo em segurança no chão ao lado de sua cadeira. Mamãe inclina-se para a frente na direção de Elsa e, claramente, se esforça muito para não levantar a voz.

— Se você disser para mim e para o diretor quais crianças brigam com você, poderemos te ajudar a resolver os conflitos em vez de acontecer isso aqui toda vez, amor.

Elsa dá uma olhada para cima com os lábios contraídos formando uma linha fina. Os arranhões no rosto pararam de sangrar, mas continuam brilhantes como lâmpadas de neon. Como se uma nave espacial minúscula estivesse indo aterrissar no rosto dela.

— Quem cochicha o rabo espicha – comenta ela, sucintamente.

A mãe a encara.

— Mas pelo amor de... Elsa!

Elsa cruza os braços.

— Por favor, Elsa – tenta o diretor, fazendo uma careta que Elsa supõe que seja a maneira dele de sorrir um pouco.

— Por favor você – responde Elsa, sem sorrir nem um pouco.

O diretor dá uma olhada para mamãe.

— Nós, bem, os funcionários da escola e eu, cremos que talvez Elsa, às vezes, deva tentar simplesmente ir embora, quando sentir que vai haver um conflito...

Elsa não espera a resposta da mamãe. Porque ela sabe que mamãe não vai defendê-la. Então apanha sua mochila no chão e se ergue da cadeira.

— Podemos ir agora ou o quê?

Então o diretor diz que ela pode ir para o corredor. Ele parece aliviado. Elsa faz isso enquanto mamãe fica sentada lá dentro, pedindo desculpas. Elsa odeia isso. Tudo que ela quer é ir para casa, assim não será mais segunda-feira.

Na última aula antes do almoço, um dos professores metidos disse que a lição de casa que teriam que fazer durante as férias de Natal seria elaborar uma apresentação sobre o tema "Um herói literário que eu admiro". Era para eles se vestirem como o herói e falarem dele em primeira pessoa. Todos tiveram que levantar a mão e escolher seu herói. O professor escrevia o nome do herói primeiro numa lista e depois num pedacinho de papel que dava para cada aluno. Claro que Elsa pretendia escolher Harry Potter, mas ele foi escolhido antes. Então, quando chegou a sua vez, disse Homem-Aranha. Um dos meninos atrás dela ficou chateado porque era o que ele queria escolher. E aí começou a discussão. "Você não pode escolher o Homem-Aranha!", gritou o menino. Então Elsa disse: "Que pena, porque eu já escolhi!" Aí o menino disse: "Que pena pra VOCÊ!" Então Elsa respondeu com desdém: "*Sure!*" Porque essa é a palavra favorita dela em inglês. Aí o menino berrou que Elsa não podia ser o Homem-Aranha porque "só menino pode ser o Homem-Aranha!". Então Elsa disse que ele podia ser a namorada do Homem-Aranha. Em seguida, ele a empurrou para cima do aquecedor. Aí Elsa bateu nele com um livro.

Elsa, na verdade, continua achando que ele devia ficar grato por isso, porque aquele menino nunca tinha chegado tão perto assim de um livro. Mas então o professor veio correndo para separá-los e disse que ninguém ia poder mesmo ser o Homem-Aranha, porque ele só existe em filme, não é um "personagem literário". Elsa talvez tenha ficado um pouquinho indignada demais e perguntou para o professor se ele por acaso já tinha ouvido falar da editora Marvel. O professor não tinha. Então, Elsa gritou chocada: "E DEIXAM VOCÊ DAR AULA PARA CRIANÇA?!" Aí ela teve que ficar na escola depois da aula, "conversando" um tempão com o professor, embora só ele tenha falado.

O menino e mais alguns outros a esperavam quando ela saiu. A invisibilidade não estava funcionando, porque Elsa estava com raiva. Então ela puxou as alças da mochila, para ficar abraçada às suas costas como um filhote de coala, e saiu correndo.

Ela corre bem. As crianças diferentes são assim. Elsa ouviu um dos meninos gritar "pega ela!" e as batidas das pisadas atrás dela no asfalto coberto de gelo. Ouvia a respiração acelerada deles. Ela correu tão rápido que os joelhos batiam nas costelas e, se não fosse a mochila, teria conseguido pular a cerca, chegar à rua, e eles nunca a pegariam. Mas um dos meninos conseguiu alcançar a mochila. E claro que ela poderia ter se desvencilhado dela e saído correndo.

Mas a carta da vovó para o Monstro estava lá dentro. Então ela se virou e lutou. Tentou fazer como sempre faz, protegendo o rosto, porque não queria que mamãe ficasse triste com os arranhões. Mas não deu para proteger tanto o rosto quanto a mochila. Então as coisas seguiram seu curso. "A gente tem que escolher nossas batalhas se for possível, mas se a batalha escolher você é preciso enfiar o pé no meio das pernas do cretino!", vovó costumava dizer para Elsa, então foi isso que ela fez. Elsa é boa de briga, embora odeie violência. A gente fica bom de briga se batem com frequência na gente. É por isso que são sempre muitos quando correm atrás dela agora.

Mamãe sai da sala do diretor depois de eternidades de ao menos dez contos de fada, e elas atravessam o pátio vazio sem dizer nada uma à outra. Elsa senta no banco de trás do Kia com os braços em volta da mochila. Mamãe parece triste.

— Por favor, Elsa...

— Não fui eu que comecei! Ele disse que menina não pode ser o Homem-Aranha! – responde Elsa, defensivamente.

— Tá, mas por que você briga? — pergunta mamãe devastada.

— Porque sim!

— Você não é mais um bebê, Elsa. Você sempre diz que devo tratar você como adulta. Então pare de responder como um bebê. Por que você briga?

Elsa fica cutucando a borracha da porta do carro.

— Porque estou cansada de correr.

Então mamãe tenta se esticar para trás e acariciar suavemente os arranhões no rosto dela, mas Elsa afasta a cabeça. Mamãe suspira.

— Não sei o que fazer — diz ela, contendo o choro.

— Você não precisa fazer nada — resmunga Elsa.

Mamãe dá marcha a ré com o Kia e sai do estacionamento. Elas partem naquele tipo de eternidade silenciosa que só mãe e filha podem construir uma com a outra.

— Talvez a gente deva ir mesmo num psicólogo — diz ela, por fim.

Elsa dá de ombros.

— *Whatever.*

Essa é sua segunda palavra favorita em inglês. Mamãe não pergunta onde ela a aprendeu.

— Eu... Elsa... amor, eu sei que o que aconteceu com a vovó te abalou profundamente. A morte é difícil para todo mundo...

— Você não sabe de nada! — interrompe Elsa, puxando com tanta força a borracha da porta do carro que ela estala de encontro à janela quando a solta.

Mamãe engole em seco.

— Eu também estou triste, Elsa. Ela é minha mãe, não só sua avó.

Elsa gira a cabeça com uma fúria impassível.

— Você odiava ela. Então não vem falar besteira.

— Eu não a odiava. Ela era minha mãe.

— Vocês brigavam o tempo todo! Na certa, você está é FELIZ que ela morreu!!!

Elsa se arrepende de ter dito isso. Mas já é tarde demais. Faz-se um silêncio que dura todas as eternidades imagináveis, e ela fica cutucando a borracha da porta do carro até que a ponta se solte. Mamãe vê, mas não diz nada. Quando param num sinal vermelho, ela põe as mãos diante dos olhos e balança a cabeça resignada.

— Eu realmente estou tentando, Elsa. Realmente estou tentando. Sei que sou uma mãe ruim e que não estou em casa o suficiente, mas realmente estou tentando...

Elsa não responde. Mamãe massageia as têmporas.

— Talvez, de qualquer forma, a gente deva ver se consegue falar com um psicólogo.

— Você pode falar com um psicólogo – diz Elsa.

— É. Talvez eu deva.

— É. Talvez você deva!

— Por que você é tão má?

— Por que VOCÊ é tão má?

— Amor. Eu estou muito triste pela morte da vovó, mas nós precis...

— Não está, não!

Então acontece raro. Mamãe perde o controle e grita:

— ESTOU SIM, MERDA! TENTA ENTENDER QUE OUTRAS PESSOAS ALÉM DE VOCÊ PODEM ESTAR TRISTES E PARE DE SER UMA CRIANÇA TÃO PENTELHA!

Mamãe e Elsa ficam olhando uma para a outra. Mamãe coloca a mão diante da boca.

— Elsa... eu... querid...

Elsa balança a cabeça e puxa toda a borracha da porta do carro de uma vez. Ela sabe que venceu. Quando mamãe perde o controle, Elsa sempre vence.

— Chega. Não é legal gritar assim – resmunga ela.

Então acrescenta sem sequer dar uma olhada na mãe:

— Pense na criança.

7

COURO

É possível amar sua avó durante anos e anos sem realmente saber nada sobre ela.

É terça-feira quando Elsa encontra o Monstro pela primeira vez. A escola é melhor na terça-feira. Elsa só está com um olho roxo hoje, e olho roxo dá para a gente explicar dizendo que estava jogando futebol.

Ela está no Audi, que é o carro do papai. Ele não parece com o Renault em absolutamente nada. Normalmente papai só a pega na escola a cada duas sextas-feiras, porque é quando ela fica na casa do papai e de Lisette e dos filhos de Lisette. Em todos os outros dias, vovó costumava pegá-la, e agora é mamãe quem faz isso. Mas hoje mamãe e George estão num médico para dar uma olhada na Metade, então é papai que a pega, embora seja terça-feira.

Vovó sempre chegava na hora e ficava esperando no portão. Papai chega atrasado e fica sentado no Audi no estacionamento.

— O que houve com o olho? — pergunta papai, hesitante.

Ele voltou da Espanha hoje de manhã, porque estava lá com Lisette e os filhos de Lisette, mas não está bronzeado, já que não sabe como se faz isso.

— A gente estava jogando futebol — diz Elsa.

Vovó nunca teria deixado ela se safar com essa resposta.

Mas papai não é a vovó. Então ele só faz que sim meio hesitante e pede a ela que, por favor, coloque o cinto. É comum ele fazer isso. Fazer que sim meio hesitante. Papai é uma pessoa hesitante. Mamãe é perfeccionista, e papai é meticuloso, e foi um pouco por isso que o casamento deles não funcionou, imagina Elsa. Porque perfeccionista e meticuloso são duas coisas muito diferentes. Quando mamãe e papai arrumavam a casa, mamãe escrevia um plano minuto a minuto para a arrumação, mas então papai era capaz de ficar limpando a cafeteira durante duas horas e meia, e não se pode planejar uma vida com uma pessoa dessas por perto, dizia mamãe. Os professores da escola sempre dizem a Elsa que seu problema é não conseguir se concentrar – e isso é muito interessante, pensa Elsa, porque o grande problema do papai é que ele nunca consegue parar de se concentrar.

– Então, o que você gostaria de fazer? – diz papai, hesitante, colocando as mãos na direção.

É muito comum ele fazer isso. Perguntar o que Elsa quer fazer. Porque é muito raro haver alguma coisa que ele próprio queira fazer. E essa história da terça-feira surgiu muito de repente para ele, papai não sabe lidar muito bem com terças-feiras que surgem de forma inesperada. É por isso que Elsa só fica a cada dois fins de semana na casa dele, porque depois que ele conheceu Lisette, e ela e os filhos se mudaram para a casa dele, papai disse que lá ficou muito "bagunçado" para Elsa. Quando vovó soube disso, ela ligou para ele, chamando-o de "tapado" pelo menos umas dez vezes em um só minuto. Foi o recorde de tapado, inclusive para vovó. Quando desligou o telefone, ela se virou para Elsa e disparou: "Lisette! Que nome idiota, né?" E Elsa sabia que não era isso que ela queria dizer, claro, porque todos gostam de Lisette – ela tem os mesmos superpoderes que George. Mas vovó era o tipo de pessoa que levamos conosco para a guerra, e é por isso que Elsa a amava. Papai sempre chega atrasado quando vai pegar Elsa na escola. Vovó nunca se atrasava. Elsa está tentando aprender o que exatamente *ironia* significa, e ela tem absoluta certeza de que tem a ver com o fato de papai nunca chegar atrasado em nada a não ser quando tem que pegá-la na escola, e que vovó chegava atrasada em tudo menos na escola. Talvez porque vovó soubesse que, quando a gente tem quase oito anos, o mundo inteiro está cheio de perseguidores.

Papai fica passando os dedos na direção de novo.

– Aonde você quer ir hoje?

Elsa parece surpresa, porque dá a impressão de que ele realmente quer dizer que eles têm que ir a algum lugar. Papai se vira.

— Eu estava pensando se talvez você ia querer fazer... alguma coisa.

Elsa sabe que ele só está dizendo isso para ser gentil. Porque papai não gosta de fazer coisas, e não é o tipo de pessoa que faz coisas. Elsa olha para ele, que olha para a direção.

— Acho que eu só queria ir para casa – diz ela.

Papai assente e aparenta estar desapontado e aliviado ao mesmo tempo, uma expressão que só ele em todo o mundo realmente consegue dominar. Então ele leva Elsa para casa. Porque papai nunca diz não para Elsa, embora ela, às vezes, gostaria que ele fizesse isso.

— O Audi é demais – diz Elsa quando eles chegam à metade do caminho, e nenhum dos dois falou mais nada.

Ela fica acariciando o porta-luvas do Audi, como se fosse um gato. Carro novo tem cheiro de couro macio, exatamente o contrário do cheiro de couro velho rachado dos sofás do apartamento da vovó. Elsa gosta dos dois tipos de cheiro, embora, na realidade, não goste nada de couro, porque acha que ele, de preferência, deve ficar nos animais e não em banco de carro. É complicado. E até meio hipócrita. Mas Elsa está tratando disso.

— A gente sabe o que está comprando quando compra um Audi – concorda ele.

O carro anterior do papai também era um Audi. Ele gosta de saber o que está comprando. Certa vez, no ano passado, rearrumaram as prateleiras no mercado perto de onde papai e Lisette moram, e Elsa foi obrigada a fazer aqueles testes que via nas propagandas da TV com papai, para ter certeza de que ele não tinha tido um derrame.

Papai a acompanha do Audi até a portaria quando eles chegam em casa. Britt-Marie está toda encolhida na escuridão logo à frente da entrada, parecendo um gnomo. Elsa sabe que nada de bom pode vir do fato de ter acabado de avistar Britt-Marie. "Aquela velha é como um envelope da Receita Federal", dizia vovó. Papai parece concordar, porque Britt-Marie é uma das poucas coisas sobre as quais ele e vovó concordavam.

– Oi – diz papai, hesitante, para Britt-Marie.
– Oi – diz Elsa.
– Ah, sim, oi! – diz Britt-Marie saindo da escuridão, inspirando rapidamente duas vezes, como se inalasse um cigarro invisível.

Então ela parece se recompor e sorri afavelmente. Está segurando uma revista de palavras cruzadas. Britt-Marie gosta muito de palavras cruzadas, porque nelas há regras muito claras. Elsa vê que ela as resolveu a lápis. Vovó sempre dizia que Britt-Marie é o tipo de mulher que precisa tomar dois copos de vinho e se sentir bem louca e fora de si para, ao menos, conseguir se imaginar resolvendo palavras cruzadas à caneta.

Britt-Marie faz um gesto irritado na direção de Elsa.

– Você sabe de quem é isso? – pergunta, apontando para um carrinho de bebê, que está acorrentado ao corrimão, embaixo do quadro de avisos.

Elsa repara nele pela primeira vez agora. E é estranho que esteja lá, porque a única criança pequena que mora no prédio é a Metade, e ela continua pegando carona com mamãe para todo lado. No entanto, Britt-Marie dá a impressão de não avaliar a filosofia mais profunda da situação.

– É proibido carrinho de bebê na escada! Há risco de incêndio! – declara ela, apertando as mãos firmemente de modo que a revista de palavras cruzadas se projeta como uma espada não muito intimidadora.

– É, sim. Está no aviso – concorda Elsa, prestativa, apontando para o papel cuidadosamente escrito, pregado na parede exatamente diante do carrinho de bebê: "NÃO DEIXE CARRINHOS DE BEBÊ AQUI. RISCO DE INCÊNDIO."

– Pois é justamente desse que estou falando! – responde Britt-Marie, com a voz ligeiramente alteada.

Só que ainda afável.

– Não entendo – diz papai, como se não entendesse.

– É óbvio que estou pensando se foi você que colocou esse aviso aí! É nisso que estou pensando! – diz Britt-Marie, dando um passinho para a frente e, em seguida, um passinho para trás, para, de certa forma, enfatizar a seriedade da situação.

– Tem algo de errado no aviso? – pergunta Elsa.

Britt-Marie respira fundo duas vezes.

— Claro que não, claro que não. Mas não é de praxe nesse condomínio simplesmente afixar avisos de qualquer jeito, sem comunicar os demais moradores do prédio primeiro!

— Mas isso aqui não é um condomínio, é? — pergunta Elsa.

— Não, mas vai ser! — conclui Britt-Marie, deixando sair um pouco de saliva no "v" de "vai".

Então, ela se recompõe e sorri afavelmente para Elsa de novo.

— Eu sou responsável pelas informações do conselho dessa associação. Não é de praxe afixar aviso sem comunicar o responsável pelas informações do conselho dessa associação!

Ela é interrompida por um latido tão alto que a vidraça do portão treme.

Britt-Marie e papai dão um salto. Elsa se retorce preocupada. Ela ouviu mamãe dizer para George, ontem, que Britt-Marie tinha ligado para a polícia, dizendo que tinham que sacrificar o Nosso Amigo. Ele parece ter ouvido a voz de Britt-Marie agora e, exatamente como vovó, não consegue ficar calado um só segundo quando ouve a voz de Britt-Marie.

— Talvez você não estivesse em casa — sugere ela para Britt-Marie, apontando para o aviso na parede.

Funciona, pelo menos temporariamente. Britt-Marie se esquece de ficar indignada por causa do cão de caça, quando fica enfurecida por causa do aviso de novo. A coisa mais importante para Britt-Marie é não ficar sem coisas pelas quais se indignar.

Elsa pensa em dizer a Britt-Marie que ela deveria afixar um aviso dizendo que, na próxima vez que alguém queira afixar um, primeiro é preciso avisar os vizinhos. Por exemplo, afixando um aviso.

Vem mais um latido do apartamento do andar acima. Britt-Marie faz um muxoxo.

— Eu liguei para a polícia, liguei sim! Mas é claro que eles não fazem nada! Eles dizem que precisamos esperar até amanhã para ver se o dono aparece!

Papai não responde, e Britt-Marie logo compreende o silêncio dele como um sinal de que ele quer muito ouvir mais sobre como Britt-Marie se sente a esse respeito.

— Kent ligou para o apartamento diversas vezes, mas é como se ninguém nem morasse lá! Como se aquela fera morasse sozinha! Dá para acreditar nisso?

Papai sorri um pouco hesitante. Porque cães de caça que moram sozinhos em apartamentos deixam papai um pouco hesitante.

Elsa prende a respiração. Mas não se ouve mais nem um latido. Como se Nosso Amigo finalmente tivesse criado juízo.

A portaria atrás do papai se abre e entra a mulher da saia preta. O salto do sapato ressoa no piso, e ela fala alto no fio branco do ouvido.

— Oi! – diz Elsa, para desviar a atenção de Britt-Marie de eventuais latidos.

— Oi – diz papai, para ser educado.

— Ah. Oi – diz Britt-Marie, como se a mulher fosse uma criminosa afixadora de avisos em potencial.

A mulher da saia preta não responde. Ela só fala mais alto no fio branco, olha irritada para todos os três e desaparece subindo a escada.

Segue-se um silêncio demorado e tenso depois que ela sobe. Papai não sabe lidar muito bem com silêncios tensos. Pode-se dizer que eles são como que a criptonita do papai.

— Helvética – diz ele, custosamente, com um pigarro nervoso.

— Como? – diz Britt-Marie, fazendo um muxoxo ainda mais contraído.

— Helvética. Quer dizer, a fonte – diz papai apreensivo, indicando com a cabeça o aviso na parede.

Britt-Marie dá uma olhada no aviso e no papai.

— Boa..., fonte – murmura papai.

Esse é o tipo de coisa que papai considera importante. A fonte usada para imprimir. Um dia, quando mamãe estava numa reunião de pais na escola de Elsa e papai ligou no último minuto dizendo que não poderia ir porque tinha surgido um problema no trabalho, como castigo, mamãe o inscreveu como voluntário para fazer cartazes para o mercado de pulgas da escola. Papai pareceu muito inseguro quando soube disso. Ele levou três semanas para decidir qual fonte deveria usar nos cartazes, e, quando os entregou na escola, o professor de Elsa não quis afixá-los porque o mercado de pulgas já tinha acontecido. Papai parecia não entender o que isso tinha a ver.

Um pouco como Britt-Marie parece não entender direito o que a fonte helvética tem a ver com seja lá o que for nesse momento. Papai olha para o chão e pigarreia de novo.

— Você tem... chave? — pergunta ele a Elsa.

Ela faz que sim. Eles se abraçam rapidamente. Papai sai aliviado pela portaria, e Elsa dispara escada acima, antes que Britt-Marie tivesse tempo de começar a falar com ela de novo. Diante do apartamento do Nosso Amigo, ela para por um instante, dá uma olhadinha rápida por cima do ombro para ter certeza de que Britt-Marie não a observa, então abre a caixinha de correio e sussurra:

— Por favor, fique em silêncio! — Ela sabe que ele entende. Só espera que também se importe.

Ela sobe correndo o último lance de escada com as chaves na mão, mas não entra no apartamento da mamãe e de George. Em vez disso, abre a porta do apartamento da vovó e corre direto para dentro do guarda-roupa grande. Há caixas de mudança no corredor e um balde na cozinha, e ela tenta não reparar neles. Não consegue. A escuridão do guarda-roupa a envolve de modo que ninguém consegue ver que ela está chorando.

Ele era mágico, o guarda-roupa. Elsa conseguia se deitar dentro dele e mal alcançava as duas laterais com os dedos dos pés e a ponta dos dedos das mãos. Por mais que ela crescesse, esse era exatamente o tamanho do guarda-roupa. Claro que vovó sempre afirmava que era "pura bobagem, porque aquele guarda-roupa sempre teve exatamente o mesmo tamanho", mas Elsa mediu. Então ela sabe.

Ela se deita, esticando-se o máximo possível até encostar nas duas laterais. Daqui a alguns meses, ela não vai mais precisar se esticar. Daqui a um ano, não vai conseguir se deitar ali de jeito nenhum. Porque nada mais será mágico.

Ela ouve as vozes abafadas de Maud e Lennart no apartamento. Sente o cheiro de café, mas Lennart o chama de "bebida de adulto", então Elsa sabe que Samantha também está lá bem antes de ouvir os passos do *bichon frisé* na sala de estar. Maud e Lennart vão arrumar o apartamento da vovó e começam a embalar as coisas dela. Foi mamãe que pediu a eles que ajudassem, e Elsa odeia mamãe por isso. E a todo mundo também.

Ela logo ouve também a voz de Britt-Marie. Como se ela estivesse perseguindo Maud e Lennart. Ela está muito brava. Só quer falar de quem teve a cara de pau de afixar aquele aviso na escada e de quem teve a cara de pau de prender o carrinho de bebê bem embaixo do aviso. Não fica claro para ninguém, nem mesmo para a própria Britt-Marie, o que a deixa mais indignada. Mas, pelo menos, ela não menciona Nosso Amigo.

Elsa já está há uma hora deitada no guarda-roupa quando o menino com síndrome entra se arrastando. Pela fresta da porta, Elsa vê a mãe dele arrumando a casa, e Maud indo cuidadosamente atrás dela, apanhando tudo que ela deixa cair. Britt-Marie tenta fazer alguém, qualquer pessoa, entender que é mesmo perigoso carrinho de bebê na escada porque alguém pode se machucar de verdade. Por exemplo, uma criança. E a gente realmente precisa pensar nas crianças, pensa Britt-Marie. Em voz alta.

Lennart coloca um prato grande de sonhos diante do guarda-roupa. Elsa o puxa para dentro e tranca a porta, e ela e o menino com síndrome os comem em silêncio. O menino não diz nada, porque ele nunca diz mesmo. Essa é uma das coisas favoritas de Elsa em relação a ele.

Ela ouve a voz de George na cozinha. Ela é afetuosa e passa confiança; pergunta se alguém quer ovo porque ele pode fazê-lo para todos, se for o caso. Todos gostam de George, esse é o superpoder dele. Elsa o odeia por causa disso. Então, Elsa ouve a voz da mamãe e, por um momento, quer sair correndo e se jogar nos braços dela. Mas desiste, porque quer que mamãe fique triste. Elsa sabe que já venceu, mas quer que mamãe saiba disso também. Para doer tanto nela quanto dói em Elsa o fato de vovó ter morrido.

O menino com síndrome pega no sono no fundo do guarda-roupa. A mãe dele abre cuidadosamente a porta, entra se arrastando e o ergue em seguida. Como se ela ficasse sabendo que ele tinha pegado no sono no mesmo instante em que isso aconteceu. Talvez este seja o superpoder dela.

Maud entra se arrastando pouco depois e recolhe cuidadosamente todas as coisas que caíram dos bolsos da mãe do menino enquanto ela o pegava.

– Obrigada pelos biscoitos – sussurra Elsa.

Maud a acaricia no rosto e parece tão triste por Elsa, que fica triste por Maud.

Ela fica no guarda-roupa até todos acabarem de arrumar e embalar as coisas e irem para seus apartamentos. Ela sabe que mamãe está sentada no corredor no apartamento dela e de George esperando-a, então se senta na janela grande da escada por um bom tempo. Porque ela quer que mamãe tenha que esperar mais. Fica ali sentada até as lâmpadas da escada apagarem automaticamente. Com certeza, fica ali uma hora. Até a beberrona sair cambaleando de seu apartamento num andar mais baixo e começar a bater no corrimão com uma calçadeira, gritando para as pessoas não tomarem banho à noite. Ela faz isso algumas vezes por semana. Não é nada anormal.

– Fechem a torneira! – grita a beberrona, mas Elsa não responde.

Nem ninguém. Porque as pessoas nesse tipo de prédio acham que os bêbados são como monstros e que, se a gente faz de conta que não existem, eles desaparecem.

Elsa ouve que a beberrona, no meio de uma de suas mais veementes pregações sobre o racionamento de água, escorrega e cai de bunda no chão. A calçadeira bate na cabeça dela. A beberrona e a calçadeira ficam um bom tempo brigando depois disso, como dois velhos amigos que se desentenderam por causa de dinheiro. Até que tudo fica em silêncio. Então Elsa ouve a música, que a beberrona sempre canta. Elsa fica sentada na escuridão da escada se abraçando como se fosse uma canção de ninar só para ela. Então até isso silencia. Elsa ouve a beberrona fazer *psiu*, para a calçadeira ou para ela mesma, e desaparecer em seu apartamento novamente.

Elsa semicerra os olhos. Tenta ver os bichos-nuvem e os primeiros campos na fronteira da Terra-dos-Quase-Despertos, mas não dá certo. Ela não consegue mais ir para lá. Não sem vovó. Abre os olhos desconsolada. Os flocos de neve caem como luvas molhadas de encontro à vidraça.

E é então que ela vê o Monstro pela primeira vez.

Minha avó pede desculpas

É uma daquelas noites de inverno em que o negrume é tão espesso que é como se todo o bairro estivesse mergulhado de cabeça para baixo num balde de escuridão. O Monstro sai de fininho pela porta e atravessa o semicírculo de luz ao redor da última lâmpada na rua tão apressadamente que, se Elsa tivesse piscado com um pouco de força demais, ela acreditaria que estava imaginando. Mas, agora que sabe o que viu, pula para o chão e desliza pela escada.

Ela sabe que é ele, apesar de nunca o ter visto antes, porque é a maior pessoa que já viu na vida. Ele desliza sobre a neve como um animal. Uma criatura fantástica. Elsa sabe muito bem que aquilo que está indo fazer é tanto perigoso quanto idiota, mas, mesmo assim, desce a escada em disparada, saltando três degraus de cada vez. As meias escorregam no último degrau, e ela desliza pelo chão no térreo, batendo o queixo na maçaneta. Com o rosto latejando de dor, escancara a porta e se move ofegante pela neve, ainda só de meia.

— Eu tenho correspondência para você! — grita ela no meio da noite.

Só então percebe que está com o choro preso na garganta. Mas ela quer pelo menos ver quem é. E quer ver com quem vovó fala sobre Miamas sem lhe contar.

Não vem nenhuma resposta. Ela ouve os passos leves dele na neve, surpreendentemente ágeis em se tratando de uma criatura tão enorme. Ele está se afastando dela. Elsa devia estar com medo, devia estar apavorada com o que o Monstro poderia fazer com ela. Ele é grande o suficiente para cortá-la em pedacinhos com um único movimento, ela sabe disso. Mas está com raiva demais para ter medo.

— Minha avó pede desculpas! — grita ela.

Ela não consegue vê-lo. Mas então não ouve mais nenhum rangido da neve. Ele parou.

Elsa não pensa. Por puro instinto, precipita-se na escuridão em direção ao ponto onde o ouvira colocar o pé pela última vez. Sente a corrente de vento no casaco dele. Ele começa a correr, e Elsa tropeça pela neve, atirando-se para a frente, a fim de conseguir alcançar as pernas da calça dele. Quando aterrissa de costas na neve, ela o vê fitando-a sob a luz do último poste. Elsa tem tempo de sentir as lágrimas congelarem em seu rosto por causa do frio.

Ele deve ter mais de dois metros de altura. É do tamanho de uma árvore. Um capuz grosso cobre sua cabeça, e o cabelo preto espalha-se pelos ombros. Quase todo o seu rosto está enterrado embaixo de uma barba espessa como a pelagem de um animal, e da sombra do capuz desce uma cicatriz em zigue-zague, por cima de um olho, tão profunda que parece que a pele derreteu. Elsa sente o olhar dele penetrar em sua circulação sanguínea.

– Solte!

A escuridão do tronco dele encobre Elsa quando ele diz isso espumando.

– Minha avó pede desculpas! – diz Elsa, ofegante, estendendo o envelope.

O Monstro não o pega. Ela solta as pernas da calça dele porque acha que vai chutá-la, mas ele só recua meio passo. E o que vem dele em seguida é mais um resmungo do que uma palavra. Como se estivesse falando consigo mesmo e não com ela.

– Suma, menina boba...

As palavras pulsam nos tímpanos de Elsa. Elas soam de alguma forma erradas. Elsa as entende, mas elas arranham no seu ouvido. Como se esse não fosse o lugar delas.

O Monstro se vira com um movimento rápido e hostil. No instante seguinte, ele se foi. Como se tivesse saído por um buraco na escuridão.

Elsa fica deitada na neve, tentando recuperar o fôlego, enquanto o frio ainda aperta seu peito. Então ela se levanta e sai correndo, amassa o envelope como uma bola e o arremessa na escuridão na direção dele.

Ela não sabe quantas eternidades se passaram, antes que ouvisse a portaria se abrir atrás dela. Mas aí ouve os passos da mamãe, escuta-a chamar seu nome. Elsa se lança cegamente nos braços dela.

– O que você está fazendo aqui fora? – pergunta mamãe, assustada.

Elsa não responde. Carinhosamente, mamãe toma o rosto dela entre as mãos.

– Onde arranjou esse olho roxo?

Minha avó pede desculpas

— Jogando futebol — sussurra Elsa.
— Você está mentindo — sussurra a mãe.
Elsa assente. Mamãe a abraça forte. Elsa soluça de encontro à barriga dela.
— Estou com saudade dela...
Mamãe se inclina e encosta a testa na dela.
— Eu também.
Elas não ouvem o Monstro se mover lá fora. Elas não o veem apanhar o envelope. Mas, por fim, enfiada nos braços da mãe, Elsa se dá conta do motivo de as palavras dele parecerem erradas.

O Monstro falou na língua secreta da vovó e de Elsa.

É possível amar sua avó durante anos e anos sem realmente saber nada sobre ela.

8

BORRACHA

É quarta-feira. Ela está correndo de novo.

Ela não sabe exatamente o motivo, dessa vez. Talvez seja porque esse é um dos últimos dias antes do recesso de Natal, e eles sabem que não vão poder perseguir ninguém durante várias semanas, então precisam botar isso para fora de verdade. Ela não sabe. Não é assim tão fácil apontar fatores desencadeantes quando se trata de metidos. Às vezes, não há nenhum. As pessoas que nunca foram perseguidas acham que sempre existe um motivo. "Ah, eles não fariam isso sem motivo, fariam?", diz esse tipo de pessoa. "Na certa, você fez alguma coisa para provocá-los." Como se fosse assim que a opressão funcionasse. Eles perseguem Elsa porque ela está lá, esse é o motivo. Eles são provocados pelo fato de ela existir, não precisam de nenhum outro motivo além desse.

Mas claro que não adianta tentar explicar isso para esse tipo de pessoa, do mesmo jeito que não adianta tentar explicar para um metido que carrega uma pata de coelho pra lá e pra cá porque elas dão sorte que, se os pés de coelho realmente dessem sorte, continuariam fazendo parte dos coelhos.

E não é culpa de ninguém, na verdade. Não é porque papai chegou um pouco atrasado para pegá-la hoje, é só que o dia de aula acabou um pouco cedo demais. E é difícil ficar invisível quando a perseguição começa já dentro da escola.

Então Elsa sai correndo. Ela corre bem.

— Pega ela! — grita a menina em algum lugar atrás dela.

Minha avó pede desculpas

Hoje tudo começou por causa do cachecol de Elsa. Pelo menos, é o que ela acha. Elsa começou a aprender a identificar quem na escola persegue e como. Há aqueles que só perseguem crianças que demonstram ser fracas. E há os que só fazem isso por prazer, que nem batem em suas vítimas quando as pegam, só querem ver o pavor nos olhos delas. E depois há os que são como o menino que brigou com Elsa para poder ser o Homem-Aranha. Ele persegue e briga por princípio, porque não suporta que alguém discorde dele. Principalmente alguém que é diferente.

Mas essa menina é de um tipo diferente. Ela quer ter um motivo para perseguir. Uma forma de justificar a perseguição. "Ela quer se sentir como uma heroína quando me persegue", pensa Elsa, com uma clareza inacreditável, enquanto corre em direção à cerca com o coração pulsando, como um aríete, e a garganta ardendo como naquela vez em que vovó fez smoothie de *jalapeño*.

Ela acha que tudo começou por causa do cachecol. Não tem certeza, porque não consegue imaginar que alguém fique tão indignado por causa de um cachecol. Mas ela concluiu que ir perguntar provavelmente não vai favorecer sua posição nas negociações. Sente o tempo todo as outras crianças, inclusive nas vibrações no gelo quando as solas de borracha de suas botas ressoam cada vez mais perto. Se alguém encontrou um motivo para perseguir alguém, nunca terá que fazê-lo sozinha. Pelo menos, não nessa escola.

Elsa se lança de encontro à cerca, e a mochila se choca com tanta força em sua nuca quando cai na calçada do outro lado que ela perde os sentidos durante alguns segundos. Ela puxa forte as alças com as mãos para que elas a abracem pelas costas e olha atordoada para a esquerda, em direção ao estacionamento onde o Audi deveria chegar a qualquer instante. Ela ouve a menina gritar atrás dela como uma orca ofendida. Então olha para a direita, para a rua que desce em direção à grande avenida. Os caminhões passam trovejando, como um exército invasor que se dirige a uma fortaleza inimiga, mas, entre os para-choques deles, Elsa vê a entrada do parque do outro lado.

"O Parque dos Drogados" é como todos na escola o chamam, porque há drogados que perseguem as crianças com seringas de heroína. Pelo menos foi isso que Elsa ouviu dizer, então ela morre de medo desse parque. É um desses parques que parecem nunca serem penetrados pela luz do dia, e esse é um daqueles dias de inverno em que parece que o sol nunca vai surgir.

    Elsa já tinha se preparado desde o almoço, mas nem alguém que tem muita manha de ser invisível consegue ficar realmente imperceptível num refeitório. A menina apareceu diante dela tão de repente que Elsa se sobressaltou e derramou molho de salada no cachecol da Grifinória. A menina apontou para ele e rosnou: "Eu já não disse para você parar de andar por aí com esse cachecol feio pra caramba?" Elsa olhou para a menina do único jeito que se pode olhar para alguém que acabou de apontar para um cachecol da Grifinória e dizer: "Esse cachecol feio pra caramba." Ou seja, não completamente diferente do jeito que se olharia para alguém que acabou de dar uma olhada num cavalo e exclama alegremente: "Um trator!" Da primeira vez que o cachecol chamou a atenção dessa menina, Elsa concluiu que, na certa, ela era da Sonserina. Foi só quando a menina bateu no seu rosto, rasgou o cachecol e jogou-o na privada que Elsa se deu conta de que ela simplesmente nunca tinha lido *Harry Potter*. Claro que ela sabia quem ele era, porque afinal todo mundo sabe quem é Harry Potter, mas a menina não tinha lido os livros. Ela nem entendeu a simbologia mais elementar do cachecol da Grifinória. E Elsa não quer ser elitista ou coisa do gênero, mas como se deveria esperar que ela conseguisse argumentar com uma pessoa dessas? Trouxas.

    Então, quando a menina se esticou no refeitório hoje para arrancar o cachecol de Elsa, ela decidiu usar argumentos que estivessem um pouco mais no nível intelectual da garota. Simplesmente jogou o copo de leite nela e saiu correndo. Pelos corredores, subindo até o segundo andar da escola e depois até o terceiro. Lá havia um vão embaixo de uma das escadas que os faxineiros usavam como depósito. Elsa se apertou lá dentro com os braços em volta dos joelhos e se tornou tão invisível quanto possível enquanto ouvia a menina e seus cúmplices subirem correndo para o quarto andar. Depois disso, escondeu-se na sala de aula o resto do dia.

    E esse foi o único motivo de que a menina precisava. Ela conseguira provocar Elsa a atacar primeiro, então agora era a heroína. Sempre há perseguidores assim em toda escola, e eles sempre escolhem justamente as crianças que são como Elsa. Porque dá para provocar crianças como ela. Dá para fazer com que elas joguem um copo de leite.

É mais legal perseguir alguém assim. E esse é o único motivo de que uma pessoa precisa.

É o trecho entre a sala de aula e a saída da escola que é impossível. Não dá para ser invisível lá, nem mesmo quando se tem a manha de fazer isso. Então, Elsa teve que usar uma estratégia.

Primeiro, ela permaneceu perto da professora quando todos os colegas se precipitavam para fora da classe. Depois saiu de fininho pela porta em meio ao tumulto e desceu a outra escada como um raio. A que não vai dar na entrada principal. Claro que eles sabiam que ela ia fazer isso, e até queriam que ela fizesse isso, porque ia ser mais fácil apanhá-la nessa escada. Mas a aula terminara mais cedo, e Elsa contou com a possibilidade de as aulas no andar de baixo ainda não terem acabado. Nesse caso, ela teria talvez meio minuto para descer correndo a escada, cruzar o corredor vazio e conseguir uma pequena vantagem, enquanto os perseguidores seriam envolvidos por uma nova multidão de alunos que jorraria da classe do andar de baixo.

Elsa tinha razão. Ela viu a menina e seus colegas apenas a dez metros atrás dela, mas eles não conseguiam alcançá-la.

Vovó contou milhares de histórias sobre perseguição e guerra de Miamas. Sobre como escapar das sombras quando elas estão atrás da gente, como a gente as atrai para dentro de armadilhas e como se pode derrotá-las distraindo-as. Porque, como todos os caçadores, as sombras têm uma grande fraqueza: elas direcionam toda a sua atenção para aquilo que perseguem, em vez de ver tudo que está em volta. Aqueles que estão sendo perseguidos, por outro lado, voltam toda a atenção para encontrar uma rota de fuga. Não é uma vantagem enorme, mas é uma. Elsa sabe disso, porque ela foi verificar o que significa "distração".

Então, ela enfiou as mãos nos bolsos do jeans e pegou um punhado de moedas. Ela sempre tem um punhado de moedas no bolso, a gente sempre tem um se é perseguido com frequência. Assim que a multidão de crianças começou a se dispersar, e ela se aproximou da outra escada que desce até a saída, soltou as moedas no chão e saiu correndo.

Há uma coisa estranha nas pessoas que Elsa descobriu. Quase ninguém consegue ouvir o tilintar de moedas num chão de pedras sem instintivamente parar e olhar para baixo.

O aglomerado repentino de dedos ávidos ao redor de moedas bloqueou a passagem dos perseguidores e deu a ela alguns segundos a mais de vantagem. Ela aproveitou esses segundos e saiu correndo.

Mas agora ela os ouve lançar-se de encontro à cerca. Botas de inverno ortopédicas em cores neutras de encontro ao arame gasto. Só mais alguns instantes antes de eles a alcançarem. Elsa dá uma olhada para a esquerda, na direção do estacionamento. Nenhum Audi. Dá uma olhada para a direita, em direção ao caos cinza da rua e ao silêncio negro do parque. Ela dá mais uma olhada para a esquerda, considerando que é a escolha segura, contanto que o pai apareça na hora uma vez na vida. Em seguida, olha para a direita e sente o medo queimar seu estômago quando vê o parque surgindo, de vez em quando, entre os caminhões que rugem.

Então, ela pensa nas histórias de Miamas da vovó, em como um dos príncipes uma vez fugiu de um bando inteiro de sombras que o estava perseguindo, entrando com seu cavalo no bosque mais escuro de toda a Terra-dos-Quase-Despertos. As sombras são as repugnâncias mais repulsivas que já viveram em alguma fantasia, mas até mesmo as sombras sentem medo, dizia vovó. Até mesmo aqueles diabos têm medo de alguma coisa. Porque até mesmo as sombras têm imaginação.

"Às vezes o lugar mais seguro para se fugir é o que parece mais perigoso", dizia vovó, e então ela contava como o príncipe entrou direto no bosque mais escuro, e as sombras se detiveram sibilando na divisa com o bosque. Porque nem elas tinham certeza do que estava escondido do outro lado das árvores, e nada apavora mais uma criatura do que o desconhecido, que só pode se tornar conhecido através da confiança na imaginação. "Quando se trata de medo, a realidade não é páreo nem de longe para a imaginação", dizia vovó.

Minha avó pede desculpas

Então Elsa sai correndo para a direita. Ela sente o cheiro de borracha queimada quando os carros freiam por cima do gelo. Esse era o cheiro do Renault quase o tempo todo. Ela desliza por entre os caminhões ouvindo-os buzinar e seus perseguidores gritarem atrás dela. Já alcançou a calçada quando sente o primeiro deles agarrar sua mochila. Ela está tão perto do parque que dá para estender a mão para dentro da escuridão, mas é tarde demais. Quando cai na neve, Elsa está convencida de que os socos e os chutes virão mais rápido do que ela vai conseguir levantar as mãos para se defender, mas encolhe os joelhos, fecha os olhos e tenta esconder o rosto para que mamãe não fique triste de novo.

Ela fica esperando as pancadas surdas contra a nuca. Não dói quando eles batem, em geral só dói de verdade no dia seguinte. A dor quando eles batem é outro tipo de dor.

Mas não acontece nada.

Elsa prende a respiração.

Nada.

Ela abre os olhos, e tudo é uma desordem ensurdecedora. Ela ouve que eles estão gritando. Escuta que eles estão correndo. E depois ouve a voz do Monstro. Algo cresce para fora dele, como um poder primitivo.

— NUNCA! TOQUEM! NELA!

Tudo está ecoando.

Os tímpanos de Elsa chocalham. O Monstro não grita isso na língua secreta da vovó e de Elsa, mas na língua normal. Só que as palavras soam estranhas na boca dele. Como se a entonação em cada sílaba de certa forma derrapasse. Como se ele não falasse a língua há muito tempo.

Elsa dá uma olhada para cima. O coração bate na garganta, a respiração fica presa no céu da boca, os olhos do Monstro estão fixos nela por entre a sombra do capuz erguido e aquela barba preta que nunca parece acabar. A caixa torácica dele sobe e desce por alguns segundos. Elsa se encolhe instintivamente porque acredita que o punho poderoso dele simplesmente vai apanhá-la e lançá-la direto no meio do trânsito. Como um gigante dando um peteleco num ratinho. Mas ele só fica ali parado, a respiração pesada, aparentando estar com raiva e confuso. Por fim, ele levanta a mão, como se fosse pesada como uma marreta, e aponta para a escola.

Quando Elsa se vira, vê a menina que não lê *Harry Potter* e os colegas dela se dispersarem como pedaços de papel que foram soltos de uma sacada. Apavorados como se estivessem sendo perseguidos por sombras.

Mais ao longe, ela vê o Audi entrando no estacionamento. Elsa respira bem fundo e sente o ar forçar os pulmões pelo que parece ser a primeira vez em vários minutos.

Quando ela se vira novamente, o Monstro desapareceu.

9

SABÃO

Existem milhares de histórias no mundo real, mas cada uma delas vem da Terra-dos-Quase-Despertos. E as melhores de todas são de Miamas.

Claro que os outros cinco reinos produziram histórias ocasionalmente, mas nenhuma delas consegue ser tão boa quanto as de Miamas. Em Miamas, as histórias são criadas continuamente, cada uma com a própria arte, e não numa fabricação em série, como na porcaria de uma fábrica. Somente as melhores de todas são exportadas. A maioria é contada apenas uma vez e, em seguida, despenca no chão, mas as melhores e mais bonitas se elevam dos lábios de quem pronunciou sua última palavra e lentamente pairam por sobre todos que as ouviram como lanterninhas de papel cintilantes. Quando chega a noite, elas são recolhidas pelos anfantes, que são criaturas bem pequenas com chapéus muito elegantes. Eles andam montados em bichos-nuvem (os anfantes, não os chapéus). Seja como for, as lanternas são recolhidas pelos anfantes em grandes redes de pesca douradas, e depois os bichos-nuvem se viram e sobem em direção ao céu tão rapidamente que o próprio vento tem que abrir passagem para eles. E se o vento não sai do caminho rápido o suficiente, os bichos-nuvem gritam "saia da frente, vento idiota!" e se transformam em um tipo de animal que tem dedos, de modo que podem mostrar o dedo do meio para o vento.

E bem lá no alto, no pico mais alto da Terra-dos-Quase-Despertos, conhecido como o Monte das Histórias, os anfantes soltam as redes e deixam as histórias voarem livres. E é assim que todas elas acabam vindo parar no mundo real.

Quando vovó começou a contar suas histórias de Miamas, elas pareciam ser só histórias soltas, sem relação, contadas por alguém que simplesmente não batia bem. Levou vários anos para que Elsa entendesse que todas formavam um conjunto. Todas as histórias realmente boas funcionam assim.

Vovó contou a ela a triste maldição dos anjos da neve. Contou a história dos dois irmãos príncipes que entraram em guerra um com o outro porque estavam apaixonados pela princesa de Miploris. Contou da princesa que lutou com uma bruxa que roubou dela o tesouro mais valioso de toda a Terra-dos-Quase-Despertos. Descreveu os guerreiros de Mibatalos, os dançarinos de Mimovas e os caçadores de sonhos de Mirevas. Contou que todos eles brigavam e encrencavam um com o outro, uma hora por um motivo, outra hora por outro, o tempo todo sem parar, até o dia em que o Eleito de Mimovas fugiu das sombras que tentaram sequestrá-lo. Que os bichos-nuvem carregaram o Eleito até Miamas e que todos os habitantes da Terra-dos-Quase-Despertos finalmente se deram conta de que havia algo mais importante pelo que lutar. Então, quando as sombras reuniram seu exército e tentaram levar o Eleito à força, todos ficaram unidos contra elas. Nem quando a Guerra-Sem-Fim parecia não ter outro fim que não fosse com a destruição de todos, nem quando o reino de Mibatalos caiu e foi arrasado, os outros reinos capitularam. Porque eles sabiam que, se as sombras conseguissem capturar o Eleito, isso mataria toda a música e, depois disso, toda a imaginação da Terra-dos-Quase-Despertos, e aí não restaria mais nada que fosse diferente. E todas as histórias vivem do que é diferente. "Só as pessoas diferentes mudam o mundo, ninguém que é normal nunca mudou merda nenhuma", dizia vovó.

E então ela contava sobre os wurses. E Elsa devia ter entendido isso desde o princípio. Ela realmente devia ter compreendido tudo isso desde o princípio.

―――

Papai desliga o som exatamente quando ela vai entrar no Audi. Elsa fica contente por ele fazer isso, porque papai sempre parece muito triste quando ela comenta que ele escuta o pior tipo de música do mundo, e é muito difícil não comentar isso quando a gente tem que ficar sentado no Audi escutando o pior tipo de música do mundo.

— O cinto — pede papai quando ela se senta.

O coração de Elsa continua batendo forte no peito dela.

— Tudo certo, velha hiena?! — grita ela para o pai.

Porque é isso que ela teria gritado se vovó tivesse vindo buscá-la. E vovó berraria: "Oba, oba, menina boba!" E então ela sentiria que tudo estava melhor. Porque até dá para ficar com medo enquanto a gente grita "Tudo certo, velha hiena?" para alguém, mas é insano o quão mais difícil é.

Papai parece hesitante. Elsa suspira, coloca o cinto e tenta fazer baixar sua pulsação pensando em coisas de que não tem medo. Papai parece mais hesitante ainda.

— Sua mãe e George estão no hospital de novo...

— Eu sei — diz Elsa, como se faz quando não se trata nem um pouco de algo que diminui o medo da gente.

Papai acena com a cabeça. Elsa joga a mochila entre os bancos, e ela cai junto ao banco de trás. Papai se vira, pega a mochila e a ajeita bem arrumadinha em um dos bancos. É importante para o papai que as coisas sejam colocadas bem ajeitadinhas. Não que ele tenha pensamentos obsessivos, Elsa sabe disso porque ela foi conferir na Wikipédia. Mas ele é arrumadinho. Quando mamãe e papai ainda estavam casados, papai, às vezes, se levantava devagarzinho à noite, porque não conseguia dormir se não soubesse que os ícones da área de trabalho do computador da mamãe estavam arrumados. Papai tem um Mac, e mamãe, um PC. Uma vez, quando mamãe teve que usar o computador do papai e a máquina não fez o que ela queria, mamãe não se conteve e gritou que odiava todos os produtos da Apple. Então papai parecia que ia começar a chorar. Todo mundo deve ter realmente entendido, desde o início, que aquele casamento não funcionaria por muito tempo.

Papai coloca as mãos na direção que tem o logotipo da Audi. Porque não existe direção com o logotipo da Apple.

— Você quer fazer alguma coisa? — pergunta ele, soando um pouco inquieto quando diz "alguma coisa".

Elsa dá de ombros.

— A gente podia fazer alguma coisa... divertida – diz papai, hesitante.

Elsa sabe que ele só está fazendo isso para ser legal. Porque a consciência dele fica pesada por se encontrarem tão raramente e porque está com pena de Elsa por vovó ter morrido, e porque essa história da quarta-feira foi um pouco repentina para ele. Elsa sabe disso pois papai nunca sugeriria que eles fizessem alguma coisa divertida, já que ele não curte se divertir. As coisas divertidas deixam papai muito nervoso. Uma vez, quando Elsa era pequena, durante as férias, ele foi para a praia com Elsa e mamãe. Então, eles se divertiram tanto que papai foi obrigado a tomar dois comprimidos de paracetamol e ficar deitado de repouso no hotel a tarde inteira. Ele se divertiu demais de uma vez só, disse mamãe. "Uma *overdose* de diversão", disse Elsa, e mamãe ficou rindo muito tempo.

O que é estranho no papai é que ninguém revela tanto quanto ele o lado divertido da mamãe. É como se mamãe sempre fosse o polo oposto de uma bateria. Ninguém revela tanto o lado arrumado da mamãe quanto vovó, e ninguém faz com que ela seja tão bagunceira e enrolada quanto papai. Certa vez, quando Elsa era pequena e mamãe estava falando ao telefone com papai, ela não parava de perguntar: "É o papai? É o papai? Posso falar com o papai? Onde ele está?" Mamãe, por fim, se virou e suspirou dramaticamente: "Não, você não pode falar com o papai, porque o papai está no céu agora, Elsa!" Quando Elsa ficou num absoluto silêncio, só olhando fixamente para mamãe, ela disse sorrindo: "Ah, meu Deus do céu, estou só brincando, Elsa. Ele está no supermercado."

Ela sorriu do mesmo jeito que vovó fazia.

Na manhã seguinte, Elsa chegou à cozinha com os olhos brilhando, enquanto mamãe tomava café com litros de leite sem lactose. Quando mamãe perguntou preocupada por que ela estava com uma cara tão triste, Elsa respondeu que tinha sonhado que o papai estava no céu. Então mamãe foi tomada por um sentimento de culpa, abraçou Elsa bem, bem apertado, e pediu desculpas várias, várias e várias vezes. Aí Elsa esperou quase dez minutos antes de sorrir e dizer: "Ah, meu Deus do céu, eu estava só brincando, mamãe. Sonhei que ele estava no supermercado."

Minha avó pede desculpas

Depois disso, mamãe e Elsa sempre brincavam com papai, perguntando para ele como as coisas estavam no céu. "Está frio no céu? Dá pra gente voar no céu? Dá pra gente conhecer Deus no céu?", perguntava mamãe. "Vocês têm ralador de queijo no céu?", perguntava Elsa. E aí elas riam até não conseguirem mais nem ficar sentadas. Papai ficava com uma cara muito hesitante quando elas faziam isso. Elsa sente saudade disso. Sente saudade de quando papai estava no céu.

— A vovó está no céu agora? — ela pergunta para ele sorrindo, porque quer que seja uma brincadeira, e acha que papai vai começar a rir.

Mas ele não ri. Só fica com *uma cara* que faz Elsa sentir vergonha de ter dito uma coisa que fez com que ele permanecesse com *aquela cara*.

— Ah, deixa pra lá — murmura ela, passando a mão no porta-luvas. — Podemos ir para casa. Lá é sossegado — acrescenta ela, rapidamente.

Papai faz que sim e parece aliviado e desapontado.

Eles veem de longe o carro da polícia diante do prédio. Elsa ouve os latidos já quando saem do Audi. A escada está cheia de gente. Os latidos furiosos do Nosso Amigo vindo de dentro do seu apartamento fazem o prédio inteiro tremer, num sentido nem um pouco figurado.

— Você tem... chave? — pergunta papai.

Elsa faz que sim e o abraça bem rapidinho. A escada cheia de gente deixa papai hesitante. Ele senta no Audi de novo, e Elsa entra sozinha. Em algum lugar sob o barulho ensurdecedor do Nosso Amigo, ela ouve outras coisas também. Vozes. Graves, firmes e ameaçadoras. Elas estão de uniforme e se deslocam diante do apartamento do menino com síndrome c da mãe dele. Espiando e vigiando a porta do Nosso Amigo, mas obviamente com medo de chegar perto demais, espremem-se contra a parede oposta como se fossem manchas de grama.

Uma das policiais se vira. Os olhos verdes encontram os de Elsa, é a mesma policial que vovó e ela encontraram na delegacia naquela noite em que vovó jogou cocô. A policial de olhos verdes balança a cabeça tristemente na direção de Elsa. Como se estivesse tentando pedir desculpas.

Elsa não responde ao gesto da policial. Força a passagem e sai correndo. Ela ouve um dos policiais falando ao telefone, dizendo as palavras "controle de animais" e "sacrificar". Britt-Marie está no meio do andar na escada, suficientemente perto para poder sugerir o que ela acha que os policiais deviam fazer, mas a uma distância razoavelmente segura, caso a fera consiga escapar pela porta. Ela sorri afavelmente para Elsa, que a odeia.

Quando ela chega ao último andar, Nosso Amigo começa a latir mais alto do que nunca, como furacões de dez mil contos de fada. Pelo espaço entre os corrimões, Elsa vê que os policiais estão recuando.

Elsa devia ter entendido tudo desde o início. Ela realmente devia ter compreendido.

Há uma quantidade inimaginável de monstros muito especiais nos bosques e montanhas ao redor de Miamas, mas nenhum deles é mais lendário ou mais merecedor do respeito de cada criatura de Miamas (até mesmo vovó) do que os wurses.

Eles eram do tamanho de ursos-polares, moviam-se com tanta agilidade quanto raposas do deserto e eram tão rápidos como najas. Eram mais fortes que bois, perseverantes como garanhões selvagens e tinham mandíbulas mais ferozes que as dos tigres. Sua pelagem era preta brilhante, suave como os ventos do verão, mas, por baixo, a pele era espessa como uma couraça. Nos contos de fada bem antigos, dizia-se que eles eram imortais. Eram os contos de fada das eternidades de histórias mais antigas, quando os wurses viviam em Miploris e serviam como vigias do castelo da família real.

Foi a princesa de Miploris que os expulsou da Terra-dos-Quase-Despertos, contava vovó, sentindo-se culpada. Quando a princesa era criança, queria brincar com um dos filhotinhos enquanto ele dormia. Ela mexia na cauda dele, ele acordava em pânico e mordia a mão dela. Claro que todo mundo sabia que a culpa de verdade era dos pais da princesa, que não lhe ensinaram que ela nunca, nunca mesmo, deveria acordar um wurse. Mas a princesa estava tão assustada e seus pais com tanta raiva que foram forçados a colocar a culpa em outra pessoa para conseguirem viver com eles mesmos. Então a corte decidiu banir os wurses do reino para sempre. Deram carta branca a um grupo de trolls, caçadores de recompensa impiedosos, para caçá-los com flechas envenenadas e fogo.

Claro que os wurses poderiam ter reagido; nem mesmo todas as forças armadas da Terra-dos-Quase-Despertos reunidas teriam ousado enfrentá-los, de tão temidos que eram os animais como guerreiros. Mas, em vez de lutar, os wurses deram meia-volta e saíram correndo. Correram durante tanto tempo e para lugares tão altos das montanhas que ninguém acreditava que seriam encontrados novamente. Eles correram até que as crianças dos seis reinos cresceram sem ter visto um único wurse em toda a sua vida. Correram tanto tempo que viraram lenda.

Foi só com a chegada da Guerra-Sem-Fim que a princesa de Miploris percebeu seu erro terrível. As sombras acabaram de matar todos os soldados do reino guerreiro de Mibatalos e o arrasaram, e então avançaram com toda a violência pelo resto da Terra-dos-Quase-Despertos. Quando se pensava que toda a esperança havia sido perdida, a própria princesa saiu das muralhas cavalgando seu cavalo branco. Ela cavalgava como uma tempestade subindo as montanhas, e lá, depois de uma busca sem fim que fez com que seu cavalo sucumbisse de cansaço e que ela quase perecesse, os wurses a encontraram.

Quando as sombras ouviram o estrondo e sentiram o chão tremer, já era tarde demais para elas. A princesa cavalgava bem na frente, montada no maior guerreiro dos wurses. E foi nesse momento que Coração de Lobo retornou dos bosques. Talvez porque Miamas estivesse à beira da destruição e precisasse dele mais do que nunca. "Mas talvez...", sussurrava vovó no ouvido de Elsa quando elas estavam montadas nos bichos-nuvem durante a noite, "talvez principalmente porque, vendo o mal que tinha causado aos wurses, a princesa demonstrou que todos os reinos mereciam ser salvos."

A Guerra-Sem-Fim acabou nesse dia. As sombras recuaram para cima do mar. E Coração de Lobo desapareceu nos bosques novamente. Mas restaram os wurses, e até hoje continuam servindo como guarda-costas pessoais da princesa em Miploris. Montando guarda diante dos portões do castelo dela.

Elsa ouve agora Nosso Amigo latir completamente enlouquecido lá embaixo. Ela se lembra de que vovó dizia que "isso o acalma". Elsa, de repente, fica um pouco insegura com relação ao humor do Nosso Amigo. Mas então se lembra de que vovó dizia que Nosso Amigo não precisava morar na casa de ninguém, porque ela também não morava com ninguém. Quando Elsa observava que não dava para comparar vovó com um *cachorro*, caramba, ela revirava os olhos. Agora Elsa entende por que ela fazia isso. Elsa devia ter compreendido tudo desde o início. Ela realmente devia ter entendido.

Porque ele não é um cachorro.

Um dos policiais fica mexendo em um grande chaveiro. Elsa ouve a porta do prédio se abrir e, no meio do latido do Nosso Amigo, o menino com síndrome subir a escada saltando de pés juntos. Ele sempre faz isso. Avança pela vida dançando.

O policial escolta o menino e a mãe para dentro do apartamento deles. Britt-Marie se movimenta triunfante com passos miúdos para a frente e para trás em seu andar. Elsa a odeia por entre os corrimões.

Nosso Amigo fica completamente em silêncio por um instante, como se estrategicamente tivesse batido em retirada o mais rápido possível, para reunir forças antes do ataque de verdade. O policial sacode o chaveiro, falando que estão "prontos caso ele ataque". Eles soam mais firmes agora que Nosso Amigo não está mais latindo.

Elsa ouve outra porta se abrir e, em seguida, escuta a voz de Lennart. Ele pergunta cautelosamente o que está acontecendo. O policial explica que estão lá para "cuidar do cão de caça". Lennart soa um pouco preocupado. Depois, como se não soubesse direito o que dizer. Então ele diz o que sempre diz: "Alguém quer café? Maud acabou de fazer."

Mas então Britt-Marie interrompe e dispara que é óbvio que Lennart precisa compreender que a polícia tem coisas melhores para fazer do que tomar café. Os policiais parecem um pouco decepcionados com isso. Elsa vê Lennart subindo a escada de volta. Primeiro, ele parece ponderar se fica parado na escada, mas, em seguida, parece se dar conta de que isso provavelmente faria seu café esfriar, e conclui que seja o que for que está para acontecer lá na escada, não vale a pena correr o risco. Então, ele volta para dentro do apartamento.

Minha avó pede desculpas

O primeiro latido que vem depois disso é breve e distinto. Como se Nosso Amigo apenas estivesse testando as cordas vocais. O segundo é tão alto que tudo que Elsa consegue ouvir por várias eternidades é um som de zumbido em seus ouvidos. Quando, por fim, ele cessa, ela escuta uma pancada violenta. Depois mais uma. E mais uma. Só depois da quarta pancada é que ela se dá conta do que é. Nosso Amigo toma impulso lá dentro e se lança com toda a força para o interior da porta.

Elsa escuta um dos policiais falar ao telefone de novo. Ela não ouve tudo o que está sendo dito, mas escuta as palavras "terrivelmente grande e agressivo". Ela dá uma olhada para baixo por entre os corrimões e vê os policiais parados a alguns metros da porta do apartamento do Nosso Amigo, evidentemente com cada vez menos autoconfiança, toda vez que ele se lança de encontro a ela com mais e mais força. Apareceram mais dois policiais, Elsa percebe. Um deles está com um pastor-alemão na coleira. O pastor-alemão não parece achar nem um pouco que isso, de tentar entrar no apartamento de onde aquela coisa, seja lá o que ela for, está tentando sair, seja uma ideia tão fenomenal assim. Ele dá uma olhada para os policiais um pouco como Elsa olhou para vovó daquela vez em que ela tentou trocar o fio do micro-ondas da mamãe.

— Tragam o controle de animais aqui, então — Elsa ouve, por fim, a policial de olhos verdes sussurrar, resignada.

— Mas foi o que eu disse! Exatamente o que eu disse! — diz Britt-Marie, entusiasmada, em voz alta.

Os olhos verdes não respondem. Mas lançam um olhar em direção a Britt-Marie que faz com que ela se cale na hora.

Nosso Amigo emite um último latido mais alto que todos os outros. Em seguida, cala-se de novo. Por um instante, há um tumulto danado na escada, e então Elsa ouve a porta se fechar de novo. Evidentemente os policiais decidiram esperar a uma distância um pouco maior daquilo que mora naquele apartamento, até o controle de animais chegar. Elsa os vê se afastar pela janela na escada, algo em sua linguagem corporal sugerindo café. Enquanto isso, o pastor-alemão anda com a linguagem corporal de quem está refletindo a respeito de uma aposentadoria antecipada.

De repente, fica tudo tão silencioso na escada que os solitários passos saltitantes de Britt-Marie, mais abaixo na escada, ecoam. "Uma fera, uma fera repugnante é o que você é", dispara Britt-Marie em voz alta para si mesma, e, no instante seguinte, Elsa ouve a porta do apartamento dela e de Kent se fechar de novo.

Elsa fica irresoluta. Ela sabe que "irresoluto" é uma palavra da jarra de palavras. Ela vê os policiais pela janela e, em retrospecto, não conseguirá explicar direito por que exatamente faz isso. Mas nenhum cavaleiro legítimo de Miamas teria deixado um amigo da vovó ser morto sem pelo menos tentar fazer alguma coisa. Então desce a escada se esgueirando velozmente. Passa com todo o cuidado pelo apartamento de Britt-Marie e Kent e, por precaução, para a cada patamar da escada, certificando-se de que os policiais não abriram a porta de novo no térreo.

Por fim, ela para diante do apartamento do Nosso Amigo e abre cuidadosamente a caixinha de correio. Tudo está muito escuro lá dentro, mas ela ouve sua respiração abafada.

– So... Sou e... eu... – gagueja Elsa.

Ela não sabe direito como abordar esse tipo de assunto. E Nosso Amigo não responde. Mas, pelo menos, ele também não se atira contra a porta. Elsa vê isso como um claro avanço nas comunicações.

– Sou eu. Das barras de Daim.

Nosso Amigo não responde. Mas ela ouve a respiração dele ficar mais lenta. As palavras de Elsa saltam da boca, como se alguém as tivesse derrubado.

– Sabe... isso pode parecer megaestranho... mas eu acho que minha avó ia querer que você caísse fora daqui de alguma forma. Você compreende? Tipo, se você tem uma porta dos fundos ou coisa assim. Porque senão eles vão atirar em você! Talvez pareça megaestranho, mas de certa forma também é supermegaestranho você morar sozinho num apartamento... se é que me compreende...

É só quando todas as palavras saíram da boca de Elsa que ela se dá conta de que as disse na língua secreta. Como um teste. Porque, se for só um cachorro lá do outro lado da porta, ele não vai entender. Mas se compreender, pensa ela, aí é bem diferente. Ela ouve algo que soa como uma pata do tamanho de um pneu de automóvel arranhar momentaneamente o lado de dentro da porta.

— Espero que você esteja entendendo — sussurra Elsa na língua secreta.

Ela não chega a ouvir a porta se abrir atrás dela. A única coisa que consegue perceber pela caixinha de correio é como Nosso Amigo se afasta da porta. Como se ele estivesse se preparando.

Elsa pressente que há alguém atrás dela, como se um fantasma estivesse ali. Ou um...

— Cuidado! — rosna a voz.

Elsa se gruda na parede quando o Monstro passa silenciosamente por ela com uma chave na mão. No momento seguinte, ela se encontra entre o Monstro e Nosso Amigo. E eles são realmente o maior wurse e o maior monstro que Elsa já viu. A sensação é a de que alguém está pisando nos pulmões dela. Por um instante, quer gritar, mas não sai nada.

Tudo acontece rápido demais depois disso. Eles ouvem a porta se abrir ao pé da escada. A voz dos policiais. E de mais alguém que, Elsa deduz, deve ser o controle de animais. Em retrospecto, Elsa não fica totalmente convencida de que realmente tenha controle sobre os próprios movimentos. Se ela foi colocada sob um feitiço ou algo assim, não seria nem um pouco improvável, considerando que, mesmo que fosse, seria muito menos improvável do que encontrar um wurse. Mas, quando a porta se fecha atrás dela, Elsa está no hall do apartamento do Monstro.

Que cheira a sabão.

10

ÁLCOOL

O rangido de madeira que cede quando os policiais colocam o pé de cabra na moldura da porta enche a escada.

Elsa está de pé no hall do apartamento do Monstro, observando-os pelo olho mágico. A rigor, os pés dela nem tocam o chão, porque o wurse se postou no capacho do hall, e ela está encravada entre o traseiro do animal enorme e o lado de dentro da porta. O wurse parece extremamente irritado. Não ameaçador, só irritado. Como quando entra um inseto na garrafa de refrigerante da gente.

Elsa vira-se cuidadosamente, ficando de costas para a porta, e sussurra na língua secreta:

— Você não pode latir agora, por favor. Senão vão matar você!

Ela percebe que está mais em pânico por causa dos policiais atrás da porta do que das duas criaturas com quem ocupa o hall nesse momento. E claro, talvez não pareça muito racional, mas Elsa decide confiar um pouco mais nos amigos da vovó do que nos amigos de Britt-Marie nesse instante.

O wurse vira a cabeça do tamanho de um micro-ondas e olha para ela desconfiado.

— Eles vão vir matar você! — sussurra Elsa.

O wurse dá a impressão de não estar completamente convencido de que é ele que vai ter o maior problema se Elsa abrir a porta e o deixar sair no meio dos policiais. Mas, de qualquer modo, ele mexe o traseiro um pouco mais para dentro do hall, de forma que ela pode tocar com os pés no chão.

Ele fica em silêncio, embora dê a impressão de estar assim mais por Elsa do que por ele mesmo.

No patamar da escada, os policiais já quase arrebentaram a porta. Elsa os ouve gritar comandos uns para os outros para que fiquem "preparados".

Ela olha em sua volta no hall e mais adiante para a sala de estar. É um apartamento muito pequeno, mas é o mais arrumado de todos em que ela já pôs os pés. Quase não há móvel nenhum, e os que existem ficam exatamente em ângulo reto uns em relação aos outros e dão a impressão de que pretendem cometer algum tipo de haraquiri de móveis se pousar um grão de poeira em cima deles. Elsa sabe disso porque ela teve uma fase samurai um ano atrás.

O Monstro desaparece dentro do banheiro. Jorra água lá dentro um bom tempo antes que ele saia de novo. Ele enxuga as mãos caprichadamente com uma toalhinha branca que logo dobra com cuidado e coloca num cesto de roupa para lavar. Ele tem que baixar a cabeça para poder passar pelo batente da porta. Elsa se sente como Ulisses deve ter se sentido quando estava com o gigante Polifemo, porque Elsa leu sobre Ulisses há bem pouco tempo. Com a exceção de que Polifemo, na certa, não lavava as mãos tão direitinho quanto o Monstro parece fazer. E claro que Elsa não acha nem um pouco que é tão arrogante e moralista como esse Ulisses é nos livros. Claro que não. Mas, com relação ao resto, tipo Ulisses.

O Monstro olha para ela. Ele não aparenta estar com raiva. Parece mais confuso, na verdade. Quase assustado. Talvez seja isso que faz com que Elsa, de repente, crie coragem de perguntar sem rodeios:

— Por que minha avó envia cartas pra você?

Elsa diz isso na língua normal. Porque não quer, por motivos que ela mesma ainda não identificou, falar a língua secreta com ele. As pálpebras do Monstro baixam sob o pelo preto, de modo que fica difícil ver qualquer expressão por trás dele, da barba e da cicatriz. Ele está descalço, mas tem nos pés dois saquinhos de plástico azuis, daquele tipo que a gente usa para cobrir os sapatos quando está no hospital. A bota dele está ordenadamente colocada logo à frente da porta, precisamente alinhada com a lateral do capacho. Ele estende dois saquinhos de plástico para Elsa, mas puxa a mão rapidamente quando ela os segura, como se estivesse com medo de que Elsa pudesse tocá-lo. Elsa se abaixa e coloca os saquinhos plásticos em volta dos sapatos sujos de lama. Ela vê que acabou pisando um pouco fora do capacho, deixando duas meias pegadas de neve suja no assoalho.

 O Monstro se curva com uma flexibilidade impressionante e começa a limpar o chão com uma toalhinha branca nova. Quando termina, borrifa um produto de limpeza que faz os olhos de Elsa arderem e seca com outra toalhinha branca. Então ele se levanta, arruma ordenadamente as toalhas no cesto de roupa para lavar e coloca o spray numa prateleira exatamente em ângulo reto com a parede.

 Então ele fica parado um bom tempo, olhando inquieto para o wurse, que se deitou, ocupando praticamente todo o chão do hall do Monstro, que dá a impressão de que está prestes a hiperventilar. Ele some no banheiro e, ao voltar, arruma com todo o capricho toalhas em torno do wurse, tomando todo o cuidado para não encostar em nenhuma parte do corpo dele. Então volta ao banheiro e esfrega as mãos com tanta força embaixo da torneira que a pia fica vibrando, como se houvesse um celular tocando em cima dela.

 Quando retorna, está segurando uma garrafinha de álcool gel desinfetante. Elsa reconhece, porque toda vez que ia visitar vovó no hospital tinha que passar aquilo nas mãos. Ela olha de soslaio para dentro do banheiro pela brecha que fica sob a axila do Monstro, quando ele estende o braço. Há mais garrafas de álcool gel lá dentro do que ela consegue imaginar que existiriam em todo o hospital da mamãe.

 O Monstro parece extremamente incomodado. Ele vira o frasco e besunta os dedos com o álcool, como se eles estivessem envoltos em uma pele extra invisível que está tentando descolar. Em seguida, levanta ostensivamente as palmas das mãos, cada uma do tamanho de uma caçamba de caminhão, e balança a cabeça com firmeza para Elsa.

 Elsa estende as palmas das mãos, pouco maiores do que bolas de tênis, na direção dele. Ele derrama nelas o álcool gel e se esforça ao máximo para não parecer estar com nojo demais. Elsa esfrega rapidamente o álcool na pele e seca o excesso na perna da calça. O Monstro parece um tiquinho como se estivesse a ponto de se enrolar num tapete e começar a gritar e chorar. Para compensar, despeja mais álcool gel nas próprias mãos e esfrega, esfrega, esfrega. Então percebe que Elsa tropeçara numa das botas de forma que ela ficara desalinhada em relação à outra. Ele se curva e endireita a bota. Depois, mais álcool gel.

Elsa inclina a cabeça e olha para ele.

– Você tem pensamentos obsessivos?

O Monstro não responde. Só esfrega as mãos com mais força, como se tentasse fazer fogo no meio delas.

– Eu li sobre isso na Wikipédia – diz Elsa.

A caixa torácica do Monstro se ergue e se abaixa numa respiração contrariada. Ele some no banheiro, e ela ouve o som de água corrente outra vez.

– Meu pai meio que tem pensamentos obsessivos! – diz Elsa em voz alta, logo acrescentando: – Mas, puxa, não como você. Você é tipo doido de verdade!

Só depois é que percebe que isso soa como uma ofensa. Não foi de forma alguma o que ela quis dizer. Elsa simplesmente não queria comparar os míseros pensamentos obsessivos amadores do papai com os pensamentos obsessivos evidentemente profissionais do Monstro.

O Monstro volta para o hall. Elsa sorri para incentivá-lo. O wurse parece revirar os olhos, deita-se de lado e fica tentando mordiscar a mochila dela, porque ele claramente acha que tem chocolate Daim dentro dela. O Monstro parece estar tentando se transportar para um lugar mais feliz dentro de sua cabeça. Então lá estão os três: um wurse, uma criança e um monstro com o tipo de necessidade de limpeza e arrumação que, claramente, não é nem um pouco compatível com a companhia de wurses e crianças.

Do outro lado da porta, os policiais e o controle de animais acabaram de arrombar um apartamento onde há um cão de caça ameaçador e descobrem a ausência patente dele. Que vida essa a deles! Até o pastor-alemão começa a latir de repente. Talvez simplesmente por causa da ausência do cão de caça, claro.

Elsa olha para o wurse. Depois para o Monstro.

— Por que você tem a chave do... daquele... apartamento? — pergunta ela ao Monstro.

Ele parece respirar mais pesado.

— Você deixou carta. Da vovó. Em envelope — responde ele, por fim, com uma voz grave.

Elsa inclina a cabeça para o outro lado.

— Vovó escreveu que é pra você tomar conta dele?

O Monstro, a contragosto, faz que sim.

— Escreveu "proteja o castelo".

Elsa assente. O olhar deles se encontra brevemente. O Monstro está com a maior cara de alguém que quer que todos simplesmente vão para casa e façam sujeira no próprio hall. Elsa dá uma olhada no wurse.

— Caramba, por que ele uiva tanto durante a noite? — pergunta ela ao Monstro.

O wurse não parece gostar muito de falarem dele na terceira pessoa. Se é que ele pode contar como pessoa; o wurse não parece ter uma opinião firme sobre as regras gramaticais neste caso. O Monstro está começando a se cansar de tanta pergunta.

— Triste — diz ele em voz baixa para o wurse, e esfrega as mãos várias vezes, embora já faça tempo que não há mais nada nelas para esfregar.

— Triste por quê? — pergunta Elsa.

O olhar do Monstro está fixado na palma das mãos.

— Triste sobre sua avó.

Elsa olha para o wurse, que olha para ela com olhos pretos e tristes. Quando pensa nisso depois, Elsa supõe que foi naquele instante que ela começou a gostar muito, muito mesmo dele. Ela olha para o Monstro de novo.

— Por que vovó mandou uma carta para você?

Ele esfrega as mãos com mais força.

— Velho amigo — ouve-se vindo daquela escuridão de cabelo e barba diante dela.

— O que estava escrito na carta?

Minha avó pede desculpas

— Escrito desculpa. Só desculpa – diz ele, desaparecendo ainda mais em meio ao cabelo e à barba.

— Por que minha avó está pedindo desculpas a você? – insiste Elsa.

Ela está começando a se sentir muito excluída dessa história, e Elsa odeia se sentir excluída das histórias.

— Não ser da sua conta – diz o Monstro em voz baixa.

— Ela era MINHA avó! – insiste Elsa.

— Era meu "desculpa" – responde o Monstro.

Elsa cerra os punhos.

— *Touché* – admite ela, por fim.

O Monstro não ergue os olhos. Apenas se vira e entra no banheiro de novo. Mais água corrente. Mais álcool gel. Mais esfregação. O wurse ergueu a mochila de Elsa com os dentes e agora está com o focinho inteiro enfiado nela. Ele fica grunhindo muito decepcionado quando descobre a óbvia ausência de materiais achocolatados dentro dela.

Elsa aperta os olhos, observando o Monstro, e diz num tom mais sério, mais questionador:

— Você falou na nossa língua secreta quando dei a carta para você! Você disse "menina boba"! Foi vovó que ensinou nossa língua secreta para você?

Então o Monstro ergue os olhos pela primeira vez. Seus olhos se arregalam surpresos. Elsa o encara boquiaberta.

— Não ela que me ensinou. Eu... ensinei ela – diz o Monstro em voz baixa na língua secreta.

É Elsa que soa ofegante agora.

— Você é... você é...

E exatamente ao mesmo tempo que ela ouve os policiais levantarem os destroços da porta do apartamento do wurse e irem embora sob os protestos veementes de Britt-Marie, Elsa olha bem nos olhos do Monstro.

— Você é... Menino-lobisomem.

Um instante depois, ela sussurra, na língua secreta:

— Você é Coração de Lobo.

O Monstro faz que sim tristemente.

11

BARRA DE PROTEÍNA

As histórias de Miamas da vovó eram, em geral, bem dramáticas. Guerras, tempestades, perseguições, intrigas e por aí vai, porque era desse tipo de história de ação que vovó gostava. Muito raramente elas tratavam da vida cotidiana da Terra-dos-Quase-Despertos. Então Elsa sabe realmente bem pouco sobre como os monstros e os wurses se relacionam, quando não têm um exército para liderar e sombras contra as quais lutar.

E, no fim das contas, eles não se dão muito bem.

Começa com o wurse perdendo a paciência com o Monstro, quando este tenta lavar o chão embaixo do wurse enquanto continua deitado. Então, como o Monstro não gosta nem um pouco de mexer no wurse, acaba pingando álcool gel nos olhos dele sem querer. Elsa é obrigada a se meter para não dar numa baita briga, e quando o Monstro insiste totalmente frustrado que Elsa coloque um daqueles saquinhos de plástico azul em cada uma das patas do wurse, este acha que aquilo já foi longe demais. Por fim, quando já começou a escurecer, e ela tem certeza de que os policiais não estão mais na escada, Elsa obriga os dois a saírem para a neve diante do prédio a fim de ter paz e sossego para ponderar como vai agir em seguida.

Claro que ela poderia ter se preocupado se Britt-Marie os veria da sacada, mas são exatamente seis horas, e Britt-Marie e Kent jantam exatamente a essa hora. Porque Britt-Marie diz que só os bárbaros jantam em qualquer outro horário que não às seis horas. Se o telefone de Kent toca em qualquer momento entre seis e seis e meia, Britt-Marie chocada larga os talheres na mesa e exclama: "*Quem* pode ser a essa hora, Kent? No meio da *refeição*!"

Elsa aninha bem o queixo no cachecol da Grifinória, tentando pensar com clareza. O wurse, parecendo ainda muito ofendido com aquela história dos saquinhos de plástico, recua para dentro de um arbusto, até que só o focinho aparece por entre a folhagem. Fica parado lá, olhando para Elsa com uma expressão muito contrariada. Leva quase um minuto até o Monstro suspirar e fazer um gesto ameaçador para ela.

— Cocô — murmura o Monstro, olhando numa outra direção.

— Desculpe — diz Elsa, envergonhada, para o wurse, e se vira para o outro lado.

Eles falam a língua normal de novo, porque alguma coisa se revira na barriga de Elsa quando ela fala a língua secreta com alguém que não seja vovó. De qualquer modo, o Monstro dá a impressão de não querer falar nenhuma das línguas. Enquanto isso, o wurse parece uma pessoa que está fazendo suas necessidades quando surge alguém que leva um minuto antes de compreender como é inconveniente ficar ali parado, olhando com cara de espanto. Só nesse momento, Elsa se dá conta de que, na verdade, ele ficou vários dias sem poder se aliviar, a não ser que tenha feito isso dentro do apartamento. Ela logo elimina essa possibilidade, porque não consegue ver como ele poderia ter se virado com uma privada e, certamente, não faria cocô no chão, porque não parece que um wurse se rebaixaria a esse ponto. Então ela presume que um dos superpoderes dos wurses é que eles têm o maior talento em prender o intestino.

Ela se vira para o Monstro. Ele esfrega as mãos e olha incomodado para as pegadas na neve, como se o que ele mais quisesse fosse passar ali um ferro de passar para que ela fique bem lisinha.

— Você é soldado? — pergunta Elsa, apontando para a calça dele.

O Monstro sacode a cabeça. Elsa continua apontando para a calça dele, porque viu esse tipo de calça no noticiário.

— Essa calça é de soldado.

O Monstro assente.

— Então por que você está usando calça de soldado, se você não é soldado? — interroga Elsa.

— Calça velha — responde o Monstro, sucintamente.

— O que aconteceu para você ficar com essa cicatriz? — pergunta Elsa, apontando para o rosto dele.

— Acidente — responde o Monstro, mais sucintamente ainda.

— *No shit*, Sherlock. Não achei que você tivesse arrumado uma cicatriz de propósito! — responde Elsa, um pouquinho mais desagradável do que pretendia.

("*No shit*, Sherlock" é uma de suas expressões favoritas em inglês. É um jeito mais sarcástico e irônico de dizer "É mesmo, é?". Papai sempre diz que não se deve usar expressões em inglês se existem equivalentes perfeitos na própria língua, mas Elsa sinceramente não acha que existam equivalentes perfeitos nesse caso.)

— Desculpe, eu não tinha intenção de soar desagradável. Só queria saber que tipo de acidente foi — murmura ela.

O Monstro não olha para ela.

— Acidente normal — rosna ele, como se isso encerrasse a questão. O Monstro desaparece por baixo do grande capuz de seu casaco. — Tarde. Devemos dormir.

Elsa entende que ele se refere a ela e não a si mesmo. Ela aponta para o wurse.

— Ele precisa dormir na sua casa hoje à noite.

O Monstro olha para ela como se Elsa tivesse acabado de pedir que ele rolasse nu em saliva e depois corresse por uma fábrica de selo com a luz apagada. Ou talvez não exatamente isso. Porém mais ou menos. Ele sacode a cabeça de modo que o capuz balança como uma vela de barco.

— Não dormir lá. Não dá. Não dormir lá. Não dá. Não dá. Não dá.

Elsa coloca as mãos nos quadris e o fuzila com o olhar.

— Ah, é? E onde você acha que ele vai dormir?

O Monstro se encolhe mais ainda dentro do capuz. Aponta para Elsa. Ela desdenha.

Minha avó pede desculpas

— Mamãe não me deixou ter nem uma coruja! Imagina só o escândalo que ela vai fazer se eu chegar em casa com *isso*?

O wurse surge ruidosamente do meio dos arbustos e parece ofendido. Elsa pigarreia.

— Desculpe. Quando eu disse "isso", não quis dizer que era uma coisa ruim.

O wurse faz uma cara de quem queria resmungar "mas é claro que não". O Monstro esfrega as mãos cada vez mais rápido, começa a ficar com uma aparência de pânico e, então, resmunga inconformado:

— Cocô no pelo. Tem cocô no pelo. Cocô no pelo.

Elsa olha para o wurse e para o Monstro. E de novo para o wurse e repara que ele realmente está com um pouco de cocô no pelo. Ela revira os olhos.

— Tudo bem, você não vai poder dormir na casa dele porque ele ia, tipo, infartar. Temos que pensar em alguma outra coisa... – suspira ela para o wurse.

O Monstro não diz nada. Mas a rapidez com que ele estava esfregando as mãos diminui um pouquinho. O wurse se senta na neve, roçando o traseiro nela para tirar o cocô.

O Monstro se vira para o outro lado e dá a impressão de estar tentando enfiar uma borracha invisível no cérebro para apagar a lembrança dessa imagem.

Elsa hesita alguns segundos. Depois vai atrás dele.

— O que vovó escreveu na carta? – pergunta.

O Monstro resmunga sob o capuz.

— Escreveu desculpa – diz ele, sem se virar.

— Mas o que mais? Era uma carta comprida pra caramba! – insiste Elsa.

O Monstro suspira, sacode a cabeça e aponta para a portaria do prédio.

— Tarde agora. Dormir.

— Só quando você me contar da carta!

O Monstro se vira para ela com a cara de alguém muito cansado que estivesse sendo mantido acordado por alguém que, a intervalos regulares, o açoitava, com toda a força, com uma fronha cheia de iogurte. Tipo isso. Ele ergue os olhos, franze a testa e fica avaliando Elsa como se estivesse tentando chegar a uma conclusão sobre a que distância conseguiria atirá-la.

— Escreveu "proteja o castelo" — rosna ele.

Elsa dá um passo na direção dele, para mostrar-lhe que não está com medo. E também, principalmente, para si mesma, já que tem plena certeza de que, para ele, não faz grande diferença.

— E o que *mais*?

Ele se encolhe sob o capuz e começa a se afastar pela neve.

— Proteger você. Proteger Elsa.

Então ele some na escuridão e vai embora. Ele some com muita frequência, Elsa vai ter que se acostumar. É surpreendente como alguém tão grande consegue fazer isso.

Elsa ouve uma respiração ofegante abafada do outro lado do jardim e se vira. George aproxima-se do prédio se exercitando. Ela sabe que é George porque ele está usando *legging* com short por cima e o casaco mais verde do mundo. Ele não vê nem ela nem o wurse porque está ocupado demais começando a saltar de pés juntos, subindo e descendo de um banco. George treina muito fazer isso, correr, e subir e descer das coisas pulando. Elsa costuma pensar que ele está num treino permanente para ver se consegue participar do próximo jogo do Super Mario.

— Venha! — sussurra Elsa rapidamente para o wurse, para que consigam entrar antes de George avistá-los.

Para sua surpresa, aquele bicho enorme obedece. O wurse passa pelas pernas dela, a pelagem fazendo cócegas até na sua testa, e Elsa quase cai com o empurrão. E ri. Ele olha para ela e parece rir também.

Tirando vovó, esse é o primeiro amigo que Elsa já teve.

Ela verifica se Britt-Marie não está zanzando pela escada e se George ainda não os viu, e em seguida conduz o wurse para o subsolo. Os escaninhos estão marcados com o número dos apartamentos, e o da vovó está destrancado e vazio, com exceção de algumas sacolas amarelas da Ikea, cheias de jornais de ofertas. Elsa os espalha no chão de concreto para que fique um pouco mais aconchegante.

— Você tem que ficar aqui hoje à noite. Amanhã nós temos que encontrar um esconderijo melhor — sussurra ela.

O wurse não parece muito impressionado, mas deita-se, vira-se para o lado e dá uma espiada indiferente nas partes do subsolo que continuam na escuridão. Elsa verifica para onde ele está olhando e, depois, concentra a atenção nele.

— A vovó sempre dizia que há fantasmas aqui embaixo — diz ela com firmeza.

O wurse continua deitado indiferente, com as presas do tamanho de estalactites reluzindo na escuridão.

— Você está proibido de assustar os fantasmas, ouviu? — Elsa o adverte.

O wurse rosna. Elsa fica com pena dos fantasmas.

— Vou trazer mais chocolate amanhã, se você se comportar — promete ela.

O wurse dá a impressão de estar considerando a oferta. Elsa se inclina para a frente e dá um beijo no focinho dele.

Então ela sobe a escada em disparada e fecha a porta do porão com todo o cuidado ao sair. Sobe o resto da escada sorrateiramente sem acender as lâmpadas, para minimizar o risco de que alguém a veja, e, quando chega ao apartamento de Britt-Marie e Kent, abaixa-se e sobe os últimos degraus aos saltos. Ela tem quase certeza de que Britt-Marie está olhando pelo olho mágico. Dá para senti-la olhando-a, como quando Sauron lança seu mau--olhado por sobre o mundo no *Senhor dos Anéis*.

Na manhã seguinte, tanto o apartamento do Monstro quanto o subsolo estão no escuro e vazios. George leva Elsa para a escola, pois mamãe já foi para o hospital, porque, como sempre, eles tiveram alguma emergência, e cabe à mamãe solucioná-las.

George fala de barras de proteína o caminho inteiro. E tinha comprado uma caixa, diz ele, e agora não consegue achá-la em lugar nenhum. George gosta de falar de barras de proteína. E de várias coisas funcionais. Como roupas e tênis de corrida, por exemplo. George adora essas coisas. Elsa espera que nunca haja barras de proteína funcionais porque a cabeça de George provavelmente explodiria. Não que Elsa pense que isso seria uma coisa tão terrível, mas acha que mamãe ficaria triste e que haveria coisas demais para arrumar. George a deixa no estacionamento, pergunta uma vez mais se ela viu as barras de proteína dele que desapareceram. Elsa suspira entediada e sai do carro.

As outras crianças mantêm distância. Ficam observando-a na expectativa. O boato do ataque do Monstro diante do parque já se espalhou, mas Elsa sabe que vai durar pouco tempo. Aconteceu muito longe da escola. Talvez ela tenha um descanso de algumas horas, mas aqueles que a perseguem vão testar os limites cada vez mais e, quando criarem coragem de ir atrás dela de novo, vão bater nela com mais força do que nunca.

E ela sabe que o Monstro nunca vai se aproximar da cerca por causa dela, porque as escolas estão cheias de crianças, e as crianças estão cheias de bactérias, e não haveria álcool gel suficiente no mundo todo para o Monstro depois disso.

Mas ela fica curtindo sua liberdade nesta manhã, apesar de tudo. É o penúltimo dia antes do recesso de Natal, e, depois de amanhã, ela vai poder descansar de correr por algumas semanas. E também sem bilhetes no seu armário dizendo que ela é feia e que vão matá-la.

No primeiro intervalo, ela se permite uma caminhada ao longo da cerca. De vez em quando, puxa com força as alças da mochila, para ter certeza de que não estão frouxas. Ela sabe que eles não vão correr atrás dela agora, mas é um hábito difícil de deixar de lado. A gente corre mais devagar, se a mochila estiver frouxa.

Por fim, ela se permite devanear. Deve ser por isso que não o vê. Fica pensando na vovó e em Miamas, e também no que vovó pretendia enviando-a nessa caça ao tesouro, se é que ela planejava alguma coisa. Vovó sempre bolava uma grande parte de seus planos enquanto eles se desenrolavam, então Elsa tem dificuldade de ver o que vai acontecer no próximo passo da caça ao tesouro, agora que vovó não está mais lá. Mais do que em qualquer outra coisa, ela fica pensando no que vovó queria dizer quando falou que tinha receio de que Elsa a odiasse à medida que soubesse mais sobre ela. Por enquanto, Elsa só ficou sabendo que vovó tinha um bocado de amigos bem suspeitos, e pode-se dizer que isso não foi nenhum choque.

Minha avó pede desculpas

Claro que Elsa entende que aquilo que vovó disse sobre "quem a gente é antes de ser avó" deve ter a ver com mamãe, mas Elsa prefere não lhe perguntar nada. Tudo que ela diz para mamãe atualmente só parece dar em briga. E Elsa odeia isso. E também que a gente não possa saber coisas sem brigar.

E ela odeia ser tão solitária quanto se pode ser sem sua avó.

Então deve ser por isso que Elsa não o vê. Porque está a dois ou três metros de distância quando ela, finalmente, o enxerga, o que é uma distância bem maluca para não se ver um wurse, que está sentado no portão, exatamente diante da cerca. Ela ri surpresa. Ele parece fazer o mesmo, só que por dentro.

– Fiquei procurando você hoje de manhã – diz ela, saindo para a rua, embora não se possa fazer isso no intervalo.

O wurse parece dar de ombros bem de leve. Como se ele tivesse ombros.

– Você foi bonzinho com os fantasmas? – pergunta Elsa.

O wurse não parece ter sido. Mesmo assim, ela se lança em volta do pescoço dele. Enfia as mãos bem fundo na espessa pelagem preta e depois exclama:

– Espera, tenho uma coisa para você!

O wurse enfia curioso o focinho na mochila quando ela a abre, mas fica com uma cara extremamente decepcionada quando o retira dali.

– São barras de proteína – diz Elsa, desculpando-se. – Estamos sem chocolate em casa porque mamãe não quer que eu coma doce, mas George diz que esses aqui são superbons!

O wurse não gosta nem um pouco delas. Então só come umas nove. Quando o sinal da escola toca, Elsa o abraça com bastante força de novo e sussurra:

– Obrigada por ter vindo!

Ela sabe que todas as outras crianças no pátio a estão vendo fazer isso. Talvez os professores consigam evitar de reparar no maior e mais preto wurse que surgiu do nada no primeiro intervalo, mas nenhuma criança, em todo o universo, é capaz disso.

Ninguém coloca bilhete no armário de Elsa neste dia.

12

MENTA

Vovó sempre teve problema com as autoridades.
Elsa sabe disso porque um dos professores da escola dela disse um dia que ela tem dificuldade com autoridade, e então o diretor falou: "Ela deve ter puxado... a avó." E aí o diretor olhou em pânico pela sala, como se tivesse acabado de dizer "Voldemort" sem pensar.

Claro que Elsa, por princípio, nunca acha que o diretor tem razão, mas dessa vez, especificamente, talvez ele não estivesse totalmente errado. Porque uma vez vovó foi proibida pela polícia de chegar a menos de quinhentos metros de um aeroporto porque tinha acabado de ter um probleminha com as autoridades, e Elsa nunca ouviu falar de que isso tenha acontecido com a avó de ninguém, a não ser com a dela.

Tudo começou com Elsa indo de avião para a Espanha, a fim de encontrar papai e Lisette. Porque papai tinha acabado de conhecer Lisette, e achava que Elsa sentiria menos raiva disso se ele fosse com ela a algum lugar em que houvesse uma piscina. Claro que ele tinha razão. A gente pode morrer de raiva do pai mesmo em lugares que têm piscina, mas é muito, muito mais difícil.

Mamãe estava numa conferência superimportante, então vovó levou Elsa para o aeroporto de Renault. Ela ainda era pequena, então Elsa arrastava um leão de pelúcia para toda parte, e um dos guardas do controle de bagagem queria que ela passasse o leão pela esteira do raio-X. Mas Elsa não confiava no aparelho, se recusou a largar o leão, e aí outro vigia tentou arrancá-lo dela. Ao que vovó ficou com muita raiva como só uma avó pode ficar quando alguém tenta arrancar um leão da sua neta. E então foi quase uma pancadaria entre vovó e os guardas, o que acabou com vovó gritando de pé: "Fascistas malditos! Vocês vão me revistar também? Hein? Vocês vão verificar se eu não esqueci nenhum leão cheio de explosivos na calcinha? Hein? Vão?"

Foi só depois que Elsa se deu conta de que devia ter comentado para vovó que essa frase tinha sido, na verdade, mal formulada, porque soava como se fosse o leão que estava com explosivos na calcinha. Isso provavelmente teria feito vovó cair na risada. Então, talvez, ela não tivesse arrancado toda a roupa e saído correndo nua pelo controle de bagagem.

Vovó conseguia tirar a roupa bastante rápido.

Era uma história dessas que era dolorosa quando acontecia, mas que era divertida de contar depois. Com a diferença de que ela foi muito engraçada quando aconteceu também. E quando ela por fim embarcou no avião, a aeromoça ouviu o que aconteceu, e Elsa pôde tomar quanto suco ela quis durante toda a viagem para a Espanha. E Elsa realmente gosta de suco.

Mas claro que primeiro ela e vovó tiveram que ficar sentadas bastante tempo num escritório do aeroporto com um homem muito bravo com fios no ouvido. Depois vieram dois policiais que disseram para vovó que ela nunca mais poderia voltar ao aeroporto e que o que ela acabara de fazer era um crime grave que poderia ter levado à prisão. "Certo, certo, certo, vocês estão tentando arrancar bichos de pelúcia das mãos de criancinhas, mas sou EU que sou a terrorista aqui?!", gritou vovó agitando os braços, até que os policiais ameaçaram pôr algemas nela.

Mas, durante a viagem inteira, Elsa não precisou largar o leão. Nem mesmo durante um segundo. E era só isso que contava para vovó.

"Não há aeroportos em Miamas. E se houvesse, seria o leão que verificaria a bagagem desses cretinos da alfândega, não o contrário", disse vovó de mau humor ao telefone quando Elsa ligou da Espanha. Elsa a amou por isso.

Ela está sozinha na sacada do apartamento da vovó agora. Elas ficavam aqui com frequência. Foi aqui que vovó comentou sobre os bichos-nuvem e contou da Terra-dos-Quase-Despertos, logo depois que os pais de Elsa se separaram. Naquela noite, Elsa pôde ver Miamas pela primeira vez. Ela olha fixamente para dentro da escuridão sem ver nada e sente mais saudade do que nunca. Ela ficou deitada na cama da vovó olhando todas as fotografias do teto, tentando compreender do que vovó falava no hospital quando disse que Elsa tinha de prometer não a odiar. Que é "privilégio das avós nunca precisarem mostrar a seus netos quem elas eram antes de se tornarem avós". Elsa dedicou horas a tentar compreender para que vai servir essa caça ao tesouro, ou onde será que vai estar a próxima pista. Se é que existe uma agora.

O wurse está dormindo no depósito do subsolo. Elsa preparou uma cama para ele com travesseiros e lençóis e sacolas amarelas da Ikea, achatou quatro caixas de mudança de papelão e grudou-as na porta como proteção para Britt-Marie não enxergar o que há lá dentro, se ela descer para bisbilhotar. No meio de tanta coisa terrível, dá uma sensação boa saber que o wurse está dormindo lá.

A gente se sente menos sozinho se tem quase oito anos e sabe que tem um wurse dormindo no subsolo.

Ela dá uma olhada rapidinha por cima da grade da sacada. Acha que está vendo alguma coisa se mexer na escuridão no solo. Óbvio que ela não está vendo nada, mas sabe que o Monstro está lá. Ela entende que vovó planejou a história desse jeito. Com o Monstro protegendo o castelo e Elsa.

Ela só está brava com vovó por nunca ter contado do que é que ele está protegendo o castelo.

Uma voz feminina mais ao longe na rua interrompe o silêncio:

– ... festa. É, isso mesmo, eu comprei todo o álcool para a festa, só estou voltando para casa agora! – declara a voz irritada quando se aproxima.

É a mulher da saia preta que está falando no fio branco. Ela arrasta quatro sacolas pesadas de plástico que batem umas nas outras, metade do tempo, e, na outra metade, nas canelas dela. A mulher xinga e se atrapalha com as chaves diante da portaria.

– Sim, meu Deus do céu, com certeza seremos umas vinte pessoas! E você sabe como o pessoal do escritório bebe! Isso, exatamente, você sabe do que estou falando! Então tive que comprar tudo para a festa! Claro que os caras não têm tempo para ajudar! Não é? Pois é! Como se EU também não tivesse um trabalho de tempo integral? – É a última coisa que Elsa ouve antes de a mulher entrar marchando no prédio.

Elsa não sabe que tipo de festa é. Ela não sabe muita coisa da mulher da saia preta, além de ela sempre estar com cheiro de menta, usar roupas muito bem passadas e parecer estressada. Vovó dizia que era "por causa dos meninos dela". Elsa não sabe bem o que isso quer dizer.

Ela tira a neve dos sapatos e entra no apartamento de novo. Mamãe está sentada num banquinho alto na cozinha, falando ao telefone, mexendo agitada em um dos panos de prato da vovó. Ela nunca parece ter que escutar muito o que a pessoa do outro lado da linha diz. Ninguém nunca discorda da mamãe. Não porque ela levante a voz ou interrompa, mas só porque é o tipo de pessoa com quem ninguém quer brigar. Mamãe dá um jeito de ser assim porque não quer ter conflitos. Afinal, os conflitos são prejudiciais à eficiência, que é muito importante para mamãe. Ela fala muito disso ao telefone. George, às vezes, brinca que mamãe vai dar à luz durante o intervalo de almoço para não sacanear a eficiência do hospital. Elsa odeia George porque ele faz essas piadas idiotas e acha que conhece mamãe tão bem que pode fazê-las sobre ela.

Claro que vovó achava que eficiência era bobagem, e estava cagando e andando no mais alto grau se os conflitos a prejudicavam. Elsa ouviu um dos médicos do hospital da mamãe dizer que vovó era "do tipo que consegue começar uma briga numa sala vazia", mas, quando Elsa lhe contou isso, vovó só ficou irritada e respondeu com desdém: "Talvez tenha sido a sala que começou, você pensou nisso?" E aí ela contou a história da menina que dizia não. Mesmo que Elsa já a tenha ouvido, pelo menos, uma eternidade de vezes.

"A menina que dizia não" foi uma das primeiras histórias da Terra-dos--Quase-Despertos que Elsa ouviu. Era sobre a rainha de um dos seis reinos: o Reino de Miaudacas. No início, a rainha tinha sido uma princesa muito valente e justa que era querida por todos, mas infelizmente ela cresceu e ficou com medo, como os adultos. Ela começou a amar a eficiência e evitar conflitos. Como os adultos fazem.

Então a rainha simplesmente proibiu por completo os conflitos em toda Miaudacas. Todos tinham só que se dar bem o tempo todo, porque isso era bom para a eficiência. E como quase todos os conflitos começam com alguém dizendo "não", a rainha proibiu essa palavra. Todos que desobedeciam à lei eram imediatamente lançados numa grande prisão-do-não, e centenas de soldados de armadura preta, que eram chamados "Vigilantes do Sim", patrulhavam as ruas para verificar se ninguém estava tendo um desentendimento. Mas nem isso deixou a rainha satisfeita, então logo foram proibidas não só a palavra "não", mas também as palavras "talvez" e "nem". Qualquer uma fazia você ir direto para a prisão onde nunca mais poderia ver a luz do dia. Se por acaso você conseguisse enxergar a luz do dia, algum dos vigilantes do sim imediatamente colocava mais cortinas.

Depois de alguns anos, até expressões como "possivelmente", "se" e "quem sabe" foram proibidas. Por fim, ninguém ousava dizer absolutamente nada. Então a rainha achou que seria muito bom proibir a fala por completo, porque quase todos os conflitos, na realidade, começam com alguém dizendo alguma coisa. Depois disso, o reino ficou em silêncio durante muitos anos.

Até que um dia chegou uma menininha a cavalo, cantando. Todos olharam estarrecidos para ela, porque cantar era um crime extremamente grave em Miaudacas. O risco de cantar é que alguém pode achar que isso é uma coisa boa, mas outra pessoa talvez não ache, e então pode surgir um conflito. Os Vigilantes do Sim se puseram a tentar deter a menina, mas não conseguiam agarrá-la, pois ela corria muito bem. Então os Vigilantes do Sim fizeram todos os sinos serem tocados e pediram reforços. Ao que a própria temida força de elite da rainha, os Cavaleiros dos Parágrafos – que eram chamados assim porque andavam montados num tipo peculiar de bicho que era uma mistura de girafa e um livro de regras –, apareceu para deter a menina. Mas nem mesmo os Cavaleiros dos Parágrafos conseguiram apanhá-la, então, por fim, a própria rainha desceu correndo de seu castelo e gritou para que a menina parasse de cantar.

Então a menina se virou para a rainha, fitou-a nos olhos e respondeu: "Não." Quando ela disse isso, uma pedra se soltou do muro da prisão. E quando a menina disse "não" mais uma vez, se soltou outra pedra. Logo não só a menina, como todas as pessoas do reino, incluindo os Vigilantes do Sim e os Cavaleiros dos Parágrafos, estavam gritando "não! não! não!", e então toda a prisão desabou. Foi assim que o povo de Miaudacas aprendeu que uma rainha só tem todo o poder enquanto seus súditos têm medo de conflitos.

Ou, pelo menos, Elsa crê que essa fosse a moral da história. Ela sabe disso, em parte, porque verificou "moral" na Wikipédia e, em outra, porque a primeira palavra que aprendeu a dizer foi "não". E mamãe e vovó brigaram muito, muito mesmo, por causa disso.

Claro que elas brigavam muito mesmo por causa de todas as outras coisas também. A eficiência, por exemplo. Mamãe sempre dizia muito contida que a eficiência era "necessária para uma atividade comercial que funcione bem", e vovó sempre respondia gritando completamente fora de si que "não é para um hospital ser uma porcaria de uma atividade comercial!". Um dia, vovó disse para Elsa que mamãe só se tornou chefe porque estava na fase de rebeldia da adolescência, e que a pior rebeldia que mamãe conseguia imaginar era a de "ser economista". Elsa nunca entendeu direito o que isso significava. Mais tarde naquela noite, quando elas achavam que Elsa estava dormindo, ela ouviu mamãe retrucar: "O que você sabe da minha adolescência? Você nunca estava aqui!" Essa foi a única vez que Elsa ouviu mamãe dizer alguma coisa com o choro preso na garganta para vovó. Então vovó ficou caladinha e nunca mais repetiu esse comentário da rebeldia da adolescência para Elsa novamente.

Mamãe desliga o telefone e fica em pé no meio da cozinha com o pano de prato na mão e uma cara de quem esqueceu alguma coisa. Ela olha para Elsa, que olha, hesitante, para mamãe, que sorri tristemente.

— Você pode me ajudar a guardar algumas coisas da sua avó em caixas?

Elsa assente. Embora não estivesse nem um pouco a fim. Mamãe teima em embalar caixas toda noite, embora tanto os médicos quanto George tenham dito a ela que maneirasse. Mamãe não leva muito jeito para isso. Nem para maneirar nem para dizerem a ela o que fazer.

— Seu pai vai pegar você na escola amanhã à tarde – diz mamãe, como que de passagem, enquanto risca as coisas na planilha da arrumação das caixas.

— Porque você vai ter que trabalhar até tarde? — pergunta Elsa, como se não quisesse dizer nada em especial com aquilo.

— Eu vou... ficar um pouco no hospital — diz mamãe, porque ela não gosta de mentir para Elsa.

— George não pode me pegar, então? — pergunta Elsa, inocentemente, embora ela não seja nem um pouco inocente.

Mamãe suspira ruidosamente.

— George vai comigo para o hospital.

Elsa coloca as coisas na caixa numa ordem que ela não faz ideia se é a que está na planilha do Excel.

— A Metade está doente?

Mamãe tenta sorrir de novo. Não dá muito certo.

— Não se preocupe, amor.

— Esse é o jeito mais fácil de saber que eu devo me preocupar pra caramba — responde Elsa.

— É complicado — diz ela.

— Tudo é complicado se ninguém explica nada — diz Elsa, irritada.

Mamãe suspira ruidosamente de novo.

— Elsa, por favor, é só um exame de rotina.

— Não, não é, porque não tem tanto exame de rotina numa gravidez. Não sou idiota.

Mamãe massageia as têmporas e olha para o outro lado.

— Elsa, por favor, não comece a brigar comigo agora por causa disso também.

— Como assim "também"? Por que MAIS eu já briguei com você? — fuzila Elsa, como se faz quando a gente tem quase oito anos e se sente levemente acusada.

— Não grite — pede mamãe, contida.

— EU NÃO ESTOU GRITANDO! — grita Elsa, totalmente incontida.

Então as duas ficam um bom tempo olhando para o chão. Cada uma procurando seu jeito de pedir desculpas. Nenhuma delas sabe por onde começar. Elsa joga no chão a tampa da caixa, levanta-se e entra no quarto da vovó, batendo a porta.

Fica o maior silêncio no apartamento durante mais de meia hora depois disso. Porque Elsa está com tanta raiva, mas tanta raiva, que começou a medir o tempo em minutos em vez de eternidades. Ela fica deitada na cama da vovó, fitando as fotografias em preto e branco no teto. O Menino-lobisomem parece estar acenando e rindo para ela. Lá no fundo, Elsa fica pensando como alguém que ri desse jeito pode crescer e se tornar algo tão tremendamente triste como o Monstro.

Ela ouve o toque na campainha, e logo em seguida outro toque incrivelmente próximo do primeiro, e não seria razoável uma pessoa normal tocar a campainha assim, então só pode ser Britt-Marie.

— Eu atendo – diz mamãe, contida, passando pelo hall, mas Elsa percebe pela sua voz que ela andou chorando.

As palavras jorram imediatamente de Britt-Marie, como se alguém tivesse ligado um botão nas suas costas.

— Eu toquei a campainha do apartamento de vocês! Ninguém atendeu!

Mamãe suspira.

— Não. Nós não estamos em casa. Nós estamos aqui.

— Tem um cão de caça à solta no prédio! E o carro de sua mãe está na garagem! – diz Britt-Marie tão rápido que fica absolutamente claro que ela própria não consegue chegar a uma conclusão com qual coisa ela está mais indignada.

— Você quer me dar bronca por causa de que primeiro? – pergunta mamãe, cansada.

Elsa se senta na cama da vovó, escutando mais concentrada, e leva, pelo menos, um minuto antes que consiga se dar conta do que exatamente Britt-Marie acabou de dizer. Então, ela se levanta num salto e tem que reunir todo o seu autocontrole para não se precipitar para o hall, porque não quer que Britt-Marie fique desconfiada.

Britt-Marie está de pé na escada com uma das mãos pousada firmemente sobre a outra, sorrindo afavelmente para mamãe.

— Não podemos ter cães de caça à solta neste condomínio, Ulrika. Você tem que entender isso, até *você* tem que entender isso!

— Aqui não é um condomínio — responde mamãe, parecendo se arrepender de ter dito isso, mesmo antes de fazê-lo.

— Não, mas vai *ser* — diz Britt-Marie indignada, mudando a posição das mãos diante dos quadris e fazendo que sim duas vezes, para enfatizar a seriedade da situação. — E realmente não podemos ter cães de caça raivosos perambulando por aqui. É perigoso para as crianças e uma ameaça à saúde pública. Uma ameaça à saúde pública, é isso o que é!

— Com certeza o cachorro já está longe daqui, Britt-Marie. Eu não me preocuparia com isso...

Britt-Marie vira-se para mamãe, rindo afavelmente.

— Não, não, é óbvio que você não se preocuparia, Ulrika. É óbvio que não. Afinal, você não é o tipo de pessoa que se preocupa tanto com a segurança dos outros assim, não é mesmo?

A mãe aparenta estar contida. Britt-Marie sorri e balança a cabeça.

— Afinal, você está tão ocupada com sua carreira. Aí não tem tempo para se preocupar nem com a segurança da própria filha. Isso é de família, a gente entende. Essa coisa da carreira vir antes dos filhos. Sempre fizeram assim na sua família.

O rosto da mamãe está completamente relaxado. Os braços parados junto ao corpo. A única coisa reveladora é que lentamente, bem lentamente, ela cerra os punhos. Elsa nunca a viu fazer isso.

Britt-Marie também percebe. Ela muda a posição das mãos diante dos quadris novamente. Parece estar suando. Sorri um pouco mais tensa.

— Não que haja alguma coisa de errado nisso, Ulrika, é óbvio. Óbvio que não. Você faz suas próprias escolhas e decide quais são suas prioridades, é óbvio!

— Mais alguma coisa? — diz mamãe devagar, mas algo em seu olhar muda de tom, o que faz com que Britt-Marie dê um passinho na direção da escada.

— Não, não, mais nada. Mais nada mesmo!

Minha avó pede desculpas

Elsa projeta a cabeça para a frente, antes de ela ter tempo de se virar e ir embora.

– O que você disse do carro da vovó?

A irritação borbulha de novo na voz de Britt-Marie, mas agora ela evita o olhar da mamãe.

– Ele está na garagem. Ele está estacionado na *minha* vaga. E se não for retirado *imediatamente*, vou ligar para a polícia!

– Como o carro da vovó foi parar lá?

– Eu sei lá! Não cabe a mim saber isso! – retruca Britt-Marie tão rápido que esquece de parecer afável.

Então, ela se vira para mamãe de novo, recuperando a coragem.

– O carro tem que ser retirado imediatamente, senão vou ligar para a *polícia*, Ulrika!

Mamãe assente e responde resignada:

– Eu não sei onde estão as chaves do carro, Britt-Marie.

– Ah, não? É mesmo? Mas não cabe a mim resolver isso, vocês é que têm que saber onde anda a chave dos seus próprios carros nessa família – diz Britt-Marie com desdém.

Mamãe massageia as têmporas.

– Preciso de um comprimido para dor de cabeça – diz ela em voz baixa para si mesma.

Britt-Marie parece se lembrar de como se sorri afavelmente. E é o que ela faz.

– Se você não tomasse tanto café, talvez não tivesse dor de cabeça com tanta frequência, Ulrika!

Então Britt-Marie se vira e desce a escada tão rápido que ninguém tem chance de responder a ela.

Mamãe fecha a porta, controlada e contida, mas não tão como de costume, repara Elsa. Ela vai para a cozinha. O telefone dela toca. Elsa a segue e a observa atenta.

– O que ela quis dizer com aquilo? – pergunta Elsa.

— Ela acha que eu não deveria tomar café enquanto estou grávida — responde mamãe.

Mamãe está se fazendo de boba. Elsa odeia quando ela faz isso.

— Não era disso que eu estava falando — diz Elsa.

Mamãe pega o telefone na pia.

— Eu preciso atender, amor — diz ela.

— O que Britt-Marie quis dizer com a carreira vir antes dos filhos na nossa família, que isso "é de família"? Ela estava se referindo à vovó, não é? — insiste Elsa.

O telefone continua tocando.

— É do hospital, preciso atender — diz mamãe.

— Não precisa, não!

Elas ficam caladas olhando uma para a outra, enquanto o telefone toca mais duas vezes. Agora são os punhos de Elsa que estão cerrados. Os dedos da mamãe deslizam pela tela.

— Eu preciso atender, Elsa.

— Não precisa, não!

Mamãe fecha os olhos e encosta o telefone no ouvido. Elsa bate a porta do quarto da vovó no momento em que mamãe começa a falar.

Quando mamãe abre a porta cuidadosamente meia hora depois, Elsa finge estar dormindo. Ela vai pé ante pé até a filha e a envolve com um cobertor. Dá um beijo em seu rosto. Apaga a luz.

Quando Elsa se levanta uma hora mais tarde, mamãe está dormindo no sofá da sala de estar. Elsa vai pé ante pé até mamãe e a Metade e as envolve com um cobertor. Dá um beijo no rosto dela. Apaga a luz. Mamãe ainda está com o pano de prato da vovó na mão.

Elsa pega uma lanterna numa das gavetas do hall e calça o sapato.

Porque agora ela sabe onde a próxima pista da caça ao tesouro da vovó está escondida.

13

VINHO

É um pouco trabalhoso explicar, mas algumas partes das histórias da vovó são assim. A gente precisa primeiro entender que nenhum ser da Terra-dos-Quase-Despertos é mais triste que o anjo do mar, e é só quando Elsa se lembra de toda essa história que a caça ao tesouro da vovó começa a fazer sentido.

O aniversário de Elsa era sempre muito importante para vovó, podemos começar dizendo isso. Talvez porque o aniversário de Elsa seja dois dias depois do Natal, que é muito importante para todas as outras pessoas, então nenhuma criança que faz anos dois dias depois do Natal recebe a mesma atenção que uma criança que faz anos em agosto ou abril. Aí vovó tinha a tendência de supercompensá-la por isso. Mesmo que mamãe a tivesse proibido de planejar mais festas-surpresa depois daquela vez em que vovó soltou fogos de artifício dentro de uma lanchonete *fast-food* e acabou pondo fogo numa moça de dezessete anos, vestida de palhaço, que estava lá para divertir as crianças. Ela realmente divertiu, Elsa deve dizer em sua defesa. Alguns dos melhores xingamentos que Elsa conhece, ela aprendeu naquele dia.

A questão é que em Miamas a gente não ganha presente no dia do aniversário. A gente *dá* presente. De preferência, aquelas coisas que a gente tem em casa e das quais gosta muito, e que deve dar para pessoas de quem a gente gosta ainda mais. É por isso que todos em Miamas aguardam ansiosamente o aniversário uns dos outros, e é daí que vem a expressão "o que a gente ganha de alguém que tem tudo?". É óbvio que isso foi escrito em alguma história, e quando os anfantes trouxeram essa história para o mundo real, alguém traduziu isso errado, e ficou "o que a gente DÁ para alguém que tem tudo?". Mas o que se podia esperar? São os mesmos palhaços que conseguiram traduzir errado a palavra "interpretar", que não significa nada disso em Miamas. Em Miamas, um "intérprete" é uma criatura que pode ser descrita da forma mais simples como uma mistura de cabra e biscoito de chocolate. Eles têm um talento especial para línguas e fazem churrascos excelentes. Pelo menos faziam, até que Elsa se tornou vegetariana, e vovó não pôde mais contar essa história sem que Elsa fizesse o maior escarcéu.

Enfim: então Elsa nasceu dois dias depois do Natal, há quase oito anos. Foi o mesmo dia em que os pesquisadores registraram os raios gama daquele magnetar. E outra coisa que aconteceu naquele dia foi que houve um tsunami no oceano Índico. Elsa sabe que isso é uma onda enorme produzida por um terremoto. Só que no mar. Então é mais como um maremoto, se a gente quiser ser detalhista. E Elsa é superdetalhista. Duzentas mil pessoas morreram ao mesmo tempo que Elsa começou a viver. Às vezes, quando acha que Elsa não está ouvindo, mamãe diz para George que ainda se sente culpada – corta o coração dela pensar que exatamente aquele dia foi o mais feliz da sua vida.

Elsa tinha cinco anos e estava prestes a fazer seis quando leu isso na Wikipédia pela primeira vez. E no seu sexto aniversário, vovó contou a história do anjo do mar. Para ensinar a ela que nem todos os monstros são monstros desde o início e que nem todos os monstros têm cara de monstro. Que parte deles carrega o monstro dentro de si.

A última coisa que as sombras fizeram antes de a Guerra-Sem-Fim terminar foi destruir todo o reino de Mibatalos, aquele entre os seis reinos da Terra-dos-Quase-Despertos onde todos os guerreiros foram criados. Mas então veio Coração de Lobo e os wurses e tudo mudou, e quando as sombras fugiram da Terra-dos-Quase-Despertos, elas avançaram com uma força assustadora por cima do mar do litoral dos seis reinos. E a partir das pegadas delas na superfície da água foram formadas ondas horríveis que, uma a uma, se chocaram uma com a outra, até que se formou uma só, com a altura de eternidades de dez mil contos de fada. E para que ninguém pudesse perseguir as sombras, a onda virou e se lançou de novo em direção a terra.

Ela podia ter destruído toda a Terra-dos-Quase-Despertos. E também quebrado a terra e dizimado todos os castelos, e todas as casas, e todos que moravam neles de forma mais terrível do que todos os exércitos de sombras de todas as eternidades poderiam ter feito.

Foi então que cem anjos da neve salvaram os cinco reinos restantes. Porque, quando todos os outros fugiram da onda, cem anjos da neve se lançaram ao encontro dela. Com asas abertas e com todos os poderes mais profundos das histórias grandiosas em seus corações, eles formaram uma muralha mágica contra a água e a detiveram. A onda engoliu a muralha viva, mas não a ultrapassou. Porque nem mesmo uma onda criada pelas sombras poderia derrotar cem anjos da neve dispostos a morrer para que um mundo inteiro de histórias pudesse viver.

Apenas um dos anjos voltou da massa de água.

E mesmo que vovó sempre dissesse que aqueles anjos da neve eram um bando de arrogantes que cheiravam a vinho e por aí vai, ela nunca tentou tirar deles o heroísmo que demonstraram naquele dia. Porque o dia em que a Guerra-Sem-Fim terminou foi o mais feliz de todos os tempos para todos da Terra-dos-Quase-Despertos, menos para o centésimo anjo da neve.

Depois desse dia, o anjo ficou vagando ao longo do litoral, sob o peso de uma maldição que o impedia de deixar aquele lugar que tirou dele todos que amava. Isso durou tanto tempo que as pessoas nas vilas do litoral esqueceram quem ele era no início e começaram a chamá-lo de "anjo do mar". E, com o passar do tempo, o anjo foi enterrado cada vez mais fundo numa avalanche de tristeza, até que seu coração se partiu em dois pedaços. Então, todo o seu corpo também se partiu, como um espelho quebrado. Quando as crianças das vilas desciam sorrateiramente para o litoral a fim de avistá-lo, em um momento, elas podiam enxergar um rosto tão bonito que ficavam sem fôlego, mas, no instante seguinte, algo tão aterrorizante, deformado e feroz as encarava que elas fugiam gritando por todo o caminho de volta para casa.

Porque nem todos os monstros são monstros desde o início, alguns nascem da tristeza.

De acordo com uma das histórias mais contadas de toda a Terra-dos--Quase-Despertos, foi uma criancinha de Miamas que um dia conseguiu revogar a maldição do anjo do mar, libertando-o dos demônios da memória que o mantinham prisioneiro.

Quando vovó contou essa história pela primeira vez no aniversário de seis anos de Elsa, ela se deu conta de que não era mais uma criança pequena. Então deu para vovó seu leão de pelúcia de presente. Porque Elsa não precisava mais dele, e queria que o leão protegesse vovó. E, naquela noite, vovó sussurrou no ouvido de Elsa que, se elas algum dia se separassem, se vovó algum dia fosse embora, ela enviaria o leão para contar a Elsa onde ela estava.

Levou alguns dias para Elsa se lembrar disso. Foi só à noite, quando Britt-Marie contou que o Renault, de repente, estava na garagem sem que ninguém soubesse como ele foi parar lá, que Elsa se lembrou de onde vovó tinha posto o leão para vigiar.

O porta-luvas do Renault. Era lá que vovó guardava seus cigarros. E nenhuma coisa na vida da vovó precisava mais de um leão de guarda do que os cigarros.

Então, Elsa senta-se no banco do passageiro do Renault e respira fundo. As portas do Renault, como de costume, não estavam trancadas, porque vovó nunca fechava nada, e ele continuava cheirando a fumaça. Elsa sabe que não faz bem, mas é a fumaça da vovó, então ela respira fundo assim mesmo.

– Estou com saudade de você – sussurra ela no tecido do encosto do banco.

Então abre o porta-luvas. Afasta o leão e pega a carta. Nela está escrito: "Para a cavaleira mais corajosa de Miamas, para entregar para:" Em seguida, um nome e um endereço com a péssima caligrafia da vovó.

Mais tarde, naquela noite, Elsa fica sentada no último degrau da escada diante do apartamento da vovó, até as luzes se apagarem no teto. Ela passa os dedos por cima da letra da vovó no envelope várias vezes, mas não o abre. Só o coloca na mochila, deita-se no chão frio e mantém os olhos praticamente fechados. Tenta mais uma vez ir para Miamas. Fica ali deitada durante horas sem conseguir. Permanece ali até ouvir a portaria do prédio se abrir e se fechar de novo.

Elsa fica deitada no chão, a maior parte do tempo de olhos fechados, até a noite envolver as janelas do prédio, e ela ouvir a beberrona começar a fazer barulho alguns andares abaixo.

Mamãe não gosta que chamem a beberrona de "beberrona". "O que é isso?", Elsa perguntava, e mamãe, geralmente, ficava com uma expressão muito hesitante e, com a voz um pouco envergonhada, dizia algo como: "É... bem, é uma pessoa que está... cansada." Aí vovó dizia com desdém: "Cansada? Sei, sei, claro que a gente fica um pouco cansada se passa a noite toda acordada e bebendo!" Então mamãe urrava: "Mamãe!", e vovó abria os braços e perguntava: "Puxa, mas o que eu disse de errado *agora*?" E aí era hora de Elsa pôr o fone de ouvidos.

— Feche a torneira, eu estou dizendo! Não é para tomar banho de noite!!! — grita a beberrona para ninguém em especial, enquanto bate enlouquecida com a calçadeira no corrimão, de forma que o som ecoa entre as paredes como um gongo.

Ela sempre faz isso, a beberrona. Berra, grita e bate com aquela calçadeira. Claro que nunca vem ninguém para acalmá-la, nem Britt-Marie, porque nesse prédio os bebuns são como monstros. As pessoas esperam que eles desapareçam se a gente se negar a reconhecer a existência deles.

Elsa fica de cócoras e olha para baixo no intervalo entre as escadas. Só vê de passagem as meias da beberrona quando ela passa sacudindo a calçadeira, como se aparasse grama alta à sua frente. Elsa não consegue explicar direito por quê, mas se levanta na ponta dos pés e desce discretamente o primeiro lance de escada. Por pura curiosidade, talvez. Mais, provavelmente, porque está aborrecida e frustrada por não conseguir mais ir a Miamas.

A porta do apartamento da beberrona está aberta. Vem uma luz fraca de um abajur caído no chão. Há fotos penduradas em todas as paredes. Elsa nunca viu tantas fotos. Ela achava que vovó tinha muitas fotos no teto, mas aqui deve haver milhares. Cada uma delas com moldura branca de madeira, todas retratando dois adolescentes e um homem que deve ser o pai deles. Em uma das fotos, uma grande que está exatamente de frente para a porta, o homem e os rapazes estão numa praia com um mar verde cintilante atrás deles. Os rapazes estão com roupas de mergulho, rindo e bronzeados. Eles parecem felizes.

Abaixo da moldura, há um daqueles cartões de parabéns que a gente compra em posto de gasolina quando se esqueceu de obter um de verdade numa floricultura. "Para a mamãe, de seus filhos", está escrito.

Ao lado do cartão, há um espelho. Estilhaçado.

As palavras que reverberam pela escada nos segundos seguintes vêm tão de repente e estão tão cheias de ira que Elsa perde o equilíbrio, escorrega e cai quatro ou cinco degraus até bater na parede. O eco se lança por cima dela como se quisesse arranhar seus ouvidos.

– OQUEVOCÊTÁFAZENDOAQUI?

Elsa olha fixamente para a beberrona. Ela está um andar mais para baixo, olhando para cima entre os corrimões. Segurando a calçadeira ameaçadoramente à sua frente. Parece ao mesmo tempo enfurecida e apavorada. O olhar dela vagueia. A saia preta está amarrotada agora. Ela está cheirando a vinho, Elsa sente do andar de cima. O cabelo dela dá a impressão de que dois pássaros que brigavam se embolaram em luzes de Natal. Ela está com bolsas roxas embaixo dos olhos.

A mulher da saia preta vacila. Com certeza, ela quer gritar, mas só sai como um engasgo:

– Não é para tomar banho de noite. A água... fechem a torneira. Todo mundo vai se afogar...

O fio branco em que ela sempre está falando continua pendurado no seu ouvido, mas a outra ponta dele pende solta ao lado dos seus quadris. Ele não está conectado em nada. Não há ninguém do outro lado. Elsa percebe que, provavelmente, nunca houve, e não é muito fácil para uma criança de quase oito anos entender isso. Vovó contava histórias sobre muitas coisas, mas nunca sobre mulheres da saia preta que fingiam falar ao telefone na escada, para os vizinhos não acharem que ela comprou todo aquele vinho só para ela.

Minha avó pede desculpas

A mulher parece confusa. Como se, de repente, tivesse esquecido onde se encontra. Ela desaparece de vista, e, no instante seguinte, Elsa sente as mãos de mamãe erguê-la cuidadosamente da escada. Percebe sua respiração quente na nuca e ouve o "shhh" no ouvido, como se elas estivessem diante de um cervo do qual acabaram chegando perto demais.

Elsa abre a boca, mas mamãe põe o dedo sobre os lábios dela.

– Shhh – sussurra mamãe novamente e a abraça apertado.

Elsa se aninha nos braços dela na escuridão, e elas veem a mulher da saia preta zanzar de um lado para outro lá embaixo, como uma bandeira rasgada ao vento. As sacolas de plástico estão espalhadas pelo chão do hall do apartamento. Uma das caixas de vinho tombou de lado. Pingam algumas últimas gotas vermelhas dele no assoalho. Mamãe faz um movimento suave por cima da mão de Elsa. Elas se levantam e sobem a escada discretamente.

E, naquela noite, mamãe conta a Elsa sobre o que todas as pessoas do mundo, com exceção dos pais de Elsa, falavam no dia em que ela nasceu. A respeito de uma onda que avançou sobre uma praia a milhares de quilômetros, destruindo tudo em seu caminho. Acerca de dois meninos que saíram nadando atrás do pai e nunca mais voltaram.

Elsa ouve como a beberrona começa a cantar sua música. Porque nem todos os monstros têm cara de monstro. Existem alguns que carregam o monstro dentro de si.

14

FUMO

Tantos corações se partiram no dia em que Elsa nasceu. Foram destruídos com muita força por aquela onda que os cacos se espalharam por todo o mundo. Catástrofes improváveis suscitam coisas impossíveis nas pessoas, tristezas e heroísmo improváveis. Mais morte do que cabe na mente de qualquer um. Dois meninos que carregam a mãe para um lugar seguro e voltam para pegar o pai. Retornam na direção da onda. Porque uma família não deixa ninguém sozinho para trás. E aí foi exatamente o que os meninos fizeram. Abandonaram-na sozinha para trás.

A avó de Elsa vivia num ritmo diferente das outras pessoas. Ela agia assim. No mundo real, em tudo que funcionava, ela era caos. Mas quando o mundo real desaba, enquanto tudo se torna caos, as pessoas como vovó podem, às vezes, ser as únicas que funcionam. Esse era o superpoder dela. Então, quando vovó tentava ir para um lugar no mundo, só se podia ter certeza de uma única coisa: que era o tipo de lugar de que, naquele exato momento, todos os outros tentavam escapar. E se alguém lhe perguntava por que fazia isso, ela respondia: "Porque sou médica, meu Deus do céu, e desde que me tornei médica, renunciei ao luxo de poder escolher de quem eu iria salvar a vida."

Ela não levava muito jeito para eficiência e economia, a vovó, mas todo mundo a escutava no caos. No mundo real, outros médicos, provavelmente, não a acompanhariam, de livre e espontânea vontade, nem a uma loja, mas, quando o mundo desabava, eles a seguiam como um exército. Porque catástrofes improváveis suscitam coisas impossíveis nas pessoas. Geram super-heróis improváveis.

Uma vez, tarde da noite, quando elas estavam indo para Miamas, Elsa perguntou à vovó a respeito disso. Sobre como era estar num lugar quando o mundo desabava. Acerca de como era estar na Terra-dos-Quase-Despertos durante a Guerra-Sem-Fim e como era ver a onda arrebentar por cima dos noventa e nove anjos da neve. E vovó respondeu: "É igual à pior coisa que você consegue imaginar, bolada pelo que existe de mais maléfico que você possa imaginar, e então tudo isso é multiplicado por um número que você nem consegue imaginar." Elsa ficou com muito medo naquela noite, e ela perguntou à vovó o que elas fariam se o mundo um dia desabasse aqui onde elas moravam.

Então vovó pegou os indicadores de Elsa, envolveu-os bem apertadinhos com suas mãos e respondeu: "Então nós faremos o que todos fazem, faremos o máximo que pudermos." Elsa subiu nos joelhos dela e perguntou: "Mas o que nós podemos fazer?" Então vovó beijou seu cabelo, abraçou-a bem, bem apertado, e sussurrou: "Pegamos o máximo de crianças que a gente conseguir carregar. E saímos correndo o mais rápido que pudermos."

"Eu corro muito bem", sussurrou Elsa. "Eu também", vovó respondeu murmurando.

No dia em que Elsa nasceu, vovó estava bem longe. Numa guerra, num lugar onde o mundo havia desabado. Ela ficou lá durante meses, mas estava indo para um avião. E também para casa. Foi então que ficou sabendo da onda que atingiu outro lugar, mais longe ainda, e que agora todo mundo estava tentando desesperadamente escapar dela. Então, ela fez o que sempre fazia, foi para lá. Porque estavam precisando de médicos. Ela conseguiu resgatar muitas crianças da morte, mas não os filhos da mulher da saia preta. Então, ela trouxe a mulher da saia preta para casa.

Elsa e mamãe estão sentadas no Kia. É de manhã, e o trânsito está congestionado. Os flocos de neve caem na janela do tamanho de fronhas.

— Foi a última viagem da sua avó. Ela voltou para casa depois disso – diz mamãe, encerrando a história.

Elsa não sabe quando foi a última vez que ela ouviu mamãe contar uma história tão comprida quanto essa. Mamãe quase nunca conta histórias, mas essa era tão longa que mamãe pegou no sono no meio dela ontem à noite e precisou continuá-la no carro indo para a escola hoje. A história da última viagem da vovó e dos primeiros dias de Elsa.

— Por que essa foi a última viagem dela? — pergunta Elsa.

Mamãe sorri triste e feliz ao mesmo tempo, uma combinação de sentimentos que só ela, no mundo inteiro, domina por completo.

— Ela arranjou um trabalho novo.

E então ela dá a impressão de ter recordado alguma coisa inesperada. Como se a lembrança tivesse acabado de cair de um vaso quebrado.

— Você nasceu antes da hora, eles estavam preocupados com seu coração, então tivemos que ficar no hospital durante várias semanas com você. Vovó chegou com ela no mesmo dia em que fomos para casa...

Elsa entende que ela está se referindo à mulher da saia preta. Mamãe segura firme na direção do Kia.

— Eu nunca conversei muito com ela. Não acho que alguém no prédio quisesse fazer perguntas demais. Deixamos sua avó cuidar disso. E aí...

Ela suspira, e um arrependimento inunda seu olhar.

— ... aí os anos simplesmente se passaram. E nós ficamos ocupadas. E agora ela é só alguém que mora no nosso prédio. Para ser sincera, eu tinha até me esquecido que foi assim que ela se mudou para lá. Vocês vieram para casa no mesmo dia...

Mamãe se vira para Elsa. Tenta sorrir. Não dá muito certo.

— Será que o fato de eu ter esquecido isso me torna uma pessoa horrível?

Elsa faz que não. Ela pensa em dizer alguma coisa sobre o Monstro e o wurse, mas deixa pra lá, porque tem medo de que mamãe a proíba de encontrá-los outra vez. Pois as mães podem ter muitos princípios estranhos quando se trata do contato de seus filhos com monstros e wurses. Elsa sabe que todos têm medo deles, que vai levar muito tempo até que entendam que eles não são o que aparentam ser. Igualzinho à beberrona.

— Com que frequência a vovó viajava? — pergunta ela.

Minha avó pede desculpas

Mamãe aperta a direção com força. Um carro prata atrás delas buzina, porque ela deixou um espaço de alguns metros até o carro da frente. Mamãe solta o freio, e o Kia avança lentamente.

— Variava. Dependia de onde precisavam dela e por quanto tempo.

— Era isso que você queria dizer naquela vez em que vovó disse que você se tornou economista porque estava chateada com ela?

Mamãe se vira surpresa na direção de Elsa. O carro detrás buzina de novo.

— O quê?

Elsa cutuca a borracha da porta do carro.

— Eu escutei vocês falarem. Já faz muito tempo. Quando vovó disse que você foi ser economista por rebeldia de adolescente. E você disse: "Como você sabe? Afinal, você nunca estava aqui!" Era isso que você queria dizer, né?

Mamãe observa a junta dos dedos.

— Eu estava com raiva, Elsa. Às vezes, a gente não consegue controlar direito o que diz quando está com raiva.

Elsa balança a cabeça, agora como protesto.

— Menos você. Você nunca perde o controle.

Mamãe tenta sorrir de novo.

— Com sua avó era... mais difícil.

— Que idade você tinha quando o vovô morreu?

— Doze.

— A gente não é adulto quando tem doze anos.

— Não. Não, não é mesmo.

— E a vovó deixou você?

— Sua avó ia aonde precisavam dela, amor.

— Você precisava dela.

— Outras pessoas precisavam mais dela.

— É por isso que vocês sempre brigavam?

Mamãe suspira profundamente, como só um pai ou mãe, que acabou de descobrir que saiu bem mais do rumo numa história do que imaginou, pode suspirar.

— É. Às vezes, com certeza, era por isso que nós brigávamos. E às vezes era por outras coisas. Sua avó e eu éramos muito... diferentes.

— Não. Vocês só eram diferentes de jeito diferente.

— Talvez.

— Pelo que mais vocês brigavam?

O carro atrás do Kia buzina de novo. Mamãe fecha os olhos e prende a respiração. Só quando ela solta o freio e faz o Kia avançar, deixa escapar a palavra por entre seus lábios, como se ela tivesse feito muita força para ser pronunciada.

— Você. Nós sempre brigávamos por sua causa, amor.

— Mas por quê?

— Porque, quando a gente ama muito alguém, é bastante difícil aprender a dividir essa pessoa com mais alguém.

— Como Jean Grey — comenta Elsa, como se isso fosse absolutamente óbvio.

— Quem?

— É uma super-heroína. Dos *X-Men*. Tanto o Wolverine quanto o Ciclope a amavam. Então, eles brigavam direto.

— Eu achava que os X-Men eram mutantes. Não super-heróis. Não foi isso que você me explicou na última vez que conversamos sobre eles?

— É complicado — diz Elsa, embora não seja nem um pouco, se a gente leu suficiente quantidade de literatura de qualidade.

— O que essa Jean Grey tem de superpoder, então? — pergunta mamãe.

— Telepatia — responde Elsa.

— Um belo superpoder.

— Bom demais — concorda Elsa.

Ela decide não comentar que Jean Grey também tem o dom da telecinese, porque não quer complicar as coisas mais do que é necessário para mamãe agora. Afinal, ela está grávida.

Então, em vez de falar, Elsa puxa a borracha da porta do carro. Dá uma espiada no vão embaixo dela. Elsa está incrivelmente cansada, como a gente fica se tem quase oito anos e passou a noite toda acordada, sentindo raiva.

Minha avó pede desculpas

Mamãe nunca pôde ter a própria mãe, porque a mãe da mamãe sempre estava em outro lugar, ajudando outra pessoa. Elsa nunca pensou na vovó desse jeito.

— Você tem raiva de mim porque a vovó ficava tanto comigo e nunca com você? — pergunta ela, cautelosamente.

Mamãe sacode a cabeça com tanta energia e veemência que Elsa imediatamente entende que o que ela vai dizer é mentira.

— Não, meu amorzinho. Nunca. Nunca!

Elsa balança a cabeça e olha para o vão da porta.

— Eu estou com raiva dela. Porque ela não contou a verdade.

— Todo mundo tem segredos, amor.

— Você está com raiva de mim porque vovó e eu tínhamos segredos? — pergunta Elsa, sem olhar para mamãe.

Ela está pensando na língua secreta, que elas sempre falavam quando não era para mamãe entender. Pensa na Terra-dos-Quase-Despertos e se pergunta se algum dia vovó foi com mamãe para lá.

— Não com raiva... — responde mamãe, estendendo a mão por cima do banco, antes de sussurrar: — Com ciúme.

O sentimento de culpa pega Elsa como água fria, quando a gente não está esperando.

— Era isso que vovó queria dizer — comenta ela.

— Quando falava de quê? — pergunta mamãe.

Elsa suspira com desdém.

— Ela dizia que eu a odiaria se ficasse sabendo quem ela era antes de eu nascer. Era isso que ela queria dizer. Que eu ia ficar sabendo que ela era uma porcaria de mãe que abandonou a própria filha...

Mamãe se vira para ela com olhos tão brilhantes que Elsa consegue se enxergar neles.

— Ela não me abandonou. Você não tem que odiar sua avó, amor.

E quando Elsa não responde, mamãe coloca a mão no rosto dela e sussurra:

— Faz parte de ser filha ter raiva da mãe. Mas ela era uma boa avó, Elsa. Ela era a avó mais fantástica que alguém possa imaginar.

Elsa puxa desafiadoramente a borracha da porta do carro.

— Mas ela te deixou sozinha. Todas aquelas vezes em que ela viajou, deixou você sozinha, não é? A gente não pode fazer isso, senão o serviço social pega as crianças e as coloca num lar adotivo!

Mamãe tenta sorrir.

— Você leu isso na Wikipédia?

Elsa suspira com desdém.

— Ouvi na escola.

Mamãe pisca os olhos pesadamente.

— Quando eu era pequena, tinha seu avô.

— Claro, até ele morrer, você tinha!

— Quando ele morreu, eu tinha os vizinhos.

— Que vizinhos? — quer saber Elsa.

O carro detrás buzina de novo. Mamãe faz um gesto de desculpas em direção ao vidro traseiro, e o Kia avança.

— Britt-Marie — diz mamãe, por fim.

Elsa para de mexer na borracha da porta do carro.

— Como assim, Britt-Marie?

— Ela tomava conta de mim.

As sobrancelhas de Elsa se unem, formando um V furioso.

— Então por que ela é uma velha tão idiota com você agora?

— Não fale assim, Elsa.

— Ela é, sim!

Mamãe suspira pelo nariz.

— Britt-Marie não foi sempre assim. Ela só é... sozinha.

— Mas ela tem Kent!

Mamãe dá uma piscada tão demorada que acaba fechando os olhos.

— Existem muitas formas diferentes de ser sozinha, amor.

Elsa volta a cutucar a borracha da porta.

— Ela continua sendo uma idiota.

Mamãe faz que sim.

— A gente pode virar uma idiota, se ficar sozinha por tempo suficiente.

Minha avó pede desculpas

O carro atrás delas buzina de novo.

— É por isso que vovó não está junto em algumas fotos antigas lá em casa? — pergunta Elsa.

— Hã?

— Vovó não está em nenhuma das fotos de antes de eu nascer. Quando eu era pequena, pensava que era porque ela era um vampiro, porque eles não saem nas fotos e podem fumar o quanto quiserem sem ficar com dor de garganta. Mas ela não era um vampiro, né? Era só que ela nunca estava em casa.

— É complicado.

— Eu sei! Tudo é complicado até alguém explicar pra gente! Mas quando eu perguntava para a vovó sobre isso ela sempre mudava de assunto. E quando eu pergunto para o papai, ele diz: "Ah... ah... o que você quer? Você quer sorvete? Você pode tomar sorvete!"

Mamãe, de repente, desata a rir. Ri tanto que, se ela estivesse com milk-shake na boca, o espirraria pelo nariz no painel do Kia. Elsa faz uma imitação perfeita do papai.

— Seu pai não gosta muito de conflito — mamãe dá uma risadinha.

— Vovó era um vampiro ou não?

— Sua avó viajava pelo mundo todo para salvar a vida de crianças, amor. Ela era uma...

Mamãe parece estar buscando a palavra certa. E, quando a encontra, seu rosto se ilumina, e ela sorri de verdade.

— Super-heroína! Sua avó era uma super-heroína!

Elsa olha fixamente para o vão da porta.

— As super-heroínas não abandonam seus filhos.

Mamãe fica calada.

— Todo super-herói tem que fazer sacrifícios, amor — tenta ela, por fim.

Mas tanto ela quanto Elsa sabem que ela não tem convicção do que disse.

O carro atrás delas buzina de novo. Mamãe ergue a mão pedindo desculpas na direção do vidro traseiro. O Kia avança alguns metros. Elsa se dá conta de que está ali sentada, esperando que mamãe comece a gritar. Ou chorar. Ou qualquer coisa. Ela só quer ver a mãe sentir algo.

Elsa não compreende como alguém pode ter tanta pressa de avançar cinco metros a ponto de buzinar num congestionamento. Ela olha para o homem no carro atrás delas pelo retrovisor. Parece que ele acha que o congestionamento é culpa da mamãe. Elsa deseja intensamente que mamãe faça como quando estava grávida dela, saia do carro e grite que já chega, que inferno!

O pai de Elsa é que contou essa história. Ele quase nunca conta histórias, mas numa noite no meio do verão – na época em que mamãe começou a aparentar tristeza e ia se deitar cada vez mais cedo à noite, e papai ficava sozinho na cozinha, chorando, enquanto organizava os ícones da área de trabalho do computador da mamãe – os três foram a uma festa. Então papai bebeu três cervejas e contou a história de como mamãe, gravidíssima de Elsa, saiu do carro e avançou até um homem num carro prateado, ameaçando de "dar à luz na porcaria do capô do carro dele, se buzinasse uma única vez mais!". Todo mundo ria à beça dessa história. Menos papai, claro, porque ele não gosta muito de rir. Mas Elsa via que até ele achava que isso era engraçado. Ele dançou com mamãe naquela festa. Foi a última vez que Elsa os viu dançar juntos. Papai dançava espetacularmente mal, parecia um urso enorme que acabou de se levantar e descobriu que o pé está dormente. Elsa tem saudade disso. Do pé de urso.

E ela tem saudade de alguém que sai do carro e grita com homens em carros prateados.

O homem do carro prateado atrás delas buzina de novo. Ela pega a mochila do chão do carro, tira o livro mais pesado que encontra e, quando o Kia para atrás do carro da frente, Elsa abre a porta e se precipita na estrada. Ouve mamãe gritar para ela voltar, mas não se vira. Corre em direção ao carro prateado e bate o livro com toda a força que consegue no capô.

O carro fica com um belo amassado. As mãos de Elsa tremem.

O homem do carro prateado a encara de olhos esbugalhados, como se não conseguisse acreditar no que tinha acontecido.

– CHEGA, seu idiota! – grita Elsa.

Como ele não responde de cara, ela bate o livro no capô mais três vezes com toda a força e aponta ameaçadoramente para ele.

Minha avó pede desculpas

— Dá pra entender que minha mãe está GRÁVIDA?

O homem parece estar prestes a abrir a porta do carro. Mas depois dá a impressão de mudar de ideia. Elsa ergue o livro por cima da cabeça como se fosse uma espada e bate com força, causando um profundo arranhão na pintura do capô.

O homem a observa um tanto indeciso. Então, ele coça o pescoço e estende a mão na direção da janela lateral. Elsa ouve o clique quando as portas se trancam em volta dele.

— Mais uma buzinada e minha mãe vem dar à luz Metade no capô da PORCARIA do seu CARRO! — berra Elsa.

Elsa permanece parada no meio da estrada entre o carro prateado e o Kia, respirando tão pesado que fica com dor de cabeça. Ela ouve mamãe gritar e está justamente voltando para o Kia nesse momento, isso é verdade. De certa forma, não é como se tivesse planejado isso tudo. Mas aí ela sente a mão de alguém no ombro e uma voz que pergunta:

— Você precisa de ajuda?

E quando ela se vira, há um policial lá. Ele cheira a fumo.

— Podemos ajudar? — diz ele, amavelmente, mais uma vez.

Ele aparenta ser muito jovem. Como se ser policial fosse um trabalho temporário de verão. Embora seja inverno.

— Ele não para de buzinar! — defende-se Elsa.

O policial temporário olha para o homem do carro prateado. O homem que está dentro dele se esforça, tentando não olhar de jeito nenhum para o policial temporário. Elsa se vira na direção do Kia, e ela não quer dizer isso de fato, é como se as palavras escapassem de sua boca.

— Minha mãe vai dar à luz e estamos tendo um dia um pouco complicado...

Ela sente a mão do policial temporário imediatamente no seu ombro de novo.

— Sua mãe vai dar à luz?! — grita ele.

— Bem, não é que... — começa Elsa.

Mas claro que já é tarde demais.

O policial vai correndo até o Kia. Mamãe conseguiu sair do carro com grande esforço e está indo na direção deles, com a mão em cima da Metade.

— Você consegue dirigir?! — grita o policial tão alto que Elsa, irritada, enfia os dedos nos ouvidos e passa ostensivamente para o outro lado do Kia.

Mamãe parece surpresa.

— Hã? Como assim? Claro que eu consigo dirigir. Mas como assim? Tem alguma coisa de er...

— Eu vou abrindo caminho! — interrompe o policial, sem escutar tudo, empurrando mamãe para dentro do Kia e voltando correndo para a viatura.

Mamãe desaba no banco do carro. Olha para Elsa, que remexe no porta-luvas para ver se acha um motivo para não ter que olhar para ela.

— O que foi... que aconteceu agora? — pergunta mamãe.

A viatura passa por elas com as sirenes ligadas. O policial temporário acena freneticamente para que elas o sigam.

— Eu acho que ele quer que você siga ele — murmura Elsa, sem erguer os olhos.

Os carros à frente abrem passagem. O congestionamento da hora do rush se divide ao redor delas como uma casca de banana.

— O que... que está acontecendo aqui...? — sussurra mamãe, enquanto o Kia vai se esquivando dos outros carros cuidadosamente atrás da viatura. — Acho que ele está nos acompanhando para o hospital, porque pensa que você vai, sabe, dar à luz — murmura Elsa para dentro do porta-luvas.

— Por que você disse para ele que eu estava prestes a dar à luz?

— Eu não disse isso! Mas nunca tem alguém que me escute!

— Ah, é? E o que eu devo fazer agora? Você pensou nisso? — retruca mamãe, soando talvez um pouquinho menos contida agora.

— Agora que ele já abriu caminho por tanto tempo para nós, vai ficar pê da vida se ficar sabendo que você não vai dar à luz de verdade — comenta Elsa, didaticamente.

— VOCÊ ACHA?! — grita mamãe, nem didática nem contida.

Elsa decide não entrar numa discussão sobre até que ponto mamãe está sendo sarcástica ou irônica.

Minha avó pede desculpas

———

Elas param diante da entrada de emergência do hospital, e mamãe parece realmente estar pensando em sair do carro e confessar tudo para o policial temporário. E é isso que ela faz. Mas ele a força a entrar no carro de novo e grita que vai buscar ajuda. Então, ele sai correndo, gritando com a linguagem corporal de alguém que derramou chocolate fervente nas mãos. Mamãe parece mortificada. É o hospital dela, esse aí. É onde ela é chefe.

— Vai dar o maior trabalho explicar para os funcionários — murmura ela, encostando desanimada a testa na direção.

— Será que você não pode dizer que foi algum tipo de treinamento? — experimenta Elsa.

Mamãe não responde. Elsa pigarreia de novo.

A vovó ia achar isso divertido.

Mamãe sorri de leve e encosta a orelha na direção. Elas ficam bastante tempo olhando uma para a outra.

— Ela ia achar isso divertido pra cacete — concorda a mãe.

— Não fala palavrão — diz Elsa.

— Você fala palavrão o tempo todo!

— Eu não sou mãe de ninguém!

Mamãe sorri de novo.

— *Touché*.

Elsa abre e fecha o porta-luvas várias vezes. Ergue os olhos para a fachada do hospital. Atrás de uma daquelas janelas, ela dormiu na mesma cama que vovó naquela noite em que vovó foi para Miamas pela última vez. Parece ter sido uma eternidade atrás. E também que uma eternidade se passou desde a última vez em que Elsa conseguiu ir para Miamas.

— Que trabalho era esse? — pergunta ela, mais para não ter de pensar nisso.

— O quê?! — exclama a mãe.

— Você disse que aquela vez do tsunami foi a última viagem dela porque vovó tinha arranjado um trabalho novo. Qual trabalho?

Os dedos da mamãe roçam nos de Elsa quando ela sussurra a resposta:

— Avó. Ela arranjara o trabalho de avó. Ela nunca mais viajou depois disso.

Elsa assente lentamente. Mamãe acaricia seu braço. Elsa abre e fecha o porta-luvas. Aí ela olha para cima como se tivesse acabado de compreender uma coisa, mas principalmente porque quer mudar de assunto, já que não quer pensar em quanta raiva está sentindo da vovó agora.

— Então, desculpe, mas o que aquele policial estava achando mesmo? Que você estava dando à luz enquanto dirigia? E dá pra dirigir enquanto a gente está dando à luz?

Mamãe dá um tapinha no ombro dela.

— Você ficaria surpresa se soubesse como a maioria dos homens adultos sabe pouco sobre como realmente é dar à luz, amor.

Elsa concorda com desdém:

— Trouxas.

Mamãe inclina-se para a frente e beija sua testa. Elsa olha nos olhos dela.

— O papai e você se separaram porque deixaram de se amar? — questiona tão apressada que a pergunta surpreende até a ela mesma.

Mamãe recosta-se no banco. Passa os dedos pelo cabelo e sacode a cabeça.

— Por que está perguntando isso?

Elsa dá de ombros.

— A gente vai ter que falar de alguma coisa enquanto espera o policial voltar com o pessoal de quem você é chefe e tudo ficar na maior saia justa pra você...

Mamãe parece infeliz de novo. Elsa cutuca a borracha da porta do carro. Percebe que ainda era muito cedo para brincar a respeito daquilo tudo.

— As pessoas se casam porque se amam, então elas devem se separar porque pararam de se amar — diz ela em voz baixa.

— Você aprendeu isso na escola? — Mamãe sorri.

— É minha própria teoria.

Mamãe ri alto, de forma totalmente inesperada. Elsa sorri.

Minha avó pede desculpas

— O vovô e a vovó também deixaram de se amar? — pergunta ela, quando mamãe para de rir.

Mamãe enxuga os olhos.

— Eles nunca se casaram, amor.

— Por que não?

— Sua avó era especial, Elsa. Era difícil viver com ela.

— Como assim?

Mamãe massageia as pálpebras.

— É difícil explicar, amor. Mas naquela época não era tão comum as mulheres serem como ela. Quer dizer... não era tão comum alguém ser como sua avó. Afinal, não era lá muito comum uma mulher ser médica naquela época, por exemplo. Ainda mais, cirurgiã. E o mundo acadêmico era bem diferente... então...

Mamãe se cala. Elsa ergue as sobrancelhas.

— Você já ouviu falar da mulher que nunca chegava aonde interessava?

Mamãe sorri se desculpando, como se já soubesse que é bobagem dizer isso aqui.

— Eu acho que, se sua avó fosse um homem da geração dela, em vez de mulher, ela teria sido chamada de "playboy".

Elsa fica calada um bom tempo. Então balança a cabeça séria.

— Ela tinha muitos namorados?

— Tinha — diz mamãe, cautelosamente.

— Tem alguém na minha escola que também tem muitos namorados — comenta Elsa.

— Ah, eu não quero dizer que a menina da sua escola é uma... — protesta a mãe, em pânico.

— É um menino — corrige Elsa.

Mamãe parece confusa. Elsa dá de ombros.

— É complicado — diz ela.

Embora, na verdade, não seja nem um pouco. Mamãe não parece menos confusa.

— Seu avô amava muito sua avó. Mas eles nunca foram um... casal. Você entende?

— Entendo — responde Elsa, porque ela tem internet.

Aí ela se estica para a frente, pega os indicadores da mãe e os aperta com as mãos.

— Eu sinto muito que a vovó tenha sido uma porcaria de mãe, mamãe!

— Ela era uma avó fantástica. Você foi a segunda oportunidade dela — diz mamãe, acariciando o cabelo de Elsa, enquanto prossegue: — Acho que sua avó se dava tão bem em lugares caóticos porque ela própria era caótica. Ela sempre foi fantástica em circunstâncias catastróficas. Ela só não sabia lidar direito com o dia a dia, com a vida normal.

— Como um relógio desajustado. Ele não está marcando a hora errada, na verdade, ele só está no lugar errado o tempo todo — diz Elsa, tentando não dar a impressão de que está com raiva.

Dá muito errado.

— É. Talvez. Foi só... então... o motivo pelo qual não havia nenhuma foto antiga da vovó é um pouco porque ela não ficava muito em casa. E um pouco porque rasguei todas as que havia.

— Mas por quê?

— Eu era adolescente. E estava com raiva. Fazia sentido. Sempre era um caos em casa. Contas que não eram pagas, comida que apodrecia na geladeira, quando tínhamos comida. Meu Deus. É difícil explicar, amor. Eu simplesmente estava com raiva.

Elsa cruza os braços, inclina-se para trás no banco e olha furiosa para fora pelo vidro.

— As pessoas não devem ter filhos, se não querem tomar conta deles.

Mamãe estica a ponta dos dedos de novo e toca no ombro dela.

— Sua avó era velha quando me teve. Quer dizer, tinha a mesma idade que eu quando tive você. Mas isso já era ser velha na época da vovó. E ela não acreditava que podia ter filhos. Ela tinha feito exames.

Elsa encosta o queixo na clavícula.

— Então você foi um erro?

Minha avó pede desculpas

— Acidente.

— Nesse caso, eu também sou um acidente.

Os lábios da mamãe se contraem.

— Ninguém nunca quis tanto alguma coisa quanto seu pai e eu quisemos você, amor. Você é o mais distante a que se pode chegar de um acidente.

Elsa fita o teto do Kia, piscando os olhos para desembaçá-los.

— É por isso que você tem a arrumação como superpoder? Porque não quer ser como a vovó?

Mamãe dá de ombros.

— Aprendi a me virar sozinha, só isso. Porque eu não confiava na sua avó. Então, no fim, tudo ficava pior quando ela estava lá. Eu tinha raiva dela quando ela estava viajando, e mais raiva ainda quando estava em casa.

— Você ainda tem raiva?

— Isso faz de mim uma pessoa horrível?

Elsa dá um chute no chão do Kia.

— Não. Se eu soubesse que a vovó era o tipo de pessoa que abandonava filho, a gente teria batido nosso recorde de desentendimento.

Mamãe passa a mão no cabelo num ritmo mais rápido.

— Ela era uma avó excepcional, amor.

— Ela era uma porcaria de mãe.

— Não diga isso, Elsa, por favor. Ela fez o melhor que pôde. Todos nós fazemos o melhor que podemos.

— Não!

— Não cabe a você ter raiva dela.

— Tá bom, mas eu ESTOU com raiva. Estou com raiva porque ela mentiu sobre estar doente e ninguém me disse. Agora eu ainda sinto saudades dela, e ISSO me deixa com raiva!!!

Mamãe fecha bem os olhos e encosta a testa na de Elsa. O queixo de Elsa treme.

— Estou com raiva dela porque ela morreu. Estou com raiva dela porque ela sumiu da minha vida – sussurra.

— Eu também – sussurra a mãe.

É nesse momento que o policial temporário vem correndo da entrada da emergência. Ele está com dois enfermeiros com uma maca correndo atrás dele. Elsa se vira alguns centímetros na direção da mamãe, que se vira alguns centímetros na direção de Elsa.

— O que você acha que sua avó faria agora? — pergunta mamãe, calmamente.

— Ela daria o fora — diz Elsa, ainda com a testa encostada na da mãe.

O policial temporário e os enfermeiros com a maca estão apenas a alguns metros do carro quando mamãe balança a cabeça lentamente. Aí mamãe engata o Kia e, com os pneus girando na neve, sai derrapando pela rua e pega a estrada. É a coisa mais irresponsável que Elsa já viu sua mãe fazer.

Ela sempre vai amar mamãe por isso.

15

SERRAGEM

Toda a Terra-dos-Quase-Despertos é um lugar cheio de criaturas mais ou menos estranhas. A maioria mais para mais que para menos, claro, porque foi vovó que contou as histórias sobre ela, e a própria vovó era realmente de todas as maneiras bem estranha.

Porém, as mais estranhas de todas, mesmo para os padrões da vovó, são os arrependeres. Eles são animais selvagens que vivem em rebanhos, cujas áreas de pastagem são do lado de fora de Miamas, onde eles pastam amplamente. Não há ninguém que compreenda, de verdade, como eles sobrevivem, dadas as circunstâncias. À primeira vista, os arrependeres parecem meio como cavalos brancos, mas são significativamente mais ambivalentes, pois sofrem do defeito biológico de nunca conseguirem se decidir. Claro que isso leva a certos problemas práticos, já que, como foi dito, os arrependeres são animais de rebanho, e por isso um arrepender quase sempre tromba com outro exatamente quando está indo numa direção e se arrepende. Os arrependeres têm, por isso, sempre um enorme galo alongado na testa, o que, em diversas histórias de Miamas que vieram dar no mundo real, acabou fazendo com que eles fossem confundidos com unicórnios. Em Miamas, os contadores de histórias aprenderam a duras penas a nunca tentar reduzir os custos de mão de obra contratando um arrepender para fazer o trabalho de um unicórnio, pois essas histórias tinham a tendência de nunca dar em lugar nenhum. Além disso, ninguém se sente bem de ter que ficar atrás de um arrepender na fila do *self-service*. "Então, não há sentido em se arrepender, a gente só fica com dor de cabeça!", vovó costumava dizer, dando um tapa na testa. Elsa pensa nisso agora que está sentada no Kia diante da escola, olhando para mamãe.

Ela fica pensando se vovó alguma vez se arrependeu de todas as vezes em que abandonou mamãe. E também se a cabeça da vovó era cheia de galos. Elsa espera que sim.

Mamãe massageia as têmporas e fica xingando por entre os dentes várias vezes. Está na cara que ela se arrependeu por ter saído com o carro daquele jeito, e parece que só agora se tocou de que a primeira coisa que tem que fazer depois de deixar Elsa na escola é voltar direto para o hospital e ser chefe.

Elsa dá um tapinha no ombro dela.

— Talvez você possa pôr a culpa na cabeça de grávida? — consola ela.

Mamãe fecha os olhos, desanimada. Ela já teve cabeça de grávida demais ultimamente. Tanto que ela nem encontrou o cachecol da Grifinória de Elsa quando elas o procuraram de manhã, bem como a toda hora deixa o telefone em lugares estranhos. Na geladeira, na lata de lixo, na cesta de roupa e, numa ocasião, até no tênis de George. Hoje de manhã, Elsa teve que ligar para o telefone da mamãe três vezes, o que não é totalmente descomplicado, porque o display do telefone de Elsa está muito borrado, depois do episódio da torradeira. Mas, por fim, encontraram o telefone tocando na mochila de Elsa. O cachecol da Grifinória também estava lá.

— Está vendo! — tentou dizer mamãe. — Uma coisa só está realmente perdida quando sua mãe não conseguir encontrá-la! — Mas Elsa só revirou os olhos, e mamãe, incomodada, murmurou: — Cabeça de grávida.

Agora ela também parece envergonhada. E muito arrependida.

— Acho que não vão me deixar ser chefe num hospital, se eu contar que esqueci que fui escoltada até a emergência por uma viatura, amor.

Elsa se inclina para a frente e dá um tapinha no rosto da mãe.

— Vai melhorar, mamãe. Vai ficar tudo bem.

Era vovó que dizia isso, Elsa se dá conta logo que acaba de falar. Mamãe põe a mão na Metade e balança a cabeça com uma segurança fingida para mudar de assunto.

— Seu pai vai pegar você à tarde, lembre-se disso. E George vai levar você para a escola na segunda-feira. Eu tenho uma conferência e...

Elsa passa a mão pacientemente no cabelo da mamãe.

— Não tenho aula segunda-feira, mamãe. Férias de Natal.

Mamãe coloca a mão sobre a de Elsa e inala profundamente do ponto onde estão se tocando, como se estivesse tentando encher os pulmões com Elsa. Como as mães fazem com as filhas que crescem rápido demais.

— Desculpa, amor. Eu... me esqueci.

— Não tem problema — diz Elsa.

Embora tenha um pouquinho.

Elas se abraçam apertado antes de Elsa sair do carro. Ela espera o Kia desaparecer na rua, antes de abrir a mochila e pegar o celular da mãe. Percorre a lista de contatos até chegar ao nome do papai e manda uma mensagem: "Aliás: você não precisa pegar Elsa à tarde. Eu dou um jeito!" Elsa sabe que é assim que eles falam dela. Ela é alguma coisa que precisa ser "pega" e "resolvida". Como roupa para lavar. E sabe que eles não querem dizer nada de ruim com isso, mas mesmo assim... Nenhuma criança de sete anos que já viu filmes sobre a máfia italiana quer realmente que sua família "dê um jeito" nela. Mas claro que é um pouco difícil explicar isso para a mamãe, já que ela proibiu expressamente a vovó de deixar Elsa ver esse tipo de filme.

O celular da mamãe vibra na mão de Elsa. O nome do papai aparece na tela. E embaixo: "Eu entendo." Elsa apaga isso e a mensagem que mandou para o papai das que foram enviadas. Fica parada na calçada, numa contagem regressiva a partir de vinte. Quando ela chega a sete, o Kia entra no estacionamento de novo, e mamãe, ofegante, abaixa o vidro. Elsa dá o celular para ela. Mamãe murmura "cabeça de grávida". Elsa dá um beijo no rosto dela. Mamãe passa a mão no pescoço e pergunta se Elsa viu sua echarpe.

— No bolso direito do seu casaco — diz Elsa.

Mamãe tira a echarpe de lá. Segura a cabeça de Elsa entre as mãos, puxa-a para perto e dá um beijo na testa dela. Elsa fecha os olhos.

— Uma coisa só está realmente perdida quando sua filha não conseguir encontrá-la — sussurra ela no ouvido da mamãe.

— Você vai ser uma irmã mais velha fantástica — responde mamãe num sussurro.

Elsa não responde. Fica lá parada, acenando para o Kia. Ela não pode responder porque não quer que mamãe fique sabendo que ela não quer ser a irmã mais velha. Não quer que ninguém saiba que ela é a pessoa horrível que odeia o próprio meio-irmão ou meia-irmã só porque a Metade vai ser mais amada por todo mundo do que Elsa. Não quer que ninguém saiba que ela está com medo de que todo mundo também a abandone agora.

Elsa se vira e dá uma olhada no pátio da escola. Ninguém a viu ainda. Ela põe a mão dentro da mochila e pega a carta que achou no Renault. Não reconhece o endereço, e vovó sempre era péssima para explicar o caminho. Elsa nem tem certeza de que esse endereço existe de verdade, porque com muita frequência, quando vovó tinha que explicar onde as coisas ficavam, ela usava pontos de referência que não existiam mais. "Fica exatamente onde os loucos dos papagaios moravam, passando a antiga quadra de tênis, lá onde a fábrica de borracha ou o que ela é agora ficava." Vovó divagava e, quando as pessoas não compreendiam exatamente o que queria dizer, ficava tão frustrada que era obrigada a fumar dois cigarros tão imediatamente um após o outro que acendia o segundo com a bituca do primeiro. E quando alguém lhe dizia que ela não podia fazer isso dentro do prédio, ficava tão brava que depois era realmente impossível obter uma explicação decente do caminho, improvável obter qualquer outra coisa que não o dedo do meio dela.

Na verdade, Elsa queria rasgar a carta em dez mil pedaços e deixar o vento levá-los. Foi o que ela decidiu ontem. Porque estava brava com vovó. Mas agora que mamãe contou a história inteira, e Elsa viu tudo que há de dolorido nos olhos dela, tomou a decisão de não fazer isso. Ela pretende entregar a carta, essa e todas as outras que entender que vovó deixou para ela pelo caminho. Elsa pretende entregar todas as cartas da vovó, e essa vai ser uma aventura grandiosa e uma história fantástica, exatamente como vovó planejou. Mas Elsa não pretende fazer isso por causa da vovó.

Em primeiro lugar, ela vai precisar de um computador.

Minha avó pede desculpas

Elsa dá mais uma olhada na direção do pátio da escola. E exatamente quando o sino toca, e todos voltam da rua, ela sai correndo ao longo da cerca na direção da parada de ônibus. Desce um ponto antes do que de costume, entra correndo no supermercado e vai direto para o balcão de sorvetes. Dez minutos depois, ela desce sorrateiramente para o subsolo do prédio dela e enfia o rosto na pelagem do wurse. Esse é o novo lugar favorito dela na Terra.

— Eu tenho sorvete na bolsa — diz ela, quando finalmente levanta a cabeça.

O wurse estende o focinho interessado.

— É o New York Super Fudge Chunk do Ben & Jerry's, o meu favorito — detalha Elsa.

O wurse já tinha comido mais da metade quando ela chega ao final da frase. Elsa acaricia as orelhas dele.

— Eu só tenho que arranjar um computador. Fique aqui e... você sabe... tente não aparecer demais!

O wurse olha para ela, como os maiores da sua espécie fazem, que acabara de sugerir que ele se comporte como um wurse consideravelmente muito menor.

Elsa promete a si mesma achar um esconderijo melhor para ele. Logo.

Ela sobe a escada em disparada. Faz questão de verificar se Britt-Marie não está zanzando em algum lugar e, quando está certa disso, toca a campainha do apartamento do Monstro. Ele não abre. Ela toca de novo. Tudo está em silêncio. Elsa geme, abre a caixinha do correio e dá uma olhada para dentro. Tudo está apagado no apartamento, mas tem certeza de que ele está lá.

— Eu sei que você está aí! — diz em voz alta.

Ninguém responde. Elsa respira fundo.

— Se você não abrir, eu vou espirrar aí dentro! E eu estou megarresfri... — começa ameaçadoramente, mas é interrompida por um silvo atrás dela, como quando alguém tenta convencer um gato a descer de uma mesa.

Ela dá meia-volta. O Monstro surge das sombras na escada. Nem com toda a boa vontade, ela consegue compreender como uma pessoa tão grande é capaz de se tornar invisível o tempo todo. Ele esfrega as mãos uma na outra, de modo que elas ficam vermelhas ao redor das juntas.

— Não espirrar, não espirrar! — ele a adverte, ansioso.

Elsa revira tanto os olhos que dá a impressão de que a córnea vai dar no cerebelo. Ela sabe disso porque foi pesquisar sobre a anatomia do cérebro na Wikipédia.

— Mas meu Deus do céu, você acha que sou pirada? Eu nem estou resfriada!

O Monstro mantém distância, continua a esfregar as mãos e não parece nada convencido disso. Elsa abre os braços na direção da porta do apartamento dele.

— Por que você fica se esgueirando na escada em vez de estar lá dentro?

O Monstro some embaixo do capuz de forma que só a barba preta fica de fora.

— Guardas.

— Você já ouviu falar de uma pessoa que fazia o maior drama por qualquer coisa? — pergunta Elsa.

O Monstro não responde. Ela dá de ombros.

— Preciso pegar seu computador emprestado. Acho que George talvez esteja em casa, e não posso navegar no meu celular porque o display está estragado, já que vovó teve um incidente com Fanta e torradeira com ele. Tipo isso.

O capuz ao redor da cabeça do Monstro se move devagar de um lado para outro.

— Sem computador.

— Ah! Deixa só eu pegar ele emprestado para eu poder verificar o endereço! — exclama Elsa, gesticulando com a carta da vovó na mão.

O Monstro sacode a cabeça de novo.

— Tudo bem, mas então me dá a senha do seu Wi-Fi, para eu poder conectar meu iPad! — ela consegue dizer, revirando tanto os olhos que dá a impressão de que as pupilas saem do lugar enquanto vão para trás.

O Monstro sacode a cabeça.

— Eu não tenho 3G no iPad, porque o papai comprou o iPad, e a mamãe ficou chateada porque ela não quer que eu tenha coisas tão caras, e ela não gosta da Apple, então era, de certa forma, um meio-termo! É complicado, certo? Eu só preciso que você me empreste seu Wi-Fi! Meu Deus do céu!

— Sem computador — repete o Monstro.

— Sem… computador? — repete Elsa, extremamente incrédula.

O Monstro sacode a cabeça.

— Você não tem computador?! — exclama Elsa.

O capuz balança de um lado para outro. Elsa aperta os olhos na direção dele como se achasse que está zombando dela.

— Como é possível você não ter COMPUTADOR?

O Monstro apanha uma sacolinha de plástico lacrada de um dos bolsos do casaco e tira de dentro dela um pequeno frasco de álcool gel. Despeja um pouco cuidadosamente na palma da mão e começa a esfregá-lo na pele.

— Não preciso computador — rosna ele.

Elsa sente uma necessidade repentina de massagear as têmporas.

Ela inspira irritada e olha ao redor na escada. George pode ainda estar em casa, então Elsa não pode ir para lá, porque senão ele vai perguntar por que ela não está na escola. E Elsa não pode ir para o apartamento de Maud e Lennart, porque são legais demais para mentir, então se mamãe perguntar se eles viram Elsa, vão dizer a verdade. O menino da síndrome e a mãe dele não ficam em casa durante o dia. E Britt-Marie… esquece.

Infelizmente não sobram possibilidades de escolha. Então, Elsa se recompõe e tenta pensar que um cavaleiro de Miamas nunca tem medo de uma caça ao tesouro, mesmo que ela seja difícil. Daí, Elsa sobe a escada.

Alf abre na sétima vez que ela toca a campainha. O apartamento dele tem cheiro de serragem. Ele está vestido com um roupão realmente lamentável, e os fios de cabelo que ainda lhe restam na cabeça parecem os últimos prédios oscilantes que sobrevivem após um furacão. Ele está segurando uma grande xícara branca em que está escrito "Juventus", e dela vem um aroma de café forte, do jeito que vovó gostava. "Depois de Alf ter feito café, você tinha que dirigir de pé a manhã toda", ela dizia, e Elsa não sabia direito o que vovó queria dizer, mas entendia o significado. É o que ela acha.

— Fala! — diz Alf, mal-humorado.

— Você sabe onde fica isso? — Elsa pergunta, estendendo a mão com o envelope com a letra da vovó.

— Você me acorda para perguntar de uma porcaria de endereço? — responde Alf nada receptivo, tomando um baita gole de café.

— Você estava dormindo?! — exclama Elsa, erguendo as sobrancelhas.

Alf toma mais um gole de café e aponta com a cabeça para o relógio de pulso.

— Eu trabalhei no turno da noite. Agora é noite para mim. Eu chego no seu apartamento no meio da noite para te fazer perguntas aleatórias?

Elsa dá uma olhada na xícara. E depois em Alf.

— Se você está dormindo, por que está tomando café?

Alf dá uma olhada na xícara. E em seguida em Elsa. Parece não estar entendendo nada.

— Eu acordei e estava com sede.

— Meu pai diz que se tomar café depois das seis da tarde ele fica a noite inteira sem conseguir dormir! — diz Elsa.

Alf fica olhando durante um bom tempo para ela. E depois para a xícara. Olha de novo para Elsa, sem entender nada.

— Sem dormir? É só café, caramba.

Elsa dá de ombros.

— Você sabe onde fica isso ou não? — pergunta ela, apontando para o envelope.

Alf dá a impressão de estar repetindo a pergunta dela mentalmente com um tom bem exagerado e de desprezo. Toma mais um gole de café.

— Eu dirijo táxi há trinta anos.

— E? — pergunta Elsa.

— E então é claro que eu sei onde essa porcaria fica — resmunga Alf, apontando para o envelope.

— Ah, desculpa então! — resmunga Elsa em resposta.

Alf esvazia a xícara.

— Ao lado da antiga estação de tratamento de água — diz ele.

— Quê?! — exclama Elsa.

Alf parece desesperado.

— Esses jovens não sabem nada de história. Onde ficava a fábrica de borracha, antes que eles a mudassem de novo. E a olaria.

A fisionomia de Elsa denuncia que talvez ela não faça a menor ideia do que ele está falando.

Alf coça a cabeça quase sem cabelo e some no apartamento. Volta com a xícara de café cheia de novo e um mapa. Coloca a xícara de café com uma pancada numa prateleira no hall e faz um círculo grosso com a caneta no mapa.

— Ah, tá! É onde fica o shopping! — exclama Elsa, olhando surpresa para ele. — Por que você não disse logo?

Alf responde algo que Elsa não ouve direito e bate a porta na cara dela.

— Eu fico com o mapa! — grita Elsa, feliz pela caixinha do correio dele.

Alf não responde.

— Estou no recesso de Natal, caso você esteja se perguntando! É por isso que não estou na escola! — diz ela em voz alta.

Ele também não responde a isso.

———

O wurse está deitado de lado com duas pernas confortavelmente estendidas no ar quando Elsa volta para o subsolo, como se ele tivesse entendido completamente errado um exercício de pilates. O Monstro está no corredor esfregando as mãos. Ele não parece nem um pouco confortável.

— O focinho — diz ele, chiando, fazendo um gesto de aversão com a mão enorme diante do próprio rosto para ilustrar. — Melecado. O focinho todo... melecado...

Ele lança um olhar de súplica para Elsa. Ela suspira, enfia a cabeça no depósito do subsolo e, apontando para o wurse, dá uma ordem.

— Lave o focinho, nós vamos agora.

O wurse se lança com agilidade sobre as patas e se levanta. Põe para fora uma língua do tamanho de uma toalha de rosto do banheiro de visitas da casa da mamãe e de George e lambe o sorvete do focinho.

Elsa olha para o Monstro. Estende o envelope.

– Você vem com a gente?

O Monstro faz que sim. O capuz desliza alguns centímetros para trás, e a grande cicatriz do rosto brilha de imediato sob a luz fluorescente que vem do teto. Ele nem pergunta aonde eles vão. É difícil não gostar dele por isso.

Elsa olha primeiro para ele e depois para o wurse. Ela sabe que mamãe, com certeza, vai ficar brava porque está matando aula e por sair sem autorização, mas, quando Elsa lhe pergunta por que está sempre tão preocupada com ela, mamãe responde: "Porque tenho medo de que aconteça alguma coisa com você!" E Elsa tem realmente a maior dificuldade de pensar que alguma coisa possa acontecer com alguém quando se está com um monstro e um wurse. Então, ela pensa que deve estar tudo bem, levando em consideração as circunstâncias.

Quando sai do subsolo, o wurse tenta lamber o Monstro. Ele dá um salto para trás apavorado, recolhe as mãos e pega uma vassoura que fica encostada no depósito. O wurse parece sorrir insolente, movendo a língua para a frente e para trás, de forma provocativa.

– Para com isso! – diz Elsa.

O Monstro estende a vassoura como se fosse uma lança e tenta empurrar o wurse para trás, enfiando as cerdas no focinho dele.

– Já disse para parar com isso! – dispara Elsa, dando uma bronca nos dois.

O wurse fecha as mandíbulas ao redor das cerdas, esmigalhando-as entre os dentes.

– Che... – começa Elsa, mas não tem tempo de completar a palavra, antes de o Monstro, com toda a força, lançar tanto a vassoura quanto o wurse para o outro lado do subsolo, de forma que o animal pesado se choca violentamente contra a parede a vários metros de distância.

O wurse se enrola e estica o corpo novamente no mesmo movimento e está no meio de um salto aterrorizante sem nem ter tocado no chão. As mandíbulas estão abertas, revelando a fileira de dentes do tamanho de facas de cozinha. O Monstro o encara com seu peito largo, o sangue latejando nos pulsos.

Minha avó pede desculpas

— JÁ CHEGA! – grita Elsa, lançando o corpo pequeno bem no meio das duas criaturas enfurecidas. – Era para vocês me DEFENDEREM! SE CONTROLEM! – berra ela com a voz falhando.

Elsa mantém-se de pé, desprotegida entre garras afiadas como lanças e pulsos provavelmente grandes o suficiente para conseguir separar a cabeça dela dos ombros. Mantém-se ali sem nenhuma arma além da indiferença de uma criança de quase oito anos diante de suas limitações físicas. Mas isso já é o suficiente.

O wurse se detém no salto e aterrissa suavemente ao lado dela. O Monstro recua alguns passos. Lentamente, os músculos se relaxam e os pulmões liberam ar. Nenhum deles ousa enfrentar o olhar dela.

— É para vocês *me* protegerem – repete Elsa em voz mais baixa, tentando não chorar, mas não dá muito certo. – Eu nunca tive amigos, e agora vocês tentam acabar com os únicos dois que consegui, logo agora que ficamos amigos.

O wurse abaixa o focinho. O Monstro esfrega as mãos e some embaixo do capuz. Ele vai oscilando na direção do wurse.

— Começou – diz com esforço o Monstro.

O wurse responde rosnando como quando se quer dizer "Ah! Você que começou!", mas não consegue falar.

— Chega! – diz Elsa, brigando com os dois.

Ela tenta soar brava, mas percebe que apenas soa como se estivesse chorando. O que ela de fato não está fazendo. Talvez só um pouquinho.

O Monstro, preocupado, move a palma de uma das mãos delicadamente para cima e para baixo junto dela, tão perto quanto é possível, sem realmente ter de tocá-la.

— Des... culpa – murmura ele.

O wurse cutuca o ombro dela. Elsa encosta a testa no seu focinho.

— Nós temos uma missão importante, e vocês não podem ficar desse jeito, dando uma de idiotas. Temos que entregar esta carta, porque acho que a vovó quer pedir desculpas para mais alguém. E acho que há mais cartas, e temos que entregar todas, porque acho que essa é a caça ao tesouro e a aventura. Essa que é a história. Entregar todos os pedidos de desculpas da vovó.

Ela inspira fundo na pelagem do wurse e fecha os olhos.

– Nós temos que entregar todos os pedidos de desculpas da vovó por causa da mamãe. Porque espero que o último pedido de desculpas seja para ela.

16

POEIRA

Vai ser uma aventura grandiosa. Uma história fantástica.

Elsa decide que eles devem começar pegando o ônibus, como pequenos cavaleiros supernormais, que têm de partir em aventuras mais ou menos normais, fazem quando não há cavalos ou bichos-nuvem disponíveis. Mas depois que eles já estavam no ponto de ônibus havia cinco minutos, e Elsa notou que todas as outras pessoas olhavam amedrontadas para o Monstro e o wurse, afastando-se para a outra ponta o máximo possível sem ir parar no ponto seguinte, ela percebe que aquilo não seria tão simples.

Quando eles pegam o ônibus, fica claro que os wurses não apreciam andar de transporte público. Depois de ele ter fuçado bastante, ter pisado no pé das pessoas e derrubado bolsas com a cauda, e acabar babando num banco um pouco próximo demais do Monstro para este se sentir totalmente confortável, Elsa decide desistir daquele projeto, e os três descem do ônibus. Exatamente no ponto seguinte.

Elsa enrola o cachecol da Grifinória firmemente em volta do rosto, enfia as mãos nos bolsos, e então os três vão caminhando no frio e na neve. O wurse fica tão feliz de não ter mais que andar de ônibus que saltita em círculos ao redor de Elsa e do Monstro, como um cachorrinho brincalhão. O Monstro aparenta estar enojado. Ele não parece habituado a permanecer ao ar livre na luz do dia, pensa Elsa. Talvez porque Coração de Lobo esteja acostumado a morar nos bosques escuros fora de Miamas onde a luz do dia nunca ousa penetrar. Pelo menos, é lá que ele mora nas histórias da vovó, então, se houver alguma ordem nessa história, essa deve ser a explicação lógica.

As pessoas que os veem na calçada reagem, geralmente, como as outras quando avistam uma menina, um wurse e um monstro caminhando lado a lado: atravessam a rua. Algumas tentam alegar que isso não tem nada a ver com o fato de terem medo de monstros, wurses e meninas, fingindo ostensivamente estar falando ao telefone com alguém que, de forma totalmente repentina, dá a elas instruções contraditórias de como chegar a algum lugar, dizendo para atravessarem a rua. Como o pai de Elsa faz, às vezes, quando acabou se perdendo e não quer que estranhos achem que ele é do tipo que se perde. Mamãe nunca tem esse problema porque, se ela se perde, continua a andar, e quem quer que fosse que tinha de encontrar simplesmente tem de ir atrás dela. Vovó resolvia o problema dando uma bronca nas placas. Varia o jeito de as pessoas lidarem com isso.

Mas claro que outros, que encontram o trio de aventureiros, não são nem um pouco discretos e ficam olhando para Elsa do outro lado da rua como se ela estivesse sendo sequestrada. Elsa acha que o Monstro, com certeza, seria bom em muitas coisas, mas um sequestrador que as pessoas conseguem tornar inofensivo espirrando em cima, provavelmente, não seria muito eficiente. Esse é um tipo estranho de calcanhar de aquiles para um super-herói, pensa ela depois. Ranho.

Um homem de terno que anda rápido e fala alto com um fio branco no ouvido não os vê de jeito nenhum e continua andando na calçada até que quase bate a testa bem no esterno do Monstro. Apavorado, ele tenta pular para longe, com medo de que aquele cabelo cheio de gel encoste nele. O homem de terno solta o maior grito.

O Monstro recua se afastando dele e esfrega as mãos como se tivesse passado saliva nelas. O wurse solta um latido um pouco brincalhão. O homem de terno se afasta tropeçando, o rosto pálido, o fio branco serpenteando pelo chão atrás dele, como uma coleira.

Elsa olha para o Monstro e para o wurse. Sacode a cabeça decepcionada.

— Uma pena que eu não conhecia vocês no Halloween. Teríamos nos divertido demais.

Nem o Monstro nem o wurse parecem entender o que isso quer dizer. O Monstro desaparece debaixo do capuz de modo que só se vê sua barba. O wurse para de saltitar e parece ofegante, como os wurses que não são mais filhotes fazem quando são lembrados disso. A caminhada leva mais de duas horas. Elsa queria que fosse Halloween, porque aí eles poderiam ter andado de ônibus sem as pessoas normais ficarem com medo, já que todo mundo acharia que eles estavam fantasiados. É por isso que Elsa gosta do Halloween. Nesse dia, é normal ser diferente.

É quase hora do almoço quando eles localizam o endereço. Elsa está com os pés doendo, com fome e de mau humor. Ela sabe que um cavaleiro de Miamas nunca deve ficar chiando ou ter medo de uma grande aventura quando foi enviado a uma caça ao tesouro, mas ninguém disse que um cavaleiro não pode ficar com fome e de mau humor. Há um edifício no endereço e uma hamburgueria do outro lado da rua. Elsa diz para o wurse e o Monstro esperarem e vai até lá, mesmo ela tendo princípios contra redes de lanchonete *fast-food*, porque a gente é assim quando tem quase oito anos e sabe usar a internet e não é um metido. Infelizmente a gente não consegue comer princípios, nem mesmo se tem quase oito anos. Então, ela compra um sorvete para o wurse e um hambúrguer para o Monstro. Um hambúrguer vegetariano para ela própria.

Embora a temperatura abaixo de zero arranhe o rosto deles, sentam-se num banco diante do edifício. Ou melhor, Elsa e o wurse ficam ali sentados, porque o Monstro olha para o banco, como se ele também estivesse a ponto de lambê-lo. Ele se recusa até mesmo a tocar o papel que envolve seu hambúrguer, e o wurse o come também. Num certo momento, o wurse derruba um pouco de sorvete no banco e o lambe sem se importar com nada, enquanto o Monstro parece a ponto de sufocar. Depois que Elsa oferece ao wurse uma mordida do seu hambúrguer vegetariano, e continua a comê-lo despreocupada exatamente onde o wurse tinha mordido, ela precisa ajudar o Monstro a respirar num saco de papel por um bom tempo. Quando ele se acalma, Elsa acaba comentando que não tinha muita certeza se aquele saco de papel estava limpo, e aí o Monstro precisa se agachar com a cabeça entre os joelhos por mais um bom tempo.

Elsa e o wurse não conseguem fazer muita coisa além de ficar sentados no banco esperando ele terminar. Elsa está muito irritada porque o hambúrguer vegetariano estava bom demais, e é muito mais difícil ter princípios contra redes de lanchonetes *fast-food* que fazem hambúrgueres vegetarianos bons demais. Ela inclina a cabeça para trás e olha para o alto da fachada do prédio. Com certeza, ele tem uns quinze andares. Ela pega o envelope do bolso e o examina.

— Terminou? — pergunta ela ao Monstro, mas não espera a resposta.

Levanta-se do banco e entra no prédio com passos decididos. O Monstro e o wurse a seguem em silêncio, envolvidos por um forte cheiro de álcool gel. Elsa varre o quadro de informações da parede com um olhar rápido e encontra o nome do envelope, embora esteja precedido pela palavra "Psicoterapeuta". Elsa não faz ideia do que isso significa.

Seja como for, ela segue em direção ao elevador na outra ponta, seus passos ecoando pelo grande térreo. Lá o wurse para e se recusa a não dar sequer um passo a mais. Elsa inclina a cabeça.

— Não vai me dizer que você tem medo de elevador.

O wurse fica olhando para o chão, sem graça.

— Que sorte então que a Guerra-Sem-Fim não aconteceu num prédio alto, porque senão vocês, os wurses, não teriam sido lá de muita ajuda! — geme Elsa.

O wurse late para ela ofendido. Ou talvez para o elevador. Elsa dá de ombros e entra. O Monstro a segue depois de certa hesitação, fazendo questão de não encostar em nenhuma das paredes. O wurse desaparece nas sombras num canto do térreo e se estica aborrecido pelo chão.

Elsa avalia o Monstro enquanto eles sobem de elevador. A barba dele está para fora do capuz como um grande esquilo curioso, o que faz com que ele pareça cada vez menos perigoso, à medida que ela o conhece melhor. O Monstro visivelmente repara no olhar dela e fica torcendo as mãos desconfortável. Elsa percebe, para sua surpresa, que isso a magoa.

Minha avó pede desculpas

— Então, se você acha que isso aqui é tão complicado assim, pode ficar de guarda lá embaixo. Não é como se fosse acontecer alguma coisa comigo enquanto entrego uma carta para um psicoterapeuta – dispara ela.

Elsa fala na língua normal, porque se recusa a falar na língua secreta com ele. O ciúme pelo fato de que a língua da vovó nem ao menos era dela, para começar, ainda não foi superado.

— Você não precisa ficar exatamente ao meu lado o tempo todo para poder me proteger, se for tão importante assim para você me proteger! – exclama ela um pouco mais brava do que queria, embora desde o início quisesse dizer isso bem brava.

Na verdade, ela está começando a considerar o Monstro um amigo, e agora lembra-se de que ele só está lá porque vovó disse para protegê-la. O Monstro fica ali em silêncio.

O elevador para. As portas se abrem. Elsa sai. Ela vai andando sem que se ouçam seus passos. Eles passam pela fileira de portas no corredor até encontrar a do psicoterapeuta. Elsa bate insistentemente de tal forma que tem que se esforçar para não mostrar para o Monstro como a junta dos seus dedos está doendo pra caramba. O Monstro recua na direção da parede do outro lado do corredor estreito, como se percebesse que a pessoa do outro lado da porta talvez venha olhar no olho mágico. Elsa percebe que ele está tentando parecer menor do que é e o mais inassustador que seja possível. Infelizmente é difícil não gostar dele por estar fazendo isso, mesmo que a gente tente. E mesmo que inassustador não seja uma palavra de verdade. Elsa bate na porta de novo. Encosta o ouvido na fechadura. Bate de novo. De novo ninguém atende.

— Vazio – diz o Monstro, devagar.

— Você jura? – responde Elsa, sarcástica.

E não pretende, na verdade, ficar brava com ele, porque é com vovó que ela está furiosa. Ela só está cansada. Muito exausta mesmo. E além do mais, está com a maior dor nas juntas dos dedos. Olha ao redor e avista três cadeiras de madeira.

— Talvez ele esteja almoçando, vamos ter que esperar — diz ela para o Monstro, deixando-se cair em uma das cadeiras com tanta força que um redemoinho de poeira se levanta ao redor dela.

Elsa espirra. O Monstro parece estar pensando em começar a coçar os olhos e sair correndo de lá gritando.

— Eu não fiz isso de propósito! Foi a poeira! — exclama Elsa, defendendo-se.

O Monstro parece aceitar o pedido de desculpas. Mas ele se mantém a vários metros de distância depois disso. Fica com as mãos nas costas sem mexer nem mesmo um cílio durante o que parece ser, pelo menos, três ou quatro eternidades.

Para Elsa, o silêncio vai passando de agradável a incômodo e, então, a insuportável em cerca de uma eternidade e meia. Depois que já se ocupou com tudo em que consegue pensar — tamborilar com os dedos na mesa, ficar tirando o estofamento da cadeira por um buraquinho no tecido, entalhar seu nome com a unha do indicador na madeira macia do braço da cadeira —, ela quebra o silêncio com uma pergunta que soa muito mais acusatória do que queria.

— Por que você está com calça de soldado, se você não é soldado?

O Monstro respira lentamente sob o capuz.

— Calça velha.

— Você já foi soldado?

O capuz se mexe para cima e para baixo.

— É errado existir guerra e é errado existir soldado. Os soldados matam gente! — acusa Elsa.

— Não esse tipo de soldado — responde o Monstro em voz baixa.

— Só existe um tipo de soldado! — retruca Elsa.

O Monstro não responde. Elsa entalha um palavrão no braço da cadeira com a unha. Na realidade, ela não quer fazer a pergunta que está queimando dentro dela, porque não quer que o Monstro fique sabendo como está magoada. Mas não pode deixar passar batido. Esse é um dos grandes problemas de Elsa, dizem na escola. Que ela nunca consegue deixar nada passar batido.

— Foi você que mostrou Miamas para a vovó, ou foi a vovó que mostrou pra você?

Ela cospe as palavras. O capuz não se mexe, mas ela vê que ele está respirando. Vai repetir a pergunta quando ouve, de lá de dentro:

— Sua vovó. Mostrou. Era criança.

Ele diz isso como fala tudo na língua normal. Como se as palavras, de certa forma, saíssem da boca dele se desentendendo.

— Você tinha minha idade — comenta Elsa, pensando nas fotos do Menino-lobisomem.

O capuz se mexe para cima e para baixo.

— Ela contava histórias pra você? — pergunta Elsa em voz baixa, esperando que ele diga que não, embora saiba que não vai.

O capuz se mexe para cima e para baixo.

— Vocês se conheceram numa guerra? É por isso que ela chamou você de Coração de Lobo? — pergunta Elsa, sem olhar para ele.

Na verdade, ela não quer mais fazer perguntas porque o ciúme está crescendo de novo. Mas o capuz se mexe para cima e para baixo.

— Campo. Campo para quem foge — vem da escuridão detrás da barba.

— Campo de refugiados — corrige Elsa, antes de perguntar: — A vovó trouxe você pra cá? Foi ela que deu um jeito de você morar no nosso prédio?

Vem uma expiração longa de dentro do capuz.

— Morei muitos lugares. Muitas casas.

— Lares adotivos? — pergunta Elsa.

O capuz se mexe para cima e para baixo.

— Por que você não ficou lá?

O capuz se mexe de um lado para outro, bem devagar.

— Casas ruins. Perigosas. Sua avó me buscou.

— Por que você virou soldado quando cresceu? Para poder ir para os mesmos lugares que a vovó?

O capuz se mexe para cima e para baixo.

— Você também queria ajudar as pessoas? Como ela?

O capuz se mexe para cima e para baixo.

— Por que você não foi simplesmente ser médico como ela?

O Monstro esfrega as mãos uma na outra.

— Sangue. Não gosto... sangue.

— Muito esperto ser soldado, então! Você é órfão?

O capuz não se move. O Monstro fica calado. Mas ela vê que a barba some mais para dentro da escuridão. De repente, Elsa balança a cabeça animada.

— Como os X-Men! — exclama ela, muito mais entusiasmada do que gostaria de revelar.

O capuz fica parado. Elsa pigarreia um tanto sem jeito.

— Os X-Men são... mutantes. E muitos X-Men são tipo órfãos. É super... *cool*.

O capuz não se move. Elsa arranca um pouco mais do estofamento da cadeira e sente-se uma idiota. Pensa em comentar que Harry Potter também é órfão e ser como ele, de uma maneira qualquer, é a coisa mais *cool* que existe, mas está começando a perceber que o Monstro, provavelmente, não lê tanta literatura de qualidade quanto se poderia esperar. Então, ela deixa pra lá.

— Miamas é uma palavra da língua secreta? Quer dizer, é uma palavra da sua língua? Ela não soa como as outras palavras da língua secreta, quer dizer, da sua língua. Ela soa diferente! — ela diz, bem mais confusa do que tinha planejado.

O capuz não se mexe. Mas as palavras saem dele com mais suavidade agora. Não como todas as outras palavras do Monstro, que parecem todas estarem em alerta. Elas soam quase sonhadoras.

— Língua da mãe. "Miamas". Língua... minha mãe.

Elsa ergue os olhos, fixando-os na escuridão debaixo do capuz.

— Vocês não falavam a mesma língua?

O capuz se mexe de um lado para outro.

— De onde era sua mãe? — pergunta Elsa.

— Outro lugar. Outra guerra.

— O que significa Miamas, então?

As palavras saem como um suspiro.

— Significa "eu amo".

— Então era o seu reino. É por isso que ele se chama Miamas. Não tem nada a ver com eu chamar o pijama de "miama".

Típico da vovó fazer isso, ela inventou Miamas para você, para que soubesse que sua mãe te amava, pensa ela, calando-se ao perceber que está murmurando isso.

O Monstro joga o peso do corpo de um pé para o outro. Respira mais devagar. Esfrega as mãos.

— Miamas. Não inventou. Não faz de conta. Não para... pequeno. Miamas. De verdade para... criança.

E aí, quando Elsa fecha os olhos para não mostrar que concorda, ele prossegue hesitante:

— Em carta. Desculpas da vovó. Eram desculpas para mãe — sussurra ele debaixo do capuz.

Os olhos de Elsa se abrem, e suas sobrancelhas se contraem.

— O quê?

O peito do Monstro sobe e desce.

— Você perguntou. Da carta da vovó. O que vovó escreveu. Pediu desculpas para mãe. Nós nunca encontramos... mãe.

O olhar dos dois se encontra. Naquele instante, surge um minúsculo, porém mútuo, respeito entre eles, como miamasianos. Elsa entende que ele está contando o que se encontrava escrito na carta, pois compreende como é quando as pessoas guardam segredos de alguém só porque é uma criança. Então ela soa significativamente menos zangada quando pergunta:

— Vocês procuraram sua mãe?

O capuz se mexe para cima e para baixo.

— Durante quanto tempo?

— Sempre. Desde... o campo — se ouve vindo do capuz.

O queixo de Elsa cai um pouquinho.

— Era por isso que a vovó viajava tanto? Porque vocês estavam procurando sua mãe?

As mãos do Monstro são esfregadas mais rápido. O peito sobe e desce.

O capuz se mexe só alguns centímetros para baixo. Depois, infinitamente devagar, para cima de novo.

Então, tudo fica em silêncio.

Elsa balança a cabeça, olha para seu joelho, e a raiva volta a jorrar de um jeito nada razoável dentro dela.

– Minha vovó também era a mãe de alguém! Você alguma vez pensou nisso?

O Monstro não responde.

– Você não precisa me proteger! – dispara Elsa, começando a entalhar mais palavrões no braço da cadeira.

– Não protege – rosna o Monstro, finalmente. Os olhos pretos surgem sob o capuz. – Não protege. Amigo.

Ele some embaixo do capuz de novo. Elsa crava o olhar no chão e arrasta o calcanhar no carpete, levantando mais poeira.

– Obrigada – sussurra ela, mal-humorada.

O capuz dele não se mexe. Elsa para de levantar poeira. Inspira rápido e repete:

– Obrigada.

Mas na língua secreta dessa vez.

O Monstro não diz nada, mas, quando esfrega as mãos uma na outra, não é mais com tanta força nem tão rápido. Elsa percebe isso.

– Você não gosta de falar muito, né? – pergunta ela na língua secreta.

– Fiquei muito tempo sem falar – responde o Monstro na língua secreta.

– Você quer dizer que não fala na língua normal há muito tempo? – pergunta ela na língua normal.

– Não falei muito tempo, em nenhuma língua – responde ele na língua secreta.

Elsa balança a cabeça pensativa.

– E você não gosta muito de falar, né? – repete ela na língua secreta.

– Não... mas você gosta. O tempo todo – responde o Monstro.

E essa é a primeira vez que Elsa acha que ele está rindo. Ou, pelo menos, quase.

— *Touché*. — Elsa sorri.

Na língua normal. Porque ela não sabe como se diz *"touché"* na língua secreta.

Elsa não sabe quanto tempo eles esperam, mas fazem isso durante muito tempo depois de Elsa realmente resolver desistir. Aguardam até a porta do elevador abrir com um plinzinho e a mulher da saia preta sair para o corredor. Ela vai direto rumo à porta com o nome do envelope, com o tipo de passo que a gente usa quando está indo na direção de uma porta como se ela tivesse sido muito desobediente. Mas aí ela para de repente, com um dos saltos ainda no ar, e fica olhando para o homem enorme de barba e a menininha que, naquele contexto, parece estar se escondendo na palma da mão dele. A menininha olha-a fixamente. A mulher da saia preta segura um pequeno pote de plástico com salada dentro. O pote está tremendo. Ela dá a impressão de estar pensando em se virar e sair correndo, com a lógica que as crianças pequenas usam quando acham que não vão ser vistas se fecharem os olhos. Mas, em vez disso, ela fica parada a alguns metros deles, com as mãos agarrando o pote de plástico como se ele fosse a beira de um precipício.

Elsa se levanta da cadeira. Coração de Lobo se afasta das duas. Se Elsa tivesse olhado para ele, teria percebido uma expressão que nunca vira nele antes. Um tipo de medo que ninguém na Terra-dos-Quase-Despertos acreditaria que Coração de Lobo poderia ter. Mas Elsa não olha para ele, ela se levanta da cadeira e olha só para a mulher da saia preta.

— Acho que tenho uma carta para você — Elsa consegue dizer finalmente, depois de respirar fundo, como se fosse mergulhar do trampolim mais alto.

A mulher da saia preta fica parada com os nós dos dedos embranquecendo em volta do pote de plástico. Elsa estende insistentemente o envelope para ela.

— É da minha avó. Acho que ela pede desculpas por alguma coisa.

A mulher pega a carta. Elsa enfia as mãos nos bolsos, já que não sabe direito o que deve fazer com elas, como quando a gente está com dois chicletes grudentos na mão e não acha um cesto de lixo.

Ela não sabe o que a mulher da saia preta está fazendo aqui, mas compreende que não foi por acaso que vovó a fez trazer a carta. Porque não existe acaso em Miamas. Nem casualidades nos contos de fada. Tudo que existe tinha que ser assim.

– Não é o seu nome no envelope, sei disso, mas só pode ser pra você

A mulher da saia preta hoje cheira a menta e não a vinho. Ela retira com cuidado a carta do envelope. Os lábios dela se contraem. A carta treme.

– Esse... esse era meu nome muito tempo atrás. Voltei para meu nome de solteira quando mudei para o prédio de vocês, mas esse era o meu nome quando... quando sua avó e eu nos conhecemos.

– Depois da onda – diz Elsa, não como uma pergunta.

Os lábios da mulher se comprimem e até desaparecem.

– Eu... eu pensei em mudar o nome aqui na porta do consultório também. Mas eu, ah... Não sei. Acabei não mudando.

A carta treme mais ainda.

– O que está escrito nela? – pergunta Elsa, arrependendo-se de não ter dado uma espiadinha na carta antes de entregá-la.

O rosto da mulher da saia preta faz todos os movimentos certos para chorar, mas parece não restarem mais lágrimas no seu corpo.

– Sua avó escreveu "desculpe" – diz ela lentamente.

– Pelo quê? – pergunta Elsa de imediato.

– Por ... por ter mandado você aqui – responde a mulher da saia preta.

Elsa pensa em corrigi-la, apontar para Coração de Lobo e dizer "para *nós* virmos aqui!". Mas, quando o procura, ele já foi embora. Ela não ouviu o plim do elevador, nem a porta da escada se fechar, ele simplesmente sumiu. "Como um peido pela janela aberta", como vovó dizia quando as coisas não estavam onde tinham sido colocadas.

A mulher da saia preta vai até a porta que tem a placa em que está escrito "Psicoterapeuta", seguida do nome que tinha antes. Coloca a chave na fechadura e faz um gesto rápido para Elsa entrar, embora esteja claro que não é, de jeito nenhum, o que ela queria fazer. Quando ela vê que o olhar

Minha avó pede desculpas

de Elsa continua procurando seu amigo grandalhão, a mulher da saia preta sussurra melancólica:

— Eu tinha outro consultório na última vez que sua avó veio com ele me ver. Por isso ele não sabia que você estava vindo me procurar. Ele nunca teria te acompanhado se soubesse que era eu que você ia encontrar. Ele tem... tem medo de mim.

17

PÃOZINHO DE CANELA

Numa das histórias da Terra-dos-Quase-Despertos, havia uma menina de Miamas que quebrou a maldição e libertou o anjo do mar. Mas vovó nunca contou como.

Elsa está sentada perto da escrivaninha da mulher da saia preta, numa cadeira que presume que seja para visitas. Pela nuvem de poeira que a envolveu ao sentar, como se tivesse tropeçado numa máquina de fumaça num espetáculo de mágica, Elsa deduz que a mulher não recebe lá muita visita. Ela está sentada pouco à vontade do outro lado da escrivaninha, lendo e relendo a carta da vovó, embora Elsa tenha quase certeza de que a mulher está só fingindo para não ter que começar a falar com ela. A mulher parecia ter se arrependido de ter convidado Elsa no mesmo instante em que fez isso. Um pouco como as pessoas nas séries da TV acabam convidando vampiros para entrar na sua casa e, então, percebem que eles são vampiros e pensam "que merda" no exato momento em que vão ser mordidas. Pelo menos é o que Elsa imagina que as pessoas pensam nessa situação. Era com essa cara que a mulher estava. Todas as paredes do escritório estão cobertas de estantes. Elsa nunca viu tantos livros fora de uma biblioteca. Ela fica pensando se a mulher da saia preta nunca ouviu falar de iPad.

E aí os pensamentos dela vão vagando para vovó e a Terra-dos-Quase-Despertos de novo. Porque se essa mulher for o anjo do mar, então ela é a terceira criatura da Terra-dos-Quase-Despertos, depois do Coração de Lobo e do wurse, que mora no prédio de Elsa. Ela não sabe se isso significa que vovó pegou todas as suas histórias no mundo real e situou-as em Miamas, ou se as histórias de Miamas se tornaram tão reais que as criaturas passaram para o mundo real. Mas a Terra-dos-Quase-Despertos e sua casa, evidentemente, estão se fundindo.

Elsa lembra que vovó sempre dizia que "as melhores histórias nunca são totalmente verdadeiras nem nunca são totalmente de mentira". Para vovó, não havia nada que fosse inteiramente nem uma coisa nem outra. As histórias eram totalmente verdadeiras e ao mesmo tempo não.

Elsa só queria que ela tivesse contado mais sobre a maldição do anjo do mar e como suspendê-la. Porque supõe que é por isso que ela a enviou para cá e, se não decifrar como deve agir, provavelmente não vai receber a próxima carta. E assim nunca vai poder achar o pedido de desculpas para mamãe.

Elsa olha para a mulher do outro lado da escrivaninha e pigarreia ostensivamente. As pálpebras da mulher vagueiam, mas ela continua olhando para a carta.

— Você já ouviu falar da mulher que morreu de tanto ler? — pergunta Elsa.

O olhar da mulher se ergue do papel, perpassa por ela e se refugia de novo na carta.

— Eu não sei o que... o que isso significa — diz a mulher, quase intimidada.

Elsa suspira.

— Eu nunca vi tanto livro assim, caramba. Você já ouviu falar de iPad?

O olhar da mulher ergue-se lentamente de novo. Repousa mais tempo no de Elsa.

— Eu gosto de livros.

— E você acha que eu não gosto? Mas, de certa forma, dá pra ter livros no iPad. A gente não precisa ter um milhão deles no escritório — informa Elsa.

As pupilas da mulher passam vagarosamente para um lado e outro da escrivaninha. Ela pega uma bala de menta de uma latinha e a coloca na língua, com movimentos desajeitados, como se a mão e a língua pertencessem a duas pessoas diferentes.

— Eu gosto de... de livros físicos.

— Dá para a gente ter todo tipo de livro no iPad.

Os dedos da mulher tremem de leve. Ela olha de lado para Elsa, meio como a gente olha de esguelha para uma pessoa que encontra ao sair de um banheiro onde ficou um pouquinho de tempo demais.

— Não é isso que eu quero dizer com livro. Eu me refiro a "livro" com sobrecapa, capa, páginas...

— Um livro é o texto. E o texto a gente pode ler num iPad!.

Os olhos da mulher se abrem e fecham como grandes leques.

— Eu gosto de segurar o livro enquanto estou lendo.

— A gente pode segurar o iPad – informa Elsa.

— Eu quero dizer que gosto de poder folhear o livro – a mulher tenta explicar.

— Dá para folhear no iPad – diz Elsa.

A mulher balança a cabeça do jeito mais lento que Elsa já viu em toda a sua vida. Elsa abre os braços.

— Então faz como você quiser! Pode ter um milhão de livros! Eu só perguntei. Continua sendo um livro se você ler no iPad. Sopa é sopa, não faz diferença que tipo de prato você usa.

Os cantos da boca da mulher se mexem num espasmo, espalhando rugas ao redor deles.

— Eu nunca ouvi esse provérbio.

— É de Miamas – diz Elsa.

A mulher abaixa os olhos. Não responde.

Ela na verdade não tem cara de anjo, pensa Elsa. Mas também não tem cara de beberrona. Então, talvez, uma coisa compense a outra. Talvez a gente fique com essa cara se permanecer no meio do caminho.

— Por que a vovó trouxe Coração de Lobo aqui? – pergunta Elsa.

— Como? Quem?

— Você disse que a vovó trouxe ele aqui. E é por isso que ele tem medo de você.

A mulher concorda balançando a cabeça um pouquinho menos lentamente.

— Eu não sabia que você o chamava de... Coração de Lobo.

— Esse é o nome dele.

— Eu não sabia.

— Ah, é? Por que ele tem medo de você, se nem sabe quem ele é?

A mulher põe as mãos no colo e as observa como se as avistasse pela primeira vez e estivesse se perguntando que raios elas estão fazendo ali.

— A sua... sua avó o trouxe aqui para falar da guerra. Ela achava que eu conseguiria ajudá-lo, mas ele ficou com medo de mim. Ele ficou com medo das minhas perguntas e medo das... das lembranças dele, eu acho – diz ela, por fim.

E depois de uma longa inspiração, acrescenta:

— Ele já viu muitas... muitas guerras. Viveu a vida quase toda em guerra, de uma forma ou de outra. Isso faz... faz coisas insuportáveis com uma pessoa.

— Por que ele faz aquilo com as mãos? – pergunta Elsa.

— Como?

— Ele fica lavando as mãos o tempo todo. Tipo como se estivesse tentando tirar cheiro de cocô.

A mulher da saia preta parece hesitar. Elsa pigarreia.

— Ah, é só um exemplo. O cheiro de cocô. Com certeza pode ser outro cheiro também. Ah, eu só queria dizer que deve ser um tipo de pensamento obsessivo. Então, talvez, possa ser qualquer cheiro, né?

As pálpebras da mulher sobem e descem.

— Às vezes, o cérebro faz coisas estranhas depois de uma tragédia. Acho que, talvez, ele fique tentando tirar...

Ela se cala. Baixa o olhar.

— O quê? – quer saber Elsa.

— ... o sangue – conclui a mulher.

— Ele matou alguém?

— Não sei.

— Ele ficou doente da cabeça? – pergunta Elsa, sem rodeios.

— Como?

— Você é terapeuta, não é?

— Sou.

— Então dá pra consertar as pessoas que são doentes da cabeça? Talvez seja meio grosseiro chamá-los de doentes. É isso? Ele é uma pessoa quebrada?

— Todo mundo que vê uma guerra fica quebrado — responde a mulher, melancólica.

Elsa dá de ombros.

— Então ele não devia ter sido soldado. É por culpa dos soldados que existe guerra.

As mãos da mulher se movem lentamente do joelho para a borda da escrivaninha e, depois, de volta para o joelho.

— Acho que ele não era desse tipo de soldado. Ele era um soldado da paz.

— Só existe um tipo de soldado — retruca Elsa.

E ela sabe que está sendo hipócrita ao dizer isso. Porque odeia soldados e guerra, mas sabe que, se Coração de Lobo não tivesse lutado contra as sombras na Guerra-Sem-Fim, a morte cinzenta teria engolido toda a Terra-dos-Quase-Despertos. E ela pensa muito nisso. Quando a gente deve lutar ou não. Elsa se lembra de como vovó dizia: "Você um peso e uma medida, e eu dois pesos e duas medidas, então eu venço." Mas isso não faz com que Elsa se sinta como uma vencedora.

— Pode ser — diz a mulher numa voz baixa, por cima dos pensamentos dela.

— Você não tem lá muitos pacientes, né? — diz Elsa, fazendo um aceno sarcástico com a cabeça para o outro lado da sala.

A mulher não responde. As mãos dela tateiam em busca da carta da vovó. Elsa suspira impaciente.

— O que mais a vovó escreveu?

— Ela pede desculpas... desculpas por várias coisas — diz a mulher.

— Tipo o quê?

A mulher parece inspirar o ar com os lábios.

— Muitas coisas.

— Ela pede desculpas porque não conseguiu salvar sua família?

As pupilas da mulher tremulam.

— Pede. Entre... entre outras coisas.

Minha avó pede desculpas

Elsa balança a cabeça.

— E por ter me mandado aqui?

— Isso.

— Por quê?

— Porque ela sabia que você ia fazer muitas perguntas. Sou psicóloga. Acho que estou acostumada a ser quem faz as perguntas.

A mulher balança a cabeça tão devagar que Elsa imagina que a nuca dela vai ranger como uma dobradiça enferrujada. Então faz algo com o canto da boca que Elsa acha que, talvez, seja um tipo de sorriso. Mas é mais como um movimento tenso, como se os músculos em volta da sua boca fossem principiantes nisso.

Elsa olha ao redor de novo. Não há nenhuma foto aqui, como havia no hall do apartamento da mulher. Só livros.

— Você tem algum bom? — pergunta ela, varrendo as estantes com o olhar.

— Não sei o que você acha que é bom — responde a mulher, com cautela.

— Você tem algum *Harry Potter*? — pergunta Elsa.

— Não.

As sobrancelhas de Elsa saltam para cima, como se ela tivesse dificuldade de acreditar no que a mulher acabara de dizer.

— Nenhum?

— Não.

— Você tem *todos esses livros* e nenhum *Harry Potter*?

A mulher sacode a cabeça se desculpando. Elsa parece profundamente decepcionada.

— Um milhão de livros e nem um único *Harry Potter*. E deixam você tratar de gente que está quebrada, é? Que looooouco — murmura ela.

A mulher não responde. Elsa inclina a cadeira para trás, exatamente do jeito que mamãe detesta.

— Você conheceu minha avó no hospital depois da onda? — pergunta ela.

A mulher pega outra bala de menta da latinha. Faz um movimento curto na direção de Elsa para oferecer-lhe uma, mas Elsa sacode a cabeça.

— Você fuma? — pergunta Elsa.

A mulher parece surpresa. Elsa dá de ombros.

— A vovó também chupava um monte de bala quando não podia fumar, e em geral ela não podia fumar em lugares fechados.

— Eu parei — diz a mulher.

— Parou ou deu uma parada? Não é a mesma coisa — informa Elsa.

A mulher balança a cabeça, batendo um novo recorde de lentidão.

— É praticamente uma questão filosófica. Então é difícil responder.

Elsa dá de ombros de novo.

— Onde você conheceu a vovó, então? Isso também é difícil responder?

— É uma longa história.

— Eu gosto de histórias longas.

As mãos da mulher se abrigam em seu colo.

— Eu estava de férias. Ou... nós... minha família e eu. Nós estávamos de férias. E aconteceu... aconteceu um acidente.

— O tsunami, eu sei — diz Elsa.

A mulher pisca os olhos longamente.

— Eu leio muito — explica Elsa, amavelmente.

O olhar da mulher vagueia pela sala, e ela diz como que de passagem, como se tivesse acabado de pensar nisso:

— Sua avó encontrou... me encontrou...

A mulher chupa a bala de menta com tanta força que sua bochecha parece a da vovó naquela vez em que ela foi pegar gasolina "emprestada" do Audi do papai de Elsa e tentou chupá-la com um tubo de plástico.

— Depois que meu marido e meus... meus filhos... — começa a mulher.

As últimas palavras tropeçam e despencam no abismo entre as outras. Como se a mulher, de repente, tivesse esquecido que estava no meio de uma frase.

— Se afogaram? — completa Elsa, e imediatamente fica com vergonha, porque percebe que, com certeza, é muita falta de respeito usar essa palavra ao falar com alguém com cuja família isso aconteceu.

Mas a mulher só balança a cabeça, sem parecer estar brava. Então, Elsa passa para a língua secreta e pergunta bruscamente:

— Você também sabe nossa língua secreta?

— Como?! – exclama a mulher da saia preta, voltando, de repente, o olhar perdido na direção dela, sem entender.

— Ah, nada – murmura Elsa na língua normal, olhando para seus sapatos.

Era um teste. E Elsa fica surpresa com o fato de o anjo do mar não saber a língua secreta, porque todo mundo na Terra-dos-Quase-Despertos sabe. Mas talvez isso seja parte da maldição, pensa ela.

A mulher olha para o relógio.

— Você não devia estar na escola?

Elsa dá de ombros.

— Estou em recesso de Natal.

A mulher balança a cabeça. Um pouquinho mais na velocidade normal agora.

— Você já esteve em Miamas? – pergunta Elsa.

— Eu… eu não sei onde fica – diz a mulher, cautelosa.

— "Ficava" – corrige Elsa.

O olhar da mulher parece distante. Elsa revira os olhos.

— Miamas. Você já esteve lá ou não?

— Isso aqui é algum tipo de… de piada?

— Que tipo de piada?

A mulher olha para as mãos, assustada.

— Se eu estivesse contando uma piada, teria começado dizendo que alguém entra num bar....

A mulher não responde. Elsa abre os braços. A mulher balança a cabeça, e seu olhar encontra o de Elsa. Ela sorri de leve.

— Entendi. Obrigada.

Elsa dá de ombros, inconformada.

— Quando a gente entende, a gente ri.

A mulher toma um fôlego tão profundo que, se a gente jogasse uma moeda dentro dele, nunca a ouviria bater no fundo.

— Você que inventou? – perguntou ela, então.

— O quê? – retruca Elsa.

— Essa piada do bar.

— Não. A vovó que contava.

Os olhos da mulher fecham rapidamente. Abrem devagar.

— Ah. Meus filhos sempre... sempre... contavam esse tipo de piada. Perguntavam alguma coisa estranha, aí a gente tinha que responder, e aí eles diziam alguma coisa em voz alta e começavam a rir.

Quando diz "começavam a rir", ela se levanta com pernas frágeis como asas de avião de papel.

Aí tudo muda rapidamente. O jeito dela estar de pé, de falar e até o de respirar.

— Acho que é melhor você ir agora – diz ela, de pé, perto da janela, de costas para Elsa.

A voz está fraca, mas quase hostil.

— Mas por quê?! – exclama Elsa surpresa.

— Eu quero que você vá – repete a mulher, com firmeza.

— Ah! Mas por quê? Eu atravessei metade dessa cidade para entregar essa carta da vovó pra você, e você quase não me disse nada, e agora é para EU ir embora? Você tem ideia de como está frio lá fora? – pergunta Elsa como a gente faz quando tem quase oito anos e se sente tratado injustamente, e, além do mais, está frio pra caramba lá fora.

A mulher continua à janela com as costas voltadas para ela.

— Você... você não devia ter vindo aqui.

— Eu vim aqui porque você era amiga da vovó.

— Eu não preciso de nenhuma caridade! Eu me viro muito bem sozinha! – diz a mulher, cerrando os lábios.

— Claro, parece mesmo que você se vira bem pra caramba. De verdade. Mas eu não estou aqui por nenhuma caridade – Elsa, chocada, consegue retrucar, erguendo-se da cadeira numa nuvem de poeira.

— Mas então some daqui, sua pirralha! Vá embora daqui! – rosna a mulher, ainda sem se virar.

Elsa respira pesadamente. Espantada com a agressividade repentina e magoada com o fato de a mulher nem olhar para ela. Afasta-se da mesa com os punhos cerrados.

— Tá bom! Nesse caso minha mãe se enganou, quando disse que você só estava cansada! E a vovó tinha razão! Você é só uma porcaria de uma...

E aí a coisa vai como em toda explosão de ira. Ela não é feita de uma só raiva, mas de várias. É uma longa série de raivas lançadas num vulcão no peito de uma pessoa até que ele explode. Elsa está brava com a mulher da saia preta porque ela não diz nada que faça essa história idiota ficar mais compreensível. E está com raiva de Coração de Lobo porque ele a abandonou só porque tem medo dessa terapeuta idiota. E, principalmente, ela está com raiva da vovó. E dessa história idiota. E todas essas raivas juntas ficam sendo demais. Então ela já sabe bem antes de a palavra sair dos lábios dela o quanto é errado gritar isso:

— BEBERRONA! VOCÊ É SÓ UMA BEBERRONA!!!

Elsa se arrepende terrivelmente no mesmo instante. Mas é tarde demais. A mulher da saia preta se vira. O rosto dela está contorcido em mil estilhaços de um espelho partido.

— Fora!

— Eu não quis diz... — começa Elsa.

Ela recua vacilante e estende as mãos como se quisesse pedir desculpas.

— Descul...

— FORA! — berra a mulher, arranhando histericamente o ar, como se estivesse procurando alguma coisa para jogar nela.

E Elsa sai correndo.

Para fora. Para longe.

Corre pelo corredor e pela escada, até sair pela porta do térreo. Atravessa-o tropeçando, as lágrimas como uma lente leitosa diante dos olhos, soluçando tão violentamente que perde o equilíbrio, tropeça e cai. Sente a mochila bater na nuca e espera a dor quando o rosto encontrar o chão.

Mas, em vez disso, acontece outra coisa. No instante em que espera a testa bater no chão, sente a pelagem negra macia. Então tudo explode. Ela abraça o animal gigantesco com tanta força que percebe que ele está arfando.

— Elsa.

A voz de Alf chega até ela da porta do prédio. Como algo óbvio. Não como uma pergunta.

— Mmm! — grita ela na pelagem do wurse.

— Vamos lá, pelo amor de Deus. Vamos pra casa. Você não pode ficar aqui soluçando — grunhe Alf.

Elsa ergue a cabeça lentamente e quer sair gritando toda a história para Alf. Tudo sobre o anjo do mar e como vovó a envia em aventuras idiotas em que nem sabe o que se espera que ela faça, e tudo sobre Coração de Lobo tê-la abandonado quando mais precisou dele, e tudo sobre mamãe e o perdão que Elsa esperava encontrar aqui, e tudo sobre a Metade que vai chegar e mudar tudo, tudo sobre todas as coisas. Tudo sobre a solidão em que Elsa está se afogando. Ela quer sair gritando tudo para Alf. Mas sabe que ele não entenderia. Porque ninguém compreende quando a gente tem quase oito anos. Nem em idade nenhuma.

— O que você está fazendo aqui? — soluça ela.

— Você me deu a porcaria do endereço. Alguém tinha que vir buscar você, merda. Eu dirijo táxi há trinta anos e sei que não se pode deixar menininhas em qualquer lugar de qualquer jeito.

Ele fica calado enquanto respira algumas vezes antes de acrescentar, falando em direção ao chão:

— Sua vovó me mataria, se eu não viesse buscar você.

Elsa balança a cabeça e enxuga o rosto na pelagem do wurse.

— É para esse aí vir também? — diz Alf, mal-humorado, apontando para o wurse.

O wurse olha para ele aproximadamente setenta e cinco por cento mais mal-humorado. Elsa faz que sim e tenta não começar a chorar de novo.

— Então ele tem que ir no porta-malas — diz Alf, decidido.

E claro que não é assim que acontece. Elsa mantém o rosto enfiado na pelagem por todo o caminho de volta para casa. Essa é uma das melhores coisas com relação aos wurses. Eles são impermeáveis.

Toca ópera no som do carro. Pelo menos, Elsa acha que é. Na verdade, ela não escutou muita ópera, mas já ouviu falar delas e supõe que é assim. Quando estão na metade do caminho, Alf olha, incomodado, para ela pelo retrovisor.

Minha avó pede desculpas

— Você quer alguma coisa?
— Tipo o quê? – soluça Elsa.
As sobrancelhas de Alf se abaixam até quase o nariz.
— Não sei. Café?
Elsa levanta a cabeça e o fulmina com os olhos.
— Eu tenho sete anos!
— O que isso tem a ver?
— Você conhece muitas crianças de sete anos que tomam café, é?
Alf sacode a cabeça, irritado.
— Eu não conheço muitas crianças de sete anos.
— Dá pra ver – responde Elsa.
— Aaaahhh... Deixa pra lá, cacete – grunhe Alf.

Elsa afunda o rosto na pelagem do wurse. Alf fala algum palavrão lá na frente e, depois de um tempo, passa para ela um saco de papel. Está escrito na frente do saco a mesma coisa da padaria onde vovó sempre fazia compras.

— Tem um pãozinho de canela aí – diz ele, e acrescenta: — Mas não chora nele, senão ele não vai ficar bom.

Elsa chora nele. Ele continua bom mesmo assim.

Quando eles chegam ao prédio, ela vai correndo da garagem para o apartamento sem nem agradecer a Alf ou dizer tchau para o wurse e sem nem pensar que Alf viu o wurse e talvez vá ligar para a polícia. Ela passa direto pelo jantar que George serviu na mesa da cozinha sem lhe dizer uma palavra.

Quando mamãe chega em casa, ela finge que está dormindo. E quando a beberrona começa a gritar na escada naquela noite, Elsa faz, pela primeira vez, o que as outras pessoas do prédio fazem.

Ela finge que não está ouvindo.

18

FUMAÇA

Toda história tem um dragão. Graças a vovó.

Elsa tem pesadelos terríveis nessa noite. Ela sempre achou que a pior coisa que poderia acontecer é que numa noite quase fecharia os olhos e não conseguiria mais ir para a Terra-dos-Quase-Despertos, que a pior coisa que poderia acontecer seria um sono sem sonhos. Mas essa é a noite em que aprende que pode existir coisa pior. Porque ela não consegue ir para a Terra-dos-Quase-Despertos agora, mas sonha com isso. Ela a vê com tanta clareza como se estivesse olhando lá de cima. Como se estivesse deitada sobre uma gigantesca cúpula de vidro olhando para dentro dela. Sem conseguir sentir nenhum cheiro, ou ouvir nenhuma risada ou sentir o vento no rosto quando os bichos-nuvem levantam voo em direção ao céu. É o sonho mais apavorante de todas as eternidades.

Porque Miamas está pegando fogo.

Ela vê os príncipes, as princesas, os wurses, os caçadores de sonhos, o anjo do mar e todos os habitantes do reino da Terra-dos-Quase-Despertos correndo para salvar sua vida. Atrás deles, as sombras se aproximam, banindo a imaginação e deixando só um rastro de morte por onde passam. Elsa tenta localizar Coração de Lobo em algum lugar nesse inferno, mas ele foi embora. Espalhados pelo chão jazem bichos-nuvem impiedosamente trucidados nas cinzas. Miamas arde em volta deles. Todas as histórias da vovó sucumbem.

E entre as sombras vagueia outra figura. Um homem magro, envolto numa nuvem de fumaça de cigarro. Esse é o único cheiro que Elsa consegue sentir lá no alto, em cima da cúpula, o cheiro do fumo da vovó. A figura olha para cima, e dois olhos azul-claros penetram na névoa. O véu de fumaça escapa por entre os lábios finos dele. Então ele aponta para Elsa, com um indicador deformado como uma garra cinza, grita alguma coisa, e, no instante seguinte, centenas de sombras levantam-se do solo e se lançam contra o teto da cúpula.

Elsa acorda quando se atira para fora da cama e se esborracha com o rosto no chão. Fica ali deitada, com o peito arfando, as mãos diante da garganta. Parece que milhões de eternidades se passaram, antes que ela confie em que está de volta ao mundo real. Que nenhuma sombra a mordeu. Elsa nunca mais teve pesadelo desde a primeira vez que vovó e os bichos-nuvem a levaram para a Terra-dos-Quase-Despertos. Já tinha esquecido qual era a sensação. Levanta-se, suada e exausta, e tenta organizar os pensamentos.

Ela escuta alguém falando no hall e precisa reunir todos os seus poderes de concentração para espalhar as névoas do sono e conseguir entender o que está acontecendo.

É a voz de Britt-Marie. Depois a voz da mamãe. Depois a voz de Britt-Marie de novo.

— Sei! Mas isso você tem que entender, Ulrika, que é de estranhar que eles liguem para *você*! Por que não ligam para Kent? Kent, na verdade, é o presidente dessa associação de coproprietários, e eu sou responsável pelas informações, e é *de praxe* o contador ligar para o presidente em situações como essa. Não para qualquer um!

Elsa entende que "qualquer um" é uma afronta, embora seja óbvio que Britt-Marie soa muito afável quando diz isso, e Elsa entende que ela, com certeza, está no hall com as mãos cruzadas diante dos quadris, balançando a cabeça afavelmente para mamãe, como só Britt-Marie consegue fazer.

O suspiro da mamãe ao responder é tão profundo que dá a impressão de que o lençol da cama de Elsa tremula com a corrente de ar vinda dele.

— Eu não sei por que ligaram pra mim, Britt-Marie. Mas o contador disse que viria aqui, hoje, para esclarecer tudo.

Elsa abre a porta do quarto e fica ali na entrada, de pijama. Não é só Britt-Marie que está no hall, mas Lennart, Maud e Alf estão lá também. Samantha dorme na escada. Mamãe está só de roupão, amarrado apressadamente ao redor da barriga. Maud vê Elsa e sorri suavemente, com um pote de biscoitos nos braços. Lennart segura uma garrafa térmica, bebericando café na sua tampa.

Pela primeira vez, Alf não parece estar totalmente de mau humor, o que significa que ele só está com uma cara irritada do jeito normal. E cumprimenta Elsa com a cabeça, como se tivesse arrancado um segredo dela. Foi só aí que Elsa se lembrou de que o deixara com o wurse na garagem na noite anterior, quando simplesmente saiu correndo até o apartamento. O pânico jorra dentro dela, mas Alf a olha e faz um gesto rápido com a mão, para ver se ela fica tranquila. Então ela tenta ficar. Olha para Britt-Marie e procura decifrar se sua indignação, hoje, é por terem encontrado o wurse, ou se é só uma revolta normal por causa de coisas normais de Britt-Marie. Parece ser por coisas normais, graças a Deus. Mas a indignação de Britt-Marie está terrivelmente focada na mamãe, justamente hoje.

— Então, de repente, ocorreu aos proprietários do prédio que poderiam vender os apartamentos para nós? Depois de todos esses anos em que Kent escreveu cartas e mais cartas para eles! Agora, *de repente*, eles decidiram fazer isso! Assim, *vapt-vupt*? E então eles entram em contato com você em vez de Kent? É esquisito, Ulrika, você não acha isso esquisito? — insiste Britt-Marie, mudando o jeito como as mãos estão cruzadas uma na outra diante dos quadris, pelo menos umas seis vezes.

Mamãe suspira de novo e, incomodada, aperta um tiquinho mais a faixa do roupão.

— Talvez eles não tenham conseguido entrar em contato com Kent. E, afinal de contas, eu moro aqui há muito tempo, então quem sabe eles pens...

— Na verdade, somos nós que moramos nesse prédio há mais tempo que todos, Ulrika. Kent e eu moramos aqui há mais tempo que todo mundo! — interrompe Britt-Marie.

— É Alf que mora aqui há mais tempo — corrige mamãe.

Elsa se retorce.

— A vovó morou aqui mais tempo do que todos — murmura ela, mas parece que ninguém ouve.

Principalmente Britt-Marie.

— Nós moramos aqui há mais tempo do que todos e, de qualquer forma, é *de praxe* o contador contatar Kent, Ulrika! — prossegue ela.

— Talvez eles não tenham conseguido entrar em contato com Kent — repete mamãe, desanimada.

— Ele está numa viagem de negócios! O avião dele ainda não aterrissou! — explica Britt-Marie, começando a soar ligeiramente menos afável agora.

— Então, talvez, tenha sido por isso que eles não conseguiram entrar em contato com Kent. Foi por isso que liguei para você assim que acabei de falar com o contad... — começa mamãe.

— Mas é *de praxe* contatar o presidente da associação de coproprietários! — interrompe Britt-Marie, horrorizada.

— Aqui ainda não é uma associação de coproprietários — suspira mamãe.

— Mas vai ser! — insiste Britt-Marie.

Mamãe balança a cabeça, contida.

— Afinal é disso que o contador dos proprietários quer vir falar aqui hoje. É isso que estou dizendo. E assim que acabei de falar com ele liguei pra você. E aí você acordou o prédio todo, e agora estamos aqui. O que mais você quer que eu faça, Britt-Marie?

— Era o contador que queria vir aqui hoje? Era o próprio contador que queria? — diz Britt-Marie num tom meio de pergunta, meio de constatação, com a voz em falsete agora.

Mamãe balança a cabeça e aperta o cinto do roupão. Britt-Marie sacode toda a parte superior do corpo, como se alguém tivesse soltado um balde de carrapatos enfurecidos dentro da blusa dela.

— Isso lá são modos? Vir aqui num sábado? Hein? Isso lá são modos? Não se faz uma reunião dessas num sábado, se faz, Ulrika? Você acha? Você acha que é civilizado? Com certeza você acha, Ulrika!

Mamãe massageia as têmporas. Britt-Marie inspira e expira ostensivamente e volta-se na direção de Lennart, Maud e Alf, buscando apoio. Maud tenta sorrir para incentivá-la. Lennart oferece a Britt-Marie café da garrafa térmica. Alf parece se reaproximar gradativamente de seu péssimo humor normal.

Britt-Marie se vira outra vez e avista Elsa.

— Ah, é? Agora nós também acordamos a menina, não é? Acordamos sim, viram?

Ela diz "nós" querendo dizer "você". Mamãe se vira na direção de Elsa e afaga amorosamente alguns fios de cabelo, tirando-os da testa dela.

— O contador da empresa, que é dona desse prédio, ligou hoje e disse que eles podem pensar em transformar nossos apartamentos em copropriedade. Como Kent e Britt-Marie querem há tanto tempo. Ele vem aqui, hoje, para falar disso — explica ela, cansada.

— Se der tempo de Kent chegar aqui, sim. Não podemos fazer a reunião sem Kent — dispara Britt-Marie.

— Não, claro, se der tempo de Kent chegar aqui — concorda mamãe, exausta.

Britt-Marie cruza as mãos tão rápido diante dos quadris que parece que ela está executando um aperto de mão secreto numa sociedade secreta, composta só dela mesma.

— É melhor esperarmos Kent, a meu ver. A meu ver, é isso realmente. O ideal é Kent estar junto nesse tipo de coisa, de forma que tudo ande direito. As coisas realmente têm que andar direito, Ulrika!

Mamãe faz que sim e massageia as têmporas.

— Certo. Tudo bem. Mas então ligue logo para Kent, meu Deus do céu.

— O avião dele ainda não aterrissou! Ele está numa viagem de negócios, Ulrika! — diz Britt-Marie, impaciente.

Alf grunhe alguma coisa por trás delas. Britt-Marie dá meia-volta. Alf põe as mãos no bolso do casaco e grunhe mais alguma coisa.

— Como? — dizem mamãe e Britt-Marie ao mesmo tempo, com entoações diametralmente opostas.

Minha avó pede desculpas

— Eu só disse que enviei um SMS para Kent há vinte minutos, caramba, quando vocês começaram a se esgoelar por causa disso, e ele respondeu que está vindo – diz Alf, e acrescenta amargo: – Claro que o idiota não ia perder isso nem por toda a porcaria da grana do mundo.

Britt-Marie parece não ter ouvido isso. Ela varre migalhas invisíveis de sua saia, cruza os braços e olha arrogante para Alf, porque, evidentemente, ela sabe que é impossível que Kent esteja vindo para cá, já que o avião ainda não aterrissou e, a propósito, ele está numa viagem de negócios. Mas então se ouve a pancada da portaria que se abre e se fecha e, depois, se escutam os passos de Kent. Dá para saber que são os passos dele, porque alguém está falando alemão na maior altura ao telefone, do jeito que os nazistas fazem nos filmes americanos.

— Ja, Klaus! JA! We will dizcuzz thiz in Frankfurt!

Britt-Marie se põe imediatamente a descer a escada para encontrá-lo e contar-lhe a sem-vergonhice que aconteceu aqui enquanto ele não estava.

George sai da cozinha atrás da mamãe usando *legging*, short, um pulôver superverde e um avental ainda mais verde. Ele olha para todos, animado, com uma frigideira fumegante na mão.

— Alguém quer tomar café da manhã? Fiz ovos.

Ele parece estar prestes a acrescentar que também tem barras de proteína, mas então dá a impressão de se arrepender, com receio de que elas vão acabar.

— Tem alguns biscoitos – diz Maud, animada. Estende para Elsa o pote cheio e acaricia o rosto dela. – Pode pegar, vou buscar mais – sussurra ela, entrando cautelosamente no apartamento.

— Tem café? – pergunta Lennart preocupado, tomando um gole grande da garrafa térmica enquanto a segue.

Kent sobe a escada com passos largos e imponentes e surge na porta. Está usando jeans e um paletó caro. Elsa sabe disso porque Kent costuma contar para ela quanto custam suas roupas, como se ele estivesse dando notas na final do Festival Eurovisão da Canção. Britt-Marie vem apressada atrás dele, resmungando sem parar:

— Que sem-vergonhice, não é, Kent? Maior sem-vergonhice ligar pra qualquer um, em vez de ligar pra você. Não é uma falta de respeito? As coisas não podem ficar nesse pé, Kent, você acha que elas podem?

Kent aponta para mamãe e cobra imediatamente:

— Eu quero saber *exatamente* o que o contador disse quando ligou! Eu quero saber *exatamente* o que ele disse!

Britt-Marie concorda, empenhada, logo atrás dele.

— Kent precisa saber exatamente o que o contador disse quando ligou, Ulrika. Exatamente o que o contador disse, Kent precisa saber. A melhor coisa é Kent saber logo exatamente o que o contador disse!

Mas, antes de mamãe ter tempo de dizer alguma coisa, Britt-Marie remove uma poeira invisível da manga do paletó de Kent e sussurra num tom radicalmente diferente para ele:

— Talvez você deva descer e trocar de camisa primeiro, Kent.

— Por favor, Britt-Marie, estamos tratando de negócios aqui — Kent rejeita a sugestão, como Elsa costuma fazer quando mamãe quer que ela use alguma roupa verde.

Britt-Marie parece infeliz.

— Eu posso jogá-la na máquina, por favor, Kent. Tem camisas passadas no seu guarda-roupa. Você não pode estar usando uma camisa amarrotada quando o contador chegar, Kent, senão o que ele vai pensar de nós? Que não sabemos passar uma camisa? — insiste ela.

Mamãe abre a boca novamente para tentar dizer alguma coisa, mas Kent avista George.

— Ah! Tem ovo? — pergunta, entusiasmado.

George faz que sim satisfeito. Kent passa em disparada pela mamãe e cruza o hall. Britt-Marie vai apressada atrás dele com a testa franzida. Quando passa pela mamãe, parece magoada e deixa escapar:

— Aiai, claro que não dá pra ter tempo de arrumar a casa quando a gente é tão envolvida com a carreira como você, Ulrika, claro que não dá — diz isso, apesar de cada milímetro do apartamento estar perfeitamente organizado.

Mamãe aperta um pouco mais o roupão e respira fundo, contida, antes de suspirar:

Minha avó pede desculpas

— Podem entrar. Fiquem à vontade.

Elsa vai para o quarto, tira o pijama e coloca um jeans o mais rápido que consegue, para poder descer correndo e dar uma verificada no wurse no subsolo, enquanto todos estão ocupados ali em cima. Kent interroga mamãe na cozinha sobre o contador, e Britt-Marie faz "mmm" em voz alta, depois de cada palavra dela.

A única pessoa que ainda está no hall é Alf. Elsa coloca os polegares no bolso do jeans e cutuca o batente da porta com a ponta do pé, para não ter que olhá-lo nos olhos.

— Obrigada por você não ter dito nada sobre... — começa ela, mas se detém antes de dizer "wurse".

Alf sacode a cabeça, mal-humorado.

— Você não devia ter saído correndo como fez ontem. Se você se encarregou daquele bicho, tem que se responsabilizar um pouco por ele, cacete, mesmo sendo uma criancinha.

— Eu não sou criancinha! — retruca Elsa.

— Pare de se comportar como uma, então — resmunga Alf.

— *Touché* — sussurra Elsa para o batente.

— O bicho está no subsolo. Coloquei algumas placas de compensado para as pessoas não conseguirem vê-lo lá dentro. Eu disse para ele ficar de boca calada. Parece que ele entendeu. Mas você precisa achar um esconderijo melhor para ele. As pessoas vão encontrá-lo lá mais cedo ou mais tarde — diz Alf.

Elsa entende que com "as pessoas" ele quer dizer "Britt-Marie". E ela sabe que ele tem razão. Está com a consciência terrivelmente pesada por ter abandonado o wurse ontem. Alf poderia ter ligado para a polícia, e eles teriam atirado nele. Elsa o abandonou como vovó fez com a mãe, e isso a amedronta mais que um pesadelo.

— Do que eles estão falando? — pergunta ela a Alf, apontando com a cabeça para a cozinha, para afastar esse pensamento.

Alf bufa.

— Essa porcaria dessa copropriedade.

— O que isso significa? — pergunta Elsa.

Alf geme.

— Mas que diabos, eu não posso ficar aqui explicando tudo. A diferença entre aluguel e copropriedade, porr...

— Ah, eu sei o que é uma copropriedade, não sou burra — diz Elsa.

— Por que perguntou então, porra? — responde Alf, defensivamente.

— Eu perguntei o que isso significa porque eles estão falando disso! — explica Elsa, assim como se esclarecem as coisas, sem ser lá muito claro.

Alf coloca as mãos no bolso de modo que a jaqueta de couro range. Ele a está usando, apesar de mamãe dizer que não é para vestir roupa de sair dentro de casa. Elsa deduz que a mãe de Alf não faz tanta questão disso.

— Kent fica chiando sobre essa porcaria de copropriedade desde que se mudou de volta pra cá; afinal, ele não vai ficar satisfeito antes de poder limpar a bunda com o dinheiro que ele cagou primeiro — explica Alf, do jeito de alguém que não conhece muitas crianças de sete anos.

Elsa, primeiro, pensa em perguntar a Alf o que ele quis dizer quando falou que Kent "mudou de volta pra cá", mas resolve tratar de uma coisa de cada vez.

— Não vai todo mundo ganhar dinheiro também? Você, a mamãe, George e todo mundo? — pergunta ela.

— Se vendermos os apartamentos e nos mudarmos, sim — grunhe Alf.

Elsa fica pensando. Alf faz a jaqueta de couro ranger.

— Mas, afinal, é isso que Kent quer, esse desgraçado. Ele sempre quis se mudar daqui.

Elsa olha para o ar, para coisa nenhuma e vai para longe em pensamento. Então é por isso que anda tendo pesadelos, ela se dá conta. Porque, se todas as criaturas da Terra-dos-Quase-Despertos aparecerem no prédio agora, talvez o edifício comece a ser parte da Terra-dos-Quase-Despertos, e se todos quiserem vender seu apartamento...

— Então não vamos estar fugindo de Miamas. Vamos estar indo de livre e espontânea vontade — diz Elsa em voz alta para si mesma.

— Como? — pergunta Alf.

— Nada — murmura Elsa.

Minha avó pede desculpas

A pancada da porta que se abre e se fecha no térreo ecoa na escada. Depois disso, passos discretos sobem a escada. O contador, concluem os dois.

———

A voz de Britt-Marie se levanta por cima da de Kent na cozinha. Ela não obtém nenhuma resposta dele com relação à troca de camisa, então compensa com indignação por outras coisas. E isso é o que não falta. Claro que ela tem dificuldade de decidir com o que está mais indignada, mas tem tempo de ameaçar ligar para a polícia se mamãe não tratar de fazer o carro da vovó ser retirado *imediatamente* da sua vaga de garagem, e que pretende exigir que a polícia arrebente a fechadura do carrinho de bebê que continua acorrentado à escada, e que ela, sem dúvida, vai pressionar os proprietários do prédio para que instalem câmeras na escada, a fim de acabar com esse abuso das pessoas que entram e saem a torto e a direito e afixam avisos sem comunicar a responsável pelas informações primeiro.

— Faça-me o favor, Britt-Marie, não se pode simplesmente instalar câmeras a torto e a direito numa escada — suspira a mãe de Elsa.

— Tudo bem! Claro que você diz isso, Ulrika, mas, se não se tem nada para esconder, não se tem por que temer ser monitorado! Não é, Kent? Nós não temos esse direito, Kent? Não temos?

Kent diz algo que Elsa não consegue ouvir. Mamãe suspira de modo que todos ouvem.

— Pode haver moradores no prédio que têm identidade protegida. Existem leis sobre vigilância, não se pode simplesmen...

— Quem seria? Identidade protegida nesse prédio, quem será que tem isso?! — exclama Britt-Marie, chocada.

Mamãe massageia as têmporas.

— Eu não disse que alguém tem, Britt-Marie, eu disse que PODE haver morado...

Britt-Marie se vira para Kent sem escutar.

— Quem é que tem identidade protegida aqui, Kent? Você está entendendo? Claro que só pode ser aquela *pessoa* do primeiro andar que mora ao lado do cão de caça, só pode ser ela, não é, Kent? A gente compreende, perfeitamente, que eles, os drogados, tenham identidade protegida, para poderem se drogar em paz!

Ninguém parece entender direito a lógica desse raciocínio. Mas, de qualquer forma, Britt-Marie é interrompida pelo homem baixinho, com cara bem amistosa, que agora está na porta atrás de Alf, batendo discretamente no lado de dentro do batente.

— Sou o contador — diz ele, amigavelmente, com sua fisionomia amistosa.

E quando ele vê Elsa, pisca para ela. Como se eles tivessem um segredo. Pelo menos, Elsa acha que ele fez isso.

Kent sai da cozinha com passos autoritários e, com as mãos espalmadas em volta dos quadris, examina o contador da cabeça aos pés.

— Então? Como vai ser isso da copropriedade? Quanto vai ser o metro quadrado? — ele quer saber de imediato.

Britt-Marie vem correndo da cozinha atrás dele e aponta o contador de forma acusatória.

— Como você entrou? Quem deixou você entrar pela porta? Kent, você deixou a porta aberta? A porta realmente tem que ficar trancada! É exatamente a isso que eu me refiro, qualquer um pode simplesmente entrar de qualquer jeito aqui e afixar avisos! E os viciados ficam perambulando por aí como se aqui fosse um... como se aqui fosse uma... uma... boca de fumo!

— A porta estava aberta — diz o contador, amigavelmente.

— Está certo, mas como vai ficar a copropriedade? Qual vai ser o preço? — insiste Kent, impaciente.

O contador aponta, amigavelmente, para sua pasta, fazendo um gesto cordial na direção da cozinha.

— Não seria melhor nos sentarmos?

— Lógico, entre — diz a mãe de Elsa, cansada, atrás de Britt-Marie, apertando mais o roupão.

— Tem café — anuncia Lennart, alegre.

— E biscoito — diz Maud, balançando a cabeça.

— E ovo! — grita George da cozinha.

— Por favor, desculpe a bagunça. Nessa família, estão todos muito ocupados com a carreira — diz Britt-Marie, afavelmente, para o contador.

Mamãe faz o melhor que pode para fingir que não ouviu isso. Não dá muito certo.

Quando todos seguem em direção à cozinha, Britt-Marie para de repente, cruza as mãos e se vira, olhando afavelmente para Elsa.

— Então, você precisa entender, querida, que não estou falando de você e dos amigos de sua avó quando digo "drogados". Claro que não dá para eu saber se aquele senhor que esteve aqui ontem perguntando por você se drogava ou não. Não foi nada disso que eu quis dizer.

Elsa abre a boca, sem entender nada.

— O quê? Que amigos? Quem perguntou por mim ontem?

Ela pensa em perguntar se foi Coração de Lobo, mas se contém, porque não faz ideia de como Britt-Marie saberia que Coração de Lobo é amigo dela. Britt-Marie balança a cabeça, afavelmente, sem parecer nem um pouco estar se referindo a Coração de Lobo quando diz:

— Seu amigo que esteve aqui procurando por você ontem. Aquele que eu botei pra fora. Realmente não se pode fumar nas escadas, você pode dar esse recado a ele. Isso não se faz nessa associação de coproprietários. Até entendo que você e sua avó tenham muitos conhecidos peculiares, mas as regras valem para todos, realmente valem!

Ela endireita um vinco invisível na saia, cruza as mãos diante dos quadris e acrescenta:

— Você sabe de quem eu estou falando. Ele era bem magro e ficou fumando na escada ontem. Ele disse que estava procurando uma criança e descreveu você. Na verdade, ele parecia muito desagradável, então eu o pus pra fora e disse que nessa associação de coproprietários não fumamos dentro do prédio.

O coração de Elsa se contrai. Engole todo o oxigênio em seu corpo.

Britt-Marie balança a cabeça para si mesma e some na direção da cozinha, resmungando:

— Incrivelmente desagradável, realmente achei isso, assim que o vi. Figuras incrivelmente desagradáveis, aqueles viciados.

Elsa tem que se apoiar no batente para não cair. Ninguém a vê, nem mesmo Alf. Mas ela entende o que está para acontecer nessa aventura agora.

Porque toda história tem um dragão.

19

MISTURA PARA BOLO

As histórias de Miamas falam sobre um número infinito de jeitos de derrotar um dragão. Mas se esse dragão é uma sombra, a forma mais maligna de ser que se possa imaginar, e ainda se parece com uma pessoa... o que fazer? Elsa nem sabe se Coração de Lobo teria conseguido derrotar uma coisa dessas quando ele era o guerreiro mais temido da Terra-dos-Quase-Despertos. E agora? Quando ele tem medo de ranho e não consegue lavar o pensamento de sangue de seus dedos?

Elsa não sabe nada sobre a sombra. Só que ela a viu na forma de um homem duas vezes agora, primeiro na agência funerária e depois no ônibus naquele dia indo para a escola. E que sonhou com ele, vindo até o prédio para procurá-la. E não há nenhum acaso em Miamas, não há nenhuma casualidade nas histórias. Tudo, nelas, é sempre como deveria ser.

Então deve ter sido a isso que vovó se referia quando falou de "proteger o castelo, proteger seus amigos". Elsa só gostaria de que vovó tivesse dado a ela um exército para fazer isso.

Ela espera até tarde da noite, quando fica escuro o suficiente para uma criança e um wurse poderem passar de fininho, sem serem vistos, embaixo da varanda de Britt-Marie, para descer ao subsolo.

George saiu para se exercitar, mamãe continua fora, preparando tudo para amanhã. Depois da reunião com o contador, mamãe falou ininterruptamente ao telefone com a mulher-baleia, da agência funerária, com a florista, com o pastor, depois com o hospital e, em seguida, com o pastor de novo. Elsa ficou sentada em seu quarto lendo *Homem-Aranha*, porque está fazendo o máximo para não pensar em amanhã. Mas isso já dançou.

Elsa levou para o wurse alguns biscoitos de Maud e, antes que ele lambesse as migalhas com a língua do tamanho de uma toalha, puxou o pote tão rápido que ficou com marcas do canino dele na mão. Vovó sempre dizia que a saliva do wurse é difícil pra caramba de tirar dos pratos, e Elsa planeja devolver o pote para Maud. Mas o wurse, que é um típico da sua espécie em todos os sentidos, fica fuçando, avidamente, a mochila dela, como um misturador de cimento cabeça-dura. E parece ter uma enorme dificuldade de entender como ela descera ali só com aquele potezinho para ele.

— Vou tentar arranjar mais biscoitos para você, mas por enquanto vai ter mesmo que comer barras de proteína – diz ela.

O wurse faz uma cara como se ela tivesse acabado de chamá-lo de "gorducho".

— Para de ficar com essa cara! É sabor de chocolate! – diz ela, estendendo-lhe as barras.

Pela cara do wurse, isso não vai ajudar. Mas ele come sete mesmo assim. Elsa pega uma garrafa térmica.

— Essa é uma mistura para bolo. Só que, talvez, nem seja mistura para bolo de verdade, e não sei como preparar. Encontrei isso no armário da cozinha e estava escrito "mistura pronta para bolo" na embalagem, mas era só um pó. Então despejei na água. Só que ficou mais uma meleca do que uma mistura – murmura Elsa, desculpando-se.

O wurse fica com uma expressão incrédula, mas lambe toda a meleca da garrafa térmica. Só para garantir. Língua superflexível é um dos superpoderes mais proeminentes dos wurses.

— Veio um homem aqui me procurar – sussurra Elsa no ouvido dele, tentando soar corajosa. – Acho que ele é uma das sombras. Temos que ficar alerta.

O wurse cutuca o pescoço dela com o focinho. Ela o envolve com os braços e sente os músculos contraídos sob a pelagem. O wurse tenta parecer brincalhão, mas Elsa entende que ele está fazendo o que os wurses fazem melhor: preparando-se para a batalha. Ela o ama por isso.

— Eu não sei de onde ele vem, a vovó nunca falava desse tipo de dragão — sussurra Elsa.

O wurse cutuca o pescoço dela de novo e a olha com empatia, os olhos arregalados. Ele dá a impressão de que gostaria de poder contar tudo para ela. Elsa adoraria que Coração de Lobo estivesse ali. Ela tocou a campainha do apartamento dele uma hora antes, mas ninguém atendeu. Não quis gritar, porque tinha receio de que Britt-Marie ouvisse e desconfiasse, mas ficou fungando ruidosamente pela caixinha de correio, sinalizando que estava prestes a dar aquele tipo de espirro melequento que instantaneamente cobre tudo ao redor de tinta de camuflagem. Mas não aconteceu nada.

— Coração de Lobo sumiu — sussurra ela para o wurse.

O wurse cutuca o pescoço dela. Elsa tenta ser valente. Dá tudo muito certo enquanto eles estão andando pelos escaninhos do subsolo. E dá razoavelmente certo à medida que eles sobem a escada. Mas quando param nela, diante da porta do prédio, ela sente o cheiro de fumaça de cigarro, o mesmo tipo de fumo que vovó fumava, e o medo remanescente do pesadelo a paralisa. O sapato pesa mil toneladas. A cabeça fica martelando, como se alguma coisa tivesse se soltado e estivesse chacoalhando lá dentro.

É estranho como o significado de um cheiro pode mudar rápido, dependendo de qual trajetória ele escolhe quando passa pelo cérebro. É estranho como o amor e o medo moram perto um do outro.

"Não é de verdade, você só está imaginando, não tem nenhum dragão idiota aqui", Elsa determinada tenta se convencer. Não adianta. O wurse fica esperando pacientemente ao lado dela, mas os sapatos não se mexem.

Passa um jornal levado pelo vento diante da janela. Do tipo que a gente recebe grátis na caixa de correio, muito embora tenha uma plaquinha dizendo "Nada de propaganda, por favor!", na porta. Isso faz Elsa se lembrar da vovó. Ela fica lá com o sapato pesando mil toneladas, e o jornal a deixa pê da vida, pois ele fica, de certa forma, sendo o símbolo de tudo que faz ela ficar brava, porque foi vovó que a colocou nessa situação. Foi vovó que a enviou nessa história, e isso é o tipo de coisa que vovó costumava fazer. Brigar por causa desse jornal grátis que a gente recebe na caixa de correio, mesmo tendo uma plaquinha, era exatamente o tipo de coisa que vovó costumava fazer.

Elsa se lembra da vez em que vovó ligou para a redação do jornal e deu o maior esculacho neles porque colocaram o jornal na caixa de correio dela, mesmo havendo a plaquinha que dizia "Nada de propaganda, por favor!", na porta. Elsa tinha pensado bastante tempo por que estava escrito "por favor", já que sua mãe sempre dizia que, se a gente não consegue dizer por favor de um jeito que pareça que está sendo sincero, então é melhor deixar pra lá. E não parecia nem um pouco que era isso que a plaquinha na porta da vovó queria dizer.

Mas as pessoas que atenderam o telefone no jornal disseram para vovó que o jornal deles não era propaganda, mas sim "informações sociais", então eles podiam colocá-lo na caixa de correio das pessoas, independentemente de elas dizerem por favor ou não. Vovó exigiu saber então quem era o dono da empresa que produzia o jornal e, depois, também falar com ele. As pessoas ao telefone responderam que vovó tinha simplesmente que entender que o dono não tinha tempo para esse tipo de papo furado.

Claro que eles não deviam ter feito isso, porque havia um monte de coisas que vovó não conseguia "simplesmente entender" de jeito nenhum. E além do mais, diferentemente do homem que era dono da empresa que produzia o jornal, vovó tinha muito tempo livre. "Nunca se meta com alguém que tem mais tempo livre que você", ela dizia. Elsa traduzia isso para si mesma como "nunca se meta com alguém que tem pique demais para a sua idade".

Durante os dias que se seguiram, vovó buscou Elsa como de costume na escola, e depois ficaram patrulhando o quarteirão com sacolas amarelas da Ikea, tocando a campainha de todas as casas. As pessoas pareciam achar um pouco estranho, principalmente porque todo mundo sabe que a gente não pode levar sacolas amarelas da Ikea para fora da loja. Se alguém começava a perguntar demais, vovó só dizia que elas eram de uma organização ambiental que recolhia papel reciclável. E aí parecia que as pessoas não tinham coragem de protestar. "As pessoas têm medo de organizações ambientais, acham que vamos tomar de assalto o apartamento delas e apontar para seu lixo reciclável fazendo acusações. Elas assistem a filmes demais", explicava vovó para Elsa, quando colocavam as sacolas carregadas no Renault. Elsa nunca entendeu direito que tipo de filme vovó tinha visto em que isso acontecia. Além do mais, ela sabia muito bem que vovó detestava organizações ambientais, que ela chamava de "fascistas dos pandas".

De qualquer forma, as sacolas amarelas realmente não podiam ser levadas para fora da loja. Claro que vovó só dava de ombros. "Eu não roubei as sacolas, só não as levei de volta ainda", resmungou ela, dando a Elsa uma canetinha preta de ponta grossa para escrever. Aí Elsa disse que queria pelo menos quatro potes de New York Super Fudge Chunk da Ben & Jerry's por isso. E vovó disse: "Um!" E Elsa disse: "Três!" Aí vovó disse: "Dois!" E então Elsa disse: "Três, senão eu conto pra mamãe!" Aí vovó gritou: "Eu não negocio com terroristas!" Então Elsa comentou que, se a gente consultasse "terrorista" na Wikipédia, havia muitas coisas na definição da palavra que batiam com vovó, mas nenhuma com ela. "O objetivo dos terroristas é criar o caos, e a mamãe diz que isso é exatamente o que você fica fazendo o dia inteiro", disse Elsa. Aí vovó concordou em dar a Elsa os quatro potes, se ela ao menos pegasse a canetinha e prometesse ficar calada. E foi isso que Elsa fez. Mais tarde, à noite, ela estava no escuro no Renault montando guarda, do outro lado da cidade, enquanto vovó entrava e saía correndo de prédios, com suas sacolas amarelas da Ikea. Na manhã seguinte, o homem que era dono da empresa que produzia o jornal gratuito foi acordado pelos vizinhos tocando a campainha da casa dele, muitos indignados porque alguém tinha enchido o elevador com centenas de exemplares do seu jornal. Cada uma das caixas de correio estava abarrotada com eles, e também presos com durex em cada centímetro quadrado da grande porta de vidro do prédio, e diante da porta de cada apartamento havia pilhas enormes deles que caíam e despencavam escada abaixo, quando as portas eram abertas. Em cada um dos exemplares do jornal estava escrito o nome do homem, com letras grandes e elegantes, e logo abaixo: "Isso realmente são informações sociais!!!"

Voltando para casa nessa noite, vovó e Elsa pararam num posto de gasolina e compraram sorvete. Alguns dias depois, vovó ligou para a redação do jornal gratuito de novo, e depois disso ela nunca mais recebeu nenhuma cópia.

———

— Entrando ou saindo?

A voz de Alf corta a escuridão da escada como uma tocha. Elsa se vira e, instintivamente, tem vontade de se lançar nos braços dele, mas se contém, porque se dá conta de que ele, provavelmente, ia achar isso quase tão ruim quanto Coração de Lobo.

Alf coloca as mãos no bolso da jaqueta de couro de modo que ela range e aponta na direção da porta com a cabeça.

— Entrando ou saindo? Talvez haja mais alguém além de vocês que queira dar uma porcaria de um passeio aqui, sabia?

Elsa e o wurse olham um tantinho indecisos para ele. Alf resmunga alguma coisa, passa por eles e abre a porta. Eles vão logo atrás, embora ele não os tenha convidado para fazer-lhe companhia. Quando viram a esquina do prédio, fora do campo de visão da varanda de Britt-Marie e Kent, o wurse recua para dentro de um arbusto e rosna para eles tão educadamente como consegue um da sua espécie que precisa de privacidade. Eles se viram. O wurse suspira aliviado nos arbustos. A jaqueta de couro de Alf range. Ele não parece se divertir nem um pouco com a companhia não solicitada. Elsa pigarreia no escuro e tenta achar algo para papear, a fim de mantê-lo ali.

— E o carro, tá legal? — dispara ela, porque já ouviu papai dizer isso, quando não sabe o que dizer.

Alf faz que sim. Mais nada. Elsa respira alto.

— O que o contador disse na reunião? — pergunta ela, porque espera que isso deixe Alf tão indignado que ele comece a falar como costuma fazer nas reuniões dos moradores.

É mais fácil fazer as pessoas falarem de coisas de que elas não gostam do que das de que gostam, Elsa reparou. E é mais fácil não ter medo das sombras na escuridão, se alguém está falando, seja do que for. Mas os cantos da boca de Alf se mexem bem pouco quando ela faz a pergunta. É a primeira vez.

— O desgraçado do contador disse que os proprietários decidiram vender a porcaria dos apartamentos como essa porcaria de copropriedade, se todos os desgraçados do prédio concordarem.

Elsa observa os cantos da boca dele. Alf quase parece sorrir.

— Isso é engraçado?

Alf olha para ela, satisfeito.

— Você mora no mesmo prédio que eu? Vão resolver o conflito da Palestina antes das pessoas desse prédio concordarem com relação a seja que merda for.

Elsa entende o que ele disse porque leu sobre o conflito da Palestina na Wikipédia, e ela supõe que, quando fala em "pessoas", Alf se refere a Britt-Marie e a mamãe.

— Será que todo mundo no prédio vai querer vender seu apartamento, se ele passar a ser uma copropriedade? — pergunta ela.

A inclinação dos cantos da boca de Alf fica mais plana, como é normal.

— Ora, querer... a maioria vai ser forçada, porra.

— Mas por quê?

— Região atraente. Essa porcaria desses apartamentos caros. A maioria do prédio não vai poder arcar com essa porcaria de empréstimo bancário.

— Você vai ser obrigado a se mudar?

— Provavelmente.

— E a mamãe e George e eu?

— Ah, isso eu não sei, caramba.

Elsa fica refletindo.

— E Maud e Lennart? — pergunta ela, então.

— Você tem um monte de perguntas — comenta Alf.

— O que você está fazendo aqui fora então, se não quer conversar? — resmunga Elsa.

A jaqueta de Alf range na direção do wurse no arbusto.

— Eu só tinha pensado em fazer uma porcaria de uma caminhada. Ninguém convidou você nem aquela coisa ali, porra.

Elsa ergue as sobrancelhas.

— Você fala palavrão demais, alguém já disse isso pra você? Meu pai diz que isso significa que a pessoa tem um vocabulário fraco!

Alf a fuzila com os olhos. Ela também o fuzila. O wurse faz o arbusto farfalhar. Alf olha para o relógio e coloca as mãos no bolso da jaqueta.

— Maud e Lennart vão ter que se mudar. E a menina e o rapaz do primeiro andar também, provavelmente. Aquela desgramada da psicóloga, aonde você foi ontem, eu não sei. Com certeza, ela tem um monte de dinheiro, aquela...

Ele se detém. Tenta mobilizar alguma forma de autocontrole.

— Aquela... senhora. Com certeza, ela tem um... dinheiro pra caramba, aquela... pessoa – ele se corrige.

— O que minha mãe achou?

O canto da boca de Alf se mexe de novo, bem rápido.

— Em geral, o contrário do que Britt-Marie achou.

Elsa desenha minianjos da neve com o sapato.

— Mas talvez seja bom? Se o prédio virar uma copropriedade, talvez todo mundo possa se mudar para um lugar... bom? – tenta ela.

— Aqui é bom. A gente mora bem aqui. Aqui é nossa casa, porra – diz Alf.

Elsa não protesta. Ela nunca teve outra casa que não fosse essa.

O jornal gratuito que ela viu pela janela passa carregado pelo vento. Ou talvez seja outro, parecido. Ele se agarra ao pé dela por um instante, antes de se soltar e continuar rolando como uma estrelinha-do-mar zangada. Ele faz Elsa ficar enfurecida de novo. Faz com que ela pense novamente no quanto vovó estava disposta a brigar para impedir que deixassem jornais gratuitos na caixa de correio dela. Isso faz Elsa ficar enfurecida, pois era típico da vovó, porque era só por causa de Elsa que ela fazia isso. As coisas que vovó fazia eram sempre assim. Por causa de Elsa. Na verdade, vovó gostava desses jornais, ela os colocava dentro do sapato quando chovia. Mas um dia Elsa leu na internet quantas árvores são necessárias para se fazer um único jornal e aí colocou plaquinhas com os dizeres "Nada de propaganda, por favor!" tanto na porta da mãe quanto na porta da vovó, porque Elsa é uma grande fã do meio ambiente. Mas mesmo assim os jornais continuavam vindo, e, quando Elsa ligou para a empresa, riram dela. Isso eles não deviam ter feito. Porque ninguém ri da neta da vovó.

Vovó detestava o meio ambiente, mas ela era o tipo de pessoa que a gente levava conosco para a guerra. Então ela se tornou uma terrorista por causa de Elsa, que está principalmente enfurecida com vovó por isso; na verdade, porque Elsa quer ficar furiosa com vovó. Por todo o resto. Pelas mentiras e porque ela abandonou mamãe, e porque ela morreu. Mas é completamente impossível ficar enfurecida com alguém que está pronta para ser terrorista por causa de sua neta. E não poder ficar furiosa deixa Elsa raivosa.

Ela não consegue nem ficar brava com vovó do jeito normal. Nem isso é normal com relação à avó.

Elsa permanece calada ao lado de Alf, com os olhos piscando, até ficar com dor de cabeça. Alf tenta parecer despreocupado, mas Elsa vê que ele está esquadrinhando a escuridão, como se procurasse alguma coisa. Ele observa os arredores do mesmo jeito que Coração de Lobo e o wurse. Como se também a estivesse protegendo. Ela aperta os olhos e tenta encaixá-lo na vida de sua avó, como uma peça de quebra-cabeça. Não consegue se lembrar da vovó falando muito dele, exceto que ela costumava dizer que "esse sujeito não sabe levantar os pés do chão", e é por isso que a sola do sapato dele é tão gasta.

— O quanto você conhecia a vovó? — pergunta ela.

A jaqueta de couro range.

— Como assim, "conhecia"? Nós éramos vizinhos, caramba, só isso — responde Alf, evasivo.

— O que você quis dizer quando foi me buscar de táxi, então? Quando você falou que a vovó nunca te perdoaria, se você me deixasse lá? — pergunta Elsa desconfiada.

A jaqueta range de novo.

— Ah, o que eu quis dizer, porr... nada a ver com você. Só calhou de eu estar ali por perto... porr...

A voz dele soa frustrada. Elsa faz que sim, fingindo entender de um jeito que não agrada a Alf de modo nenhum.

— Por que você está aqui, então? — pergunta ela de modo provocativo.

— Como?

Elsa dá de ombros.

— Por que você me seguiu até aqui fora? Você não devia estar dirigindo o táxi ou coisa assim?

— Vocês não têm nenhuma porr... vocês não têm nenhum direito exclusivo de passear, você e o... aquele — grunhe Alf, apontando na direção do wurse com a sola de um sapato.

— *Sure, sure* — concorda Elsa, com dramaticidade exagerada.

A jaqueta de couro range mais forte.

— Eu não posso deixar você e o vira-lata ficar correndo por aí no meio da noite sozinhos. Sua avó teria...

Ele se contém. Grunhe. Suspira.

— Sua avó nunca me perdoaria, se alguma coisa acontecesse com você.

Ele já parece se arrepender de ter admitido isso. Então, Elsa não diz nada. Ela só balança a cabeça de novo. Tenta não fazer a pergunta que quer. Não dá muito certo.

— Você e minha avó tinham um caso? — pergunta ela, depois do que considera um tempo mais do que adequadamente longo, mas, na realidade, talvez tenha sido tipo meio minuto ou coisa assim.

Alf dá a impressão de que ela jogou uma bola de neve amarela no rosto dele.

— Você não é pequena demais para saber o que isso significa?

— Existe um monte de coisas que eu sou pequena demais para saber, mas que mesmo assim eu sei. Levo jeito para observar as coisas — responde Elsa.

Alf grunhe alguma coisa, mas não responde. Então Elsa pigarreia e continua:

— Uma vez, quando eu era pequena, minha mãe ia me explicar com o que ela trabalha, porque eu tinha perguntado ao papai, e ele não conseguiu me explicar, porque ele não entendia direito. Então a mamãe disse que trabalhava com economia. Então eu disse: "O quê?" E ela disse: "Eu calculo quanto dinheiro o hospital tem, para a gente saber o que pode comprar." Então eu disse: "Como numa loja?" Então ela disse que sim, tipo uma loja. Aí eu disse que na verdade não era nada difícil compreender e, nesse caso, era o papai que era meio ignorante.

Alf olha para o relógio

— Mas aí, enfim, vi uma série de TV em que um casal tinha uma loja. E *eles* tinham um caso, ou pelo menos eu achava que tinham. Então, agora, eu meio que entendo o que é! E achei que tinha sido assim que você e a vovó se conheceram!

Alf assente aliviado, como se esperasse que ela fosse parar de falar agora, mas Elsa respira fundo e exclama logo em seguida:

— Então, vocês tinham um caso ou não?!

— O vira-lata vai acabar logo? Alguns de nós têm trabalho — resmunga Alf, exausto, no que não é muito uma resposta, e vira-se na direção da moita.

Elsa o examina, pensativa.

— Eu só achei que você seria o tipo da vovó. Porque você é um pouco mais jovem do que ela. E ela sempre flertava com os policiais que tinham mais ou menos a sua idade. Aqueles que de certa forma eram velhos para ser policiais, mas continuavam sendo policiais. Não que você seja policial. Mas você também é velho sem ser... supervelho. Entendeu?

Alf não parece ter compreendido direito. E também parece estar com enxaqueca.

— Talvez você devesse pensar em rever sua dieta, viu? — resmunga ele para o wurse, fazendo um gesto com a palma da mão quando ele sai da moita.

O wurse parece magoado do jeito que só um da sua espécie, que ama biscoito, mas está sendo forçado a viver só com um potinho por dia, pode ficar. Alf se vira, afastando-se de todas as perguntas de Elsa. Eles entram pela portaria do prédio em fila. Elsa no meio. Não é nenhum grande exército, mas é um exército, pensa Elsa, com um pouco menos de medo do escuro. Quando se separam no subsolo, entre a porta da garagem e a dos escaninhos, Elsa esfrega o sapato no chão e pergunta a Alf:

– Que tipo de música era aquela que você estava ouvindo no carro quando foi me buscar? Era ópera?

– Ai, meu Deus do céu. Quanta pergunta! – grunhe Alf.

– Eu só queria saber! Desculpa, então! – fala Elsa, magoada.

Alf para na porta e geme:

– Mas, porr... sim. Era a porcaria de uma ópera.

– Que língua era aquela?

– Italiano.

– Você sabe italiano?

– Sei.

– De verdade?

– Que outro jeito existe de saber italiano? – pergunta Alf.

– Mas você sabe italiano direitinho? Tipo, fluente mesmo? – pergunta Elsa.

Alf olha para o relógio. A jaqueta de couro range. Ele faz um gesto curto para o wurse, tentando mudar de assunto.

– Você precisa encontrar um novo esconderijo praquele ali, já te disse isso. As pessoas vão encontrá-lo aqui mais cedo ou mais tarde!

– Você sabe italiano ou não? – pergunta Elsa, sem nenhuma vontade de mudar de assunto.

– Eu sei o suficiente para entender ópera. Você tem mais alguma porr... pergunta?

– Então você sabe operês? – resume Elsa, tentando animá-lo.

– Que papo furado – responde ele.

– Sobre o que era a ópera que estávamos ouvindo no carro naquele dia? – insiste ela.

Alf abre a porta da garagem.

– Amor. Todas elas são sobre o amor.

Ele pronuncia a palavra "amor" um pouco como a gente pronunciaria palavras como "eletrodomésticos" ou "chave de fenda".

– ENTÃO VOCÊ ERA APAIXONADO POR MINHA AVÓ?! – grita Elsa, mas ele já tinha batido a porta de novo.

Minha avó pede desculpas

Ela fica ali, sorrindo. O wurse também, Elsa tem quase certeza disso. E é muito mais difícil ter medo do escuro e de sombras quando se está sorrindo.

– Acho que Alf é nosso amigo agora – sussurra ela.

O wurse parece concordar.

– Ele está bastante chateado, mas acho que ele é legal. Ele não dedurou pra ninguém que você está aqui e fez companhia pra gente no escuro.

O wurse parece concordar com isso também.

– Acho que vamos precisar de todos os amigos que pudermos encontrar. Porque a vovó não me contou o que acontece nessa história.

O wurse cutuca o pescoço dela com o focinho.

– Estou com saudades do Coração de Lobo – sussurra Elsa, com o rosto grudado na pelagem dele.

Com certa relutância, o wurse parece concordar com isso também.

20

LOJA DE ROUPAS

Hoje é o dia. E ele começa com a noite mais assustadora.
Elsa acorda com a boca escancarada, mas o grito enche a cabeça dela e não o quarto. Ela grita em silêncio, chora sem lágrimas, estende a mão para jogar as cobertas para o lado, mas elas já estão no chão. Anda pelo apartamento, que cheira a ovo. George sorri, cautelosamente, para ela da cozinha. Ela não sorri para ele, que parece triste. Elsa não se importa. Ela nunca se importa.

Elsa toma uma chuveirada tão quente que a pele parece que vai se soltar do corpo, como a casca de uma mexerica. Anda pelo apartamento de novo. Mamãe saiu de casa já faz várias horas. Ela vai cuidar de tudo, porque é isso que mamãe faz. Cuidar de tudo. Porque hoje é o dia.

George grita algo para Elsa, mas ela nem escuta, nem responde. Veste a roupa que mamãe separou e vai para o patamar da escada, fechando a porta ao passar. O apartamento da vovó está com um cheiro estranho. Está com cheiro de limpo. As torres de caixas de mudança lançam sombras sobre o hall, como monumentos a tudo que não está mais ali.

Elsa fica parada diante da porta, incapaz de avançar mais para dentro. Ela esteve ali à noite, mas tudo é mais difícil na luz do dia. É mais complicado lembrar as coisas quando o sol se esforça para passar pelas persianas. Os bichos-nuvem passam planando pelo céu. É uma bela manhã, mas é um dia assustador. Porque hoje é o dia.

A pele de Elsa continua pegando fogo depois do banho. Isso faz com que se lembre da cara da vovó quando saía do banho, porque o chuveiro dela não funcionou durante mais do que um ano, e, em vez de ligar para os proprietários do prédio e pedir que solucionassem o problema, vovó resolveu do jeito dela. Ficou usando o chuveiro da mamãe e de George. Às vezes, ela se esquecia de fechar o roupão quando voltava para seu apartamento. E outras de usá-lo. Uma vez, mamãe ficou gritando com ela durante pelo menos quinze minutos, porque vovó não respeitava o fato de que George também morava no apartamento da mamãe e de Elsa. Mas isso foi logo depois que Elsa começou a ler as obras reunidas de Charles Dickens, e como vovó não era muito boa em ler livros, Elsa lia-os em voz alta, enquanto andavam no Renault, porque queria ter alguém com quem falar sobre eles depois. Principalmente sobre "Um conto de Natal", que Elsa leu diversas vezes, porque vovó gostava de histórias de Natal.

Então, quando mamãe disse que vovó não devia andar pelo apartamento nua por respeito a George, vovó se virou, ainda nua, para George e disse: "Que história é essa de respeito? Você mora com minha filha, meu Deus do céu." E então vovó, nuíssima, se curvou profundamente e acrescentou solene: "Eu sou o espírito dos Natais que virão, George!"

Mamãe ficou muito brava com vovó por causa disso, mas tentou não demonstrar por causa de Elsa, que, por causa da mamãe, tentou não mostrar como estava orgulhosa da vovó por ela ser capaz de citar Charles Dickens. Nada disso deu muito certo.

Finalmente, Elsa entra no apartamento, sem tirar o sapato. Está usando aquele tipo de sapato que arranha o chão, então mamãe diz que ela não pode ficar com ele dentro de casa, mas na casa da vovó tanto faz, porque o chão aqui já dá a impressão de que alguém andou de patins em cima dele. Em parte porque ele é velho e em outra porque vovó realmente andou de patins em cima dele uma vez.

Elsa abre a porta do guarda-roupa grande. O wurse lambe o rosto dela. Ele está com cheiro de barra de proteína e mistura de bolo. Elsa tinha acabado de se deitar ontem à noite, quando se tocou de que mamãe, com certeza, ia dizer para George descer até o subsolo para pegar cadeiras extras, porque todo mundo vai vir para cá depois para tomar café. Porque hoje é o dia, e todo mundo toma café em algum lugar depois, em dias assim.

O escaninho da mamãe e de George no subsolo fica justamente ao lado do da vovó e é o único de onde se conseguiria ver o wurse, agora que Alf colocou as placas de compensado. Então Elsa desceu de fininho à noite, sem conseguir decidir se estava com mais medo de sombras, de fantasmas ou de Britt-Marie, e levou o wurse de volta para cima.

— Teria mais lugares para esconder você aqui, se a vovó não tivesse morrido – diz Elsa, desculpando-se, porque nesse caso o guarda-roupa nunca teria parado de crescer. — Só que, se a vovó não tivesse morrido, você não precisaria se esconder de jeito nenhum, claro — murmura ela em seguida.

O wurse lambe o rosto dela de novo e enfia a cabeça pela abertura do armário, procurando a mochila dela. Elsa corre para buscá-la no hall e pega três potes de sonhos e um pouco de leite.

— Maud os deixou na casa de mamãe ontem à noite — explica Elsa, mas, quando ele imediatamente começa a mordiscar as mãos dela, como se pretendesse comer os biscoitos ainda no pote, ela ergue o indicador advertindo-o. — Você só vai ganhar dois potes! Porque um vai ser munição!

O wurse dá uns latidos por causa disso, mas reconhece, por fim, sua posição inferior nas negociações e come docilmente todo o conteúdo de dois dos potes e só metade do terceiro. Afinal de contas, ele é um wurse. E esses são biscoitos.

Elsa pega o leite e vai procurar a arminha. Sente-se um pouco lenta para perceber as coisas. Como havia anos que não tinha pesadelos, só agora se dá conta de que precisa disso. Na primeira vez que a sombra veio até ela no pesadelo, tentou simplesmente afastar tudo de si na manhã seguinte. Como a gente faz. Tentou se convencer de que "foi só um pesadelo". Mas ela devia saber que não ia dar. Pois todo mundo que já esteve na Terra-dos-Quase--Despertos sabe que não dá.

Então na noite passada, quando teve o mesmo sonho de novo, ela compreendeu aonde tinha que ir para lutar contra os pesadelos. Para tomar suas noites de volta deles.

Minha avó pede desculpas

— Mirevas! – exclama ela, determinada, para o wurse, quando ele sai de um dos guarda-roupas menores da vovó, seguido por um bolo inominável de coisas que mamãe ainda não tivera tempo de enfiar nas caixas de mudança.

— Nós temos que ir para Mirevas! – diz Elsa para o wurse, acenando com a arminha.

Mirevas, um dos reinos vizinhos de Miamas, é o menor da Terra-dos--Quase-Despertos, e por isso, frequentemente, esquecido. Quando as crianças da Terra-dos-Quase-Despertos vão aprender geografia na escola e pedem a elas que listem todos os seis reinos, é de Mirevas que todas se esquecem. Inclusive as que moram em Mirevas. Porque os mirevasianos são criaturas incrivelmente dóceis, gentis e cuidadosas, que não querem de jeito nenhum ocupar um lugar desnecessário ou causar qualquer inconveniente. Mas elas têm uma tarefa muito importante, na verdade uma das tarefas mais essenciais num reino em que a imaginação é a coisa mais primordial que se pode ter: é em Mirevas que todos os caçadores de pesadelos são treinados.

Só passaria pela cabeça dos metidos do mundo real, que não sabem das coisas, proferir imbecilidades do tipo que "foi só um pesadelo". Não existe "só" com relação a pesadelos. Na Terra-dos-Quase-Despertos sabe-se que os pesadelos são criaturas vivas, pequenas nuvens escuras de insegurança e angústia, que ficam se arrastando por entre as casas quando todos estão dormindo, verificando todas as portas e janelas a fim de encontrar algum lugar para entrar de fininho e começar a criar confusão. E é por isso que existem os caçadores de pesadelos. E claro que todo mundo que sabe das coisas sabe que a gente precisa ter uma arminha para caçar um pesadelo, então todo caçador de pesadelo tem uma. Para um metido que não sabe como as coisas são, claro que uma arminha poderia ser tomada por uma arma de paintball totalmente comum, que a avó de alguém equipou com uma embalagem de leite do lado e depois colou um estilingue por cima. Mas Elsa não é nenhuma metida. Então ela sabe o que tem nas mãos. Enche a embalagem com leite e coloca um biscoito na câmara de disparo diante do elástico.

Não dá para matar um pesadelo, mas a gente pode assustá-lo. Não existe nada de que os pesadelos tenham mais medo do que de leite com biscoito. É uma alergia genética. Uma longa história. Os pesadelos ficam com erupções cutâneas e coisas do gênero.

– Então agora eles podem vir à noite, esses desgraçados! – declara Elsa.

O wurse balança a cabeça incentivando-a. Só que talvez mais porque ele queira comer toda a munição.

No entanto, quando ela está se sentindo mais confiante, assusta-se com o som da campainha e, para infinito desgosto do wurse, acaba derramando um monte de leite, mas nem um único biscoito, em cima dele.

– Desculpa – murmura Elsa, destrambelhada, enquanto o wurse, todo molhado e extremamente intolerante à lactose, se afasta do cano da arma.

Por um instante, Elsa acha que foi um pesadelo que tocou a campainha. Mas foi só George, que sorri quando abre a porta, mas ela não. Ele parece triste. Elsa não se importa.

– Vou descer para pegar as cadeiras extras no subsolo – diz ele, tentando sorrir para ela como os padrastos fazem num dia como esse, quando sentem muito claramente que são marginalizados.

Elsa dá de ombros e fecha a porta de novo na cara dele. Então fica de pé nas costas do wurse e olha pelo olho mágico, vendo que ele fica parado lá durante pelo menos um minuto com uma cara triste. Elsa o odeia por isso. Mamãe sempre diz para Elsa que George só quer que ela goste dele, porque ele se importa com ela. Como se Elsa não compreendesse. Ela sabe que ele se importa com ela, e é por isso que não consegue gostar dele. Não porque ache que não gostaria dele se tentasse, mas porque sabe que, com certeza, gostaria. Porque todo mundo gosta de George. Esse é o superpoder dele.

E nesse caso ela sabe que só vai ficar decepcionada quando a Metade nascer e George esquecer que ela existe. Então é melhor não gostar nem um pouco dele desde o início.

Se a gente não gostar das pessoas, elas não vão poder machucar a gente. As crianças de quase oito anos que são, frequentemente, chamadas de diferentes aprendem isso rapidinho.

Ela desce das costas do wurse. Ele fecha as mandíbulas em volta da arminha e pega-a gentil mas decididamente da mão dela. Afasta-se arrastando os pés e coloca-a num banquinho fora do alcance do dedo dela que puxa o gatilho. Mas ele desiste de comer os biscoitos, o que todo mundo que sabe o quanto os wurses realmente amam biscoito compreende que é a mais alta expressão de respeito para com Elsa.

A campainha toca de novo. Elsa a abre e está pronta para estourar impacientemente com George quando se toca de que não é ele.

Fica um silêncio que, com certeza, dura meia dúzia de eternidades.

— Oi, Elsa — diz a mulher da saia preta, sem jeito.

Tudo bem, ela está de jeans e não de saia preta hoje. Está com cheiro de menta e parece com medo. Como se estivesse num palco e Elsa fosse uma jurada que vai julgar a interpretação dela de "I Will Always Love You", de Whitney Houston.

— Oi — diz Elsa.

A mulher respira tão lentamente que Elsa fica com medo de que ela vá sufocar.

— Eu... eu realmente sinto muito por ter gritado com você no meu consultório — admite a mulher, lentamente.

Elas reparam uma no sapato da outra. Elsa não sabe direito a qual dos sentimentos que rodopiam dentro dela vai tentar se agarrar.

— Tudo bem — consegue dizer, por fim.

Os cantos da boca da mulher vibram ligeiramente. A pele em volta deles forma pequenos vincos.

— Fiquei um pouco surpresa por você ter ido até o consultório. Não recebo muitas visitas lá. Eu... eu não sei receber visita muito bem.

Elsa concorda, acanhada, sem tirar os olhos do sapato da mulher.

— Não tem problema. Desculpa por eu ter dito aquilo de... — sussurra ela, incapaz de pronunciar as últimas palavras.

A mulher balança a cabeça, evitando que Elsa fale.

— Foi culpa minha. É difícil para mim falar da minha família. Sua avó tentou fazer com que eu conseguisse, mas só fiquei... com raiva.

Elsa cutuca o chão com a ponta dos dedos dos pés.

— As pessoas bebem vinho para esquecer coisas que são difíceis, né?

A mulher fecha os olhos e respira fundo.

— Ou para ter força para lembrar. Eu acho.

Elsa funga.

— Você também é quebrada, né? Como Coração de Lobo?

— Quebrada de... de um outro jeito. Talvez.

— Não daria para você se consertar, então?

— Porque sou psicóloga, você quer dizer?

Elsa faz que sim.

— Não dá?

A mulher sorri. Quase.

— Eu acho que não dá para um médico operar a si mesmo. Provavelmente, é mais ou menos a mesma coisa.

Elsa concorda de novo. Por um instante, parece que a mulher de jeans vai aproximar-se dela, mas se contém e, em vez disso, coça a palma da mão distraída.

— Sua avó escreveu na carta que queria que eu cui... cuidasse de você — sussurra ela.

Elsa balança a cabeça.

— Ela escreve isso em todas as cartas, pelo visto.

— Pela sua voz, você está brava.

— Ela não escreveu carta nenhuma para mim.

A mulher de jeans vacila com o corpo inteiro durante alguns segundos, como se tivesse, casualmente, recebido uma anestesia local. Depois coloca a mão dentro de uma bolsa que está no chão e pega algo.

— Eu... eu comprei esses livros do Harry Potter ontem. Ainda não tive tempo de ler muito, mas eu...

— O que te fez mudar de ideia?

— Eu... eu entendo que Harry Potter é importante para você — tenta ela.

— Harry Potter é importante pra todo mundo! — exclama Elsa, como se a mulher tivesse acabado de perguntar: "Você acha que oxigênio é importante para você?"

Minha avó pede desculpas

A pele ao redor dos cantos da boca da mulher se contrai de novo. Ela respira fundo, tão profundo que não parece com nada que não seja alguém respirando muito fundo. Então ela olha nos olhos de Elsa e diz:

— Eu também gosto muito dele, era isso que eu queria dizer. Fazia muito tempo que eu não tinha uma experiência de leitura tão incrível. A gente quase nunca mais tem isso quando vira adulto, as maiores acontecem quando a gente é criança, e depois tudo vai ladeira abaixo por... ah, por causa do cinismo, eu suponho. Eu só queria agradecer a você por ter me lembrado como era.

São mais palavras em sequência do que Elsa já ouviu a mulher dizer sem gaguejar antes. A mulher lhe estende o que estava dentro da bolsa. Elsa pega. Também é um livro. Uma história. *Os irmãos Coração de Leão*, de Astrid Lindgren. Elsa sabe, porque é uma das suas histórias favoritas entre aquelas que não são da Terra-dos-Quase-Despertos. Ela a leu em voz alta para vovó diversas vezes quando estavam andando de Renault. É sobre Karl e Jonathan, que morrem e vão para Nangiyala, onde têm que lutar contra o tirano Tengil e o dragão Katla.

O olhar da mulher se perde de novo no chão.

— São os irmãos Coração de Leão. Eu... eu li para os meus filhos quando a avó deles morreu. Não sei se você já leu. Você... claro que você já leu! — desculpa-se ela, apressadamente, dando a impressão de que quer arrancar o livro de volta das mãos de Elsa e sair correndo de lá.

Elsa sacode a cabeça e segura bem o livro.

— Não — mente ela.

Porque ela é educada o suficiente para entender que, quando alguém lhe dá um livro, você deve fingir para essa pessoa que não o leu ainda.

A mulher de jeans parece aliviada. Aí ela respira tão fundo que Elsa acha que sua clavícula vai rachar.

— Você... você perguntou se nós nos conhecemos no hospital. Sua avó e eu. Depois do tsunami. Mas eu... eles... eles tinham colocado todos os corpos numa pracinha. Então os parentes podiam procurar seus... depois... eu... ah, ela me encontrou lá. Na praça. Eu já estava sentada lá há... nem sei quanto tempo. Várias semanas. Eu acho. Ela os trouxe para cá de avião comigo... ela disse que eu podia ficar morando aqui até eu saber onde eu... que rumo eu ia tomar.

Os lábios roçam um no outro e se separam, atrapalhados, como se estivessem elétricos.

— Eu fiquei aqui. Eu só fui... ficando.

Elsa olha para o sapato, o seu dessa vez.

— Você vai hoje? – pergunta ela.

Pelo canto do olho, vê a mulher sacudindo a cabeça. Parece de novo que ela quer sair correndo de lá.

— Eu acho que eu não... eu acho que sua avó ficou muito decepcionada comigo.

— Talvez ela tenha ficado decepcionada com você por você ser tão decepcionada consigo mesma – diz Elsa.

Vem um som de engasgo da garganta da mulher. Leva um bom tempo para Elsa entender que, provavelmente, é uma risada. Como se aquela parte da garganta houvesse ficado sem ser usada e alguém tivesse acabado de encontrar a chave dela, entrado e apertado um velho interruptor.

— Você realmente é uma criancinha diferente – diz a mulher.

— Eu não sou uma criancinha. Eu já tenho quase oito anos! – corrige Elsa.

A mulher fecha os olhos e balança a cabeça.

— Verdade, desculpe. Quase oito. É que você... você era recém-nascida, quando me mudei para cá. Você era mesmo recém-nascida naquela época.

— Não tem nada de errado em ser uma criança diferente. A vovó dizia que só as pessoas diferentes mudam o mundo! – diz Elsa.

A mulher balança a cabeça, lentamente.

— Isso mesmo. Desculpe. Eu... eu tenho que ir. Eu só queria... pedir desculpas.

— Tudo bem – murmura Elsa. – Obrigada pelo livro – acrescenta.

Os olhos da mulher vagueiam, mas ela olha direto para Elsa de novo.

— Seu amigo voltou? Lobo... como foi mesmo que você o chamou?

Elsa sacode a cabeça. A mulher está com alguma coisa nos olhos que Elsa acha que, realmente, é uma preocupação sincera.

— Ele faz isso às vezes. Ele some. Não se preocupe. Ele… ele fica com medo das pessoas. Some por um tempo. Mas ele sempre volta. Só precisa de tempo.

— Acho que ele precisa de ajuda – responde Elsa, como que implorando.

— É difícil ajudar quem não quer se ajudar – sussurra a mulher.

— Talvez quem queira se ajudar não precise de ajuda dos outros – retruca Elsa.

A mulher balança a cabeça sem responder.

— Eu tenho que ir – repete ela.

Elsa quer detê-la, mas ela já está no meio da escada. Já quase sumiu no andar seguinte, quando Elsa se inclina por cima do corrimão e grita:

— Você encontrou?! Encontrou seus filhos na praça?!

A mulher para. Segura com força o corrimão.

— Encontrei.

Elsa morde o lábio.

— Você acredita em vida após a morte?

A mulher olha para ela.

— É uma pergunta difícil.

— Tá, mas você acredita em Deus? – pergunta Elsa.

— Às vezes é difícil acreditar em Deus – responde a mulher.

— Porque você fica pensando por que Deus não deteve o tsunami?

A mulher fecha os olhos.

— Porque eu fico pensando por que existem tsunamis.

Elsa balança a cabeça.

— Isso se chama "problema de Teodoro". Está na Wikipédia.

— Você quer dizer "problema de teodiceia"? – corrige a mulher.

— Ah, mas foi isso que eu disse! – Elsa fala bruscamente.

A mulher balança a cabeça como se ela houvesse dito isso, embora não tivesse mesmo.

— As pessoas dizem que "a fé move montanhas" – continua Elsa, sem saber direito por quê, talvez mais por não querer perder a mulher de vista outra vez, sem ter tempo de fazer a pergunta que ela realmente quer fazer.

— Eu já ouvi isso – responde a mulher.

Elsa sacode a cabeça.

— Ah, mas isso é verdade! Porque vem de Miamas, de uma gigante que se chamava Afé. Ela era superforte. Mas essa é uma história supercomprida, então não vou conseguir contar tudo agora!

A mulher balança a cabeça compreensiva. Mesmo assim, Elsa continua:

— Ela se chamava Afé e conseguia mover montanhas! Porque ela era uma gigante! E os gigantes são superfortes!

Elsa se cala. Faz um muxoxo, pensativa.

— OK, não é uma história tão comprida assim...

A mulher parece estar procurando um motivo para ir embora, descendo a escada. Elsa inspira rápido.

— Todo mundo diz que eu tenho saudades da vovó agora, mas que isso vai passar. Não tenho tanta certeza!

A mulher olha para ela de novo. Com um olhar solidário.

— Por que não?

— Ela não passou para você.

A mulher semicerra os olhos.

— Talvez haja uma diferença.

— Como?

— Sua avó era velha.

— Pra mim não era. Eu só a conhecia há sete anos.

A mulher não responde. Elsa esfrega as mãos como Coração de Lobo costuma fazer.

— Quase oito — ela se corrige.

Então a mulher balança a cabeça e sussurra:

— Isso. Quase... quase oito.

— Você deve ir hoje! — grita Elsa, mas a mulher já foi embora.

Elsa ouve a porta do apartamento dela fechar e aí tudo fica em silêncio, até escutar a voz do papai vinda da portaria do prédio.

Então ela se recompõe, enxuga as lágrimas e obriga o wurse a se esconder no guarda-roupa de novo, com metade da munição da arminha como suborno. Aí ela fecha a porta do apartamento da vovó sem trancar, desce as escadas correndo e, pouco depois, está deitada em silêncio no banco do passageiro do Audi, reclinado ao máximo, olhando pelo teto de vidro.

Os bichos-nuvem pairam mais baixo agora. Papai está de terno e também está calado. Isso é inusitado, porque papai quase nunca usa terno. Mas hoje é o dia.

— Você acredita em Deus, papai? — pergunta Elsa daquele jeito que sempre o pega de surpresa, como bolas de encher cheias d'água soltadas de uma varanda.

Elsa sabe disso porque vovó adorava bolas cheias d'água, e papai nunca aprendeu que não devia passar bem debaixo da varanda dela.

— Não sei — responde ele.

Elsa o odeia por não ter uma resposta, mas também o ama um pouco por não mentir. O Audi para diante de um portão de aço alto e preto. Eles ficam sentados esperando.

— Eu pareço com a vovó? — diz Elsa, sem tirar os olhos do céu.

— Fisicamente? — pergunta o pai, hesitante.

— Não, tipo, como *pessoa*! — suspira Elsa, como se faz com o pai quando se tem quase oito anos.

Por um instante, papai parece estar lutando com sua hesitação, como se faz quando se tem filhas de quase oito anos de idade. Meio como se Elsa tivesse acabado de perguntar a ele de onde vêm os bebês. De novo.

— Você precisa parar de dizer "tipo" com tanta frequência. Só gente com vocabulário ruim… — ele começa a dizer, porque não se controla. Porque é assim que ele é. Dos que acham que é muito importante corrigir a forma como os outros falam.

— Ah, me deixa em paz então, caramba! — retruca Elsa de um jeito muito mais grosseiro do que queria, porque não está com humor para as correções dele hoje.

Mas corrigir um ao outro é uma coisa deles. A única coisa deles. Papai tem uma jarra de palavras em que Elsa coloca as palavras difíceis que ela aprende, como "conciso" e "presunçoso". E toda vez que a jarra de palavras fica cheia, ela ganha de presente um livro para baixar no iPad. A jarra de palavras comprou toda a série de *Harry Potter* para ela, embora saiba que papai fica super-hesitante com relação a *Harry Potter*, porque ele não entende muito de coisas que não são baseadas na realidade.

— Desculpe — murmura Elsa.

Papai afunda no banco. Cada um com mais vergonha que o outro. Aí ele diz, um pouco menos hesitante:

— Parece, sim. Você é muito parecida com ela. Todas as suas melhores qualidades vieram dela e da mamãe.

Elsa não responde, porque ela não sabe se era essa a resposta que queria. Papai também não diz nada, porque ele não tem certeza de que era isso que devia ter dito. Elsa quer lhe dizer que quer passar mais tempo na casa dele. Que a cada dois fins de semana não é mais suficiente. Ela quer gritar para ele que, quando a Metade chegar e for normal, George e mamãe não vão mais querer que ela fique na casa deles, porque todos os pais querem ter filhos normais, não filhos diferentes. E a Metade vai ficar ao lado de Elsa e fazer todo mundo lembrar da diferença. Ela quer gritar que vovó estava enganada, que ser diferente nem sempre é bom, porque o diferente é uma mutação e que quase nenhum dos X-Men tem família.

Ela quer gritar isso tudo. Mas não diz nada. Porque sabe que papai não vai entender. E que também ele não quer que ela fique mais tempo na casa dele e de Lisette, porque Lisette tem os filhos dela. Crianças não diferentes.

Papai fica calado e com a cara que a gente faz quando não quer estar usando terno. Mas, exatamente, quando Elsa abre a porta do Audi para sair ele se vira, hesitante, na direção dela e diz em voz baixa:

— ... mas tem horas em que, sinceramente, espero que nem TODAS as suas melhores qualidades tenham vindo da sua avó e da sua mãe, Elsa.

E então Elsa fecha bem os olhos, encosta a testa no ombro dele e enfia os dedos no bolso da jaqueta. Ela fica rodando a tampa da canetinha vermelha que ele lhe deu quando era pequena, porque Elsa queria poder fazer seus próprios hifens, e que continua sendo o melhor presente que ele já deu para ela.

Que qualquer pessoa já deu para ela.

— Você me deu suas palavras — sussurra ela.

Ele tenta piscar para espantar o orgulho dos olhos. Ela vê isso. E ela quer lhe dizer que mentiu na sexta-feira. Que foi ela que enviou o SMS do celular da mamãe, dizendo que ele não precisava pegá-la na escola. Mas ela não quer desapontá-lo, então fica calada. Porque quase nunca a gente decepciona alguém, ficando calado. Todas as crianças de quase oito anos sabem disso.

Papai dá um beijo no cabelo dela. Elsa levanta a cabeça e diz meio de passagem:

— Você e Lisette vão ter filhos?

— Acho que não – responde papai, triste.

— Por que não?

— Já temos todos os filhos de que precisamos.

E ele dá a impressão de que tem de se conter para não dizer "temos mais do que precisamos". Pelo menos, é essa a impressão que dá.

— É por minha causa que você não quer ter mais filhos? – pergunta Elsa, esperando que ele diga "não".

— É – diz ele.

— Porque eu nasci diferente? – sussurra ela.

Ele não responde. E ela não fica esperando. Mas, exatamente quando vai bater de novo a porta do Audi, papai se estica por cima do banco, segura a ponta dos dedos dela e, quando o olhar dos dois se encontra, parece hesitante. Como sempre. Mas então ele sussurra:

— Porque você nasceu perfeita.

E ela nunca o ouviu falar algo de forma tão *inesitante* quanto nessa hora. E se ela tivesse dito isso em voz alta, ele diria que essa palavra não existe. E ela o ama por isso.

George está ao lado do portão com uma cara triste. Ele também está de terno. Elsa passa correndo por ele, e mamãe a agarra com a maquiagem escorrendo, e Elsa aperta seu rosto de encontro à Metade. A roupa da mamãe está com cheiro de loja de roupa. Os bichos-nuvem voam baixo.

E é nesse dia que eles enterram a avó de Elsa.

21

VELA

Existem contadores de histórias na Terra-dos-Quase-Despertos que costumam dizer que todos nós temos uma voz interior, que o tempo todo ela sussurra para nós o que devemos fazer e que só temos que escutá-la. Elsa nunca acreditou, de verdade, nisso, porque ela não gosta da ideia de que alguma outra pessoa tem uma voz dentro dela, e vovó sempre dizia que só os psicólogos e as pessoas que matam outras pessoas com garfo de sobremesa falam de "vozes interiores". Vovó jamais gostou, de verdade, de psicologia. Ou de garfo de sobremesa. Apesar de ela, verdadeiramente, ter tentado com a mulher da saia preta.

Mas, apesar de tudo, em um instante, Elsa vai ouvir a voz de outra pessoa, perfeitamente clara, dentro de sua cabeça. Mas ela não vai ficar sussurrando, vai gritar. E vai gritar: "Corra!" E Elsa vai correr para salvar sua vida. Com a sombra atrás dela.

Claro que ela não sabe disso quando entra na igreja. O murmúrio de centenas de estranhos falando baixo se eleva em direção ao teto como o barulho de um som de carro defeituoso. A multidão de metidos aponta para ela e sussurra. O olhar deles a sufoca.

Elsa não sabe quem eles são, e isso faz com que se sinta traída. Ela não quer dividir vovó com outras pessoas. Não quer ser lembrada de que vovó era a única amiga dela, mas que vovó tinha centenas de outros amigos. Não quer dividir nem a vida nem a morte dela.

Concentra-se ao máximo para passar ereta pela multidão, não quer que eles vejam que se sente como se estivesse prestes a desabar e que não tem mais forças nem para ficar triste. O chão da igreja suga os pés dela, o caixão lá na frente faz seus olhos arderem.

"O maior poder da morte não é fazer as pessoas morrerem, mas sim fazer com que aquelas que ficam queiram parar de viver", pensa ela sem lembrar onde ouviu isso. Pensando bem, acha que talvez isso tenha vindo da Terra-dos-Quase-Despertos, embora, considerando o que vovó pensava da morte, pareça improvável. A morte era a nêmesis da vovó. Era por isso que ela nunca queria falar dela. E foi por isso que ela virou cirurgiã, para atrapalhar a morte o máximo possível.

Mas pode ser de Miploris, se toca Elsa. Vovó nunca queria ir até Miploris quando elas estavam na Terra-dos-Quase-Despertos, mas, mesmo assim, às vezes ela ia, porque Elsa ficava chiando. E às vezes Elsa ia até lá sozinha, quando vovó estava em algum boteco em Miamas jogando pôquer com algum troll ou brigando por causa da qualidade do vinho com algum anjo da neve.

Miploris é o mais bonito dos reinos da Terra-dos-Quase-Despertos. Lá as árvores cantam, a grama massageia seus pés e sempre se sente o cheiro de pão recém-saído do forno. As casas são tão bonitas que, para sua segurança, é preciso se sentar quando se olha para elas. Mas ninguém mora lá. Elas são usadas apenas como depósito. Porque é para Miploris que todas as criaturas das fábulas se dirigem com sua tristeza, e é lá que toda a tristeza que sobra é armazenada. Pelas eternidades de todos os contos de fada.

As pessoas do mundo real sempre dizem, quando alguma coisa terrível acontece, que a tristeza, a saudade e a dor no coração "diminuem com o tempo", mas não é verdade. O sofrimento e a saudade são constantes, mas, se fôssemos forçados a suportá-los a vida inteira, ninguém aguentaria. A tristeza nos paralisaria. Então a gente simplesmente a coloca em malas e encontra algum lugar para deixá-la.

É isso que Miploris é, um reino a que viajantes solitários chegam, lentamente, vindo de todos os pontos cardeais, arrastando bagagens desajeitadas cheias de tristeza. Um lugar onde eles podem deixá-la e voltar para a vida. E quando os viajantes dão meia-volta e se vão, eles partem com passos mais leves, porque Miploris é construída de forma que não importa para onde você vai quando sai de lá, sempre terá o sol no rosto e o vento nas costas.

    Os miplorisianos recolhem todas as malas, sacolas e bolsas de tristeza e as registram em bloquinhos. Catalogam todos os tipos de tristeza e saudade, atentamente, dentro de diversos departamentos e distribuem cada uma delas para seu depósito, onde são registradas. As coisas são muito bem organizadas em Miploris, existe uma regulamentação muito abrangente com departamentos extremamente claros para todos os diversos tipos de tristeza. Vovó chamava os miplorisianos de "burocratas desgraçados", por causa de todos os diversos formulários que, quem deixa tristezas lá, precisa preencher hoje em dia. Mas, na verdade, não se pode ter desordem quando se trata de tristeza, dizem os miplorisianos. Senão todo mundo simplesmente ficaria triste em toda parte.

    Miploris era o menor reino da Terra-dos-Quase-Despertos, mas depois da Guerra-Sem-Fim se tornou o maior. Era por isso que vovó não gostava de ir para lá, porque muitos dos depósitos tinham placas com o nome dela escrito.

    E é em Miploris que as pessoas falam de vozes interiores, Elsa se lembra agora. Os miplorisianos acreditam que as vozes interiores são os mortos que voltam para ajudar aqueles que amam.

    "Cabeças de garfo de sobremesa", vovó os chamava.

    Elsa é trazida de volta para o mundo real pela mão cuidadosa do papai em seu ombro. Ela ouve a voz dele sussurrar "você organizou tudo muito bem, Ulrika" para mamãe. Pelo canto do olho, vê como mamãe sorri e aponta com a cabeça o programa que está nos bancos da igreja e responde: "Obrigada por ter feito a programação. A fonte está muito bonita!"

    Elsa fica sentada bem na ponta do banco de madeira da frente, fitando o chão, até o murmúrio ser abafado. A igreja está tão cheia que fica gente de pé ao longo de todas as paredes. Muitas delas estão com roupas superpeculiares, como se estivessem jogando roleta da moda com alguém que não sabe ler instruções de lavagem.

    Elsa vai colocar "roleta da moda" na jarra de palavras, pensa ela. Tenta focar nesse pensamento. Mas ouve línguas que não entende, e escuta seu nome ser espremido em pronúncias tortas, e isso a leva de volta à realidade.

Minha avó pede desculpas

Vê os estranhos apontando mais ou menos discretamente para ela. Na maior parte das vezes, menos. Ela entende que todos sabem quem ela é, e isso a deixa maluca, então, quando vê um rosto conhecido despontar na multidão perto de uma parede, de início tem dificuldade em identificar quem é. Como quando você vê uma celebridade sentada num café e exclama "Nossa! Oi!", por puro instinto, antes de se tocar que seu cérebro teve tempo de lhe dizer "Escute, provavelmente, é alguém que você conhece, diga oi!", antes de ter tempo de dizer "Peraí, não, provavelmente, é alguém da TV!". Porque seu cérebro gosta de fazer você ficar com cara de idiota.

O rosto dele desaparece atrás de um ombro durante alguns instantes. Quando aparece de novo, ele está olhando diretamente para Elsa. É o contador que foi conversar sobre a associação de coproprietários ontem. Mas ele está vestido de padre agora.

Outro padre começa a falar sobre a vovó, depois sobre Deus, mas Elsa não escuta. Fica se perguntando se é isto que vovó ia querer. Ela não está muito certa de que vovó gostasse de igrejas tanto assim. Vovó e Elsa quase nunca falavam sobre Deus, porque ela associava Deus com a morte.

Tudo isso aqui é de mentira. É plástico e maquiagem. Como se tudo fosse ficar bem, assim que fizerem o enterro. Não vai ficar tudo bem para Elsa, ela sabe. Elsa sua frio. Alguns dos estranhos com as roupas superpeculiares vão até o microfone para falar. Vários fazem isso em outra língua e há uma senhorinha traduzindo em outro microfone. Mas ninguém diz "morreu". Todos só dizem que vovó "partiu" ou que eles "a perderam". Como se ela fosse uma meia que sumiu na secadora. Alguns choram, mas ela acha que eles não têm esse direito. Porque ela não era avó deles. E eles não têm nenhum direito de fazer Elsa se sentir como se vovó tivesse outros países e reinos para onde nunca a levou.

Então, quando uma tia gorda, com um penteado que parece ter sido feito com uma torradeira, começa a ler poemas, Elsa acha que já chega e vai saindo, forçando caminho por entre os bancos. Ela ouve mamãe sussurrar algo, mas desliza depressa pelo assoalho de pedra reluzente e passa espremida pelos portões da igreja, antes que alguém tenha tempo de vir atrás dela. O vento de inverno atinge Elsa; ela sente como se tivesse sido arrancada de um banho muito quente, sendo puxada pelos cabelos. Os bichos-nuvem planam baixo, trazendo mau agouro. Elsa vai andando devagar e inspira tão fundo os ventos de dezembro que sua visão escurece. Ela queria que Tempestade estivesse aqui. Tempestade sempre foi um dos seus super-heróis favoritos, porque seu superpoder é fazer o tempo mudar. Até vovó admitia que esse era um superpoder *supercool*.

Elsa espera que Tempestade venha soprar toda a porcaria da igreja para longe. Toda a porcaria do cemitério. Todas essas porcarias.

Os rostos lá de dentro rodopiam em sua cabeça. Será que tinha visto mesmo o contador? Alf estava lá dentro? Ela acha que sim. Viu outro rosto que também reconheceu, a policial de olhos verdes. Anda mais rápido, para longe da igreja, porque não quer que nenhum deles venha atrás dela, perguntando se está tudo bem. Porque não está tudo bem com ela. Nada ficará bem. Ela não quer ter que ouvir a multidão ou ter que admitir que estão falando dela. Por cima dela. Ao redor dela. Vovó nunca fala ao redor dela.

Ela conseguiu se afastar uns cinquenta metros por entre as lápides, quando sente o cheiro de fumaça. Primeiro tem alguma coisa conhecida nele, algo quase libertador. Alguma coisa que faz Elsa querer se virar, abraçar e enfiar o nariz dentro, como a gente faz numa fronha recém-lavada numa manhã de domingo. Mas aí tem algo mais.

E a voz interior vem até ela.

Elsa sabe onde o homem entre as lápides está mesmo antes de se virar. Ele está só a alguns metros dela. Segurando o cigarro com a ponta dos dedos. Eles estão longe demais da igreja para alguém ouvir Elsa gritar, e ele bloqueia o caminho de volta com movimentos calmos, frios.

Elsa olha por cima do ombro na direção do portão. Vinte metros de distância. Quando ela olha para trás, ele começou a avançar na sua direção.

E a voz interior vem até Elsa. E é a voz da vovó. Mas ela não sussurra. Ela grita.

Vovó grita: "Corre!"

Minha avó pede desculpas

Elsa sente as mãos rudes dele encostando em seu braço, mas consegue escapar. Ela corre até o vento arranhar seus olhos como unhas raspando o gelo no para-brisa congelado de um carro. Ela não sabe durante quanto tempo. Eternidades. E quando a lembrança do olhar dele e do seu cigarro se cristaliza no cérebro dela, enquanto cada respiração arrebenta seus pulmões, ela se dá conta de que ele estava mancando. Que é por isso que conseguiu fugir. Um segundo a mais de hesitação, e ele a teria segurado pela roupa, mas Elsa está muito acostumada a correr. E corre bem demais. Ela corre até bem depois de ter certeza de que ele não a está mais perseguindo. Talvez não fugindo dele, mas de tudo. Ela corre até não saber mais se é o vento ou a saudade que faz seus olhos escorrerem. Corre até perceber que está quase do lado de sua escola.

Ela desacelera. Olha ao redor. Hesita. Então corre para o parque negro do outro lado da rua, com a roupa dançando em volta dela. Até mesmo as árvores parecem hostis lá dentro. O sol não consegue penetrar. Ela ouve vozes dispersas, o vento que grita nos galhos das árvores, o barulho do trânsito cada vez mais longe. Ofegante e enfurecida, cambaleia para dentro do parque. Escuta vozes. Ouve que alguns deles estão gritando atrás dela. "Ei! Menina!", berram.

Ela para, exausta. Desaba em um banco. Ouve a voz que diz *menina* se aproximar. Percebe que ela quer lhe fazer mal. Parece que o parque se enfia embaixo de um cobertor. Escuta outra voz ao lado da primeira, enrolada e tropeçando nas palavras como se tivesse colocado o sapato no pé trocado. As duas vozes aceleram o ritmo. Ela se dá conta do perigo, levanta-se num movimento rápido e sai correndo de novo. Elas também. De repente, Elsa percebe com desespero que a escuridão do inverno faz com que tudo no parque pareça igual, que não sabe onde fica a saída, que aquilo foi uma idiotice. Ai, meu Deus, ela é uma menina de sete anos e assiste a muita TV, como pôde ser tão burra? É assim que as pessoas vão parar em embalagens de leite ou seja lá onde for que colocam informações sobre crianças desaparecidas nos seriados de TV atualmente!

Mas já é tarde demais. Ela sai correndo entre duas cercas vivas densas e pretas que formam um corredor estreito e sente o coração bater no pescoço. Não sabe por que entrou correndo no parque. Nenhuma pessoa sã teria feito isso de propósito, os viciados daqui vão vir pegá-la e matá-la exatamente como todo mundo da escola disse que eles fariam. É isso que vão dizer na escola no primeiro dia depois do recesso de Natal: "Mas nós DISSEMOS!", vão dizer. Elsa odeia quando as pessoas falam isso. Ela devia ter ficado na igreja. Devia? Ela não sabe quem é o homem do cigarro, nem se ele é uma sombra da Terra-dos-Quase-Despertos de verdade, mas tem absoluta certeza de que vovó gritou para ela sair correndo.

Mas para cá? Por que ela correu para cá? Ela está doente? Talvez seja justamente isso, pensa. Talvez ela esteja doente. Talvez tenha vindo correndo para cá porque queria que alguém a pegasse e matasse.

O maior poder da morte não é fazer as pessoas morrerem, mas sim fazer com que aquelas que ficam queiram parar de viver. Ela não chega a escutar os galhos dos arbustos quebrarem. Não ouve o gelo embaixo dos seus pés se partir. Mas num instante as vozes arrastadas atrás dela somem, e, por um segundo, é como se ela fosse arremessada direto para dentro de um bicho--nuvem de tempestade. Os tímpanos dela rangem de um jeito que tem vontade de gritar. E aí tudo fica em silêncio. Ela é erguida suavemente do chão. Fecha os olhos. Não os abre até ser levada para fora do parque.

Coração de Lobo olha para ela. Deitada em seus braços, Elsa olha para ele. A consciência dela flui para longe. Se não fosse pelo fato de perceber que não há suficientes sacos de papel no mundo inteiro para respirar dentro deles se ela babar em Coração de Lobo enquanto dorme, ela provavelmente teria dormido ali nos braços dele. Então ela luta para manter os olhos abertos, porque, afinal, seria um pouco de falta de educação dormir, agora que ele salvou a vida dela. De novo.

– Não correr sozinha. Nunca correr sozinha – rosna Coração de Lobo.

– Tá, tá, tá – murmura Elsa, sem forças, tentando afastar as palavras dele.

Ela continua sem ter certeza se queria ser salva, mesmo estando feliz por vê-lo. Mais feliz do que esperava, na verdade. Elsa achava que ia ficar mais brava com ele.

— Lugar perigoso – rosna Coração de Lobo na direção do parque, começando a colocá-la no chão.

— Eu sei – murmura ela.

— Nunca mais! – ordena ele, e Elsa percebe que ele está com medo.

Ela coloca os braços ao redor do pescoço dele e sussurra "obrigada" na língua secreta antes de ele aprumar o corpo enorme novamente. Então ela vê o quanto isso o deixa desconfortável e solta-o logo em seguida.

— Eu lavei as mãos superbem, eu tomei um banho megademorado ontem! – sussurra ela.

Coração de Lobo não responde, mas ela vê nos olhos dele que, provavelmente, vai tomar um banho de álcool gel quando chegar em casa.

Elsa olha ao redor. Coração de Lobo esfrega as mãos e sacode a cabeça quando percebe.

— Embora agora – ele diz, gentilmente.

Elsa concorda.

— Como você sabia que eu estava aqui?

Coração de Lobo abaixa os olhos na direção do asfalto.

— Proteger você. Sua avó disse... proteger você.

Elsa balança a cabeça.

— Mesmo quando eu não sei que você está por perto?

O capuz de Coração de Lobo se mexe para cima e para baixo.

Elsa balança a cabeça, sentindo que as pernas não vão aguentar seu peso. Fica piscando durante um bom tempo.

— Por que você sumiu? Por que me largou na terapeuta? – sussurra ela, queixando-se.

O rosto de Coração de Lobo desaparece embaixo do capuz.

— Psicólogo quer conversar. Sempre conversar. Sobre guerra. Sempre. Eu... não quero.

— Talvez você se sentisse melhor se conversasse.

Coração de Lobo esfrega as mãos em silêncio. Dá uma espiada na rua como se estivesse esperando avistar alguma coisa. Elsa se abraça e percebe que deixou tanto a jaqueta quanto o cachecol da Grifinória na igreja. Isso nunca tinha acontecido, ela esquecer o cachecol da Grifinória.

Quem faz isso com um cachecol da Grifinória?

Ela também dá uma olhada na rua, sem saber o que espera ver. Então sente algo passando por cima dos ombros e, quando se vira, percebe que Coração de Lobo a envolveu com seu casaco. Ele se arrasta no chão aos pés dela. Cheira a detergente. Essa é a primeira vez que ela vê Coração de Lobo sem o capuz, e estranhamente parece ainda maior sem ele. O cabelo comprido e a barba preta balançam ao vento, a cicatriz acima do olho brilha, quando o sol faz cócegas nos bichos-nuvem no céu.

— Você disse que "Miamas" significa "eu amo" na língua da sua mãe, né? – pergunta Elsa, tentando não olhar direto para a cicatriz, porque nota que ele esfrega as mãos com mais força, quando ela faz isso.

Ele faz que sim. Dá uma olhada na rua.

— O que significa "Miploris"? – pergunta Elsa.

Quando não responde, ela supõe que ele não entendeu a pergunta, então esclarece:

— Um dos seis reinos da Terra-dos-Quase-Despertos se chama "Miploris". É lá que as pessoas guardam a tristeza. A vovó nunc...

Coração de Lobo a interrompe, mas de jeito nenhum como se fizesse isso para ser mal-educado.

— "Eu choro." Miploris. Eu choro.

Elsa assente.

— E Mirevas?

— Eu sonho.

— E Miaudacas?

— Eu ouso.

— E Mimovas?

— Danço. Eu danço.

Elsa deixa as palavras pousarem nela antes de perguntar sobre o último reino. Ela pensa no que vovó sempre contava sobre Coração de Lobo, que ele era o guerreiro invencível que derrotou as sombras e que só conseguiu fazer isso porque tinha coração de guerreiro, mas alma de contador de histórias. Pois ele nasceu em Miamas, mas foi criado em Mibatalos.

— O que significa Mibatalos? — pergunta ela.

Ele olha direto para ela. Com os olhos grandes e escuros bem abertos com tudo que é guardado em Miploris.

— Mibatalos. "Eu luto". Mibatalos... acabou agora. Não tem mais Mibatalos.

— Eu sei! As sombras o destruíram na Guerra-Sem-Fim, e todos os mibatalosianos morreram, menos você, porque você é o último do seu povo e voc... — Elsa começa a dizer, mas as mãos de Coração de Lobo se esfregam com tanta força que ela se contém.

O cabelo do Coração de Lobo cai por cima de seu rosto. Ele dá um passo para trás.

— Mibatalos não existe. Eu não luto. Nunca mais luto.

E Elsa entende, como a gente sempre compreende essas coisas quando olha nos olhos de quem as diz, que ele não se escondeu nos bosques bem lá longe na Terra-dos-Quase-Despertos por estar com medo das sombras. E sim por estar com medo de si mesmo. Com medo do que lhe fizeram em Mibatalos.

Aí ela percebe que ele está vendo alguma coisa vindo pela rua. Ela ouve a voz de Alf. Quando ela se vira, o táxi está com o motor ligado junto da calçada. As solas do sapato de Alf se arrastam pela neve. A policial está parada ao lado do táxi, os olhos verdes varrendo o parque de um lado para outro como um gavião. Ao erguer Elsa, ainda envolta no casaco de Coração de Lobo, que é do tamanho de um saco de dormir, Alf diz calmamente:

— Agora nós vamos para casa, você não pode ficar aqui congelando, cacete!

Mas Elsa ouve pela voz dele que ele está com medo, amedrontado do jeito que a gente só fica se sabe quem foi atrás de Elsa no cemitério, e ela vê, pelo olhar atento da policial de olhos verdes, que ela também sabe. Que todos eles sabem muito mais do que querem demonstrar.

Elsa não olha ao redor quando Alf a carrega até o táxi. Mesmo assim, ela sabe que Coração de Lobo já foi embora. E quando se lança nos braços da mamãe quando voltam para a igreja, ela também percebe que mamãe sabe mais do que quer demonstrar.

Fredrik Backman

    Elsa fica pensando na história dos irmãos Coração de Leão. Ela pensa no dragão Katla, que pessoa nenhuma conseguia derrotar. E pensa na assustadora cobra gigante Karm, que foi o único ser capaz de aniquilar Katla no final. Porque, às vezes, nas histórias, a única coisa que consegue exterminar um dragão assustador é algo que é mais amedrontador que o dragão.
    Um monstro.

22

ACHOCOLATADO

Elsa já foi perseguida antes. Centenas de vezes. Mas nunca como no cemitério, e esse medo é diferente. Como uma febre no seu coração que a encapsula e a mantém prisioneira, ecoando em seu crânio muito tempo depois de a sombra que a perseguiu ter desaparecido.

Porque ela teve tempo de ver os olhos dele antes de sair correndo, e o que ela viu neles foi que ele estava pronto para matá-la. A gente nunca supera, de verdade, ter quase oito anos e ver isso nos olhos de alguém.

Ou de alguma coisa.

Elsa tentou nunca ter medo enquanto vovó estava viva. Ou, pelo menos, procurou nunca demonstrar isso. Porque vovó odiava medo. Na Terra-dos-Quase-Despertos, os medos são pequenas criaturas violentas com pelagem grosseira que coincidentemente parecem demais com bolinhas de felpa azul de filtro de secadora, e se você der-lhes a menor chance, eles pulam para o alto, mordem sua pele e tentam arranhar seus olhos. Os medos são como cigarros, dizia vovó: o difícil não é largar esses diabinhos, o difícil é não voltar.

Foi Nuvo que levou os medos para a Terra-dos-Quase-Despertos, numa outra história da vovó, há muito mais eternidades do que alguém realmente consegue calcular. Há tanto tempo que só existiam cinco reinos, e não seis.

Nuvo é um monstro dos primórdios que quer que tudo aconteça imediatamente. Cada vez que uma criança diz "já vai" ou "depois" ou "já estou indo", Nuvo grita com uma força enfurecida: "Nããão! Agora! EU QUERO AGOOORAAA!" Nuvo odeia criança, porque elas se recusam a aceitar as mentiras dele de que o tempo é linear. As crianças sabem que o tempo é só uma sensação, então "agora" é uma palavra sem sentido para elas, exatamente como sempre foi para vovó. George dizia que vovó não era otimista com relação ao tempo, era ateia com relação a ele.

Nuvo levou os medos para a Terra-dos-Quase-Despertos para aprisionar as crianças com eles, porque, quando Nuvo agarra uma criança, ele devora o futuro dela. Larga a vítima indefesa com uma vida inteira em que ela tem de comer agora, dormir agora e fazer a arrumação agora. A criança nunca mais pode deixar alguma coisa chata para depois e ficar fazendo algo divertido por muito tempo. A única coisa que resta é o agora. Um deserto muito pior do que a morte, vovó sempre achou, então a história de Nuvo começava dizendo que ele detestava histórias. Porque nada faz as crianças quererem tanto deixar outra coisa para mais tarde quanto as histórias. Então, numa noite, Nuvo escalou a Montanha dos Contos, a mais alta de toda a Terra-dos-Quase-Despertos, até chegar ao cume, e lá provocou uma avalanche que arrasou todo o seu pico. Aí ele se deitou numa caverna escura para esperar. Porque a Montanha dos Contos é aquela que os anfantes têm de escalar, para soltar as histórias de modo que elas saiam pairando para o mundo real, e, se as histórias não puderem sair da Montanha dos Contos, o reino de Miamas vai sufocar, e aí toda a Terra-dos-Quase-Despertos também. Porque nenhuma história consegue viver sem crianças para escutá-las.

Quando o sol se levantou, todos os guerreiros mais valentes de Mibatalos tentaram subir a montanha e derrotar Nuvo, mas nenhum conseguiu. Porque Nuvo cultivava medos bem no fundo das cavernas, como ovinhos. Os medos são difíceis de cultivar, porque eles se alimentam de ameaça. Então, a cada vez que um pai ou mãe, em algum lugar, ameaçava uma criança, isso funcionava como fertilizante. "Já vai", dizia uma criança, e aí um pai ou mãe gritava: "Não, agooooraaa! SENÃO..." E *pá*, um medo saía da casca em uma das cavernas de Nuvo.

Quando os guerreiros de Mibatalos chegaram ao cume da montanha, Nuvo soltou os medos, e eles se transformavam imediatamente naquilo de que cada guerreiro mais tinha medo. Porque todos os seres vivos têm um medo mortal, inclusive os guerreiros de Mibatalos, e o ar da Terra-dos-Quase--Despertos logo ficava mais rarefeito. Os contadores de histórias tinham cada vez mais dificuldade de respirar.

Claro que, justamente quando vovó contava isso, Elsa sempre a interrompia extremamente irritada e comentava que isso de os medos se transformarem naquilo de que você mais teme na verdade é roubado de Harry Potter, porque é assim que um bicho-papão funciona. Então vovó respondia, com desdém, "talvez esse imbecil desse Harry é que tenha roubado isso de mim, você já pensou *nisso*, hein?", e aí Elsa dizia furiosa: "Harry Potter não roubou!" E então elas ficavam discutindo o maior tempão por causa disso, e por fim vovó desistia e murmurava: "Tá bom! Que merda! Os medos não se transformam! Eles só mordem e tentam arranhar seus olhos, está SATISFEITA agora, hein?" Aí Elsa concordava com isso e elas podiam continuar a história.

Foi aí que os dois cavaleiros dourados surgiram. Todo mundo tentou alertá-los de que não subissem a montanha, mas claro que eles não escutaram. Afinal, os cavaleiros são superteimosos. Mas, quando chegaram ao alto da montanha e começaram a jorrar todos os medos de dentro dela, os cavaleiros dourados não lutaram. Eles não gritaram e não xingaram, como todos os outros guerreiros teriam feito. Em vez disso, fizeram a única coisa que se pode fazer contra um medo: eles riram. Uma risada alta e atrevida. E aí, um após o outro, todos os medos se transformaram em pedra.

Vovó era um pouco inclinada a terminar as histórias com as coisas todas se transformando em pedra, porque o final era a parte das histórias em que vovó era pior, mas Elsa nunca deixava barato. Claro que Nuvo foi colocado na prisão por tempo indeterminado, o que o deixou pê da vida. E o conselho supremo da Terra-dos-Quase-Despertos decidiu nomear um pequeno grupo de habitantes de cada reino – guerreiros de Mibatalos, caçadores de sonhos de Mirevas, guardadores de tristezas de Miploris, músicos de Mimovas e contadores de histórias de Miamas – para proteger a Montanha dos Contos. Das pedras-medo se reconstruiu o cume da montanha, mais alto que nunca, e no pé da montanha foi construído o sexto reino: Miaudacas. E nos campos em volta de Miaudacas se cultivou coragem, de modo que ninguém nunca tivesse que ter receio dos medos novamente.

Enfim. De qualquer modo, foi o que fizeram, até que, como vovó um dia contou a Elsa, depois da colheita, pegaram todas as plantas de coragem e produziram uma bebida especial com elas, e, quem bebesse aquilo, ficava supercorajoso. Então Elsa pesquisou no Google e depois comentou com vovó que essa não era uma metáfora muito responsável para se usar com uma criança. Então vovó gemeu: "Tá bom, tá bom, mas a coragem é simplesmente isso aí! Ela não é plantada e não fazem uma bebida com ela, só EXISTE, *OK*?!"

Então, essa é a história inteira dos dois guerreiros dourados que derrotaram os medos. Vovó a contava para Elsa toda vez que ela estava com medo de alguma coisa, e mesmo que Elsa tivesse um bocado de objeções sérias à técnica de narração da vovó, isso sempre funcionava. Ela não ficou mais com medo com tanta frequência depois disso.

A história nunca funcionou para uma única coisa: o medo que vovó tinha da morte. E agora também não estava funcionando para Elsa. Porque nem os contos de fada vencem as sombras.

―――

— Você está com medo? — pergunta mamãe.

— Estou — diz Elsa, balançando a cabeça.

Mamãe também balança a cabeça. Ela não diz para Elsa não ficar com medo, e também não tenta enganá-la dizendo que ela não vai ficar. Elsa a ama por isso.

Elas estão na garagem e rebaixaram os bancos do Renault. O wurse acaba cobrindo absolutamente tudo que está entre elas, e mamãe coça a pelagem dele despreocupada. Ela não ficou brava quando Elsa admitiu que o tinha escondido no subsolo. E também quando Elsa o mostrou. Nem um pouco. Ela simplesmente começou a coçar atrás das orelhas dele, como se fosse um gatinho.

Elsa estende a mão em cima da barriga da mamãe e sente os batimentos do coração da Metade lá dentro. A Metade também não está com medo. Porque ela é inteiramente mamãe e George, enquanto Elsa é metade seu pai, e papai tem medo de tudo. Então Elsa ficou com medo de mais ou menos metade de tudo.

Sombras, principalmente.

— Você sabe quem era? Quem correu atrás de mim? — pergunta ela.

O wurse encosta a cabeça na dela. Mamãe acaricia seu rosto suavemente.

— Sei, sim. Nós sabemos quem era.

— Como assim nós?

Mamãe respira fundo.

— Lennart e Maud. E Alf. E eu.

Parece que ela pretende desfiar uma série de nomes, mas se contém.

— Lennart e Maud?! — exclama Elsa.

Mamãe assente.

— Ah, sim, amor. Receio que são eles que o conhecem melhor.

— Por que você nunca me contou dele, então? — diz Elsa, inconformada.

— Eu não queria assustar você — responde mamãe.

— Funcionou bem pra caramba! — retruca Elsa, longe de não ficar assustada.

Mamãe suspira. Coça a pelagem do wurse, que, por sua vez, lambe o rosto de Elsa. Ele continua com cheiro de mistura para bolo. Infelizmente, é bem difícil ficar brava se alguém que tem cheiro de mistura para bolo lambe você no rosto.

— É uma sombra — sussurra Elsa.

— Eu sei — sussurra mamãe.

— Sabe?

Mamãe inspira o ar até ele chegar aos pés.

— Sua avó tentou contar as histórias para mim, amor. Da Terra-dos--Quase-Despertos e das sombras.

— E de Miamas? — pergunta Elsa.

A mãe sacode a cabeça.

— Não. Eu sei que vocês tinham coisas em comum que ela nunca mostrou para mim. E isso já faz muito tempo. Eu tinha a sua idade. A Terra-dos-Quase--Despertos era muito pequena nessa época. Os reinos ainda não tinham nome.

Elsa interrompe, impaciente:

— Eu sei! Eles receberam nomes quando a vovó conheceu Coração de Lobo, ela os batizou com nomes de coisas na língua da mãe dele. E ela pegou a língua dele e a transformou na língua secreta, para que ele a ensinasse e pudessem conversar. Mas por que ela não levou você com ela de volta pra lá, então? Por que a vovó não mostrou pra você a Terra-dos-Quase-Despertos inteira?

Mamãe morde o lábio de leve.

— Ela quis me levar junto, amor. Muitas vezes. Mas eu não quis ir.

— Por que não?

— Eu cresci. Virei adolescente. Eu estava com raiva. E eu não queria mais que minha mãe contasse histórias pelo telefone, eu queria que ela estivesse aqui. Eu a queria na vida real.

Elsa quase nunca a ouve dizer isso. "Minha mãe." Ela quase sempre diz "sua avó".

Mamãe tenta sorrir. Não dá lá muito certo.

— Eu não era uma criança fácil, amor. Eu brigava muito. Eu dizia não para tudo. Sua avó sempre me chamava de "a menina que dizia não".

Os olhos de Elsa se arregalam. A mãe suspira e sorri ao mesmo tempo, como se um sentimento estivesse tentando engolir o outro.

— Sim, provavelmente, eu era muitas outras coisas nas histórias da sua avó, claro. Tanto a menina quanto a rainha, eu acho. No final, eu não sabia onde terminava a fantasia e onde começava a realidade. Às vezes, acho que nem sua avó sabia. Para mim, era difícil conviver com isso quando cresci. Ainda é difícil. Eu preciso de muita realidade.

Elsa fita o teto calada, a respiração do wurse na sua orelha. Pensa em Coração de Lobo e no anjo do mar, que moraram tantos anos no prédio sem ninguém saber quem eles eram. Sem ninguém lhes perguntar. Se tivessem feito buracos nas paredes e no chão do prédio, todos os vizinhos poderiam ter estendido a mão e um tocado o outro, de tão perto que moravam, e mesmo assim não sabiam nada um do outro. Então simplesmente os anos passaram.

— Você achou a chave? – pergunta Elsa, apontando para o painel do Renault.

Mamãe sacode a cabeça.

— Acho que sua avó a escondeu. Provavelmente para provocar Britt-Marie. Deve ser por isso que ele está estacionado na vaga de Britt-Marie...

— Mas Britt-Marie ao menos tem seu próprio carro? — pergunta Elsa, porque de onde está pode ver claramente o BMW, o carro ridiculamente grande de Kent.

— Não. Mas muitos anos atrás tinha. Um branco. E a vaga continua sendo dela. Acho que é questão de princípios. Em geral, as coisas são questão de princípios para Britt-Marie — diz mamãe com um sorriso torto.

Elsa não sabe direito o que isso significa. Também não sabe se isso faz alguma diferença.

— Como o Renault foi parar aqui, então? Se ninguém está com a chave? — pensa ela em voz alta, apesar de saber que mamãe não vai poder responder porque também não sabe.

— Quero que você me conte sobre as sombras — diz ela então, tentando soar como se estivesse cheia daquilo que é cultivado em Miaudacas, embora sua voz trema como velas soltas em sua garganta.

Mamãe passa a mão no rosto dela de novo e se levanta com dificuldade do banco, com a mão na Metade.

— Acho que Maud e Lennart vão ter que te contar dele, amor.

Elsa quer protestar, mas mamãe já saiu do Renault, então ela não tem muita escolha a não ser sair também. Esse é, no fim das contas, o superpoder da mamãe, que leva o casaco do Coração de Lobo. Ela diz que vai lavá-lo para lhe dar quando ele voltar. Elsa gosta de pensar nisso. Que ele vai voltar.

Elas cobrem o wurse com cobertores, e mamãe o adverte calmamente para ficar bem quietinho, se ouvir alguém chegando. Ele concorda. Elsa lhe promete várias vezes que vai encontrar um esconderijo melhor para ele, mesmo que o wurse não pareça entender direito para que isso vai servir. Por outro lado, ele parece muito interessado em que ela vá atrás de mais biscoitos.

Alf está ao pé da escada do subsolo, vigiando.

— Fiz café — resmunga ele.

Mamãe pega uma xícara agradecida. Alf passa a outra xícara para Elsa.

— Mas eu já disse que não bebo café — diz ela, cansada.

— Mas não é café, cacete, é uma daquelas porcarias de achocolatados — responde Alf, incomodado.

Elsa olha surpresa para dentro da xícara.

— Onde você arranjou isso? — pergunta ela, porque mamãe nunca deixa que ela tome esses achocolatados em casa; têm açúcar demais.

— Em casa — resmunga Alf.

— Você tem achocolatado em casa? — pergunta Elsa, cética.

— Eu posso ir na porcaria da loja comprar, não posso? — responde Alf, irritado.

Elsa sorri para ele. Está pensando em começar a chamá-lo de "Cavaleiro das Invectivas", porque ela leu na Wikipédia sobre invectiva e acha que, de um modo geral, existem poucos cavaleiros desse tipo. Aí ela toma um belo gole do achocolatado e quase cospe direto na jaqueta de couro de Alf.

— Tá louco! Quantas colheres você pôs aqui?

— Sei lá, porra. Catorze ou quinze, talvez — resmunga Alf, defensivamente.

— É para pôr tipo TRÊS!

Alf fica com cara de quem está ultrajado. Ou, pelo menos, é o que Elsa acha. Ela colocou "ultrajado" na jarra de palavras do papai um dia e acha que é isso que quer dizer.

— Ele tem que ter gosto de alguma merda, não tem? — resmunga Alf.

Elsa toma o resto do achocolatado com uma colher.

— Você também sabe quem correu atrás de mim no cemitério? — pergunta ela a Alf, com metade do achocolatado no canto da boca e na ponta do nariz.

A jaqueta de couro range baixinho. Os punhos ficam cerrados.

— Ele não está atrás de você.

— Ah, *hello*? Ele estava me *perseguindo* — protesta Elsa com ataque de tosse que acaba lançando um pouquinho de achocolatado na jaqueta de Alf.

Mas Alf só sacode a cabeça lentamente.

— Estava. Mas não é atrás de você que ele está.

23

PANO DE PRATO

Elsa tem mil perguntas a respeito do que Alf dissera, mas não faz nenhuma, porque mamãe está tão cansada, quando chegam ao apartamento, que ela e a Metade têm de ir dormir. Mamãe anda assim atualmente, exausta como se alguém a tivesse tirado da tomada. É culpa da Metade, claro. George diz que é para compensar, porque, como a Metade vai mantê-los todos acordados durante dezoito anos depois, ela faz com que mamãe durma o tempo todo durante nove meses antes. Elsa senta na beira da cama acariciando seu cabelo; mamãe beija as mãos dela e sussurra:

— Vai melhorar, amor. Vai ficar tudo bem. — Do mesmo jeito que vovó dizia. E Elsa, então, quer muito, muito mesmo acreditar nisso. Mamãe sorri sonolenta.

— Britt-Marie ainda está lá fora? – diz ela, apontando para a porta com a cabeça.

Ouve-se a voz de Britt-Marie lá na cozinha, então a pergunta acaba se tornando apenas retórica. Britt-Marie exige "providências" de George com relação ao Renault, que continua em sua vaga. "Não podemos viver sem regras, George! Isso até mesmo Ulrika tem que compreender!", diz ela, afavelmente, sem soar totalmente amável. George responde alegre que é óbvio que ele entende, porque George compreende todo mundo. Essa é uma coisa superirritante de George, e isso parece realmente provocar Britt-Marie. Então George oferece-lhe ovos, o que ela ignora, e, nem um pouquinho afável, começa a insistir que todos os proprietários de apartamentos também têm que "se submeter a uma investigação completa", concernente ao carrinho de bebê que está acorrentado à escada. Porque, primeiro, alguém afixou um aviso sem comunicar a Britt-Marie, e agora alguém *tirou* o aviso, *também* sem lhe comunicar. Britt-Marie assinala que ela "interrogou todos os suspeitos de forma extremamente minuciosa! Extremamente minuciosa mesmo!". George promete que também vai interrogar alguns suspeitos, embora não dê exatamente a impressão de saber quem seriam eles. Como George concorda com ela, Britt-Marie parece adquirir mais energia, então se diz chocada por ter encontrado pelo de cachorro na escada. O que "claramente prova que aquela fera continua zanzando aqui pelo prédio! Continua sim! Zanzando por aqui!". Ela exige que George "tome providências". Ele não parece ter muita certeza do que isso quer dizer. Então Britt-Marie diz bruscamente que vai falar disso com Kent, pois isso precisa ficar absolutamente claro para todo mundo, e então ela sai intempestivamente, antes que George tenha tempo de responder. O que, de qualquer forma, ele não parecia ter a menor intenção de fazer. Então vem da cozinha o cheiro dos ovos e George volta a fritar.

— Britt-Marie imbecil! — resmunga Elsa no quarto.

— Não se preocupe, amor, vamos encontrar um esconderijo melhor para seu amigo amanhã — murmura mamãe, meio adormecida, e depois acrescenta sorrindo: — Que tal a gente escondê-lo naquele carrinho de bebê, hein?

Elsa ri um pouco. Só um pouquinho. E pensa que o mistério do carrinho de bebê acorrentado parece a introdução de um romance superfajuto de Agatha Christie. Elsa sabe disso porque tem quase todos os romances dela no iPad, e Agatha Christie nunca teria incluído uma vilã tão estereotipada como Britt-Marie em suas histórias. Talvez como vítima, porque Elsa imagina que, num enigma de assassinato em que alguém matou Britt-Marie com um candelabro na biblioteca, todos que a conhecem seriam suspeitos, pois todos teriam um motivo. Então Elsa fica um pouco envergonhada por pensar nisso. Mas só um pouquinho.

— Britt-Marie não age assim por mal, ela só precisa se sentir importante — mamãe tenta explicar.

— Continua sendo chata e intrometida — diz Elsa, de mau humor.

Minha avó pede desculpas

Mamãe sorri.

Ela se acomoda nos travesseiros, e Elsa a ajuda a enfiar um deles embaixo das costas. Mamãe então acaricia seu rosto e sussurra:

— Quero ouvir as histórias agora, amor, se for possível. Quero ouvir as histórias de Miamas.

Então Elsa sussurra calmamente que mamãe tem que ficar de olhos quase fechados, e ela faz isso, e Elsa tem mil perguntas, mas não faz nenhuma. Em vez disso, fala dos bichos-nuvem, dos anfantes, dos arrependeres, do leão, do troll, dos cavaleiros, de Nuvo, de Coração de Lobo, dos anjos da neve e dos caçadores de sonhos, e então começa a contar da princesa de Miploris e dos dois príncipes irmãos que lutaram pelo amor dela, e da bruxa que roubou o tesouro da princesa, mas aí mamãe e a Metade já tinham dormido.

E Elsa ainda tem mil perguntas, mas não faz nenhuma. Ela só puxa o cobertor para cobrir mamãe e Metade, beija-lhe o rosto e se força a ter coragem. Porque ela tem que fazer aquilo que vovó a fez prometer: proteger o castelo, proteger sua família, proteger seus amigos.

Quando Elsa se levanta, a mão da mamãe tateia na sua direção, e justo quando está para sair, mamãe sussurra quase dormindo:

— Todas as fotos do teto do quarto da sua avó, amor. Todas as crianças das fotos. Eram elas que estavam no enterro hoje. Agora elas são adultas. Elas puderam virar adultas porque vovó salvou a vida delas...

Então mamãe dorme de novo. Elsa não tem muita certeza se mamãe chegou a estar acordada.

— Mas não me diga — sussurra Elsa, apagando a luz. Porque não foi tão difícil adivinhar quem eram os estranhos. Só foi difícil perdoar-lhes por isso.

Mamãe dorme com um sorriso nos lábios. Elsa fecha a porta com todo o cuidado.

O apartamento está com cheiro de pano de prato. George arruma as xícaras de café. Os estranhos estavam todos ali hoje, tomando café depois do enterro. Todos sorriam com compaixão para Elsa, que os odeia por isso. Detesta o fato de eles terem conhecido vovó antes dela. Entra no apartamento da vovó e deita-se na sua cama. A luz dos postes lá fora brinca com as fotos do teto, e, enquanto olha, Elsa continua sem saber se consegue perdoar vovó por ter deixado mamãe sozinha para salvar os filhos de outras pessoas. Ela não sabe se mamãe também consegue perdoar isso. Mesmo que pareça estar tentando.

Elsa sai de novo pela porta, vai para a escada, pensa em descer até onde o wurse está na garagem. Mas, em vez disso, desaba sem energia no chão. Ficar ali sentada para sempre. Tenta pensar, mas só encontra o vazio e o silêncio onde antes havia pensamentos.

Ela ouve passos se aproximando de alguns andares abaixo. São passos suaves, na ponta dos pés, como se estivessem perdidos. De forma alguma os passos largos, seguros e estressados que a mulher da saia preta tinha quando sempre cheirava a menta e falava no fio branco. Agora ela anda de jeans. E sem fio. Para uns dez degraus abaixo de Elsa.

— Oi — diz a mulher.

Ela parece pequena. A voz soa cansada, mas de um cansaço diferente do normal. Um cansaço melhor, dessa vez. E não cheira nem a menta nem a vinho. Só a xampu.

— Oi — diz Elsa.

— Eu fui até o cemitério hoje — diz a mulher, lentamente.

— Não vi você no enterro — diz Elsa, mas a mulher sacode a cabeça se lamentando.

— Eu não fui. Desculpa. Eu... eu não pude. Mas eu... — Ela engole as palavras. Olha para algo em suas mãos. — Eu fui até... até o túmulo dos meus filhos. Fiquei muito tempo sem ir lá.

— Ajudou? — pergunta Elsa.

Os lábios da mulher desaparecem.

— Não sei.

Elsa balança a cabeça. As luzes da escada se apagam. Ela espera os olhos se acostumarem com a escuridão. Por fim, a mulher parece reunir todas as suas forças para conseguir sorrir, e a pele ao redor dos cantos da boca se contrai por muito mais tempo.

— Como foi o enterro? — pergunta ela.

Elsa dá de ombros.

— Como um enterro normal. Gente demais.

— Às vezes é difícil compartilhar sua dor com gente que você não conhece. Mas acho que... que tinha muita gente que gostava bastante da sua... da sua avó.

Elsa deixa o cabelo cair no rosto. A mulher coça o pescoço.

— É... quer dizer... é... eu entendo que é difícil. Saber que sua avó deixava tudo aqui para ajudar estranhos em outro lugar... ajudar... gente que nem eu.

Elsa bufa, desconfiada, porque dá a impressão de que a mulher está lendo seus pensamentos. Não gosta disso nem um pouco. E, além do mais, o certo é gente "como eu", e não "que nem eu". A mulher parece incomodada.

— Eu... ah, eu... desculpe. Isso se chama "dilema do bonde". Em ética. Quer dizer... quando a gente estuda. Na universidade. É... ah, é... a discussão de até que ponto é moralmente correto sacrificar uma pessoa para salvar muitas outras.

Elsa pensa em dizer alguma coisa, mas não sabe o que deve dizer nesse caso. A mulher balança a cabeça, desculpando-se.

— Com certeza dá para você ler sobre isso na Wikipédia.

Elsa dá de ombros. A mulher parece melancólica.

— Você está com uma cara brava — observa ela.

Elsa bufa, avaliando com que ela está mais brava. É uma lista bem comprida.

— Não estou brava com você. Só estou brava com a idiota da Britt-Marie — decide ela, por fim.

A mulher balança a cabeça, confusa.

— Eu entendo.

Elsa não confia em que ela esteja entendendo mesmo, então detalha:

— Britt-Marie é uma idiota, só isso! Ela é tão idiota que é como um vírus da idiotice, e se a gente ficar por perto dela muito tempo, acaba infectado e também vira um idiota!

A mulher observa o que está segurando nas mãos. Os dedos tamborilam nisso.

— "Não lute com monstros, porque você pode se tornar um deles. Se você olha muito tempo para dentro de um abismo, o abismo olha para dentro de você."

— Do que você está falando?! — exclama Elsa, mas, mesmo assim, gosta da mulher, por falar com ela como se não fosse uma criança.

— Desculpe, é... foi Nietzsche — diz a mulher, meio perdida. Coça o pescoço mais um pouco. — Era um filósofo alemão. É... droga, com certeza estou citando errado o que ele disse. Mas acho que talvez signifique que, se você odeia alguém, se arrisca a ser como aquilo que você odeia.

Os ombros de Elsa dão um salto até as orelhas.

— A vovó sempre dizia: "Não chute merda, ela fede!"

Essa é a primeira vez que Elsa ouve a mulher da saia preta rir alto. Se bem que ela está de jeans hoje.

— Isso, isso, claro que esse é um jeito melhor de expressar a coisa.

A mulher fica bonita quando ri. Combina com ela. Então dá dois passos na direção de Elsa e se estica o mais que pode para conseguir dar-lhe o envelope que está segurando, sem ter de chegar perto demais. As palavras dela somem num buraco escuro de novo.

— Essa aqui estava no tú... na lá... estava na lápide dos meus filhos. Eu não sei... não sei quem a colocou lá. Mas sua avó... ela talvez tenha calculado que eu iria...

Elsa pega a carta. A mulher de jeans desaparece na escada, antes que ela tenha tempo de tirar os olhos do envelope. Nele está escrito: "Para Elsa! Entregue a Lennart e a Maud!"

E é assim que Elsa encontra a terceira carta da vovó.

Lennart segura uma xícara de café quando abre a porta. Maud e Samantha estão atrás dele, com uma cara gentil. Eles estão cheirando a biscoito.

— Eu tenho uma carta para vocês — declara Elsa.

Lennart a pega e está para dizer alguma coisa, mas Elsa prossegue:

— É da minha avó! Ela, provavelmente, manda lembranças e pede desculpas, porque faz isso em todas as cartas!

Lennart assente gentilmente. E Maud mais ainda.

— Nós estamos tão tristes por causa disso da sua avó, Elsa querida. Mas foi um enterro incrivelmente lindo, nós achamos. Ficamos muito felizes de termos sido convidados.

— E tinha um café excelente! — concorda Lennart, e faz sinal para Elsa entrar.

— Isso! Entre, entre, tem sonhos! — insiste Maud.

— Isso! E eu posso fazer mais café! — anima-se Lennart.

— Também tem achocolatado, Alf trouxe — conta Maud, entusiasmada.

Samantha late. Até o latido é gentil. Elsa pega um sonho de um pote cheio até a borda que ela lhe estende. E sorri para Maud.

— Tenho um amigo que gosta muito de sonho. E ele ficou sozinho o dia todo. Você acha que teria problema se eu o trouxesse aqui pra cima?

Maud e Lennart balançam a cabeça de um jeito que só as pessoas que, evidentemente, não sabem direito como se balança a cabeça fazem.

— Mas é claro que pode, criança querida! — exclama Maud.

— Vou fazer mais café! — diz Lennart, alegremente.

Maud dá um tapinha no braço de Elsa e repete com insistência:

— É claro que você pode trazer seu amigo! Claro que pode!

Maud não parece mais ter tanta certeza quando o wurse está sentado no tapete da cozinha dela pouco tempo depois. Dá para resumir assim.

Principalmente porque o wurse está, literalmente, sentado em cima do tapete inteiro.

24

SONHOS

— Bem que eu disse que ele gosta de sonho! – diz Elsa, contente.
Maud balança a cabeça sem dizer nada. Lennart está sentado do outro lado da mesa com uma Samantha, infinitamente, morta de medo no colo. O wurse está comendo sonhos, dez de cada vez.

— Que raça é essa? – diz Lennart de modo bem suave para Elsa, como se estivesse com medo de o wurse ficar ofendido.

— Wurse! – diz Elsa, satisfeita.

Lennart balança a cabeça como a gente faz quando não tem a menor ideia do que algo significa. Maud abre outro pote de sonhos e o empurra, cuidadosamente, pelo chão com a ponta dos dedos dos pés. O wurse o esvazia em três grandes bocadas. Levanta a cabeça e olha para Maud com olhos grandes como calotas de carro. Maud pega mais dois potes e tenta não parecer lisonjeada. Não dá lá muito certo.

Elsa olha para a carta da vovó. Ela está desdobrada em cima da mesa. Lennart e Maud devem ter tido tempo de lê-la enquanto estava no subsolo procurando o wurse. Lennart vê que ela está olhando e coloca a mão em seu ombro.

— Você tinha razão. Sua avó pede desculpas.

— Pelo quê? – pergunta Elsa.

Maud dá ao wurse pãezinhos de canela e metade de um bolo.

— Bem, era realmente uma lista longa. Afinal, sua avó era...

— Diferente – completa Elsa.

Minha avó pede desculpas

Maud ri afetuosamente e acaricia a cabeça do wurse. Lennart aponta para a carta com a cabeça.

— Em primeiro lugar, ela pediu desculpas por nos recriminar com tanta frequência. E por ficar brava com tanta frequência. E por discutir e causar problemas. Mas não precisava mesmo pedir desculpas por isso, pois todo mundo faz algo assim às vezes! – diz ele, como se quisesse pedir desculpas pelo fato de vovó ter feito isso.

— Menos vocês – diz Elsa, e gosta deles por isso.

Maud começa a rir.

— Aí ela pediu desculpas por aquela vez em que acabou atirando em Lennart da varanda com aquela arma de pentebol dela!

De repente, ela parece confusa.

— É assim que se chama? Pentebol?

Elsa concorda. Embora não seja exatamente assim. Maud parece orgulhosa.

— Uma vez, sua avó acabou atirando em Britt-Marie com ela, e aí ficou uma mancha cor-de-rosa bem grande na jaqueta florida dela. E era a jaqueta favorita de Britt-Marie, e a mancha não saiu nem com Vanish! Dá para imaginar?

Maud ri silenciosamente. E então parece se sentir culpada.

— Britt-Marie ficou muito brava, claro. E é uma grosseria da minha parte rir disso.

Elsa acha que não tem nenhum problema.

— Pelo que mais a vovó pediu desculpas? – pergunta ela, esperando ouvir mais histórias de alguém jogando *paintball* em Britt-Marie. Ou jogando seja o que for em Britt-Marie. Elsa não é exigente. Mas o queixo de Lennart cai na direção do peito. Ele olha para Maud, ela balança a cabeça, e Lennart se vira para Elsa.

— Sua avó pediu desculpas por pedir que nós contemos toda a história para você. Tudo que você precisa saber.

— Que história? – pergunta Elsa, mas mal tem tempo de dizer isso, antes de se dar conta de que há alguém atrás dela.

Ela se vira na cadeira. O menino com síndrome está à porta do quarto com um leão de pelúcia nos braços. Ele está olhando para Elsa, mas, quando ela olha para ele, o menino deixa o cabelo cair na testa. Como Elsa costuma fazer. Ele é cerca de um ano mais novo que ela, mas tem quase exatamente a mesma altura, e eles usam o mesmo penteado e têm o cabelo quase da mesma cor. A única coisa que os diferencia é que Elsa é diferente, e o menino tem uma síndrome, que é um tipo muito especial de diferença.

O menino não diz nada, porque ele nunca fala. Mas Maud o beija na testa e sussurra "Pesadelo?", e o menino faz que sim. Então Maud vai buscar um copo grande de leite e um pote cheio de sonhos, pega-o pela mão e o leva de volta para o quarto, dizendo firmemente:

— Vem que nós vamos botá-lo pra correr!

Lennart se vira na direção de Elsa.

— Acho que sua avó queria que eu começasse do início.

E nesse dia Elsa escuta a história do menino com síndrome. Uma história que ela nunca ouviu antes. Uma história apavorante do jeito que são as histórias que fazem com que você queira se abraçar o mais apertado possível quando a escuta. Lennart conta sobre o pai do menino, que tinha mais ódio em si do que alguém acreditaria que pudesse caber numa única pessoa. O pai usava drogas. Lennart se detém, parecendo preocupado de assustar Elsa, mas ela endireita as costas, afunda as mãos na pelagem do wurse e diz que não tem problema. Lennart pergunta se sabe o que são drogas, e ela diz que já leu na Wikipédia.

Lennart conta como o pai virava uma outra criatura quando usava aquilo sobre o que a gente lê na Wikipédia. Como a alma dele ficava sombria. Ele batia na mãe do menino quando ela estava grávida, porque não queria ser pai de ninguém. Os olhos de Lennart começam a piscar mais e mais lentamente, e ele diz que talvez fosse porque o pai tinha medo de que a criança fosse ser como ele era. Cheia de ódio e violência. Então, quando o menino nasceu, e os médicos contaram que tinha uma síndrome, o pai ficou fora de si de ódio. E não conseguia suportar que a criança fosse diferente. Talvez porque odiasse tudo o que era diferente. Talvez porque, quando olhava para o menino, via tudo o que era diferente nele próprio.

Minha avó pede desculpas

Então ele bebia, usava mais daquilo da Wikipédia e sumia noites inteiras, às vezes semanas, sem ninguém saber onde ele estava. Às vezes, ele vinha para casa calmo e reservado. Outras, ele chorava e explicava que tinha sido obrigado a ficar longe até todo o ódio se escoar. Como se morasse alguma coisa sombria dentro dele que estava tentando transformá-lo, contra a qual ele lutava. E conseguia ficar calmo durante semanas depois disso. Ou meses.

Mas aí, uma noite, a escuridão o dominou por completo. Ele bateu e bateu e bateu neles, até que não se mexessem mais. Então, ele saiu correndo.

A voz de Maud perturba o silêncio que Lennart deixou ficar na cozinha. O menino com síndrome ronca no quarto, e este é um dos primeiros sons que Elsa já ouviu vindo dele. A ponta dos dedos de Maud tateiam entre os potes de biscoito vazios na pia.

— Fomos nós que os encontramos. Tentamos tanto tempo convencê-la a pegar o menino e dar o fora, mas ela tinha muito medo. Nós todos tínhamos muito medo. Ele era um homem terrivelmente perigoso — sussurra ela.

Elsa abraça o wurse mais forte.

— O que vocês fizeram, então?

Maud curva-se sobre a mesa da cozinha. Ela está com um envelope na mão, igualzinho ao que Elsa trouxe.

— Nós conhecíamos sua avó. Do hospital. Você sabe, Elsinha querida, nessa época tínhamos um café, Lennart e eu. No saguão do hospital. Sua avó ia lá todo dia. Ela sempre comprava nossos sonhos. Uma dúzia de sonhos e uma dúzia de pãezinhos de canela, dia após dia. Não sei como começou, na verdade. Mas sua avó era o tipo de pessoa para quem a gente contava as coisas, você me entende? Eu não sabia o que fazer sobre Sam. Eu não sabia a quem recorrer. Todos nós estávamos tão terrivelmente assustados, mas liguei pra ela. Ela veio no seu carro velho e enferrujado no meio da noite...

— O Renault! — exclama Elsa, porque por algum motivo ela avalia que ele merece seu nome na história, se foi ele quem salvou todo mundo.

Lennart pigarreia com um sorriso triste.

— O Renault dela, isso. Ela veio com ele. E nós pegamos o menino e a mãe dele, e sua avó nos trouxe pra cá. Nos deu as chaves desse apartamento. Não sei muito bem como as conseguiu, mas ela disse que ia resolver tudo com os proprietários do prédio. Desde esse dia, nós moramos aqui.

— Mas e o pai? O que aconteceu quando ele percebeu que eles tinham ido embora? — Elsa quer saber, embora, na verdade, não queira saber de jeito nenhum.

A mão de Lennart procura os dedos de Maud.

— Não sabemos. Mas sua avó veio pra cá com Alf e disse esse aqui é Alf, ele vai buscar todas as coisas do menino. E ela e Alf voltaram lá, e o pai do menino apareceu, e ele estava... sombrio. Mais sombrio ainda por dentro. Ele deu uma surra horrível em Alf...

Lennart se interrompe como a gente faz quando, de repente, se lembra de que está falando com uma criança. Dá um pulo para a frente na história.

— Bem, claro que ele já tinha fugido quando a polícia chegou. E Alf, meu Deus, não sei. Ele recebeu curativos no hospital e foi sozinho para casa e nunca mais disse uma palavra sobre isso. Dois dias depois, ele já estava dirigindo o táxi de novo. Aquele sujeito é feito de aço.

— E o pai? — insiste Elsa.

— Sumiu. Sumiu durante muitos anos. Achamos que ele ficaria atrás de nós, principalmente do menino, mas ele sumiu durante tanto tempo que nós esperávamos... — Lennart se interrompe, como se as palavras fossem pesadas demais para a língua.

— Mas agora ele nos encontrou — complementa Maud.

— Mas como? — pergunta Elsa.

Os olhos de Lennart se arrastam pela mesa.

— Alf acha que ele descobriu o anúncio do enterro da sua avó, sabe? Com isso, ele localizou a agência funerária. E então ele encontrou... — começa ele, mas, imediatamente, parece se lembrar daquilo de novo.

— Ele me encontrou! — sussurra Elsa, com o coração batendo fora do corpo.

Lennart balança a cabeça, e Maud solta a mão dele, contorna a mesa rapidamente e abraça Elsa.

Minha avó pede desculpas

— Elsinha querida! Você tem que entender que ele não vê o menino há muitos anos. E vocês são do mesmo tamanho e têm o mesmo penteado. Ele pensou que você era nosso neto.

Elsa fecha os olhos. As têmporas latejam como se dois ímãs estivessem tentando atravessar o crânio dela a cada vez que inspira, e, pela primeira vez na vida, Elsa usa uma força de vontade pura e enfurecida para chegar à Terra-dos-Quase-Despertos sem estar nem perto de pegar no sono. Com toda a imaginação mais poderosa que consegue juntar, invoca um bicho-nuvem e vai voando para Miaudacas. Reúne toda a coragem que consegue. Então ela fixa o olhar na direção de Lennart e Maud e diz:

— Então vocês são os avós maternos do menino?

As lágrimas de Lennart caem na toalha da mesa como chuva no peitoril de uma janela.

— Não. Somos os avós paternos dele.

Elsa aperta os olhos.

— Vocês são os pais do pai do menino?

O peito de Maud sobe e desce. Ela afaga a cabeça do wurse e vai buscar um bolo de chocolate. Samantha olha com cautela para o wurse. Lennart vai buscar mais café. A xícara balança tanto que derrama o café pela pia.

— Eu sei que parece terrível, Elsa, tirar uma criança de seu pai. Fazer uma coisa dessas contra seu próprio filho. Mas, quando a gente vira avó e avô, a gente é avó e avô acima de tudo... — sussurra ele, melancolicamente.

— A gente é avó e avô antes de qualquer coisa! *Sempre!* — completa Maud, com uma obstinação incontrolável, e os olhos dela brilham de uma maneira que Elsa não achava que fosse possível em se tratando de Maud.

Então ela dá a Elsa o envelope que trouxe do quarto.

É a letra da vovó. Elsa não reconhece o nome, mas entende que é para a mãe do menino.

— Era esse o nome dela. Antes de a polícia nos dar essas identidades protegidas ou seja lá como chamam isso — conta Maud, e, com a mais suave das vozes, consegue acrescentar: — Sua avó deixou esta carta conosco há vários meses. Ela disse que você tinha de vir buscá-la. Ela sabia que você viria.

Elsa balança a cabeça e fecha os olhos.

— Eu sei. É uma caça ao tesouro. A vovó adorava caça ao tesouro.

Lennart inspira de um jeito infeliz. O olhar dele e de Maud se encontram de novo, e então ele explica:

— Mas, primeiro, temos que falar sobre nosso filho com você, Elsa. Temos que contar sobre Sam. E essa é uma das coisas pelas quais sua avó pede desculpas na carta. Ela pede desculpas por ter... salvado a vida de Sam...

A voz de Maud falha, até as palavras se tornarem um leve sibilo:

— Depois ela pediu desculpas por ter pedido desculpas por isso, desculpas por se arrepender de ter salvado a vida de nosso filho. Desculpas por não saber mais se achava que ele merecia viver. Mesmo ela sendo médica...

A noite avança sobre o quarteirão do lado de fora da janela. A cozinha cheira a café e bolo de chocolate. E Elsa ouve a história de Sam.

O filho do casal mais gentil do mundo que, mesmo assim, sem que ninguém pudesse compreender, se tornou a mais perversa das criaturas. Que teve o filho com síndrome, que, por sua vez, não trazia em si qualquer maldade, como se o pai tivesse ficado com todo o mal, sem deixar nada para ele. Elsa ouve a história de como o próprio Sam tinha sido um menininho um dia e como Maud e Lennart, que por muito tempo desejaram ter um filho, o amaram, como os pais amam seus filhos. Como todos os pais, inclusive os piores, mesmo os piores de todos, alguma vez devem ter amado seus filhos. É assim que Maud se expressa. "Porque senão, não dá para ser gente, simplesmente não consigo imaginar que se possa ser gente de outro jeito", sussurra. E ela teima que só pode ser culpa dela, porque não consegue imaginar que uma criança nasça má. Deve ser culpa da mãe se um menino, antes tão pequeno e indefeso, cresce e torna-se algo tão pavoroso, disso ela tem plena certeza. Embora Elsa diga que vovó sempre falava que algumas pessoas são de fato simplesmente umas merdas e não é culpa de mais ninguém, só dos merdas.

— Mas Sam estava sempre tão raivoso, não sei de onde vinha tanta ira. Devia existir uma escuridão em mim que passei pra ele e não sei de onde isso veio — sussurra Maud, arrasada.

E assim ela conta de um menino que sempre brigava enquanto crescia, sempre torturava outras crianças na escola, sempre perseguia todos que eram diferentes. De como, ao se tornar adulto, ele virou soldado e viajou para terras distantes porque tinha sede de guerra, e como lá conheceu um amigo. Seu primeiro amigo de verdade. De como todos que viram isso diziam que esse fato o transformou, trouxe à tona algo bom nele. O amigo também era soldado, mas um tipo diferente de soldado, sem aquela sede. Eles se tornaram inseparáveis. Sam dizia que o amigo era o guerreiro mais valente que ele já tinha visto.

Eles voltaram para casa juntos, e o amigo apresentou Sam a uma moça que ele conhecia, e ela viu algo em Sam, e por um único instante na vida Lennart e Maud também conseguiram ver isso, um vislumbre de outra coisa. Um Sam além da escuridão.

— Nós achamos que ela o iria salvar, nós todos lá no fundo esperávamos que ela o salvasse, porque tinha sido como num conto de fadas, e, quando a gente já viveu tanto tempo na escuridão, é tão difícil não acreditar em contos de fadas — confessa Maud, com as mãos de Lennart ao redor das suas.

— Mas então vieram as circunstâncias da vida — suspira Lennart — como acontece em tantos contos de fadas. E talvez não tenha sido culpa de Sam. Ou talvez tenha sido totalmente culpa de Sam. Talvez caiba a pessoas mais inteligentes do que eu decidir se cada pessoa é totalmente responsável por todas as suas ações ou não — diz Lennart. — Mas Sam voltou para a guerra. E depois retornou para casa mais sombrio.

— Ele era um idealista, apesar de todo o ódio e ira, ele era um idealista, era por isso que ele queria ser soldado — intervém Maud, melancólica.

E então Elsa pergunta se pode pegar emprestado o computador de Maud e Lennart.

— Quer dizer, se vocês tiverem computador! — acrescenta ela, desculpando-se, porque lembra a discussão que teve com Coração de Lobo, quando lhe pediu a mesma coisa.

— Lógico que temos computador — diz Lennart, sem compreender.

— Todo mundo tem computador hoje em dia, não? — emenda Maud, com um sorriso.

"Exatamente!", pensa Elsa, e decide comentar isso com Coração de Lobo na próxima vez em que ele aparecer. Se houver uma próxima vez.

Ao seguir Lennart, Elsa passa diante do quarto e vê que Maud colocou sonhos num grande círculo em volta da cama do menino. No pequeno escritório, nos fundos do apartamento, Lennart explica que o computador deles é bem velho, claro, então ela precisará ter um pouco de paciência. E lá, sobre uma mesa, está o computador mais trambolhudo que Elsa já viu, e atrás do computador há uma caixa gigantesca, e no chão há mais uma caixa.

— O que é isso? — pergunta Elsa, apontando para ela.

— É o computador — diz Lennart.

— E isso aqui? — pergunta Elsa, apontando para a outra caixa.

— É o monitor — Lennart aperta um grande botão na caixa do chão e acrescenta: — Ah, leva alguns minutos pra ligar, então temos que esperar um pouco.

— Alguns MINUTOS?! — exclama Elsa, e murmura: — Uau. Ele é realmente velho.

Mas, quando o computador muito velho finalmente ligou, e Lennart, depois de muitos "se" e "mas", o conectou à internet, e ela achou o que estava procurando, Elsa volta para a cozinha e senta-se de frente para Maud.

— Significa sonhador. "Idealista", quero dizer. Significa sonhador.

— Sim, pode-se dizer isso. — Maud sorri, gentilmente.

— Não é que a gente possa dizer isso. É o que realmente significa — corrige Elsa.

Maud balança a cabeça mais gentilmente ainda. E então ela conta a história do idealista que se tornou um cínico, e Elsa sabe o que isso significa, porque um professor da sua escola chamou-a disso uma vez. Foi o maior alvoroço quando mamãe ficou sabendo, mas o professor insistiu. Elsa não se lembra dos detalhes exatos, mas ela acha que foi na vez em que contou às outras crianças da escola como se produzem salsichas.

Minha avó pede desculpas

Elsa acha que talvez pense nessas coisas como mecanismo de defesa. Porque essa história contém muita verdade. É fácil isso acontecer quando a gente tem quase oito anos, uma história ter realidade demais.

Maud conta como Sam foi para outra guerra. Ele estava com seu amigo, e eles tinham defendido uma vila durante várias semanas do ataque de pessoas que, por motivos além da compreensão de Maud, queriam matar todos os que moravam lá. No fim, receberam ordens de abandonar a vila, porque a situação estava perigosa demais, mas o amigo de Sam se recusou. Ele convenceu Sam e o resto dos soldados a permanecerem lá até a cidade ficar segura, então levaram o máximo de crianças feridas que cabiam em seus carros para o hospital mais próximo, a vários quilômetros de distância. Porque o amigo de Sam conhecia uma mulher que trabalhava como médica lá, e todos diziam que ela era a cirurgiã mais habilidosa do mundo inteiro.

Foi no caminho cruzando o deserto que eles passaram em cima da mina. A explosão foi impiedosa. Choveu fogo e sangue.

— Morreu alguém? — pergunta Elsa, sem querer saber a resposta.

— Todos — responde Lennart, sem querer dizer a palavra em voz alta.

Todos menos o amigo de Sam e o próprio Sam. Ele ficou inconsciente, mas seu amigo arrastou-o do fogo. Sam foi o único que ele teve tempo de salvar. O amigo foi atingido por estilhaços de metal no rosto e teve queimaduras terríveis, mas, quando ouviu o tiroteio e entendeu que tinham sofrido uma emboscada, ele apanhou sua arma e se precipitou com tudo no deserto, só parando de atirar quando só havia ele e Sam deitados juntos no deserto, respirando e sangrando.

Eram apenas crianças os que atiraram nele. Eram exatamente como aquelas que os soldados tinham acabado de tentar salvar. O amigo de Sam viu isso quando ficou em pé diante dos seus corpos, com o sangue delas nas mãos. E ele nunca mais foi o mesmo.

De algum modo, ele conseguiu carregar Sam pelo deserto, e só desfaleceu quando chegou ao hospital, e a avó de Elsa veio correndo na direção deles. Ela salvou a vida de Sam. Ele ficou mancando um pouco de uma perna, mas sobreviveu, e foi lá no hospital que Sam começou a fumar os cigarros da vovó, que pede desculpas por isso também na carta.

Maud coloca o álbum de fotos diante de Elsa com todo o cuidado, como se ele fosse um serzinho com sentimentos. Ela aponta para uma foto da mãe do menino com síndrome. Ela está de pé entre Lennart e Maud, usando um vestido de noiva, e os três sorriem.

– Acho que o amigo de Sam era apaixonado por ela. Mas ele a apresentou a Sam, e aí foram eles que se apaixonaram. Creio que o amigo de Sam nunca disse nada. Eles eram como irmãos, aqueles dois, dá pra imaginar? Acho que o amigo dele simplesmente era bondoso demais para falar sobre o que ele sentia por ela, você entende?

Elsa compreende. Maud sorri.

– Ele sempre foi um rapaz tão delicado, o amigo de Sam. Sempre achei que ele tinha alma de poeta. Eles eram tão diferentes, ele e Sam. É terrivelmente difícil imaginar que ele conseguiu fazer tudo aquilo que foi obrigado a fazer para salvar a vida de Sam. Que aquele lugar pôde torná-lo tão temível...

Ela fica muito tempo em silêncio. A tristeza tamborila na toalha da mesa.

– Guerreiro – sussurra ela, virando a página do álbum de fotos.

Elsa não precisa ver as fotos para saber o que há nelas.

É Sam. Ele está em algum lugar num deserto, usando um uniforme e apoiando-se em muletas. Ao lado dele está vovó, com um estetoscópio em volta do pescoço. E entre eles está o melhor amigo de Sam. Coração de Lobo.

25

PINHEIRO

Foram os bichos-nuvem que salvaram o Eleito, quando as sombras foram secretamente para o reino de Mimovas para sequestrá-lo. Porque enquanto Miamas é feito de fantasia, Mimovas é feito de amor. Sem amor não existe música, sem música não existe Mimovas, e o Eleito era o mais amado de todos no reino inteiro. Então, se as sombras o tivessem capturado, isso teria, com o passar do tempo, arrasado toda a Terra-dos-Quase-Despertos. Caindo Mimovas, cairia Mirevas, e caindo Mirevas cairia Miamas, e caindo Miamas cairia Miaudacas, e caindo Miaudacas cairia Miploris. Porque sem música não pode haver sonhos, e sem sonhos não pode haver histórias, e sem histórias não pode haver coragem, e sem coragem ninguém suportaria a tristeza, e sem música, sonhos, histórias, coragem e tristeza só restaria um reino na Terra-dos-Quase-Despertos: Mibatalos. Mas Mibatalos não consegue viver sozinho, porque todos os guerreiros de lá perderiam seu valor sem os outros reinos, pois eles não teriam mais nada de valioso por que lutar.

Ela também roubou isso de Harry Potter, a vovó, isso de ter algo valioso por que lutar. Mas Elsa a desculpou porque isso era muito legal. De certa forma, a gente pode roubar coisas assim, se o resultado for legal.

E então eram os bichos-nuvem que viam as sombras se esgueirando por entre as casas em Mimovas, e eles faziam o que os da sua espécie fazem: mergulhavam como flechas e decolavam de novo como navios majestosos, transformavam-se em dromedários, maçãs e velhos pescadores com charuto, e as sombras se lançavam direto dentro da armadilha. Porque logo elas não sabiam mais quem ou o que estavam caçando. Então os bichos-nuvem sumiram num único sopro celeste, e num deles desapareceu o Eleito. E foi até Miamas.

Aí foi assim que começou a Guerra-Sem-Fim. E, se não fossem os bichos-nuvem, isso teria acabado lá também, naquele dia, e as sombras teriam vencido. E Elsa achava que a gente tinha de demonstrar uma certa gratidão para com os bichos-nuvem por isso. Mesmo que eles fossem cretinos.

Elsa fica na Terra-dos-Quase-Despertos a noite inteira. Agora consegue ir para lá quando quer, como se nunca tivesse sido difícil. Ela não sabe por quê, mas supõe que é porque não tem mais nada para perder. A sombra está no mundo real agora, Elsa sabe quem ela é, e sabe quem vovó era, e quem é Coração de Lobo, e como tudo está conectado. Elsa não está mais com medo. Ela sabe que a guerra vai vir, que é inevitável, e isso a deixa estranhamente tranquila.

E a Terra-dos-Quase-Despertos não está pegando fogo, como aconteceu no sonho. Está tão bonita e pacífica como sempre foi, quando ela passeia por lá. É só quando acorda que percebe que evitou ir para Miamas. Elsa vai para todos os outros cinco reinos, inclusive para as ruínas onde Mibatalos ficava antes da Guerra-Sem-Fim, mas não para Miamas. Porque ela não quer saber se vovó está lá.

Não quer saber se vovó *não está* lá.

Papai está na porta do seu quarto. No mesmo instante, ela fica totalmente desperta, como se alguém a tivesse acordado borrifando spray de menta em seu nariz. (E isso funciona bem pra caramba, se a gente quer acordar alguém. Elsa sabe disso porque a gente sabe também se tem o tipo de avó que ela teve.)

— O que houve? A mamãe está doente? É a Metade? — indaga Elsa, e pula da cama com as pálpebras ainda pesadas pelos medos e sombras.

Papai parece hesitante. E um pouco sem entender. Só que mais hesitante. Elsa pisca os olhos para espantar o sono e lembra que mamãe está numa reunião no hospital, porque ela tentou acordá-la antes de ir, mas Elsa fingiu que estava dormindo. E George está na cozinha, porque um pouco mais cedo ele veio perguntar se ela queria ovo, mas Elsa fingiu que estava dormindo.

Então ela olha confusa para papai.

— Mas o que você está fazendo aqui? Não é o seu dia de tomar conta de mim, é?

Papai pigarreia, hesitante. Fica com a cara que os pais fazem quando, de repente, se tocam de que alguma coisa que costumavam fazer, porque era importante para as filhas deles, de repente virou aquele tipo de coisa que as filhas deles fazem porque é importante para o pai delas. É uma fronteira muito tênue. Nem os pais nem as filhas jamais esquecem quando a ultrapassam.

Elsa conta os dias de cabeça.

— Desculpe — murmura ela quando lembra.

— Tudo bem, eu entendo que você tem muita coisa para fazer — diz papai, hesitante, virando-se para ir embora.

— Ah, espera aí! — bufa Elsa, sem ter a intenção de irritar-se tanto assim.

Elsa tinha razão, não é o dia do pai. Mas ela se enganou, porque hoje é o dia antes da véspera de Natal, e, na verdade, é uma loucura esquecer uma coisa dessas se a gente tem quase oito anos. Porque o dia antes da véspera de Natal é o dia dela e do pai. O dia do pinheiro.

O dia do pinheiro é, como o nome sutilmente sugere, o dia em que Elsa e papai compram um. Um pinheiro de plástico, claro, porque Elsa se recusa a comprar um de verdade. Mas como papai fica muito feliz em ir comprar um pinheiro com Elsa, ela insiste que precisa de um novo, de plástico, todo ano. Tem gente que acha que essa é uma tradição estranha, mas vovó dizia que "é direito de todo filho de pais divorciados ser um pouco excêntrico de vez em quando".

Claro que mamãe ficava superbrava com vovó por causa do pinheiro de plástico, porque ela gosta do cheiro de pinheiro de verdade e sempre dizia que isso de pinheiro de plástico, simplesmente, era uma coisa que vovó tinha enfiado na cabeça de Elsa. Claro que isso era uma mentira descarada, afirmava vovó, o que claro que era uma mentira descarada. Porque foi vovó que contou para Elsa sobre o baile do pinheiro em Miamas, e depois de ter ouvido essa história se era praticamente obrigado a ser totalmente metido para querer um pinheiro de que alguém amputou o pé e vendia como escravo.

Em Miamas, os pinheiros são criaturas vivas, pensantes, com um interesse por decoração grande demais para uma conífera. Eles não moram na floresta, mas sim nos distritos ao sul do centro de Miamas, que foram ficando na moda nos últimos anos, e frequentemente trabalham em agências de publicidade e usam cachecol dentro de casa. Uma vez por ano, logo depois de a primeira neve cair, todos os pinheiros se reúnem na grande praça diante do castelo e competem para ver quem vai ficar em qual casa no Natal. São os pinheiros que escolhem as casas, e não o contrário, e a distribuição é decidida através de um concurso de dança. Antigamente, eles duelavam com revólveres, mas os pinheiros, em geral, têm uma mira tão ruim que levava tempo demais. Então agora eles dançam a dança do pinheiro, o que parece um pouco inusitado, porque os pinheiros não têm pés. Se a gente como não pinheiro quiser imitar um pinheiro dançando é só dançar de pés juntos. Muito prático, por exemplo, numa discoteca com pista de dança apertada.

Elsa sabe disso porque, quando papai bebe um copo e meio de champanhe na véspera do Ano-Novo, às vezes ele dança a dança dos pinheiros na cozinha com Lisette. Só que para papai, claro, é só uma "dança".

— Desculpe, papai, eu sei que dia é hoje! — grita Elsa, enfiando rapidinho uma calça jeans, um pulôver e uma jaqueta e correndo para o hall.

— Só vou fazer uma coisa primeiro! — diz ela, já descendo a escada.

Papai quase conseguiria detê-la, se não tivesse hesitado. Mas é assim que ele é. Então, não adianta muito.

Elsa escondeu o wurse no Renault na noite passada. Ela estava com um balde de pãezinhos de canela de Maud e avisou a ele que se escondesse embaixo dos cobertores no banco de trás, se alguém descesse até a garagem. "Você tem que fingir que é uma pilha de roupa, ou uma TV, ou qualquer outra coisa!", disse Elsa, e o wurse não parecia totalmente convencido de que seria uma boa TV. Então, Elsa teve que ir buscar um saco de sonhos na casa de Maud, e aí o wurse cedeu e entrou embaixo dos cobertores, mas, para falar a verdade, ele não parecia nem um pouco com uma TV.

Elsa disse boa noite, subiu a escada de fininho e ficou no escuro diante do apartamento do menino com síndrome e da mãe dele. Pensou em tocar a campainha, mas não teve coragem. Ela não queria ouvir mais histórias. Não queria mais saber de sombras e escuridão. Então só colocou o envelope na caixinha de correio da porta e saiu correndo.

A porta deles está fechada e trancada hoje. Todas as outras portas também. Todos no prédio que estão acordados foram para algum lugar, e quem não foi para lugar nenhum não está acordado. Então Elsa ouve a voz de Kent vários andares acima, embora ele esteja sussurrando, porque é assim que funciona a acústica nas escadas. Elsa sabe disso porque "acústica" está na jarra de palavras. Ela ouve Kent sussurrar: "Sim, prometo, eu volto hoje à noite." Mas quando ele desce o último andar da escada, passando pelo apartamento do wurse e de Coração de Lobo e pelo do menino e da mãe, Kent começa, de repente, a falar em voz alta: "Ja Klaus! In Frankfurt! Ja, ja, ja!" Então ele se vira e finge que acabou de perceber que Elsa está atrás dele.

— O que você está fazendo? — pergunta Elsa, desconfiada.

Kent pede a Klaus que espere no aparelho do jeito que a gente faz quando não tem Klaus nenhum ao telefone. Ele está usando uma camisa polo com números e um homenzinho montado num cavalo no peito. Kent contou para Elsa que uma camisa polo dessas custa mais do que mil coroas, e vovó sempre dizia que o bom desse tipo de camisa é que o cavalo funciona como um aviso de que dentro dela há uma grande probabilidade de estar um imbecil.

— O que você quer? — pergunta Kent, com desdém.

Elsa olha fixamente para ele. Depois observa as tigelinhas de plástico vermelhas cheias de carne que ele está colocando na escada.

— O que é isso? — diz ela, arfando.

Kent abre os braços com tanta veemência que quase arremessa Klaus de encontro à parede.

— Aquele cão de caça continua zanzando por aqui, isso vai desvalorizar a copropriedade!

Elsa recua prudentemente, sem tirar os olhos das tigelinhas de carne. Kent deixa os braços caírem de encontro ao corpo novamente e parece perceber que talvez tenha se expressado meio desajeitadamente, então faz uma nova tentativa, com aquela voz que os homens da idade de Kent acham que se deve empregar para que mulheres da idade de Elsa entendam:

— Britt-Marie encontrou pelo de cachorro na escada, você está entendendo, querida? Não podemos ter animais selvagens na escada, isso desvaloriza a copropriedade, você entende?

Ele sorri como adultos que não entendem como as coisas são para crianças, porque acham que as crianças não têm cérebro. Ela observa como ele olha inseguro para o telefone.

— Afinal, não é que a gente vá matá-lo! Ele só vai dormir um pouquinho, OK? Que tal você ser boazinha agora e ir pra casa com sua mamãe?

Elsa não se sente nem um pouco bem. E ela não gosta que Kent faça sinal de aspas no ar quando diz "dormir".

— Com quem você está falando ao telefone? — pergunta ela.

— Klaus, um parceiro comercial da Alemanha — responde Kent, como a gente faz quando não é isso de jeito nenhum.

— *Sure* — diz Elsa.

As sobrancelhas de Kent se afundam.

— Que tom é esse, menina?

Elsa dá de ombros.

— Acho melhor você correr para casa com sua mamãe agora — repete Kent, um pouquinho mais ameaçador.

Elsa não se mexe. Aponta para as tigelinhas.

— Tem veneno nelas?

— Escuta aqui, garota, cachorro solto é uma praga! Não dá pra ter uma praga dessas zanzando por aqui e ter sucata na garagem e todo tipo de porcaria. Isso vai desvalorizar o prédio, alguém realmente precisa limpar a droga dessa propriedade pra ela não se *desvalorizar*! — declara ele, como se de fato só estivesse fazendo isso para o bem-estar de todos.

Mas Elsa ouve algo apavorante na voz dele quando ele diz "sucata", então ela força a passagem por ele, dominada por maus pressentimentos. Precipita-se escada abaixo. Abre a porta da garagem e fica ali parada, as mãos trêmulas, o coração disparado. Ela bate o joelho em cada degrau ao subir a escada de novo.

Minha avó pede desculpas

– CADÊ O RENAULT?! O QUE VOCÊ FEZ COM O RENAULT?! – berra ela para Kent, brandindo os punhos cerrados, mas só consegue agarrar Klaus. Então ela o arremessa na escada do subsolo, de modo que a tela e o estojo de plástico se arrebentam e vão rolando numa avalanche eletrônica em miniatura na direção dos escaninhos.

– Você é completamente... que diabos é isso? Você é totalmente *desmiolada*, pirralha? Você sabe quanto esse telefone *custa*? – berra Kent, e depois diz que custa oito mil pratas.

Elsa informa que está cagando e andando para quanto ele custa. Então Kent informa a ela, com um brilho sádico nos olhos, o que ele fez com o Renault. Porque o Renault era "um monte de sucata que *desvalorizava* o prédio!".

Elsa percebe isso. Porque tem um artigo da Wikipédia sobre sadismo. Ela sobe a escada correndo para chamar papai, mas para bruscamente no penúltimo andar. Britt-Marie está à porta do apartamento dela e de Kent. Ela cruza as mãos diante dos quadris, e Elsa vê que está suando. Vem um cheiro de comida de Natal da cozinha atrás dela. Ela está com a sua jaqueta florida e com o broche grande. Quase não dá para ver as manchas cor-de-rosa de *paintball*.

Os olhos de Elsa se arregalam súplices.

– Você não pode deixar Kent matá-lo, por favor, Britt-Marie, ele é meu amigo... – sussurra ela.

Os olhos de Britt-Marie encontram os de Elsa, e, por um único segundo, existe compaixão neles. Elsa vê isso. Mas então se ouve a voz de Kent, dizendo para Britt-Marie descer com mais veneno, ela fecha os olhos bruscamente, e aí a Britt-Marie de sempre está de volta.

– Os filhos de Kent vêm pra cá amanhã. Eles têm medo de cachorro – explica ela, decidida.

Ela endireita um vinco inexistente de sua saia e remove algo invisível da jaqueta florida.

– Vamos ter um jantar de Natal tradicional aqui amanhã. Com comida normal de Natal. Como uma família civilizada. Nós realmente não somos bárbaros, como alguns – continua ela, secamente, de modo que deixa bem claro que com "alguns" ela quer dizer "sua família". Então ela bate a porta. Elsa fica ali parada e percebe que papai não vai poder resolver isso, porque a hesitação não é um superpoder muito apropriado nesse tipo de situação emergencial. Ela precisa de reforço.

Elsa tem de bater à porta por mais de um minuto, antes de ouvir os passos arrastados de Alf. Ele abre a porta com uma xícara de café na mão. O cheiro de café é tão forte que Elsa tem certeza absoluta de que uma colher ficaria na vertical dentro dela por si só.

— Estou dormindo – grunhe ele.

— Ele vai matar o Renault! – soluça Elsa.

— Matar? Não vão matar nada por aqui. É só a droga de um carro – diz Alf, tomando um grande gole de café e bocejando.

— Não é só um carro! É o RENAULT! – grita Elsa, totalmente fora de si.

— Quem que está dizendo pra você que vai matar o Renault? – pergunta ele.

— Kent!

Elsa nem tem tempo de explicar sobre o que está no banco de trás do Renault, antes de Alf se livrar da xícara de café, calçar o sapato e ir descendo a escada. Ela ouve Alf e Kent gritarem tão assustadoramente um com o outro que tem de tapar os ouvidos. Não consegue escutar o que eles estão dizendo, além de um monte de palavrão, e que Kent está gritando alguma coisa sobre a copropriedade e que não se pode ter "montes de sucata enferrujada" na garagem, porque senão as pessoas podem achar que todos no prédio são "socialistas". Esse é o jeito de Kent dizer "idiotas desgraçados", percebe Elsa. Aí Alf grita "idiotas desgraçados", que é o jeito dele dizer justamente isso, porque Alf não é muito de ficar complicando as coisas.

Então Alf sobe a escada de novo com passos barulhentos e um olhar furioso, e resmunga:

— O desgraçado mandou alguém rebocar o carro. Seu pai está aí?

Elsa faz que sim. Alf sobe em disparada a escada sem dizer uma palavra, e logo depois Elsa e papai estão no táxi, embora papai não queira de jeito nenhum.

— Não tenho certeza se quero fazer isso — diz papai.

— Alguém tem que trazer a porcaria do Renault de volta para casa, porra — grunhe Alf.

— Mas como vamos descobrir para onde Kent o mandou? — pergunta Elsa, ao mesmo tempo que papai se esforça ao máximo para não parecer totalmente hesitante.

— Eu dirijo essa porcaria de táxi há trinta anos — diz Alf.

— E? — dispara Elsa.

— Então eu sei como a gente encontra um Renault rebocado, cacete! — dispara Alf como resposta.

Então ele liga para todos os taxistas que conhece. E Alf conhece todos eles.

Vinte minutos depois, eles estão num ferro-velho fora da cidade, e Elsa abraça o capô do Renault do mesmo jeito que se abraça um bicho-nuvem. Com o corpo todo. Ela vê que a TV no banco de trás está se mexendo muito, incomodada por não ter sido abraçada primeiro, mas, se a gente tem quase oito anos e se esquece de abraçar um wurse num Renault, é porque não está com tanto medo do wurse quanto o funcionário do ferro-velho que acabou encontrando-o.

Alf e o funcionário gordo do ferro-velho discutem, brevemente, quanto vai custar para reaver o Renault. Então Alf e Elsa brigam um bom tempo porque ela não mencionou desde o início que não tinha a chave do Renault. Aí o homem gordo fica andando ao redor, coçando o cocuruto e murmurando que tinha certeza de ter deixado sua vespa ali mais cedo, e, que diabos, onde ela estaria agora? Então Alf e o homem gordo negociam quanto vai custar para rebocar o Renault de volta para casa. Aí papai tem que pagar tudo.

Esse é o melhor presente que ele já deu para Elsa. Melhor que a canetinha vermelha. E quando ela lhe diz isso, ele parece um tiquinho menos hesitante.

Alf coloca o Renault estacionado na vaga da vovó, não na de Britt-Marie. Quando Elsa apresenta um ao outro, papai fica olhando para o wurse com a expressão de alguém que está se preparando para uma obturação. O wurse olha de modo bem arrogante para ele. Um pouco convencido demais, Elsa acha, então ela exige que responda se foi ele que comeu a vespa do funcionário do ferro-velho. Então o wurse para de ficar com cara convencida e vai se deitar embaixo dos cobertores, e parece pensar que, se as pessoas não querem que ele coma vespa, deveriam mandar-lhe mais pãezinhos de canela. Elsa diz para ele que, na verdade, é roubo comer vespa. Ou, pelo menos, "apropriação ilegal de veículo", ela o informa depois de pegar o iPhone do pai e dar uma olhada no Google. Mas aí o wurse finge que está dormindo. "Medroso", murmura Elsa.

Ela diz ao papai, para grande alívio dele, que pode ir esperar no Audi. Depois, Elsa e Alf recolhem todas as tigelas vermelhas de carne com veneno da escada e as colocam num grande saco de lixo preto.

— Isso tem que ir para a coleta seletiva! — ordena Alf, bruscamente, quando Kent e Britt-Marie abrem a porta. Elsa joga o saco no tapete do hall deles com tanta veemência que uma pilha de palavras cruzadas de Britt-Marie despenca de um banquinho.

Elsa cruza as mãos diante dos quadris e sorri para ela.

— De fato existem regras a respeito da coleta seletiva nessa associação de inquilinos, e as regras realmente valem para *todos*, Britt-Marie! — diz Elsa, afavelmente.

Kent grita para eles que a porcaria daquele veneno custou seiscentas pratas. Britt-Marie não diz nada.

Então Elsa vai com papai comprar um pinheiro de plástico. Porque Britt-Marie estava enganada, a família de Elsa não é feita de bárbaros. Além do mais, se diz "baa-baa-ros", porque o nome vem de Miamas e é a denominação dos que mataram os pinheiros de verdade para vender como escravos. Todos os não metidos sabem disso de certa forma.

— Eu te dou trezentos — diz Elsa para o homem da loja.

— Escute aqui, garotinha, aqui não existe pechincha — diz o homem da loja, exatamente com o tom que se poderia supor que é usado pelos homens de lojas.

— *Sure!* — diz Elsa.

Minha avó pede desculpas

— Ele custa 495 – diz o homem da loja.
— Eu te dou 250 – diz Elsa.
O homem da loja dá uma risada sarcástica.
— Como eu acabei de dizer, *garotinha*, não existe pechincha nesta lo... – começa ele.
— Então eu te dou só duzentos – informa Elsa.
O homem da loja olha para o pai de Elsa. Papai olha para os sapatos. Elsa olha para o homem da loja e sacode a cabeça muito séria.
— Meu pai não vai ajudar você. Eu te dou duzentos!
O homem da loja repuxa os lábios numa careta que, com certeza, deve representar como se olha para crianças quando elas são fofas mas piradas.
— Não é assim que as coisas funcionam aqui, garotinha.
Elsa dá de ombros.
— Eu liguei há uma semana e encomendei esse pinheiro.
— Tudo bem. Mas não aceitamos pechincha nesta loja, garoti...
Elsa dá de ombros e pergunta:
— Que horas vocês fecham hoje?
— Em cinco minutos – suspira o homem.
— E vocês têm um depósito grande aqui?
— O que isso tem a ver?
— Eu só estou pensando – diz Elsa.
— Não. Nós não temos nenhum depósito – responde o homem.
Ele olha para Elsa. Ela olha para ele.
— E vocês abrem na véspera de Natal?
— Não.
Elsa faz um beicinho, fingindo surpresa.
— Então vocês têm um pinheiro aqui. E nenhum depósito. E que dia é amanhã?
Elsa compra o pinheiro por duzentos. Ela ainda ganha uma caixa de luzes para a varanda e um alce de plástico supergrande de brinde.
— Você NÃO PODE voltar lá e dar mais dinheiro pra ele! – Elsa aponta um dedo ameaçador para o pai, quando ele está colocando tudo no Audi.

Papai suspira.

— Eu fiz isso uma única vez, Elsa. Só uma vez. E agora você realmente foi, excepcionalmente, desagradável com o vendedor.

— A gente tem que negociar! – diz Elsa.

Vovó ensinou isso para Elsa. Papai também detestava ir para lojas com ela.

O Audi para diante da casa. Como de costume, papai abaixou o volume do som para Elsa não precisar escutar a música dele. Alf sai para ajudar papai a carregar a caixa, mas papai insiste em carregá-la sozinho. Porque é tradição que ele carregue até em casa o pinheiro para sua filha. Antes de ele ir embora, Elsa quer lhe dizer que gostaria de ficar mais tempo na casa dele quando a Metade chegar. Mas não quer aborrecê-lo, então não diz nada. Ela só sussurra "Obrigada pelo pinheiro, papai", e aí ele fica contente e, então, vai para casa encontrar Lisette e os filhos. E Elsa fica lá olhando ele ir embora.

Porque ninguém se aborrece se a gente não diz nada. Toda criança de quase oito anos sabe disso.

26

PIZZA

Em Miamas, comemora-se o Natal na noite da véspera, assim como na Suécia, porque é nesse momento que se contam todas as histórias de Natal. Todas as histórias em Miamas são reverenciadas como tesouros, mas as histórias de Natal são algo totalmente especial. Afinal, uma história normal pode ser engraçada, ou triste, ou emocionante, ou assustadora, ou dramática, ou sentimental, mas uma história de Natal tem que ser tudo isso. "Uma história de Natal tem que ser escrita com todas as tintas", dizia vovó. E elas precisam ter um final feliz, Elsa decidiu por sua conta.

Porque Elsa não é nenhuma idiota, ela sabe que, se houver um dragão no início da história, ele vai aparecer de novo antes de a história acabar. Ela sabe que tudo precisa ficar mais sombrio e mais terrível antes de ficar tudo bem no final. Porque todas as melhores histórias funcionam assim.

Ela sabe que vai ter que lutar, ainda que esteja cansada disso. Então isso aqui tem que ter um final feliz.

Tem que ter.

Ela sente saudade do cheiro de pizza quando está descendo a escada. Vovó dizia que havia uma lei em Miamas sobre ter que comer pizza no Natal. Ela dizia um monte de bobagem, a vovó, mas Elsa fingia concordar, pois gosta de pizza e porque mesa de Natal realmente é um pé no saco, se a gente é vegetariano.

Além do mais, a pizza tinha o bônus de espalhar seu cheiro pela escada, o que deixava Britt-Marie louca. É que Britt-Marie pendura enfeites de Natal na porta do apartamento dela e de Kent, porque os filhos de Kent sempre vêm na véspera de Natal e Britt-Marie só quer realmente "enfeitar um pouquinho a escada, pelo bem-estar de todos!", ela sempre explicava, afavelmente, para mamãe e George. E aí os enfeites de Natal ficavam cheirando a pizza o ano todo, reclamava Britt-Marie, chamando vovó de "incivilizada".

"E é ESSA VELHA que vem falar de ser incivilizada! Ninguém é mais civilizada que EU, porra!", bufava vovó todo ano, enquanto tradicionalmente ia de fininho durante a noite pendurar pedacinhos de *calzone* nos enfeites de Natal de Britt-Marie. E quando Britt-Marie ia falar com mamãe e George na manhã da véspera de Natal, tão brava que dizia sempre duas vezes a mesma coisa, vovó se justificava dizendo que eram "enfeites de Natal de pizza" e que realmente "só queria enfeitar um pouquinho a escada, pelo bem-estar de todos!". Uma vez, ela acabou despejando o *calzone* inteiro dentro da caixinha de correio de Britt-Marie e Kent, e aí Britt-Marie ficou tão brava na manhã de Natal que esqueceu o broche quando colocou a jaqueta florida.

Mas, com toda a honestidade, ninguém nunca conseguiu entender direito como alguém pode despejar um *calzone* inteiro dentro de uma caixinha de correio.

―

Elsa respira fundo, controladamente, na escada, porque foi isso que mamãe disse para ela fazer quando ficasse brava. Mamãe faz realmente tudo que vovó nunca fez. Como pedir a Elsa que convide Britt-Marie e Kent para a ceia de Natal com todos os outros vizinhos, por exemplo. Isso vovó nunca teria feito. "Só por cima do meu cadáver!", ela teria gritado, se mamãe sugerisse isso. O que ela não podia fazer agora que o corpo está realmente morto, percebe Elsa, mas ainda assim. É questão de princípios, de certa forma. Era isso que vovó diria se estivesse aqui. Isso apesar de vovó detestar princípios. Principalmente os princípios de outras pessoas.

Mas Elsa não pode dizer não para mamãe justo agora, porque mamãe, depois de muita conversa, concordou em deixar o wurse ficar escondido no apartamento da vovó durante o Natal. É bem difícil dizer não para uma mãe que deixa a gente trazer um wurse para casa, mesmo que mamãe continue suspirando que Elsa "exagera" quando diz que Kent está tentando matá-lo.

Por outro lado, Elsa está contente porque o wurse logo deixou claro que não gosta de George nem um pouco. Não que Elsa, necessariamente, fique contente por alguém não gostar de George, mas, na verdade, nunca tem ninguém que faça isso, então é divertido só para variar.

O menino com síndrome e a mãe dele vão se mudar para o apartamento da vovó. Elsa sabe disso porque ficou brincando de esconder a chave com o menino a tarde toda, enquanto mamãe, George, Alf, Lennart, Maud e a mãe do menino ficaram sentados na cozinha, falando de segredos. Claro que eles negam isso, mas Elsa sabe qual é o som de vozes que falam de segredos. A gente sabe disso quando tem quase oito anos. Ela detesta que mamãe esconda segredos dela. Quando a gente sabe que alguém guarda segredos de nós, nos sentimos como idiotas, e ninguém gosta de se sentir assim.

E mamãe devia saber isso. Se alguém realmente devia saber isso, esse alguém é mamãe.

Elsa sabe que eles estão falando que o apartamento da vovó é mais fácil de defender, se Sam aparecer por aqui. Não que eles digam o nome dele, mas Elsa de fato não é nenhuma idiota, ela já tem quase oito anos. E sabe que Sam mais cedo ou mais tarde vai vir, e que mamãe pensa em reunir todo o exército da vovó no último andar, mesmo que ela nunca fosse chamar o exército de exército. Elsa estava no apartamento de Lennart e Maud com o wurse, quando mamãe disse para Maud "empacotar só o essencial", tentando soar como se isso não fosse nem um pouco sério. Então Maud e o wurse puseram todos os potes de biscoito que conseguiram encontrar em sacolas grandes, e, quando mamãe viu isso, ela suspirou e disse: "Por favor, Maud, eu disse só o essencial!" Então Maud olhou para mamãe sem entender nada e respondeu: "Biscoito é essencial."

O wurse roncou numa calorosa concordância, depois olhou para mamãe, como se estivesse mais desapontado do que bravo, e cutucou, ostensivamente, mais um pote de biscoitos de chocolate e de amendoim na sacola. Aí eles carregaram tudo para o apartamento da vovó, e George convidou todos para tomar vinho quente. O wurse bebeu mais que todo mundo. E agora todos os adultos estão sentados na cozinha da mamãe e de George, falando de seus segredos.

Elsa sabe. Ela tem quase oito anos.

Embora a porta de Britt-Marie e Kent esteja coberta de enfeites de Natal, ninguém abre a porta quando Elsa toca a campainha. Ela vai encontrar Britt-Marie no térreo, bem na frente da porta. Britt-Marie está com as mãos cruzadas diante dos quadris, olhando desconsolada o carrinho de bebê que continua acorrentado ao corrimão. Ela está com a jaqueta florida e o broche. Há um bilhete novo no quadro de avisos.

O primeiro bilhete era aquele em que estava escrito que era proibido deixar carrinhos de bebê aqui. Aí alguém tirou o bilhete. Agora alguém colocou outro. E o carrinho continua lá. E, na verdade, nem é um bilhete, Elsa vê quando dá um passo adiante. É uma palavra cruzada.

Britt-Marie dá um salto quando vê isso.

— Sei, sei, claro que isso aqui é algum tipo de invenção da sua família, como sempre, claro! Claro que é isso!

Elsa sacode a cabeça, mal-humorada.

— Talvez não seja nada disso.

Britt-Marie remove migalhas invisíveis do avesso de sua jaqueta e sorri daquele jeito tão afável, sem ser nem um pouquinho amável, que, de certa forma, é sua principal área de competência.

— Claro que vocês acham que isso aqui é engraçado. Eu entendo. Você e sua família. Debochar de todos nós aqui do prédio. Mas eu vou até o fundo disso e vou encontrar os responsáveis, podem ter certeza. Há um risco real de incêndio quando se colocam carrinhos de bebê na escada e prega-se papel nas paredes! O papel realmente pode pegar fogo!

Ela endireita um amarrotado inexistente em sua saia e tenta tirar uma mancha invisível do seu broche, esfregando-a.

— Eu realmente não sou nenhuma idiota, não sou mesmo. Eu sei que vocês falam de mim pelas minhas costas nessa associação de coproprietários, eu sei que vocês fazem isso!

Minha avó pede desculpas

Elsa não sabe direito o que acontece com ela nesse exato momento, mas é a combinação das palavras "nenhuma idiota" e "pelas minhas costas", talvez. Escorre algo muito desagradável, corrosivo e malcheiroso pela garganta de Elsa, e leva um bom tempo antes que ela, enojada, seja forçada a admitir para si mesma que é solidariedade.

Por Britt-Marie.

Ninguém gosta de se sentir um idiota.

Então Elsa não diz para Britt-Marie que, talvez, ela devesse experimentar parar de ser tão idiota o tempo todo, se quiser que as pessoas falem mais com ela. Também não diz nada sobre o fato de que lá, na verdade, não é nenhuma associação de coproprietários. Ela só engole todo o orgulho que consegue e murmura:

— A mamãe e George querem convidar você e Kent para a ceia de Natal lá em casa amanhã. Todas as outras pessoas do prédio vão pra lá. Ou, tipo, todos.

Os olhos de Britt-Marie cintilam apenas por um instante. Elsa, por segundos, recorda-se do olhar que ela dera pela manhã, um olhar humano. Mas então pisca e responde:

— Sei, sei, mas não posso simplesmente aceitar convites de qualquer jeito, porque Kent está no escritório nesse momento, já que algumas pessoas neste prédio realmente têm um *trabalho* para cuidar. Pode dar esse recado a sua mãe. Nem todo mundo está simplesmente *de folga* o Natal todo. E os filhos de Kent vêm aqui amanhã, e eles, na verdade, não gostam de ir a festas na casa de outras pessoas, eles gostam de ficar em casa com Kent e comigo. E vamos comer uma refeição normal de Natal, como uma família civilizada. Vamos sim. Pode dar esse recado a sua mãe!

Aí Britt-Marie retira tantas migalhas invisíveis de sua jaqueta que se poderia assar um pão invisível inteiro com elas e sobe a escada marchando, sem esperar uma resposta de Elsa.

Elsa fica ali parada sacudindo a cabeça e murmura "idiota, idiota, idiota". Ela olha para a palavra cruzada em cima do carrinho de bebê; não sabe quem a colocou ali, mas gostaria que tivesse sido ela mesma, porque isso, evidentemente, está deixando Britt-Marie completamente louca.

Elsa sobe a escada de novo. Toca a campainha do apartamento da mulher da saia preta.

— Vamos fazer um jantar de Natal lá em casa amanhã. Gostaríamos que você viesse – diz Elsa, acrescentando: — Talvez seja bem agradável, porque Britt-Marie e Kent não vão!

A mulher passa a mão pelo cabelo e estremece como se estivesse com frio.

— Não... não, eu... encontrar pessoas não é meu forte.

Elsa balança a cabeça.

— Eu sei. Mas você não dá a impressão de que ficar sozinha é seu forte.

A mulher fica bastante tempo olhando para ela. Elsa sustenta seu olhar, determinada.

Os cantos da boca dela tremulam.

— Talvez... talvez eu consiga ir. Um... um pouquinho.

— Nós podemos pedir pizza! Se você, sabe, não gostar de comida de Natal – diz Elsa, esperançosa.

A mulher sorri. Elsa também.

Alf sai do apartamento da vovó exatamente quando ela está subindo a escada. O menino com a síndrome dá voltas em torno dele feliz. Alf está com uma caixa de ferramentas enorme numa das mãos e tenta escondê-la quando avista Elsa.

— O que vocês estão fazendo? – pergunta Elsa.

— Nada – responde Alf, disfarçando.

O menino com síndrome entra pulando no apartamento da mamãe e de George e vai na direção de uma grande tigela de papais noéis de chocolate. Alf tenta passar por Elsa na escada, mas ela fica no caminho.

— O que é isso aí? – pergunta ela, apontando para a caixa de ferramentas.

— Nada! – repete Alf, tentando escondê-la atrás das costas.

Ele está com cheiro de serragem, Elsa sente com clareza.

— *Claro* que não é nada! – diz, emburrada.

Ela tenta parar de se sentir uma idiota. Não dá lá muito certo.

Olha para o menino com síndrome. Ele parece muito feliz, como uma criança de quase sete anos fica diante de uma tigela cheia de papais noéis de chocolate. Elsa se pergunta se ele está esperando o Papai Noel de verdade, o que não é feito de chocolate. Claro que Elsa não acredita em Papai Noel, mas tem muita fé em gente que acredita nele. Quando era pequena, todo Natal, ela escrevia cartas para Papai Noel, não só listas de pedidos, mas cartas inteiras. Claro que, na verdade, elas tratavam muito pouco do Natal e mais de política. Elsa achava que Papai Noel não se envolvia o suficiente em questões da sociedade atual, e que ele precisava se informar sobre isso em algum lugar, em meio ao rio de cartas, puxando seu saco, e pidonas que, pelo que ela sabia, ele recebia de todas as outras crianças todo ano. Alguém realmente precisava assumir um pouco de responsabilidade, achava Elsa. Um ano, ela viu a propaganda da Coca-Cola, então boa parte da carta foi sobre Papai Noel ser um "vendido sem alma". Em outro ano, ela viu um documentário na TV sobre trabalho infantil, e logo depois um monte de comédias de Natal americanas, e como ela não tinha certeza se a definição do Papai Noel de *elfo* se encaixava nos elfos que existem na mitologia nórdica antiga, ou nos que moram na floresta no mundo de Tolkien, ou se apenas tinham o sentido de pessoa baixinha, ou algo assim, ela exigiu que Papai Noel imediatamente desse um retorno com uma definição precisa.

Papai Noel não fez isso, então Elsa enviou mais uma carta, que era muito comprida e muito brava, mas que talvez pudesse ser resumida com a palavra "covarde!". No ano seguinte, Elsa aprendeu a usar o Google, então entendeu que o motivo de Papai Noel não lhe ter respondido era que ele não existia. Então ela não escreveu mais nenhuma carta.

No dia seguinte, comentou com mamãe e vovó que Papai Noel não existia, e mamãe ficou tão embasbacada que engasgou com o vinho quente, e, quando vovó viu isso, virou-se de imediato na direção de Elsa, fingiu que estava ainda mais embasbacada e exclamou: "Isso NÃO se DIZ, Elsa! Se você disser, vai ser só mais uma dessas pessoas desprivilegiadas com relação à realidade!"

Mamãe não riu, o que não fez a menor diferença para vovó, mas, por outro lado, Elsa riu, e isso deixou vovó muito feliz. E no dia antes da véspera de Natal naquele ano, Elsa recebeu uma carta de Papai Noel, em que ele a repreendeu por não ter "criado modos", e aí vinha uma longa ladainha que começava com "pirralhas ingratas" e continuava dizendo que, só porque Elsa parou de acreditar em Papai Noel, os elfos não conseguiram ter uma "convenssão coletiva" para chegar a um acordo salarial naquele ano.

— Eu sei que foi você que escreveu isso — Elsa disse para vovó.

— Como assim? — perguntou vovó, com exagerada indignação.

— Porque nem Papai Noel consegue ser tão burro para escrever convenção com "ss"! — gritou Elsa.

Então vovó ficou com uma cara um pouco menos indignada e pediu desculpas. E aí ela tentou fazer com que Elsa fosse correndo comprar um isqueiro e, em troca, ia "marcar o tempo!". Mas dessa vez não funcionou.

Então vovó, mal-humorada, colocou a fantasia recém-comprada de Papai Noel, e elas foram para o hospital infantil onde o amigo dela trabalhava. Lá vovó passou o dia andando de um lado para outro, contando histórias para as crianças com doenças horríveis, enquanto Elsa ia atrás distribuindo brinquedos. Foi o melhor Natal que Elsa já teve. Isso ia virar uma tradição, vovó prometeu, mas não virou nada, porque elas só tiveram oportunidade de fazer isso um ano, antes de vovó morrer.

Elsa olha para o menino com síndrome, depois para Alf. Os olhos deles se cruzam. Quando o menino com síndrome avista uma tigela de papais noéis de chocolate e desaparece dentro do apartamento, Elsa vai, discretamente, para o hall, abre o baú que fica lá e pega a fantasia de Papai Noel. Ela volta para a escada e atira a fantasia nos braços de Alf.

Ele olha para a fantasia como se ela tivesse tentado fazer cócegas nele.

— O que é isso?

— O que parece? — pergunta Elsa.

— Pode esquecer! — vocifera Alf, atirando o traje de volta nas mãos de Elsa.

— Pode esquecer que você pode esquecer! — diz Elsa, atirando-o mais uma vez nas mãos dele.

— Sua avó disse que você nem acredita em Papai Noel, cacete — resmunga Alf.

Minha avó pede desculpas

Elsa revira os olhos.

— Não, mas nem tudo neste mundo diz respeito a mim, né?

Ela aponta para dentro do apartamento. O menino com síndrome está sentado no chão diante da TV. Alf olha para ele e grunhe.

— Por que Lennart não pode ser o Papai Noel?

— Porque Lennart não consegue guardar segredo de Maud — responde Elsa, impaciente.

— O que isso tem a ver?

—Tem a ver que Maud não consegue guardar segredo de ninguém!

Alf aperta os olhos na direção de Elsa. Aí ele resmunga a contragosto que isso é verdade. Porque Maud realmente não conseguiria guardar um segredo nem que ele estivesse colado na palma da mão dela. Mais cedo, quando George brincava de esconder a chave com Elsa e o menino com síndrome, Maud ia atrás deles e sussurrava "Será que vocês não deveriam dar uma olhada no vaso da estante?", e quando a mãe de Elsa disse para Maud que a ideia do jogo era a gente descobrir sozinho onde a chave estava escondida, Maud pareceu desconsolada e disse: "Ah, mas as crianças ficam com uma carinha tão triste quando estão procurando, não quero que elas fiquem tristes."

— Então é você que tem que ser o Papai Noel — resume Elsa para Alf.

— Mas e George? — tenta Alf.

— Ele é alto demais. Além disso, vai dar pra ver que é ele, porque ele vai usar o short de correr por cima da fantasia de Papai Noel — explica Elsa.

Alf não dá a impressão de que isso faça grande diferença para ele. Caminha contrariado pela escada e entra no hall, dando uma olhadinha rápida no baú, como se esperasse encontrar uma alternativa melhor. Mas só o que tem lá são roupas de cama e a fantasia de Homem-Aranha de Elsa.

— O que é isso? — pergunta Alf, cutucando-a, como se ela pudesse cutucá-lo também.

— Minha roupa de Homem-Aranha — grunhe Elsa, tentando fechar a tampa do baú.

— Quando se usa isso? — pergunta ele, parecendo esperar ouvir uma data exata do dia anual do Homem-Aranha.

— Devia usar quando começarem as aulas. É para um projeto da escola — desconversa Elsa, fechando de novo o baú com um estrondo.

Alf fica ali parado com a fantasia de Papai Noel na mão e parece não dar a mínima, na verdade. Elsa geme.

— Se você *precisa* saber, não vou ser o Homem-Aranha, porque menina não pode ser o Homem-Aranha!

Alf não dá a menor impressão de que precisa saber. Mesmo assim, Elsa diz pê da vida:

— Então estou pensando em mandar tudo à merda porque não aguento brigar com todo mundo o tempo todo!

Alf já começou a voltar para a escada. Elsa engole o choro, para ele não conseguir escutar. Mesmo assim, parece ouvir. Porque para no canto do corrimão. Cerra o punho em cima da fantasia de Papai Noel. Suspira. Diz alguma coisa que Elsa não ouve.

— O quê? — diz Elsa, irritada.

Alf suspira de novo, mais forte.

— Eu disse que acho que sua avó ia querer que você se fantasiasse do que você quisesse — repete ele, bruscamente, sem se virar.

Elsa coloca as mãos nos bolsos e fica olhando para o chão.

— Os outros na escola dizem que menina não pode ser Homem-Aranha...

Alf dá dois passos arrastados, descendo a escada. Para. Olha para ela.

— Você não acha que um bando de desgraçados disse isso pra sua avó?

Elsa olha para ele com o canto do olho.

— Ela se fantasiou de Homem-Aranha?

— Não.

— Do que você está falando, então?

— Ela se fantasiou de médica.

Elsa ergue os olhos.

— Disseram para ela que ela não podia ser médica? Por que ela era menina?

Alf ajeita alguma coisa na caixa de ferramentas e enfia ali a fantasia de Papai Noel.

— Provavelmente, disseram pra ela que não podia fazer um monte de coisas, por um montão de motivos, cacete. Mas mesmo assim ela fez. Alguns anos depois de ela nascer, ainda diziam pras mulheres que elas não podiam votar na porcaria das eleições, mas agora elas podem. É assim que se enfrentam os desgraçados que dizem pra gente o que a gente pode ou não pode fazer. A gente faz essas coisas mesmo assim.

Elsa fica observando seus sapatos. Alf fica observando sua caixa de ferramentas. Aí Elsa entra no hall, pega dois chocolates, come um e joga o outro para Alf. Ele o agarra com a mão livre. Dá de ombros levemente.

— Acho que sua avó ia querer que você se fantasiasse da porcaria que você quisesse.

Elsa concorda. Ele grunhe alguma coisa e sai. Quando ela ouve a porta do apartamento dele se fechar, e o "operês" começar a vazar de novo, ela entra no hall e pega a tigela toda de chocolates. Aí ela segura a mão do menino com síndrome e chama o wurse. Os três passam pela escada, entram no apartamento da vovó e lá se arrastam para dentro do guarda-roupa mágico que parou de crescer quando vovó morreu. Ele cheira a serragem. E de forma absolutamente mágica, cresceu o suficiente para acomodar exatamente duas crianças e um wurse.

O menino com síndrome fecha quase totalmente os olhos, e Elsa o leva para a Terra-dos-Quase-Despertos. Eles sobrevoam os seis reinos, e quando viram na direção de Mimovas, é como se o menino reconhecesse o que vê. Ele pula do bicho-nuvem e começa a correr. Quando ele chega ao portão da cidade, onde a música de Mimovas se espalha, começa a dançar. Dança de um jeito absolutamente fantástico. E Elsa dança com ele.

Porque não tem problema se os meninos não conseguirem falar, se eles souberem dançar de um jeito absolutamente fantástico.

27

VINHO QUENTE

O wurse acorda Elsa no meio da noite porque está apertado para fazer xixi. Ah, tudo bem, talvez não seja no meio da noite. Mas é a sensação que dá, e está escuro lá fora. Elsa murmura sonolenta que o wurse não devia ter bebido a porcaria do vinho quente antes de eles irem se deitar e tenta voltar a dormir. Infelizmente o wurse permanece com uma cara meio como a gente fica se a gente é um wurse e pretende fazer xixi em um cachecol da Grifinória. Então Elsa puxa o cachecol e, relutantemente, concorda em ir com ele.

Mamãe e a mãe do menino com síndrome estão arrumando as camas no quarto de hóspedes da vovó quando eles saem do guarda-roupa.

— Ele precisa fazer xixi — explica Elsa, cansada, quando mamãe os vê.

Mamãe balança a cabeça a contragosto.

— Então vá com Alf — pede ela.

Elsa faz que sim. A mãe do menino com síndrome sorri para ela e deixa cair o travesseiro que ia colocar dentro da fronha. Quando se curva para apanhá-lo, deixa cair a fronha. E os óculos. Ela se empertiga com tudo nos braços e sorri para Elsa de novo.

— Pelo que Maud disse, entendi que, talvez, tenha sido você que colocou a carta de sua avó em nossa caixinha de correio ontem.

Elsa fica olhando suas meias.

— Pensei em tocar a campainha, mas não queria, sabe... incomodar. Tipo isso.

A mãe do menino sorri. Deixa cair a fronha.

— Ela pediu desculpas. Sua avó.
— Eu sei, ela pede pra todo mundo – confirma Elsa.
A mãe do menino apanha a fronha.
— Ela pediu desculpas por não poder mais nos proteger. E ela escreveu que eu devia confiar em você. Sempre. E aí ela me pediu que tentasse fazer com que você confiasse em mim.
Ela deixa cair o travesseiro. Elsa passa pela porta e o apanha. Observa a mulher.
— Posso perguntar uma coisa que talvez seja meio falta de educação? – diz Elsa.
— Claro que sim – responde a mãe do menino, deixando cair os óculos na fronha.
Elsa cutuca a palma da mão.
— Como se pode viver tendo medo o tempo todo? Quer dizer, quando se sabe que alguém como Sam está por aí perseguindo a gente, como se consegue viver com isso?
— Por favor, Elsa... – sussurra mamãe, e sorri pedindo desculpas à mãe do menino, mas ela faz um sinal com a mão para mostrar que não tem problema.
Isso faz com que ela acabe jogando a fronha junto com os óculos no outro lado do quarto e eles atingem o wurse que está sentado na soleira, tentando apertar a bexiga com as patas. Elsa apanha a fronha. A mãe do menino sorri agradecida e coloca os óculos.
— Sua avó dizia que, às vezes, a gente precisa fazer coisas que são perigosas, porque senão a gente não é gente.
— Ela roubou isso dos *Irmãos Coração de Leão* – diz Elsa.
— Eu sei. – A mãe do menino sorri.
Elsa balança a cabeça. A mãe do menino sorri de novo e se vira para mamãe, parecendo querer mudar de assunto. Talvez mais por causa de Elsa do que por causa dela mesma.
— Você sabe o que vai ser? – pergunta ela, com um gesto carinhoso para a barriga da mãe de Elsa, antes de deixar cair os óculos.
Mamãe sorri quase acanhada e sacode a cabeça.

— Nós vamos esperar nascer.

— Vai ser uma Metade — informa Elsa da porta.

Mamãe parece ficar sem jeito.

— É. Então, nós não quisemos saber. George não quer... ah... você sabe. Nós vamos ficar felizes seja o que for!

A mãe do menino assente, entusiasmada.

— Eu também não queria saber antes que ele nascesse, mas, depois, quis saber tudo a respeito dele no mesmo instante!

Mamãe suspira aliviada, como se faz quando se está esperando um filho e se está acostumada a todo tipo de indivíduos não grávidos se sentindo obrigados a fazer perguntas sobre o parto que está para acontecer, com o tipo de tom que, normalmente, é reservado para chefes de interrogatórios da divisão de narcóticos, assim que surge a oportunidade. Ela dá um sorriso largo.

— Isso, exatamente, é assim que eu me sinto também. Não faz a mínima diferença o que vai ser, contanto que seja saudável!

A culpa recobre o rosto da mamãe no mesmo segundo em que a última palavra passa pelos seus lábios. Ela lança um olhar enviesado que passa por Elsa na direção do guarda-roupa em que o menino com síndrome está dormindo.

— Desculpe. Eu não quis dizer que... — ela tenta explicar, mas a mãe do menino a interrompe imediatamente:

— Que é isso, não peça desculpas. Não se preocupe. Eu sei o que as pessoas dizem. Mas ele é saudável. Ele só é um pouquinho "extra" de tudo, se poderia dizer.

— Eu gosto de tudo extra! — exclama Elsa, contente, mas aí ela também fica com uma cara envergonhada e murmura: — Menos os hambúrgueres vegetarianos. Porque aí eu tiro o tomate.

Então as duas mães dão tanta risada que o apartamento da vovó vibra. E as duas realmente parecem precisar disso mais do que tudo. E assim, mesmo que essa não fosse a intenção de Elsa, ela resolve ficar com a honra por ter feito isso.

Minha avó pede desculpas

Alf está esperando por ela e pelo wurse na escada. Elsa não sabe como ele descobriu que iam sair. A escuridão lá fora está tão compacta que, se alguém jogasse uma bola de neve, se perderia a visão dela antes que ela se soltasse da luva. Eles vão se esgueirando até ficar embaixo da varanda de Britt-Marie para o wurse não ser descoberto. O wurse recua para dentro de uma moita e faz uma cara de que apreciaria algum tipo de jornal.

Elsa e Alf se viram para o outro lado, respeitosamente.
Elsa pigarreia.
— Obrigada por ter me ajudado a buscar o Renault.
Alf grunhe. Elsa põe as mãos nos bolsos da jaqueta.
— Kent é um imbecil. Alguém tinha que envenenar *ele*!
A cabeça de Alf se vira lentamente.
— Não diga isso.
— Como?
— Pare de dizer isso — repete Alf, amargo.
— Como assim? Afinal, ele é um imbecil! – insiste Elsa.
— Pode ser. Mas pare de chamá-lo disso na minha frente.
Elsa bufa.
— Você o chama de idiota de merda, tipo, o tempo todo!
Alf balança a cabeça.
— É. Eu posso. Mas você não.
Ela abre os braços e cospe indignada. Pelo menos, Elsa acha que é indignada que ela está.
— Por que não?
A jaqueta de couro de Alf range.
— Porque eu posso falar merda do meu irmão mais novo. Você não.
Leva muitos tipos diferentes de eternidades para Elsa digerir essa informação.
— Eu não sabia — ela consegue dizer, por fim.
Alf grunhe. Elsa pigarreia.
— Por que vocês são tão grosseiros um com o outro se são irmãos?
— A gente não escolhe de quem a gente vai ser irmão — resmunga Alf.

Elsa não sabe muito bem o que responder. Ela pensa na Metade. E prefere não fazer isso, então tenta mudar de assunto.

— Por que você não tem namorada? — pergunta curiosa.

— Isso não é da sua conta — responde Alf, claramente irritado.

— Você já se apaixonou alguma vez? — pergunta Elsa.

A jaqueta de couro de Alf range, e ele crava os olhos nela, decepcionado.

— Eu sou adulto, cacete. É óbvio que já me apaixonei. Todo mundo já se apaixonou alguma porcaria de uma vez.

— Quantos anos você tinha? — pergunta Elsa.

— Na primeira vez? — resmunga Alf.

— Isso.

— Dez.

— E na segunda vez?

A jaqueta de couro de Alf range. Ele olha para o relógio e começa a voltar para o prédio.

— Não teve segunda vez.

Elsa vai fazer outra pergunta. Mas nesse momento eles ouvem. Ou na realidade é o wurse que escuta primeiro. O grito. O wurse sai correndo da moita e se lança na escuridão como um dardo preto. Então Elsa o ouve latir pela primeira vez. E achou que já tinha escutado ele latir antes, mas estava enganada. Comparado com isso, antes ela só tinha ouvido ganidos e gemidos. Esse latido faz o cérebro dela vibrar e o concreto do prédio tremer. O wurse late como se fosse um grito de guerra.

Elsa é a primeira a chegar lá. Ela corre melhor do que Alf. Britt-Marie está muito pálida a alguns metros da porta. Há uma sacola de comida caída na neve. Pirulitos e histórias em quadrinhos caíram de dentro dela. Pouco adiante, está Sam. Elsa não vê o rosto dele, mas sabe que é ele pelo pavor paralisante que toma o corpo dela por dentro.

E ela vê a faca na mão dele.

O wurse está entre eles, com a cauda levantada como um chicote protetor diante de Britt-Marie. As patas da frente estão plantadas como alicerces na neve, e ele mostra os dentes para Sam, que não se mexe, mas Elsa vê que ele titubeia. Sam se vira lentamente e a vê, o olhar dele esmigalha a espinha dela. Os joelhos dela querem se dobrar e deixá-la afundar na neve, até desaparecer. A faca brilha na luz esparsa dos postes. A mão de Sam estendida está parada no ar, o corpo dele tenso e hostil. Os olhos ficam fincados nela, frios e belicosos. Mas a faca não está apontada para ela, Elsa vê isso.

A respiração de Britt-Marie vibra na escuridão. Elsa ouve que ela está soluçando. E Elsa não sabe de onde vem o instinto, ou a coragem, mas talvez seja só pura temeridade. Vovó sempre dizia que tanto Elsa quanto ela, lá no fundo, eram um pouco burras e que isso, mais cedo ou mais tarde, ia fazê-las se meter em apuros.

Então Elsa corre. Corre direto na direção de Sam. Ela vê que a faca cai alguns centímetros para baixo, que a outra mão se levanta como uma garra para segurá-la no meio do salto. Mas ela não chega aonde queria.

Ela não tem tempo de perceber o movimento antes de colidir com algo seco e preto. O rosto dela é puxado para trás. Ela reconhece o cheiro de couro seco. Ouve o rangido da jaqueta de Alf.

Então Alf fica diante de Sam, com a mesma postura inquietante. Elsa tem tempo de perceber o ligeiro movimento de sua mão direita. Vê o martelo deslizando de dentro da manga da jaqueta para a palma de sua mão. Alf o brande calmamente de um lado para outro. A faca de Sam não se mexe. O olhar de um não se afasta do olhar do outro.

Elsa não sabe quanto tempo eles ficam lá. Durante quantas eternidades de contos de fada. Parece que por todas as eternidades. Sente como se fosse morrer. Como se o pavor explodisse seu coração.

— A polícia está vindo — Alf diz, por fim, em voz baixa.

Dá a impressão de que ele próprio lamenta isso. Que eles não possam encerrar isso aqui e agora.

Os olhos de Sam vagueiam calmamente de Alf para o wurse. As costas do wurse estão eriçadas. O rosnado vem rolando como trovão dos pulmões. Um leve sorriso passa pelos lábios de Sam por um tempo, insuportavelmente, longo. Então ele dá um único passo para trás, e a escuridão o engole.

A viatura da polícia chega derrapando na rua, mas Sam já está longe. Elsa desaba na neve, como se as roupas em volta dela tivessem ficado vazias de seu conteúdo. Ela sente a mão grande de Alf erguendo-a e escuta-o murmurar para o wurse correr para a escada antes que a polícia o avistasse. Ela ouve Britt-Marie ofegando, e os sapatos dos policiais estalando na neve. Mas a consciência dela já está longe.

Ela fica com vergonha disso, e também de sentir tanto medo, que só fecha os olhos e se refugia dentro de sua cabeça. Nenhum cavaleiro de Miamas ficaria tão paralisado de medo. Um cavaleiro de verdade teria permanecido ereto e não se esconderia no sono. Mas ela não consegue evitar. É realidade demais para uma criança de quase oito anos.

Elsa acorda na cama do quarto da vovó. Está quente. Ela sente o focinho do wurse no seu ombro e afaga a cabeça dele.

— Você foi muito corajoso — sussurra ela.

O wurse parece estar achando que, talvez, merecesse um biscoito. Elsa desliza para fora dos lençóis suados e vai para o chão. Pela porta aberta, vê mamãe no hall, com o rosto cinzento. Ela grita com Alf. Ele fica calado e não se defende. Elsa abre a porta, bruscamente, e vai correndo para os braços da mamãe. Ela está tão brava que está chorando.

— Não é culpa deles, eles só estavam tentando me proteger! — suspira Elsa.

A voz de Britt-Marie a interrompe:

— Não, foi obviamente culpa minha! Foi minha culpa. Claro que foi tudo culpa minha, Ulrika.

Elsa se vira para Britt-Marie. Percebe que Maud, Lennart e a mãe do menino com síndrome estão no hall também. Todos estão olhando para Britt--Marie. Ela cruza as mãos diante dos quadris.

— Ele estava parado do lado de fora do prédio, perto da porta, se escondendo, mas senti o cheiro daqueles cigarros, senti sim. Então eu disse para ele que nesta associação de coproprietários nós não fumamos dentro do prédio, não fazemos mesmo isso! Aí ele sacou aquela...

Britt-Marie não consegue dizer "faca" sem que a voz falhe de novo. Ela parece magoada. Como a gente fica quando todos têm segredos para conosco, e a gente se sente um idiota.

— Claro que todos vocês sabem quem ele é. Claro que vocês sabem! Mas claro que não tem ninguém que ache que eu mereça ser avisada, isso não tem. Apesar de eu ser a responsável pelas informações nesta associação de coproprietários!

Ela endireita um amarrotado em sua saia. Um amarrotado de verdade dessa vez. A sacola com os pirulitos e as histórias em quadrinhos está aos pés dela. Maud tenta pôr a mão, afetuosamente, no braço de Britt-Marie, mas Britt-Marie o afasta. Maud sorri melancólica.

— Onde está Kent? — pergunta ela, suavemente.

— Ele está numa reunião de negócios! — responde Britt-Marie, de modo rude.

Alf olha para ela, depois para a sacola do mercado, em seguida para ela de novo.

— O que você estava fazendo fora de casa tão tarde? — pergunta ele.

Britt-Marie o fuzila com os olhos.

— Os filhos de Kent sempre ganham pirulitos e histórias em quadrinhos quando vêm passar o Natal! Sempre! Eu fui ao mercado! E, na verdade, não sou eu que devo me defender aqui, porque não sou eu que trago viciados com faca para cá, não sou mesmo!

Maud tenta pôr a mão no braço dela de novo, mas Britt-Marie o empurra para longe. Maud fica tateando, teimosamente, na direção dela com os dedos.

— Desculpe, Britt-Marie. Nós simplesmente não sabíamos o que devíamos dizer. Por favor, Britt-Marie. De qualquer forma, será que você não pode ficar aqui hoje à noite? Talvez seja mais seguro, se todos nós ficarmos juntos, não?

Britt-Marie cruza as mãos com mais força diante dos quadris e olha para todos, juntos, por cima de seu nariz.

— Eu vou dormir em casa. Kent vai vir hoje à noite para casa, e aí eu vou estar em casa. Eu sempre estou em casa quando Kent chega. Estou sim. Sempre!

A policial de olhos verdes sobe a escada atrás dela. Britt-Marie dá meia-volta. Os olhos verdes a observam, penetrantes.

— Ora, ora, meio tarde para vocês aparecerem! — observa Britt-Marie, sorrindo afavelmente só que nem um pouco amável, mas em seguida os olhos dela encontram os olhos verdes e, instintivamente, recuam um pouquinho.

Os olhos verdes não dizem nada. Há outro policial atrás dela, e Elsa vê que ele parece muito perplexo, porque acabou de avistar Elsa e mamãe. E parece se lembrar muito bem que as escoltou para o hospital e depois foi largado no estacionamento.

— Vamos dar uma busca nas redondezas com cachorros — diz o policial temporário olhando para o chão.

Lennart tenta convidá-lo e a olhos verdes para tomar um café, e o policial temporário fica com uma cara de quem acha que isso seria preferível a dar uma busca nas redondezas com cachorros, mas, depois que observa com o canto dos olhos sua superior, sacode a cabeça olhando para o chão. A policial de olhos verdes fala com aquele tipo de voz que preenche uma sala sem precisar se esforçar.

— Nós vamos encontrá-lo — diz ela, ainda com os olhos cravados em Britt-Marie.

Britt-Marie parece querer responder a alguma coisa, provavelmente com muita raiva, porque todos, claramente, sabem quem é aquele homem da faca menos ela, e talvez com mais raiva ainda por não haver nenhuma ordem nesse prédio. Carrinhos de bebê, avisos afixados, palavras cruzadas e fumantes com faca por toda parte. Anarquia absoluta. Mas ela não diz nada, porque os olhos verdes não parecem deixá-la totalmente segura.

Os olhos verdes erguem as sobrancelhas e perguntam:

— E o cão de caça que Kent denunciou ontem, Britt-Marie? Ele disse que vocês tinham encontrado pelo de cachorro na escada. Vocês o viram hoje à noite?

Elsa para de respirar. Tanto que se esquece de pensar por que os olhos verdes estão tratando Kent e Britt-Marie pelo primeiro nome. Como se ela os conhecesse.

Minha avó pede desculpas

Britt-Marie olha em torno da sala, para Elsa, mamãe, Maud, Lennart e a mãe do menino com síndrome. Em último lugar, para Alf. O rosto dele está impassível. Os olhos verdes varrem o saguão. O suor cobre as palmas das mãos de Elsa, quando ela as abre e fecha para tentar fazê-las parar de tremer. Elsa sabe que o wurse está no quarto da vovó, apenas alguns metros atrás dela. E também que tudo está perdido, e não sabe o que fazer para impedir isso. Nunca vai conseguir fugir com ele, passando por todos os policiais que ela ouve mais para baixo na escada, nem um wurse é capaz de fazer isso. Eles vão atirar nele. Vão matá-lo. Elsa fica pensando se foi um plano da sombra o tempo todo. Porque ela não ousava lutar com o wurse. Sem o wurse, e sem Coração de Lobo, o castelo fica desprotegido.

Britt-Marie faz um muxoxo quando vê que Elsa está olhando fixamente para ela. Muda o lugar das mãos diante dos quadris e bufa, com uma autoconfiança repentina, para os olhos verdes.

– Talvez a gente tenha se enganado, talvez a gente tenha, Kent e eu. Talvez não fosse pelo de cachorro, deve ter sido alguma outra chateação, claro. Não deve ser tão bizarro assim, tanta gente bizarra que fica correndo aqui na escada hoje em dia – diz ela, meio se desculpando e meio reclamando, e endireita o broche da jaqueta florida.

Os olhos verdes dão uma olhada rápida em Elsa. Depois ela faz que sim com a cabeça rapidinho, como se dissesse que o assunto está encerrado.

– Nós vamos ficar vigiando o prédio hoje à noite.

Antes de alguém ter tempo de dizer qualquer coisa, ela já está descendo a escada, com o policial temporário atrás dela. A mãe de Elsa respira pesadamente e estende a mão para Britt-Marie, mas Britt-Marie a evita.

– Claro que vocês acham que é engraçado guardar segredos de mim. Engraçado me fazer ficar com cara de idiota, é o que vocês acham!

– Por favor, Britt-Marie – Maud tenta falar, mas Britt-Marie sacode a cabeça e apanha sua sacola do chão.

– Pretendo ir pra casa agora, Maud! Porque Kent vai vir pra casa agora à noite e aí eu vou estar em casa! E amanhã vêm os filhos de Kent e, então, vamos fazer o jantar de Natal como uma família civilizada normal numa associação de coproprietários civilizada normal!

Dizendo isso, ela sai com passadas pesadas. Só que afavelmente.

Mas Elsa vê como Alf olha para ela, quando Britt-Marie está indo. O wurse está na porta do quarto com o mesmo olhar. E agora Elsa sabe quem Britt-Marie é.

Mamãe também desce a escada, Elsa não sabe por quê. Lennart faz mais café. George oferece ovo e faz mais vinho quente. Maud distribui biscoitos. A mãe do menino com síndrome rasteja para dentro do guarda-roupa para encontrar o filho, e Elsa ouve que ela o está fazendo rir. Esse é um bom superpoder para se ter.

Alf sai para a varanda, e Elsa vai atrás dele. Hesita por um bom tempo, antes de se postar ao lado dele e olhar por cima do corrimão. Os olhos verdes estão de pé na neve, falando com a mãe de Elsa. Os olhos verdes sorriem de leve, como fizeram para vovó aquela vez na delegacia.

— Elas se conhecem? — pergunta Elsa, surpresa.

Alf faz que sim.

— Pelo menos, se conheciam. Eram grandes amigas quando tinham sua idade.

Elsa olha para mamãe, vê que ela continua brava. Aí olha de esguelha para o martelo que Alf deixou num canto da varanda.

— Você pretendia matar Sam? — pergunta ela.

Os olhos de Alf estão arrependidos, mas sinceros.

— Não.

— Por que mamãe ficou tão brava com você, então? — pergunta Elsa.

A jaqueta de couro de Alf se dobra levemente.

— Ela ficou brava porque não era ela que estava lá segurando o martelo.

Os ombros de Elsa afundam, e ela se abraça para se proteger do frio. Alf coloca a jaqueta de couro ao redor dela. Elsa se aconchega nela.

— Às vezes penso que gostaria que alguém matasse Sam.

Alf não responde. Elsa olha para o martelo.

— Quer dizer... tipo matar, de qualquer forma. Sei que não se deve achar que as pessoas merecem morrer. Mas, às vezes, não tenho certeza se gente como ele merece viver...

Alf se apoia no parapeito da varanda.

— É humano.

— É humano querer que as pessoas morram?

Alf sacode a cabeça, calmamente.

— É humano não ter certeza.

Elsa se aconchega ainda mais na jaqueta. Tenta sentir coragem.

— Estou com medo — sussurra ela.

— Eu também — diz Alf.

E eles não falam mais disso.

Saem de fininho com o wurse quando todos já estão dormindo, mas Elsa sabe que mamãe os está vendo passar. Ela tem certeza de que a policial de olhos verdes também está vendo. Que ela os está velando em algum lugar na escuridão, como Coração de Lobo teria feito, se estivesse lá. E Elsa tenta não repreender Coração de Lobo porque ele não estava lá. Por tê-la deixado na mão apesar de ter prometido sempre protegê-la. Não dá certo.

Elsa não fala com Alf. Ele também não diz nada. É a noite antes da véspera de Natal, mas ela parece bem bizarra. "Essa é uma história de Natal estranha pra caramba", pensa Elsa.

Quando eles estão subindo a escada de novo, Alf para, rapidamente, diante da porta do apartamento de Britt-Marie. Elsa vê como ele está olhando para a porta. Alf olha como alguém que se apaixonou pela primeira vez, mas depois nunca houve uma segunda, nunca mais. Elsa observa os enfeites de Natal que, pela primeira vez, não estão com cheiro de pizza.

— Que idade têm os filhos de Kent? — pergunta ela.

— Eles são adultos — diz Alf, amargo.

— Então por que Britt-Marie disse que eles querem histórias em quadrinhos e pirulitos?

— Britt-Marie os convida para vir aqui todo Natal. Eles nunca vêm. Da última vez que estiveram aqui, ainda eram crianças. Eles gostavam de pirulitos e histórias em quadrinhos naquela época – responde Alf num tom inexpressivo.

Quando ele vai subindo a escada com passos arrastados, com Elsa atrás dele, o wurse fica para trás. Considerando como Elsa é esperta, realmente leva muito tempo até ela perceber por quê.

A princesa de Miploris era tão amada que os dois príncipes brigaram pelo amor dela, até eles se odiarem. A princesa de Miploris tinha um tesouro que foi roubado por uma bruxa, e agora vive no reino da tristeza.

E o wurse vigia a porta do castelo dela. Porque é isso que os wurses fazem nas histórias.

28

BATATA

Elsa não ficou escutando escondida. Na verdade, ela não é do tipo de pessoa que faz isso. Especialmente na manhã da véspera de Natal.

Aconteceu de ela estar lá na escada cedo na manhã seguinte e ouviu Britt-Marie e Kent conversando. Não foi de propósito. Na verdade, ela estava procurando o wurse. E seu cachecol da Grifinória. E a porta do apartamento de Kent e Britt-Marie estava aberta. Vinha um vento frio lá de dentro, porque Britt-Marie estava ventilando o terno de Kent na janela. Não era sua intenção ficar escutando escondida. Mas, depois de Elsa estar lá algum tempo ouvindo, ela entendeu que, se passasse pela porta, Kent e Britt-Marie iam vê-la, e aí talvez ficasse parecendo que ela estava na escada escutando escondida. Então, na verdade, era melhor permanecer parada.

E isso, por definição, não é ficar escutando escondida.

— *Britt-Marie!* — gritou Kent do banheiro, julgando pelo eco. — *Britt-Marie!* — berrou ele logo em seguida, como se ela estivesse muito longe.

— O quê? — respondeu Britt-Marie, como se estivesse muito perto, por exemplo, exatamente na porta do banheiro.

— Aonde está a porcaria do meu barbeador? — berrou Kent, sem pedir desculpas por estar gritando.

Elsa não gostou nem um pouco dele por causa disso. Porque, na verdade, ele devia dizer "onde".

— Na segunda gaveta — respondeu Britt-Marie.

— Por que você o colocou lá? Ele sempre fica na primeira gaveta!

— Ele sempre ficou na segunda gaveta – respondeu Britt-Marie.

Depois deu para ouvir o som da segunda gaveta se abrindo e, em seguida, também o de um barbeador. Mas nem o menor som de Kent dizendo "obrigado". Britt-Marie saiu para o hall e se inclinou para fora com o terno de Kent na mão. Removeu, cuidadosamente, uma felpa invisível de um dos braços. Ela não viu Elsa, ou, pelo menos, Elsa acha que Britt-Marie não a viu. E, por não ter certeza, ela percebeu que seria obrigada a permanecer ali parada, dando a impressão de que era para ela ficar mesmo ali. Como se estivesse inspecionando a qualidade do corrimão ou coisa do gênero. De jeito nenhum como se estivesse escutando escondida. Na verdade, ficou muito complicado tudo isso.

Britt-Marie sumiu no apartamento de novo.

— Você já falou com David e Pernilla? – perguntou ela, gentilmente.

— Já, já – respondeu Kent, de forma nada gentil.

— E quando é que eles vêm? – Britt-Marie quis saber.

— Sei lá – respondeu Kent.

— Mas eu tenho que planejar a refeição, Kent.

— Não faz a menor diferença, nós comemos quando eles vierem. Às seis, ou talvez sete – desconversou Kent.

— Mas a que horas será? Seis ou sete? – perguntou Britt-Marie, parecendo preocupada.

— Meu Deus do céu, Britt-Marie, não faz a menor diferença, cacete – disse Kent um pouco alto demais.

— Se não faz diferença, seis e meia talvez seja adequado, não? – Britt-Marie falou um pouco baixo demais.

— Tá, tanto faz – gemeu Kent.

— Você disse a eles que normalmente comemos às seis? – perguntou Britt-Marie.

— Nós *sempre* comemos às seis.

— Mas você disse isso para David e Pernilla?

— Nós jantamos às seis toda noite, desde o começo dos tempos, então, provavelmente, a essa altura, eles já se tocaram disso – suspirou Kent.

— Sei. Tem alguma coisa de errado com isso agora, assim de repente?

— Não, não. Vamos dizer seis horas, então. Se eles não estiverem aqui, eles não vão estar aqui – respondeu Kent, como se ele mesmo tivesse plena certeza de que eles não estariam lá. – Tenho que ir agora, tenho reunião com a Alemanha – acrescentou, saindo do banheiro.

— Eu só estou tentando organizar um Natal agradável para toda a família, Kent – disse Britt-Marie, desanimada, dando a impressão de que estava retirando algo de alguma coisa, seja lá o que fosse.

— Não podemos, simplesmente, esquentar a porcaria da comida quando eles chegarem?

— Se tivesse como eu saber quando eles vão vir, eu poderia garantir que a comida ficasse quente na hora que chegarem – disse Britt-Marie.

— Vamos só comer quando todos estiverem aqui, se é tão importante assim, cacete.

— E quando vão estar todos aqui, então?

— Cacete, Britt-Marie! Eu não sei! Você sabe como os meninos são. Eles podem vir às seis, e eles podem vir às oito e meia!

Britt-Marie ficou calada alguns segundos, mordendo os lábios. Aí ela respirou fundo e tentou firmar a voz, como a gente faz quando não é para ouvirem que a gente está gritando por dentro.

— Nós não podemos ter nosso jantar de Natal às oito e meia, Kent.

— Eu sei disso! Os meninos vão ter que comer quando eles chegarem, não é mesmo? – respondeu Kent.

— Você não precisa ser grosseiro – disse Britt-Marie, falando um pouco agressiva.

— Aonde estão as minhas abotoaduras? – perguntou Kent, cambaleando pelo apartamento com a gravata sem o nó completamente dado.

— Na segunda gaveta da penteadeira – respondeu Britt-Marie.

— Elas não ficam normalmente na primeira?

— Elas sempre ficaram na segunda.

E Elsa permanece ali. Sem ficar escutando escondida, lógico. Mas há um espelho grande pendurado no hall exatamente diante da porta do apartamento e, da escada, Elsa consegue ver Kent no espelho. Britt-Marie dobra o colarinho da camisa dele bem direitinho por cima da gravata. Alisa a lapela do paletó cuidadosamente.

– Quando você volta pra casa? – pergunta ela em voz baixa.

– Não sei, cacete, você sabe como são os alemães, não me espere acordada – responde Kent, desconversando, e se lança na direção da porta.

– Coloque a camisa direto na máquina de lavar quando chegar em casa, por favor – pede Britt-Marie, indo com passos miúdos atrás dele, para remover alguma coisa da perna da sua calça, como fazem as mulheres que, apesar de tudo, esperam acordadas.

Kent olha para o relógio como homens com relógios muito caros olham para eles. Elsa sabe disso porque Kent contou para sua mãe que o relógio dele custa mais do que o Kia.

– Na máquina de lavar, por favor, Kent! Assim que você chegar em casa! – repete Britt-Marie em voz alta.

Kent chega à escada sem responder. Ele avista Elsa. Não parece acreditar que ela estava escutando escondida, mas, por outro lado, não fica nem um pouco satisfeito de vê-la.

– *Yo!* – diz ele sorrindo, do jeito que homens adultos dizem *yo* para crianças, porque acham que é assim que elas falam.

Elsa não responde. Porque ela não fala assim. O telefone de Kent toca. É um telefone novo, Elsa vê. Kent parece querer contar para ela quanto ele custa.

– É a Alemanha que está ligando! – diz ele para Elsa, dando a impressão de que só agora se lembra que ela estava envolvida, até o pescoço, no incidente relacionado à escada do subsolo que fez o telefone anterior dele parar de funcionar ontem.

Kent também parece estar se lembrando do veneno e de quanto ele custou. Elsa dá de ombros, como se o desafiasse a partir para a luta. Ele começa a gritar "Ja Klaus!" ao telefone novo e desaparece descendo a escada.

Elsa dá alguns passos na direção da escada, mas para diante da porta aberta. Pelo espelho da sala, ela vê o banheiro. Britt-Marie está lá dentro, enrolando com todo o cuidado o fio do barbeador de Kent, antes de colocá--lo na terceira gaveta.

Ela sai para o hall. Vê Elsa. Cruza as mãos diante dos quadris.

— A-há — constata ela.

— Eu não estava escutando escondida! — diz Elsa, imediatamente.

Britt-Marie arruma a roupa dos cabides do hall e espana com todo o cuidado com o dorso da mão todos os casacos e jaquetas de Kent. Elsa enfia a ponta dos dedos nos bolsos da calça jeans e murmura:

— Obrigada.

Britt-Marie se vira surpresa.

— Como?

Elsa geme como a gente faz quando tem quase oito anos e precisa dizer obrigada duas vezes.

— Eu disse obrigada. Porque você não falou nada para a polícia do... — Ela se detém antes de dizer "wurse".

Mesmo assim, Britt-Marie parece entender. Ela cruza as mãos diante dos quadris.

— A gente realmente precisa ter regras, você precisa entender isso, Elsa. E eu sou de fato responsável pelas informações. Na verdade, é *de praxe* me informar se houver uma criatura horrível no prédio.

— Não tem nenhuma criatura horrível no prédio — diz Elsa, com a voz azedando rapidamente.

— Ah, não, mas é claro que não tem. Enquanto ele não morde ninguém.

— Ele não morde ninguém! E ele salvou você do Sam! — retruca Elsa.

Britt-Marie parece que vai responder a alguma coisa. Mas deixa pra lá. Porque ela sabe que isso é verdade. Elsa pensa em dizer alguma coisa, mas também deixa pra lá. Porque ela sabe que Britt-Marie realmente retribuiu o favor.

Ela olha para dentro do apartamento pelo espelho.

— Por que você guardou o barbeador na gaveta errada? — pergunta ela.

Britt-Marie espana, espana, espana sua saia. Cruza as mãos.

— Não sei do que você está falando — diz ela, apesar de Elsa ver que sabe muito bem.

— Kent disse que ele costuma ficar na primeira gaveta. Mas você disse que ele sempre fica na segunda gaveta. E depois que ele foi embora, você o colocou na terceira gaveta — diz Elsa.

E, então, Britt-Marie, apenas por alguns instantes, parece distraída. Depois fica diferente. Solitária, talvez. Aí ela murmura:

— Ah, sim, talvez eu tenha feito isso. Talvez eu tenha mesmo feito isso.

Elsa inclina a cabeça.

— Mas por quê?

Aí fica um silêncio que dura eternidades de contos de fada. Então Britt-Marie sussurra, como se tivesse esquecido que Elsa está na sua frente:

— Porque eu gosto quando ele grita meu nome.

Então Britt-Marie fecha a porta.

E Elsa fica do lado de fora, tentando não gostar dela. Não dá lá muito certo.

29

MERENGUE

A gente precisa acreditar. Vovó sempre dizia isso. A gente precisa acreditar em alguma coisa para entender as histórias. "Não faz muita diferença no que a gente acredita, mas a gente precisa acreditar em alguma coisa, porque senão a gente podia muito bem mandar tudo à merda."

E talvez seja só disso que se trata.

Elsa encontra o cachecol da Grifinória na neve diante do prédio. Onde ela o deixou cair quando foi correr na direção de Sam. Os olhos verdes estão a alguns metros de distância. O sol mal começou a nascer. A neve faz um som parecido com o de pipoca quando a gente pisa nela.

– Oi – diz Elsa.

Os olhos verdes balançam a cabeça em silêncio.

– Você não é muito de falar, né? – continua Elsa.

Os olhos verdes sorriem, mas não com a boca.

– Não muito.

Elsa coloca o cachecol em volta do pescoço.

– Você conhecia vovó?

Os olhos verdes percorrem a parede do prédio até chegar à ruazinha.

– Todo mundo conhecia sua avó.

Elsa recolhe as mãos para dentro das mangas da jaqueta.

– E minha mãe?

Os olhos verdes balançam a cabeça de novo. Elsa aperta os olhos na direção dela.

— Alf disse que vocês eram grandes amigas.

Os olhos verdes ficam olhando de um lado para outro para ver atrás de Elsa. Em seguida, olham direto para ela. Balançam a cabeça. Elsa fica pensando como é. Ter uma grande amiga que é da idade da gente. Aí ela permanece calada ao lado dos olhos verdes vendo o sol nascer. Vai ser uma linda véspera de Natal. Apesar de tudo.

Ela pigarreia e vai na direção da porta do prédio de novo, mas para com a mão na maçaneta.

— Você ficou vigiando aqui a noite toda? — pergunta ela.

Os olhos verdes olham para a rua. Assentem. Elsa puxa a maçaneta, indecisa.

— Você vai matar Sam, se ele voltar?

Os olhos verdes percorrem a neve e param bem na frente de Elsa. Eles estão com uma cara séria.

— Espero que não.

— Por que não? — pergunta Elsa.

— Meu trabalho não é matar.

— E qual é o seu trabalho?

— Proteger.

— Ele ou nós? — pergunta Elsa num tom acusatório.

— Os dois.

As sobrancelhas de Elsa se juntam.

— É ele que é perigoso. Não nós.

Os olhos verdes sorriem sem parecer felizes.

— Quando eu era pequena, sua avó dizia que a gente não pode escolher quem vai proteger, se a gente é policial. Tem que tentar proteger todo mundo.

— Você sabia que queria ser policial? — pergunta Elsa.

— Foi ela que me fez querer ser.

— E por quê?

Os olhos verdes sorriem. Sorriem de verdade dessa vez.

— Porque eu tinha medo de tudo quando era pequena. E ela me disse que eu devia fazer tudo de que eu tinha mais medo. Que eu devia rir dos medos.

Minha avó pede desculpas

Elsa balança a cabeça como se isso confirmasse o que ela já sabia.

— Foram você e a mamãe.

As sobrancelhas loiras dos olhos verdes se levantam quase imperceptivelmente. Elsa aponta para o horizonte entre as casas.

— Os cavaleiros dourados que salvaram a Montanha dos Contos do Nuvo e dos medos. Que construíram Miaudacas. Foram você e a mamãe.

Os olhos verdes olham para longe por cima da neve, da rua e da fachada do prédio.

— Nós éramos muitas coisas nas histórias de sua avó, eu acho.

Elsa abre a porta do prédio, coloca o pé na abertura e para.

— Você conheceu primeiro minha avó ou minha mãe?

— Sua avó.

— Você é uma das crianças do teto do quarto dela, né?

Os olhos verdes olham direto para ela de novo. Sorriem totalmente de verdade.

— Você é inteligente. Ela sempre dizia que você é a menina mais inteligente que ela já conheceu.

Elsa balança a cabeça. A porta do prédio se fecha quando ela passa. E a véspera de Natal acaba sendo muito bonita. Apesar de tudo.

Ela procura o wurse no subsolo e no Renault, mas os dois estão vazios. Ela sabe que o guarda-roupa do apartamento da vovó também está vazio, e o wurse, decididamente, não está no apartamento da mamãe e de George, porque nenhuma criatura saudável suporta ficar lá na manhã da véspera de Natal. Mamãe consegue ser mais eficiente do que o normal nas manhãs de véspera de Natal, eficiência natalina é um dos tipos favoritos de competência da mamãe, e olha que ela *adora* todos os tipos de eficiência.

É por isso que, todo ano, mamãe começa a falar sobre presente de Natal em maio. Ela diz que é porque é "organizada", mas vovó costumava retrucar que devia ser porque ela era "chata", e, então, geralmente, Elsa tinha que ficar com o fone de ouvido durante um bom tempo. Mas este ano mamãe resolveu ser um pouco liberal e maluca, então ela esperou até 1º de agosto para querer, realmente, saber o que Elsa desejava de presente de Natal. Ela ficava muito brava quando Elsa se negava a dizer, mesmo que Elsa lhe perguntasse, expressamente, se tinha noção de quanto a gente muda como pessoa durante seis meses quando se tem quase oito anos. Então mamãe fazia como sempre: ela ia e comprava um presente por conta própria. E claro que foi como sempre: pro brejo. Elsa sabe disso porque sabe onde mamãe esconde todos os presentes de Natal, pois a gente tem o maior tempo para descobrir isso, se tem quase oito anos, e os presentes de Natal são comprados em agosto.

Então, este ano, Elsa vai ganhar três livros que tratam de coisas diferentes, que, de um jeito ou de outro, são mencionadas por personagens dos livros de Harry Potter. Eles estão embrulhados num papel de que Elsa gosta muito. Ela sabe disso porque o primeiro presente foi totalmente mixuruca, e quando Elsa informou isso à mamãe, em outubro, elas brigaram durante, tipo, um mês, aí mamãe pegou o dinheiro e deu para Elsa comprar "o que queria!". E foi isso que Elsa fez. E os embrulhou num papel de que gostava muito. Depois colocou o pacote no esconderijo, não tão secreto da mamãe, e, então, a elogiou porque foi muita consideração e muita perspicácia da parte dela saber exatamente o que Elsa queria ganhar neste ano de novo. Aí mamãe chamou Elsa de "Grinch".

Elsa começou a se apegar bastante a essa tradição.

Ela toca a campainha de Alf umas seis vezes antes que ele abra. Alf se encontra de roupão e com aquela expressão irritada. A xícara de café em que está escrito "Juventus" permanece na sua mão.

— O que é? — pergunta ele, sem dizer oi.

— Feliz Natal! — diz Elsa, sem responder à pergunta.

— Estou dormindo — grunhe ele.

— É véspera de Natal — informa Elsa.

— Eu sei.

— Por que você está dormindo, então?

— Fiquei acordado até tarde ontem.

— Fazendo o quê?

Alf toma um gole grande de café.

— O que você está fazendo aqui? — retruca ele.

— Eu perguntei primeiro — insiste Elsa.

Minha avó pede desculpas

— Não sou eu que fico tocando a campainha do seu apartamento no meio da noite, sou? – grunhe Alf.

— Agora não é no meio da noite. E hoje é véspera de Natal! – esclarece Elsa.

Ele toma mais café. Ela chuta o capacho dele, irritada.

— Não estou achando o wurse.

— Eu imagino – diz Alf, calmamente.

— Como assim você imagina? – pergunta Elsa, sem nenhuma calma.

— Que você não o está encontrando.

— E por quê?

— Porque ele está aqui.

As sobrancelhas de Elsa disparam para cima como se tivessem acabado de sentar em tinta fresca.

— O wurse está aqui?

— Está.

— Por que você não disse isso?

— Mas é justamente o que acabei de fazer, cacete.

— Por que ele está aqui?

— Porque Kent chegou em casa às cinco da manhã, e aí ele não podia ficar sentado na escada. Kent teria ligado pra polícia, se descobrisse que o wurse tinha ficado aqui no prédio.

Elsa dá uma espreitada no apartamento de Alf. O wurse está sentado no chão, lambendo alguma coisa de uma grande tigela de metal que está na frente dele. Está escrito "Juventus" nela também. Na tigela de metal.

— Como você ficou sabendo a que horas Kent chegou? – pergunta ela a Alf.

— Porque eu estava na garagem quando ele entrou com a porcaria do BMW dele – diz Alf, impaciente.

— Por que você estava na garagem a essa hora? – pergunta Elsa, pacientemente.

Alf faz uma cara de que essa é uma pergunta incrivelmente cretina.

— Porque eu o estava esperando.

Elsa olha bastante tempo para Alf.

— E quanto tempo você ficou esperando? — pergunta ela.

— A noite toda, até umas cinco horas, eu diria, porra — grunhe ele.

Elsa pensa em abraçá-lo, mas deixa pra lá. O wurse perscruta a tigela de metal e parece imensamente satisfeito. Pinga alguma coisa preta do focinho dele. Elsa se vira para Alf.

— Alf... isso que você deu para o wurse é... café?

— É — diz Alf, sem parecer entender, razoavelmente, o que haveria de errado nisso.

— Ele é um BICHO! Por que você deu CAFÉ pra ele? — diz Elsa, boquiaberta.

Alf coça o couro cabeludo, o que para ele é a mesma coisa que coçar o cabelo. Então endireita o roupão. Elsa vê que ele tem uma cicatriz espessa no peito. Alf vê que ela está vendo e parece chateado com isso.

Alf entra no quarto, fecha a porta e, quando sai de novo, está com a jaqueta de couro com o logotipo do táxi. Embora seja véspera de Natal. Eles são obrigados a deixar o wurse fazer xixi na garagem, porque há mais policiais diante do prédio agora e nem mesmo um wurse consegue segurar por muito tempo depois de ter bebido uma tigela de café.

Vovó ia gostar disso. Xixi na garagem. Isso vai deixar Britt-Marie louca.

Quando eles sobem, o apartamento da mamãe e de George está cheirando a merengue suíço e massa gratinada com molho *béarnaise*, porque mamãe decidiu que todo mundo do prédio vai comemorar o Natal junto este ano. Não houve ninguém que se opusesse a isso, em parte porque era uma boa ideia, em outra porque ninguém nunca se opunha à mamãe. E aí George sugeriu que todo mundo poderia fazer seu prato favorito para um jantar de véspera de Natal. Ele é bom nesse tipo de coisa, George, o que irrita Elsa de uma forma absolutamente insuportável.

A comida favorita do menino com síndrome é merengue suíço, então a mãe dele fez para ele. Ou melhor, a mãe dele pegou todos os ingredientes, Lennart recolheu todos os merengues do chão e Maud fez o merengue suíço, enquanto o menino com síndrome e a mãe dele dançavam.

Minha avó pede desculpas

Então Maud e Lennart acharam que seria importante que a mulher da saia preta também se sentisse participando, porque Maud e Lennart são bons nesse tipo de coisa, aí perguntaram se ela queria preparar alguma coisa especial. A mulher da saia preta estava sentada numa cadeira no fundo do apartamento e ficou com uma cara bem sem jeito, murmurando que fazia anos que não cozinhava nada. "A gente não faz mais muita comida quando é sozinha", disse ela. Então Maud ficou com uma cara muito triste e pediu desculpas por ter sido tão insensível. E a mulher da saia preta ficou com tanta pena de Maud que preparou uma massa gratinada com molho *béarnaise*. Porque esse era o prato favorito dos filhos dela.

Então todos eles comem merengue suíço e massa gratinada com molho *béarnaise*. Porque é esse tipo de Natal que esse é. Apesar de tudo.

O wurse ganha dois baldes de pãezinhos de canela de Maud, e George vai buscar no subsolo a banheira de quando Elsa era bebê e a enche de vinho quente. Com esse tipo de estímulo, o wurse concorda em se esconder no guarda-roupa do apartamento da vovó durante uma hora, e então mamãe desce e convida os policiais que estão diante do prédio a subirem. Os olhos verdes ficam sentados do lado da mamãe. Elas riem. O policial temporário também está lá, ele come mais merengue suíço do que todos e adormece no sofá.

Samantha, que é um *bichon frisé* e, por isso, está aprendendo a gostar de coisas com uma rapidez extremamente civilizada, espera até ter certeza de que ninguém a está vendo. Aí ela vai de mansinho para o apartamento da vovó e entra no guarda-roupa. Não necessariamente por ter aprendido a gostar de vinho quente.

A mulher da saia preta senta-se calada à mesa, na ponta mais afastada. Depois da refeição, quando George está lavando a louça, Maud limpando a mesa e Lennart senta-se com uma xícara de café da garrafa térmica num banquinho diante da cafeteira, vigiando-a para ter certeza de que ela não vai ter nenhuma ideia, o menino com síndrome cruza o apartamento e segue para o da vovó. Quando ele volta, há muitas migalhas de pãezinhos de canela em torno da sua boca e tanto pelo de wurse no pulôver que parece que alguém o convidou para um baile à fantasia, e ele resolveu ir fantasiado de tapete. O menino com síndrome pega um cobertor no quarto de Elsa e se aproxima da mulher da saia preta. Fica observando-a bastante tempo. Depois ele se coloca na ponta dos pés e dá um puxão no nariz dela. Apavorada, ela dá um salto, e a mãe do menino solta um grito daquele tipo que as mães soltam quando os filhos beliscam o nariz de estranhos e corre em direção a ele. Mas Maud segura, cautelosamente, o braço dela e a detém e, quando o menino coloca o polegar entre o indicador e o dedo médio e olha para a mulher da saia preta, explica gentilmente:

— É uma brincadeira. Ele está fingindo que roubou seu nariz.

A mulher da saia preta olha para Maud. Olha para o menino com síndrome. Olha para o nariz. Então, ela pega o nariz dele. E ele ri tanto que as vidraças cantam.

Ele adormece no colo dela, envolto no cobertor. Quando sua mãe, com um sorriso de desculpas, tenta fazê-lo levantar, dizendo que "realmente não é nem um pouco normal ele ser tão atrevido", a mulher da saia preta toca a mão dela, hesitante, e sussurra:

— Se... se não tiver problema... eu... eu gostaria tanto de continuar com ele no colo mais um pouco...

A mãe do menino coloca as mãos em volta da mão dela e faz que sim. A mulher da saia preta encosta a testa no cabelo do menino e sussurra:

— Obrigada.

Então George faz mais vinho quente, e tudo parece quase normal e nem um pouco assustador. Quando os policiais agradecem o jantar e descem a escada, Maud olha infeliz para Elsa e diz que entende que tudo isso da polícia no prédio, justo na véspera de Natal, deve ser terrivelmente aterrorizante para uma criança. Mas Elsa segura a mão dela e diz:

— Não se preocupe, Maud. Isso aqui é uma história de Natal. Elas sempre têm final feliz.

E dá para ver que Maud acredita nisso.

Porque a gente precisa acreditar.

30

PERFUME

Só uma pessoa tem um ataque do coração na noite da véspera de Natal. Mas há dois corações que se partem. E o prédio nunca mais será o mesmo.

Tudo começa com o menino com síndrome acordando já durante a tarde e com fome. O wurse e Samantha saem se arrastando do guarda-roupa porque o vinho quente acabou. Elsa fica andando em círculos ao redor de Alf e o intima dizendo que é hora de pegar a fantasia de Papai Noel. Elsa e o wurse seguem Alf até a garagem. Ele entra no táxi. Quando Elsa abre a porta do passageiro, coloca a cabeça para dentro e pergunta o que ele está fazendo, Alf liga o motor e grunhe:

— Se vou representar Papai Noel pelo resto do dia, vou, pelo menos, comprar um jornal primeiro.

— Não acho que minha mãe queira que eu vá a algum lugar – objeta Elsa.

— Ninguém convidou você, solte a porcaria da porta! – diz Alf, engatando a ré.

Então Elsa entra no carro. E o wurse também. Elsa vê que ele está fazendo isso com um certo esforço, como se estivesse com dor depois de se exercitar, mas finge que não está vendo. Assim como a gente finge que não percebe quando pessoas de idade não ouvem o que nós dizemos. Um pouco porque a gente não quer que eles se deem conta de que estão velhos, um pouco porque a gente mesmo não quer se dar conta disso.

Quando Alf vocifera que a gente não pode simplesmente ir entrando no carro dos outros assim, achando que pode ir junto, Elsa diz que esse carro é um táxi e, na verdade, isso é justamente o que a gente faz num táxi. E quando Alf fica batendo mal-humorado no taxímetro e afirma que corrida de táxi custa dinheiro, Elsa diz que quer ganhar aquela corrida de presente de Natal dele. Aí Alf fica com uma cara muito chateada durante um bom tempo, e, então, eles saem no presente de Natal de Elsa.

 Alf conhece um quiosque que fica aberto inclusive na véspera de Natal. Ele compra um jornal. Elsa compra dois sorvetes. O wurse toma seu sorvete inteiro e metade do dela. Se a gente sabe quanto os wurses gostam de sorvete, entende que isso é muita consideração dele. Ele derruba um pouco no banco de trás do táxi, mas Alf só fica gritando com o wurse por causa disso por uns dez minutos. Se a gente sabe quanto Alf não gosta de wurses que derrubam sorvete no banco de trás do táxi, entende que é muita consideração dele.

 — Posso perguntar uma coisa? — diz Elsa, embora ela saiba que isso também é uma pergunta.

 Alf se endireita no banco da frente. Um pouco como uma baleia se endireitaria numa cadeira de cinema. Ele não responde.

 — Por que Britt-Marie não contou para a polícia? — pergunta Elsa, sem ligar demais para a ausência de resposta.

 Alf resmunga alguma coisa que Elsa não ouve e passa por um cruzamento.

 — O quê? — diz Elsa.

 — Eu disse que ela pode ser uma velha rabugenta às vezes. Mas ela não é má pessoa — esclarece Alf.

 — Mas ela odeia cachorro — insiste Elsa.

 — Ah, ela só tem medo deles. Sua avó costumava pegar um montão de cachorro de rua e trazia pra casa quando se mudou para cá. Nós éramos só uns moleques nessa época, Britt-Marie, Kent e eu. Um dos vira-latas mordeu Britt-Marie e aí a mãe dela fez o maior escarcéu — ele diz, uma explicação chocante de tão comprida em se tratando de Alf.

 O táxi vira uma esquina. Elsa pensa nas histórias da vovó sobre a princesa de Miploris.

 — Então você é apaixonado por Britt-Marie desde que tinha dez anos? — pergunta ela.

— Isso — Alf responde, como se isso fosse completamente óbvio. Elsa olha para ele e fica esperando, porque ela entende que a única coisa que vai fazer com que Alf conte a história toda é ficar esperando.

A gente sabe esse tipo de coisa quando tem quase oito anos.

Ela espera tanto tempo que sufoca o tempo que for preciso.

Então, depois de dois sinais vermelhos, Alf suspira resignado, como a gente faz quando se sente pronto para contar uma história, apesar de não gostar nem um pouco de contar histórias. E aí ele conta a história de Britt-Marie. E a própria história. Embora não seja sua intenção contar essa última.

Ela contém muitos palavrões, e Elsa tem que se esforçar um bocado para não ficar corrigindo a gramática dele. Mas, depois de muitos *se* e *mas* e um bocado de "cacete", Alf contou que ele e Kent cresceram com a mãe no apartamento em que Alf mora agora. Quando Alf tinha dez anos, uma outra família se mudou para o andar de cima deles, com duas filhas da idade de Alf e Kent. A mãe era uma cantora muito conhecida, e o pai usava terno e estava sempre no trabalho. A filha mais velha, Ingrid, tinha, claramente, um grande talento para cantar, perceberam Alf e Kent. Ela ia ser uma estrela, explicava a mãe dela para a mãe de Alf e Kent. Ela nunca dizia nada sobre a outra filha, Britt-Marie. Mesmo assim, Alf e Kent perceberam a presença dela. As coisas não iam mais ficar na mesma.

Ninguém lembra exatamente quando a jovem estudante de medicina apareceu no prédio. Um dia, ela simplesmente estava lá, no enorme apartamento que ocupava todo o último andar do prédio naquela época, e quando a mãe de Alf e Kent indagou por que ela morava sozinha num apartamento tão grande, a jovem médica respondeu que o tinha "ganhado numa partida de pôquer". Ela não ficava muito tempo em casa, claro, e, quando ficava, tinha sempre uns amigos estranhos com ela, e de vez em quando cães sem dono. Uma noite, ela apareceu com um grande vira-lata preto que, evidentemente, também tinha ganhado numa partida de pôquer, conta Alf. Alf e Kent e as filhas da família vizinha só queriam brincar com ele, não sabiam que estava dormindo. Alf tem certeza absoluta de que o vira-lata não pretendia morder Britt-Marie, ele só ficou com muito medo. Ela também.

Depois disso, o cachorro sumiu. Mas a mãe de Britt-Marie odiava a jovem estudante de medicina mesmo assim, e nada que alguém dissesse conseguia fazer com que ela mudasse de opinião. Então aconteceu o acidente de carro. Na rua, justo em frente ao prédio. A mãe de Britt-Marie não chegou a ver o caminhão. O barulho sacudiu o prédio inteiro. Ela saiu cambaleando do carro, atordoada, com nada além de arranhões, mas não saiu ninguém do banco de trás. A mãe soltou o mais assustador dos gritos, quando viu todo aquele sangue. A jovem estudante de medicina veio correndo do prédio de camisola, com migalhas de pãozinho de canela por todo o rosto, e viu as duas meninas no banco de trás. Ela não tinha carro, e só conseguia carregar uma menina. Forçou a porta para abri-la e viu que uma delas estava respirando, a outra não, então ela ergueu a que estava respirando e saiu correndo. Correu todo o caminho até o hospital.

Alf se cala. Elsa pergunta o que aconteceu com a irmã. Alf fica calado durante três sinais vermelhos. Aí ele diz com a voz pesada de amargura:

— É uma coisa assustadora demais quando alguém perde um filho. Aquela família nunca mais se recompôs de novo. Não foi culpa da mãe. Foi um acidente de carro, não é culpa de ninguém. Mas ela nunca superou isso. E ela nunca perdoou a sua avó.

— Por quê? — pergunta Elsa.

— Porque ela achava que sua avó salvou a filha errada.

O silêncio de Elsa parece que dura cem sinais vermelhos.

— Kent também era apaixonado por Britt-Marie? — pergunta ela, por fim.

— Nós somos irmãos. Os irmãos competem — responde Alf.

— E Kent venceu?

Sai um som da garganta de Alf que Elsa não tem certeza se é uma tosse ou uma risada.

— Venceu o caramba. Eu venci.

— Mas o que aconteceu?

— Kent se mudou. Se casou, jovem demais. Teve filhos com uma mulher terrível. Gêmeos, David e Pernilla. Ele ama os filhos, mas aquela mulher fez ele ser terrivelmente infeliz.

— Mas, então, e você e Britt-Marie?

Minha avó pede desculpas

Um sinal vermelho. Mais outro.

— Nós éramos jovens demais. A gente é idiota demais quando é jovem. Eu viajei para longe. Ela ficou aqui.

— Para onde você foi?

— Para uma guerra.

Elsa olha fixamente para ele.

— Você também foi soldado?

Alf passa a mão pelo cabelo quase inexistente.

— Eu sou velho, Elsa. Já fui um montão de coisas.

— Mas o que aconteceu com Britt-Marie?

Sinal vermelho.

— Eu estava voltando para casa. Ela pensou em vir e me fazer uma surpresa. E ela me viu com outra mulher.

— Você teve um caso?

— Tive.

— Por quê?

— Porque a gente é idiota demais quando é jovem.

Sinal vermelho.

— E o que você fez depois disso? — pergunta Elsa.

— Viajei para longe.

— Por quanto tempo?

— Muitíssimo tempo.

— E Kent?

— Ele se separou. Se mudou para a casa de nossa mãe. Britt-Marie ainda morava aqui. Ah, porra, ele sempre a tinha amado. Então, quando os pais dela morreram, eles se mudaram para o apartamento deles. Kent tinha ouvido falar que os proprietários talvez fossem vender essa maloca toda como copropriedade. Então eles ficaram aqui esperando pela grana. Eles se casaram, e Britt-Marie, provavelmente, queria ter filhos, mas Kent achava que os que ele tinha já bastavam. E foi isso.

Elsa abre e fecha o porta-luvas do táxi.

— E por que você voltou da guerra, então?

— Algumas guerras terminam. E minha mãe ficou doente. Alguém precisava tomar conta dela.

— Kent não tomava?

As unhas de Alf passeiam pela testa dele, como fazem quando vagueiam pela memória e abrem portas que estão fechadas por algum motivo.

— Kent tomou conta da mamãe enquanto ela estava viva. Ele é um idiota, mas sempre foi um bom filho, isso ninguém pode deixar de reconhecer. Nunca faltou nada a mamãe enquanto ela esteve viva. Então tomei conta dela quando ela estava morrendo.

— E depois disso?

Alf coça a cabeça. Para no sinal vermelho. Não parece que ele saiba a resposta.

— Depois eu só... fiquei.

Elsa olha séria para ele. Respira de forma profunda e conclusiva e diz:

— Eu gosto muito de você, Alf. Mas você foi meio que um bosta quando foi embora assim.

Alf tosse ou ri de novo.

Depois de alguns sinais vermelhos, ele murmura:

— Britt-Marie tomou conta de sua mãe quando o pai dela morreu. Quando sua avó materna ainda viajava muito, sabe. Ela não foi sempre uma velha rabugenta assim como ela é agora.

— Eu sei – diz Elsa.

— Sua avó te contou isso?

Elsa sorri. Assim como a gente sorri quando não sabe direito como faz para não sorrir.

— De certa forma. Ela me contou a história de uma princesa, num reino de tristeza, e dos dois príncipes que a amavam tanto que começaram a odiar um ao outro. E sobre os wurses, que os pais da princesa expulsaram do reino, mas que a princesa trouxe de volta quando a guerra começou. E de uma bruxa, que roubou um tesouro da princesa.

Ela se cala. Cruza os braços. Vira-se na direção de Alf.

— Era eu que era o tesouro, né?

Minha avó pede desculpas

Alf suspira.

— Não sou muito chegado em histórias.

— Você bem que podia se esforçar! – insiste Elsa.

Um suspiro mais profundo de Alf.

— Britt-Marie dedicou toda a sua vida a estar presente para um homem que nunca está em casa e a tentar fazer com que os filhos que não são dela a amem. Quando seu avô materno morreu, e ela teve que cuidar de sua mãe, talvez tenha sido a primeira vez que ela se sentiu...

Parece que ele está procurando a palavra certa. Elsa a dá para ele:

— Necessária.

— Isso.

— E aí a mamãe ficou adulta?

— Ela se mudou. Foi para a faculdade. O prédio ficou silencioso demais, tempo demais. Aí ela voltou, com seu pai, e estava grávida.

— Eu ia ser todas as outras chances de Britt-Marie – comenta Elsa em voz baixa.

— Aí chegou sua avó de novo – diz Alf, parando numa placa de *pare*.

Eles não dizem mais nada sobre isso. Assim como a gente faz quando não tem mesmo muita coisa mais para dizer. Alf põe a mão brevemente em cima do peito, como se alguma coisa estivesse coçando dentro da jaqueta. Elsa olha para o zíper.

— Você ficou com essa cicatriz numa guerra?

O olhar de Alf fica um tanto defensivo. Ele dá de ombros.

— Você tem uma cicatriz grande pra caramba no peito. Eu vi quando você estava de roupão. Aliás, você devia comprar um roupão novo.

Alf ri ou tosse.

— Eu nunca estive nesse tipo de guerra. Ninguém nunca atirou em mim.

— É por isso que você não é quebrado?

— Quebrado como quem?

— Sam. E Coração de Lobo.

Alf suspira pelo nariz. Coça a raiz dos cabelos.

— Sam já estava quebrado antes de virar soldado. E nem todos os soldados são assim, cacete. Mas, se a gente vê a merda que aqueles rapazes viram, a gente precisa de ajuda quando volta pra casa. E esse país, lamentavelmente, está sempre disposto a gastar bilhões em armas e aviões de combate, mas quando aqueles rapazes voltam para casa, tendo visto aquela merda que eles viram, não tem ninguém que possa se dar ao luxo nem de ouvir a história deles durante cinco minutos.

Ele olha desolado para Elsa.

— As pessoas precisam contar a história delas, Elsa. Senão a gente sufoca. Rotatória.

— O que fez você ficar com a cicatriz, então? — pergunta Elsa.

— É um marca-passo.

— Ah!

— Você sabe o que é isso? — pergunta Alf, descrente.

Elsa parece um pouco magoada.

— Eu tenho muito tempo livre.

Alf concorda.

— Você é realmente uma menina diferente.

— Ser diferente é uma coisa boa.

— Eu sei.

O carro vai pela estrada, enquanto Elsa conta para Alf que o Homem de Ferro, que é um tipo de super-herói, tem um tipo de marca-passo. Só que na verdade é mais um eletroímã, porque o Homem de Ferro tem estilhaços de granada no coração e sem o ímã eles fariam um buraco nele, e ele morreria. Alf não parece entender totalmente os detalhes dessa história, mas ele escuta sem interromper.

— Só que eles o operam e tiram o ímã no fim do terceiro filme! — conta Elsa, exaltada, então pigarreia e acrescenta sem jeito: — *Spoiler*. Desculpa.

Alf não parece achar que isso faz muita diferença. Para ser totalmente honesto, ele não entende exatamente o que *spoiler* significa, a não ser que seja uma parte de carro.

Está nevando de novo, e Elsa conclui que, ainda que as pessoas de quem ela gosta tenham sido uns bostas antes, precisa aprender a continuar gostando delas mesmo assim. A gente fica rapidinho sem ninguém, se tiver que desqualificar todo mundo que alguma vez já foi um bosta. Ela fica pensando que essa deve ser a moral dessa história. As histórias de Natal têm moral.

O telefone de Alf toca no compartimento entre os bancos. Alf vê que é o número de Kent. Não responde. Ele toca de novo.

— Você não vai atender? — pergunta Elsa.

— É Kent. Ele deve estar querendo encher o saco sobre alguma merda a respeito daquele contador e da porcaria da copropriedade, é só nisso que ele pensa. Ele vai poder bater boca por causa disso amanhã — resmunga Alf.

O telefone toca de novo. Alf não responde. Ele toca de novo. Elsa o pega irritada e responde, apesar de Alf a xingar. Há uma mulher do outro lado. Ela está chorando. Elsa passa o telefone para Alf. O telefone treme perto da orelha dele. O rosto dele fica lívido.

É a noite da véspera de Natal. O táxi faz um retorno. Eles vão para o hospital. Alf não para em nenhum sinal vermelho.

Elsa fica sentada num banco num corredor conversando com mamãe ao telefone, enquanto Alf está dentro de um quarto, falando com um médico. As enfermeiras pensam que ela é uma neta, então contam que foi um ataque do coração, mas que tudo vai ficar bem. Que Kent vai sobreviver.

Uma moça está em pé diante do quarto. Ela está chorando e é bonita. Está com cheiro forte de perfume. Ela sorri de leve para Elsa, que sorri para ela. Alf sai do quarto e balança a cabeça sem sorrir para a mulher, que passa pela porta sem olhar para ele.

Alf não diz nenhuma palavra enquanto segue pelos corredores e desce de elevador. Ele passa calado pelas portas de saída do prédio e atravessa o estacionamento em silêncio, com Elsa seguindo-o. E é só aí que Elsa vê Britt-Marie. Ela está sentada imóvel no banco, usando apenas a jaqueta florida, apesar de a temperatura estar abaixo de zero. Ela esqueceu o broche. As manchas do *paintball* brilham. As bochechas de Britt-Marie estão azuis, e ela está girando sua aliança de casamento no dedo. Tem uma das camisas brancas de Kent no colo; ela está com cheiro de que acabou de ser lavada e perfeitamente passada.

— Britt-Marie? — diz a voz rouca de Alf na escuridão da noite, e ele para a um metro dela.

Ela não responde. Apenas deixa a mão passar lentamente pelo colarinho da camisa que está em seu colo. Espana cuidadosamente algo invisível de uma prega. Dobra suavemente o punho de uma das mangas embaixo da outra. Endireita um amarrotado que não existe.

Então ela levanta o queixo. Parece velha. Dá a impressão de que as palavras deixam pequenas pegadas no seu rosto.

— Eu de fato sempre fui excepcionalmente boa em fingir, Alf — sussurra ela, determinada.

Alf não responde. Britt-Marie abaixa os olhos para a neve e fica girando a aliança de casamento.

— Quando David e Pernilla eram pequenos, eles sempre diziam que eu não sabia mesmo inventar histórias. Eu sempre queria ler as que já estavam nos livros. Eles sempre diziam "inventa uma!", mas eu, na verdade, não compreendo por que as pessoas se sentam e inventam coisas, quando existem livros que já têm tudo escrito para começar. Eu realmente não entendo. Não é civilizado.

Agora ela elevou a voz. Como se alguém tivesse de ser convencido. Alf respira mais pesado.

— Britt-Marie... — diz ele em voz baixa, mas ela o interrompe friamente.

— Kent dizia para as crianças que eu não conseguia inventar histórias porque eu não tinha imaginação. Mas não é verdade. Não é, não. Tenho uma imaginação completamente excepcional. Sei fingir muito bem!

Alf passa os dedos pela cabeça e fica piscando bastante tempo. Britt--Marie acaricia a camisa que está no seu colo como se ela fosse um bebê que está para dormir.

— Peguei uma camisa que acabou de ser lavada. Sempre pego uma camisa que acabou de ser lavada, se vou encontrá-lo. Porque não uso perfume. Realmente não uso. Perfume me dá urticária.

A voz afunda para dentro dela. Afoga-se.

— David e Pernilla não vieram para o jantar de Natal. Estavam ocupados, eles disseram. Sei muito bem que eles estão ocupados, faz muitos anos que estão ocupados. Então Kent ligou e disse que ia ficar no escritório algumas horas. Só algumas horas, ele ia ter outra teleconferência com a Alemanha, ele disse. Embora também seja véspera de Natal na Alemanha. Mas ele não voltou para casa. Então liguei para ele, porque realmente precisava saber quando eu devia fazer a batata. Mas ele não atendeu. E eu liguei, e liguei, e liguei, porque realmente precisava saber quando eu devia fazer a batata!

Ela lança um olhar acusador na direção de Alf. Ele não diz nada. Britt-Marie passa o dorso da mão, afetuosamente, pelo colarinho da camisa que está em seu colo.

— A gente realmente não pode comer batata fria. Não somos bárbaros.

As palmas das mãos dela repousam em cima da camisa.

— Enfim, o telefone tocou, mas não era Kent.

O lábio inferior dela treme.

— Eu não uso perfume, mas ela usa. Então sempre faço questão que ele vista uma camisa que acabou de ser lavada. Essa é a única coisa que eu peço, que ele coloque a camisa na máquina de lavar, assim que chega em casa. É pedir muito?

— Por favor, Britt-Marie... — pede Alf.

Britt-Marie engole em seco dolorosamente e gira a aliança no dedo.

— Foi um ataque do coração. Eu sei disso porque ela ligou e me contou, Alf. Ela me ligou. Porque ela não estava aguentando, não estava. Ela disse que não podia ficar no hospital, sabendo que Kent talvez morresse, sem eu saber. Ela simplesmente não ia aguentar isso. Então ela ligou para eu saber. Ela ligou.

Britt-Marie coloca uma das mãos sobre a outra, fecha os olhos e acrescenta com voz vacilante:

— Eu tenho uma imaginação excepcional, na verdade. Ela é excepcional. Kent sempre dizia que ia a jantares com alemães, ou que o avião tinha atrasado por causa da neve, ou que só ia dar um pulo no escritório. E eu fingia que acreditava. Eu fingia tão bem que eu mesma acreditava.

Ela se levanta do banco. Fica empertigada na neve com a camisa de Kent na mão, que continua perfeitamente passada. Nem um amarrotado, nem uma dobra. Britt-Marie dá meia-volta e a pendura, cuidadosamente, no encosto do banco.

— Eu finjo excepcionalmente bem — sussurra ela.

— Eu sei — sussurra Alf.

E então eles deixam a camisa em cima do banco e vão para casa.

Parou de nevar. O táxi para nos sinais vermelhos. Eles não dizem uma palavra no caminho. Mamãe vem até a porta do prédio para encontrá-los. Ela abraça Elsa. Tenta abraçar Britt-Marie, que a afasta. Não agressiva, mas decidida.

— Eu não a odiava, Ulrika — diz ela.

— Eu sei — diz mamãe, balançando a cabeça lentamente.

— Eu não a odiava e não odeio cachorro e não odeio o carro dela — diz Britt-Marie.

Mamãe balança a cabeça e segura sua mão. Britt-Marie fecha os olhos.

— Eu não odeio, Ulrika. Realmente não odeio. Na verdade, só queria que vocês me escutassem. Isso é pedir muito? Realmente só não queria que vocês deixassem o carro ficar na minha vaga. Realmente só não queria que, depois de uma vida inteira, deixassem alguém vir tomar meu lugar.

Ela gira a aliança. Sussurra:

— Realmente não é justo, Ulrika. É o meu lugar. As pessoas não podem simplesmente tomar meu lugar...

Mamãe a conduz escada acima, com o braço firme, mas amoroso, ao redor da jaqueta florida. Alf não chega a aparecer no apartamento, mas Papai Noel aparece. Os olhos do menino com síndrome se iluminam como os olhos das crianças fazem quando alguém fala para elas de sorvete, de fogos de artifício, de trepar em árvore e de chapinhar em poças d'água.

Minha avó pede desculpas

Maud coloca mais um lugar à mesa e serve mais massa gratinada. Lennart faz mais café. George lava a louça. Depois da distribuição de presentes de Natal, o menino com síndrome e a mulher da saia preta sentam-se no chão, para assistir à *Cinderela* na TV.

Britt-Marie está sentada meio desconfortável ao lado de Elsa no sofá. Elas se olham de esguelha. Não dizem nada, mas talvez isso seja a declaração de paz delas. Então, quando mamãe diz a Elsa que agora ela não pode mais comer chocolate, porque senão vai ficar com dor de barriga, e Elsa come mesmo assim, Britt-Marie não diz nada.

E quando a madrasta malvada surge na *Cinderela*, e Britt-Marie discretamente se levanta, endireita um vinco de sua saia e sai para o hall para chorar, Elsa vai atrás dela.

E elas ficam sentadas juntas no baú, comendo papais noéis de chocolate.

Porque a gente pode ficar triste enquanto está comendo papais noéis de chocolate. Mas é muito, muito mais difícil mesmo.

31

BISCOITO DE AMENDOIM

A quinta carta cai no colo de Elsa. Literalmente.

Ela acorda dentro do guarda-roupa do apartamento da vovó. O menino com síndrome dorme rodeado de sonhos com a arminha nos braços. O wurse babou um pouco no pulôver de Elsa e secou como cimento.

Ela fica deitada no escuro um bom tempo. Respira cheiro de serragem. Pensa naquela passagem de Harry Potter que vovó roubou para uma de suas histórias da Terra-dos-Quase-Despertos. Está em *Harry Potter e a Ordem da Fênix*. O que, obviamente, é irônico, e para entender isso é claro que a gente precisa estar bem por dentro das diferenças entre os livros e os filmes de Harry Potter, e também compreender o que "irônico" significa. Porque *Harry Potter e a Ordem da Fênix* é o filme de Harry Potter de que Elsa gosta menos, apesar de ele conter um dos trechos de Harry Potter de que Elsa mais gosta. Aquele em que Harry diz que ele e seus amigos têm uma vantagem na guerra que vai acontecer contra Voldemort, porque eles têm uma coisa que Voldemort não tem: "Algo pelo qual vale a pena lutar."

É irônico porque o trecho não faz parte do livro, que Elsa gosta muito mais do que do filme, embora o livro não esteja entre os favoritos dela dos de Harry Potter. Agora que ela está pensando nisso, não é tão irônico, afinal de contas. É possível que seja mais "complexo". Ela vai ver na Wikipédia isso direitinho, pensa ela se sentando. E é nesse momento que a carta, literalmente, cai no colo dela. Estava pregada com durex no teto do guarda-roupa. Ela não faz ideia de há quanto tempo.

Mas coisas assim são lógicas nas histórias.

Um minuto depois, Alf está de pé na porta de seu apartamento. Está bebendo café. Parece que não dormiu a noite inteira. Olha para o envelope. Só está escrito "ALF" nele, com letras desnecessariamente grandes.

— Achei no guarda-roupa. É da vovó. Acho que ela quer pedir desculpas por alguma coisa. Ela envia um monte de cartas para as pessoas com pedido de desculpas – informa Elsa.

Alf faz *shhh* para ela e aponta para o rádio atrás dele. Elsa comenta que não gosta que façam *shhh* para ela, e então ele faz *shhh* de novo. Do que Elsa não gosta nem um pouco. Estão dando as notícias do trânsito no rádio. Alf escuta tudo e, só então, para de fazer *shhh* para ela.

— Houve alguma porcaria de acidente na estrada. Todo o trânsito para a cidade ficou parado durante várias horas – diz ele, como se isso devesse ser algo que interessasse a Elsa.

Mas não é.

De qualquer forma, Alf lê a carta, depois de chiar um pouco. Quer dizer, talvez depois de chiar muito.

— O que está escrito aí? – pergunta Elsa, assim que ele parece ter terminado.

— Está escrito *desculpe* – diz Alf.

— Tudo bem, mas desculpe por *quê*?

Alf suspira do jeito que ele anda fazendo para Elsa nos últimos tempos.

— A carta não é para mim, cacete?

— Ela pede desculpas porque sempre dizia que você não levanta os pés quando anda e é por isso que tem sapato gasto? – pergunta Elsa, curiosa.

Alf não dá a impressão de que era isso que estava na carta. Elsa pigarreia.

— Ah. Bem... ah. Esquece.

Alf não fica com cara de quem esqueceu.

— O que tem de errado com meu sapato?

— Nada. Não tem nada errado com seu sapato – murmura Elsa.

Alf olha para o sapato.

— Não tem nada errado com meu sapato mesmo. Eu já tenho esse sapato há mais de cinco anos!

— É um sapato muito bom — mente Elsa.

Alf não parece estar acreditando nela. Ele olha cético para a carta de novo. Suspira como tem feito ultimamente.

— Sua avó e eu tivemos uma porcaria de uma briga antes dela morrer. Logo antes de ela ter que ir para o hospital. Ela pegou emprestada a minha chave de fenda e não estava nem aí pra devolver aquela porra e disse que já tinha devolvido, embora eu soubesse muito bem que não tinha.

Elsa suspira do jeito que anda fazendo para Alf nos últimos tempos.

— Você já ouviu falar do homem que morreu de tanto xingar?

— Não — diz Alf, como se a pergunta fosse séria.

Elsa revira os olhos.

— Mas pelo amor de Deus. O que a vovó escreveu sobre a chave de fenda, então?

— Ela pediu desculpas, porra, só isso. Porque ela acabou perdendo a chave de fenda.

Ele dobra a carta e a coloca dentro do envelope de novo. Elsa continua insistindo:

— O que mais? Eu vi que tinha mais coisa na carta. Não sou nenhuma idiota!

Alf coloca o envelope na prateleira de chapéu.

— Pedia desculpas por um montão de coisas.

— É complicado?

— Não existe merda nenhuma na vida da sua avó que não fosse complicada — responde Alf.

Elsa enfia as mãos mais para dentro dos bolsos. Olha com o canto do olho para o emblema da Grifinória do seu cachecol. Para os pontos que mamãe deu depois que as meninas da escola o rasgaram. Mamãe continua acreditando que ele rasgou quando vovó estava passando por cima da cerca no zoológico.

— Você acredita em vida após a morte? — pergunta para Alf, sem olhá-lo.

Minha avó pede desculpas

— Sei lá, caramba — ele responde de um modo nem desagradável nem agradável, só muito *álfico*.

— Quer dizer, você acredita em... paraíso... esse tipo de coisa — murmura Elsa.

Alf toma café e pensa.

— Deve ser complicado pra caramba. Logisticamente, digo. O paraíso deve ser um lugar onde não tenha tantas malditas pessoas — resmunga ele, por fim.

Elsa avalia isso. Percebe que é razoável. O paraíso para Elsa é um lugar onde vovó está, mas o paraíso para Britt-Marie, provavelmente, é um lugar que dependa completamente da ausência da vovó.

— Às vezes, você é superprofundo — diz ela para Alf.

Ele bebe café e parece estar pensando que isso foi uma coisa engraçada demais para alguém que não tem nem oito anos dizer.

Elsa pensa em perguntar a ele um pouco mais sobre a carta, mas não dá tempo. Quando olhar para trás, ela vai pensar que, se tivesse feito escolhas diferentes, esse dia não teria sido tão terrível como acabou sendo. Mas nesse momento já vai ser tarde demais.

E papai está na escada atrás dela. Ele está ofegante. O que não é muito comum para ele.

Os olhos de Elsa ficam arregalados quando ela o vê, e então Elsa olha para dentro do apartamento de Alf. Na direção do rádio. Como os olhos fazem quando a gente tem quase oito anos e percebe que uma coisa como aquela do rádio, na verdade, não acontece numa história sem motivo. Porque não existe acaso nas histórias. E um dramaturgo russo disse uma vez que, se há um revólver pendurado na parede no primeiro ato, ele tem de ser disparado antes de o último ato terminar. Elsa sabe disso. E aqueles que, a essa altura não entendem como Elsa pode saber esse tipo de coisa, são realmente desatentos. Então Elsa percebe que aquilo do rádio e do acidente de carro na estrada deve ter alguma coisa a ver com a história em que eles todos estão envolvidos.

— É a... mamãe? — pergunta ela.

Papai faz que sim e olha preocupado para Alf. O rosto de Elsa estremece.

— Ela está no hospital?

— Sim, ligaram hoje de manhã para ela ir participar de uma reunião. Havia alguma cri... – começa o pai, mas Elsa o interrompe:

— Ela estava no acidente, não é? O da estrada?

Papai parece assombrosamente confuso.

— Que acidente de carro?

— O acidente de carro! – repete Elsa, totalmente fora de si.

Papai sacode a cabeça ansioso. Em seguida, ele parece hesitante.

— Não... não!

Então ele sorri.

— Você agora é a irmã mais velha. Sua mãe estava na reunião quando a bolsa estourou!

Elsa não assimila a notícia direito, não mesmo. Embora seja claro. Ainda que ela esteja extraordinariamente por dentro do que acontece quando a bolsa estoura.

— Mas... e o acidente, então? O que isso tem a ver com o acidente? – murmura ela.

Papai parece incrivelmente hesitante.

— Nada, eu acho. Ou, quer dizer, como assim?

Elsa olha para Alf. E para o pai. Fica pensando com tanta intensidade que chega a doer nos seios da face.

— Onde está George? – pergunta ela.

— No hospital – responde o pai.

— Como ele chegou lá? Disseram no rádio que todo o trânsito na estrada naquela direção está parado! – exclama Elsa.

— Ele foi correndo – responde papai, com uma pontada do que os pais costumam sentir quando vão dizer alguma coisa positiva sobre o novo marido da mamãe.

E aí é Elsa quem sorri.

— George é bom nisso – sussurra ela.

— É mesmo – admite o pai.

E o rádio talvez tenha conquistado seu lugar na história desse jeito, apesar de tudo, conclui ela. Então, Elsa exclama preocupada:

— Mas como nós vamos chegar ao hospital se a estrada está parada?

Minha avó pede desculpas

Papai parece hesitante. Alf bebe café sossegadamente, esvaziando a caneca de um só gole.

– Vocês podem pegar a estrada antiga, cacete – diz ele, por fim, impacientemente, quando percebe que papai não pretende dizer isso.

Papai e Elsa olham para ele como se Alf tivesse se dirigido a eles com palavras inventadas. Alf suspira.

– A estrada antiga, porra. Passando o antigo abatedouro. Onde ficava aquela fábrica em que produziam trocadores de calor antes que os desgraçados transferissem tudo para a Ásia. Vocês podem pegar essa estrada para o hospital!

Papai pigarreia. Elsa cutuca alguma coisa embaixo da unha do polegar. Alf acaba resignado com o conteúdo de sua caneca de café.

E há um instante ali em que Elsa pensa que o wurse e ela vão no táxi. Mas aí muda de ideia e resolve que eles devem ir de Audi, porque não quer que papai fique triste. E se ela não tivesse mudado de ideia, é bem possível que esse dia não tivesse se tornado tão desagradável e horrível como ele logo, logo vai se tornar. Porque, quando coisas horríveis acontecem, a gente sempre pensa "se ao menos eu não tivesse...". E, mais tarde, este vai se tornar um momento desses.

Maud e Lennart também vão para o hospital. Maud leva biscoitos, e Lennart resolve, já na porta do prédio, pegar uma cafeteira, porque está preocupado com a possibilidade de que, talvez, eles não tenham uma no hospital. E, mesmo que tenham, Lennart tem certeza de que será uma daquelas cafeteiras modernas, com um monte de botões. A cafeteira de Lennart só tem um botão. Lennart adora esse botão.

Se papai, pelo menos, não tivesse se oferecido para subir para buscá-la para Lennart, talvez o que ocorreu depois não tivesse acontecido. Vai haver também um momento desses, pensando bem. Um momento de "se não".

O menino com síndrome e a mãe dele também vão.

E a mulher de jeans. Porque eles formam uma espécie de equipe agora, todos eles, e Elsa está gostando muito disso. Mamãe disse para ela ontem que, agora que tem tanta gente morando no apartamento da vovó, o prédio todo parece um pouco com o edifício de que Elsa fica falando, onde todos aqueles "X-Men" moram.

Ela toca a campainha de Britt-Marie também. Mas ninguém abre. Mais tarde, Elsa vai se lembrar de ter parado um instante ao lado do carrinho de bebê acorrentado à escada. O aviso com as palavras cruzadas ainda estava na parede acima do carrinho. E alguém as tinha resolvido. Todos os quadrinhos estavam preenchidos. A lápis.

Se Elsa houvesse parado e refletido um pouco sobre isso, talvez tudo tivesse sido diferente depois. Mas ela não fez isso. Então as coisas não foram assim. É possível que o wurse hesitasse um instante diante da porta de Britt-Marie. Elsa teria entendido se ele tivesse feito isso, assim como ela supõe que os wurses hesitam, às vezes, quando não sabem ao certo a quem na história eles foram enviados para proteger. Os wurses realmente protegem princesas em histórias normais, e mesmo na Terra-dos-Quase-Despertos Elsa nunca foi mais do que uma cavaleira. Mas, se o wurse teve alguma hesitação, ele não deixou transparecer. E vai com Elsa. Porque esse é o tipo de amigo que ele é.

E se o wurse não tivesse ido com Elsa, talvez tudo houvesse sido diferente. Mas ele vai. Então nada fica sendo diferente.

É Alf quem convence os policiais a fazer a ronda em volta do quarteirão para "verificar se está tudo seguro". Elsa nunca saberá exatamente o que ele diz para eles, mas Alf consegue ser bem convincente quando quer. Talvez ele diga que viu pegadas na neve. Ou ouviu alguém no prédio do outro lado da rua dizer alguma coisa. Elsa não sabe, mas ela vê o policial temporário entrar no carro e a policial de olhos verdes também, embora só depois de hesitar bastante tempo. O olhar de Elsa encontra o dela por um instante, e, se ela ao menos houvesse dito a verdade para os olhos verdes sobre o wurse, talvez tudo tivesse sido diferente. Mas Elsa não diz. Porque ela quer proteger o wurse. Porque esse é o tipo de amiga que ela é.

Alf entra no prédio de novo e vai para a garagem pegar o táxi. Quando a viatura vira a esquina no fim da rua, Elsa, o wurse e o menino com síndrome disparam pela porta do prédio, atravessam a rua e entram no Audi que está estacionado lá. As crianças entram primeiro.

O wurse para. Fica com os pelos eriçados.

Minha avó pede desculpas

Passam no máximo alguns segundos, mas parece que durou para sempre. Mais tarde, Elsa vai se lembrar que tanto parecia que ela teve tempo de pensar um bilhão de coisas, quanto que não teve tempo de pensar em nada.

Tem algum cheiro dentro do Audi que a deixa surpreendentemente tranquila. Ela não sabe direito o que é. E olha para o wurse pela porta aberta do carro e, antes que tenha tempo de se dar conta do que vai acontecer, pensa que, talvez, só não queira entrar no carro porque está com dor. Ela sabe que ele está com dor, dor do jeito que vovó sentia no corpo todo no final.

Elsa começa a pegar um biscoito no bolso. Porque nenhum amigo de verdade de um wurse sairia de casa sem pelo menos um biscoito no bolso para situações de emergência. Mas é claro que ela não tem tempo, porque se dá conta de que cheiro é esse no Audi.

Não passa nenhuma eternidade depois disso, nem segundos. Sam surge das sombras do banco de trás, Elsa sente o frio de encontro a seus lábios, quando a mão dele tapa sua boca. Os músculos dele se tensionam em volta do pescoço dela; ela sente os pelos da pele dele cortarem, como pedras pontudas, os fios do cachecol da Grifinória. Elsa tem tempo de pensar muita coisa sobre aquele frio de encontro a seus lábios, como se não corresse sangue nos braços de Sam, e ao mesmo tempo ela não tem tempo de pensar em nada.

Elsa tem tempo de ver a breve perturbação nos olhos de Sam quando ele vê o menino com síndrome. Quando se dá conta de que estava atrás da criança errada. Ela tem tempo de entender que as sombras da história não querem matar o Eleito. Só levá-lo embora. Fazer com que ele seja seu. Só matar quem quer que fique no caminho.

Então as mandíbulas do wurse se fecham em torno do pulso da outra mão de Sam, exatamente quando ele tenta agarrar o menino. Sam grita. Elsa só tem uma fração de segundo para reagir quando ele a solta. Ela vê a faca pelo retrovisor.

E tudo fica preto depois disso.

Elsa percebe que está correndo, sente a mão do menino na sua e sabe que está pensando que só eles têm que ir para a porta do prédio. Que só precisam gritar para papai e Alf ouvirem.

Elsa vê seus pés se movendo, mas não é ela que os movimenta. O corpo sai em disparada por instinto. Acha que ela e o menino tiveram tempo de dar uma meia dúzia de passos quando ouve o wurse dar um uivo terrível de dor e não sabe se é o menino que larga a mão dela ou ela que larga a dele. O pulso dela lateja tão forte que chega a sentir os batimentos nos olhos. O menino escorrega e cai no chão. Elsa ouve a porta de trás do Audi abrir e vê a faca na mão de Sam. Vê o sangue nela.

Talvez passe uma eternidade inteira de contos de fada ou só um breve para sempre. Ela não sabe. Elsa sabe que eles nunca vão conseguir escapar, que tudo está perdido. Mas ela faz o que se faz. A única coisa que se pode fazer. E agarra o menino como pode e sai correndo o mais rápido que consegue.

Ela corre muito bem. Mas sabe que isso não vai bastar. Elsa ouve o esforço de Sam quando ele lança o corpo tentando pegar o do menino, sente o puxão no braço chegar a seu ombro e mais longe dentro do coração, quando o menino é arrancado das suas mãos. Ela fecha os olhos, e a próxima coisa de que se lembra é a dor na testa. E o grito de Maud. E as mãos do papai. O chão duro da escada. O mundo gira até despencar de pernas para o ar diante dela, e ela acha que deve ser assim quando se morre. Como cair para dentro de si mesma, sem saber na direção de quê.

Elsa ouve o barulho sem entender de onde está vindo. Depois o eco. "Eco", ela tem tempo de pensar, e se dá conta de que está dentro do prédio. As pupilas ardem como se o lado de dentro das pálpebras estivesse cheio de cascalho. Elsa ouve os pés leves do menino com síndrome subir correndo a escada, como só os pés de um menino, que sabe há anos que isso poderia acontecer, seriam capazes. E escuta a voz apavorada da mãe do menino, procurando manter-se calma e regular, quando ela corre atrás dele, como só uma mãe é capaz e só quando se acostumou com o medo como o estado natural da vida.

A porta do apartamento da vovó é fechada e trancada quando eles entram. Elsa sente que as mãos do papai não a estão erguendo, elas a estão mantendo a distância. Ela não sabe do quê. Até que vê a sombra pelo vidro da porta do prédio. Vê Sam do outro lado. Ele está parado. E passa algo pelo seu rosto que é tão profundamente inusitado para ele que de início Elsa não consegue afastar a sensação de que só está imaginando tudo.

Sam está com medo.

Um instante depois, cai sobre ele uma outra sombra, tão grande que a sombra do próprio Sam submerge nela. As mãos pesadas do Coração de Lobo desabam como chamas devoradoras, tão violentas e sombrias que nenhuma história conseguiria descrever. Coração de Lobo não bate em Sam, ele o afunda dentro da neve. Não para desarmar. Não para proteger.

Para aniquilar.

O pai de Elsa a ergue e sobe a escada correndo. Aperta-a de encontro à jaqueta para que não veja. Ela ouve a porta do prédio se abrir de dentro e Maud e Lennart suplicando a Coração de Lobo que pare de bater, pare de bater, pare de bater. Mas ela percebe pelas pancadas surdas, como quando a gente deixa cair um saco de farinha no chão da cozinha, que ele não parou. Que nem mesmo os está ouvindo. Nas histórias, Coração de Lobo fugiu para os bosques sombrios muito antes da Guerra-Sem-Fim, porque ele sabia do que era capaz.

Elsa se desvencilha do pai e corre pela escada. Maud e Lennart param de gritar antes que ela tenha tempo de chegar lá embaixo. O punho do Coração de Lobo se ergue tão alto acima de Sam que ele roça os dedos estendidos dos bichos-nuvem antes de desabar de novo no chão.

É possível que uma eternidade tenha passado. Elsa não sabe. É bem possível que ela tenha que encontrar um jeito melhor de medir o tempo de um modo geral, talvez seja isso. Afinal, de certa forma, aqui isso não funciona. Por fim, tudo fica muito confuso, isso é óbvio.

Mas Coração de Lobo congela no meio do movimento. Entre ele e o homem ensanguentado na neve há uma mulher que parece tão pequena e frágil que o vento conseguiria atravessá-la. Ela está segurando uma bolinha quase invisível de felpa azul da secadora na mão e tem um aro branco e fino na pele do dedo anular onde ficava a aliança. E olha fixamente para Coração de Lobo como se cada grama de bom senso que há nela gritasse para ela correr para salvar sua vida. Mas a mulher fica parada com o olhar indomável de quem não tem mais nada a perder.

Ela enrola a felpa da secadora na palma de uma das mãos, coloca essa mão na palma da outra e cruza-as diante dos quadris. Então olha decidida para Coração de Lobo e diz peremptoriamente:

— Não se mata ninguém nessa associação de coproprietários.

O punho de Coração de Lobo continua tremendo no ar. O peito dele se eleva e se abaixa. Mas lentamente deixa o braço cair ao lado do corpo.

Ela continua parada lá entre Coração de Lobo e Sam, entre o monstro e a sombra, quando a viatura da polícia vem derrapando pela rua. A policial de olhos verdes salta com a arma em punho bem antes de o carro parar. Coração de Lobo cai de joelhos na neve. Ergue as mãos em direção ao céu e fecha os olhos.

Elsa escancara a porta do prédio e se lança para fora. Os policiais gritam para Coração de Lobo. Eles tentam impedir Elsa, mas isso é como segurar água nas mãos em concha. Ela escorre entre os dedos deles. Elsa tem tempo, por motivos que ela não vai entender durante muitos anos, de pensar no que a mãe dela disse para George uma vez, quando achou que Elsa estava dormindo. Que é assim que é ser mãe de uma filha que está deixando de ser criança. Como segurar água nas mãos em concha.

O wurse está deitado imóvel no chão a meio caminho entre o Audi e a porta do prédio. A neve está vermelha. Ele tentou chegar até ela. Arrastou-se para fora do Audi e foi rastejando até desfalecer. Elsa arranca a jaqueta e o cachecol da Grifinória, estende-os por sobre o corpo do bicho, aninha-se na neve ao lado dele e abraça-o bem apertado, sentindo como a respiração dele cheira a biscoito de nozes. Ela sussurra "não tenha medo, não tenha medo" repetidamente no ouvido dele. "Não tenha medo, não tenha medo, Coração de Lobo venceu o dragão, e nenhuma história termina antes de o dragão ser derrotado."

Quando sente as mãos suaves do papai levantando-a do chão, ela grita para que o wurse a ouça, mesmo se ele já estiver a caminho da Terra-dos--Quase-Despertos:

— VOCÊ NÃO PODE MORRER! VOCÊ ESTÁ OUVINDO?! VOCÊ NÃO PODE MORRER PORQUE TODAS AS HISTÓRIAS DE NATAL TÊM FINAL FELIZ!

32

SORVETE

É difícil argumentar com relação à morte. Difícil deixar alguém que a gente ama ir embora.

Vovó e Elsa costumavam assistir ao noticiário da noite juntas. De vez em quando, Elsa perguntava à vovó por que os adultos estavam sempre fazendo tanta coisa idiota uns com os outros. Vovó respondia que era porque os adultos em geral são gente, e gente em geral é bosta. Elsa retrucava que não fazia sentido, porque os adultos, na verdade, também eram responsáveis por diversas coisas boas no meio de todas as coisas idiotas. Viagens espaciais, a ONU, vacinas e cortadores de queijo, por exemplo. Então vovó dizia que a artimanha da vida é que quase nenhuma pessoa é totalmente bosta e quase ninguém é totalmente não bosta. O difícil de viver é tentar se manter o máximo possível do lado do "não".

Uma vez, quando elas tinham acabado de ver o noticiário da noite juntas, Elsa perguntou por que tantos não bostas eram obrigados a morrer por toda parte e vários bostas não. E por que, para começo de conversa, a gente era obrigado a morrer, sendo bosta ou não. Vovó tentou distrair Elsa com sorvete e mudar de assunto, porque vovó gostava mais de sorvete do que da morte. Mas Elsa podia ser uma menininha teimosa pra caramba, então vovó desistiu e admitiu que supunha que alguém sempre tinha de abrir mão de seu lugar para outra pessoa ficar com ele.

"Como quando a gente viaja de ônibus e chegam pessoas de idade?", perguntou Elsa. Então vovó indagou se Elsa aceitaria sorvete e outro assunto, caso ela respondesse "sim". Elsa disse que aceitava. Então vovó disse: "Iiisssooo, é isso mesmo!"

E elas tomaram sorvete.

É difícil argumentar com relação à morte. E também deixar alguém que a gente ama ir embora. Mas as histórias mais antigas de Miamas dizem que um wurse só pode morrer de coração partido. Que eles são imortais a não ser nessas ocasiões, e por isso a gente só consegue matar um wurse quando ele está muito triste. Por esse motivo puderam matá-los quando foram expulsos da Terra-dos-Quase-Despertos naquela vez em que morderam a princesa, porque foram afugentados por quem eles protegiam e amavam. "E foi por isso que eles puderam ser mortos na última batalha da Guerra-Sem-Fim", contava vovó, porque centenas de wurses morreram na última batalha. "Porque o coração de todos os seres vivos se parte na guerra."

Elsa fica pensando nisso enquanto está sentada na sala de espera do veterinário. A gente tem tempo de pensar muita coisa quando está sentado na sala de espera do veterinário. A sala cheira a alpiste. Britt-Marie está sentada ao lado dela com as mãos cruzadas no colo, olhando para a cacatua que está numa gaiola do outro lado da sala. Britt-Marie não parece gostar muito de cacatua. Elsa não está totalmente por dentro das expressões exatas das cacatuas, mas avalia, espontaneamente, que o sentimento é altamente recíproco.

— Você não precisa ficar esperando aqui comigo — diz Elsa para Britt-Marie, com a garganta apertada de tristeza e raiva.

Britt-Marie espana sementes invisíveis de sua jaqueta e responde sem tirar os olhos da cacatua:

— Não se preocupe, querida Elsa. De jeito nenhum. Não tem problema.

Elsa entende que ela não quer dizer isso de forma desagradável. Os policiais estão interrogando papai e Alf sobre tudo que aconteceu, e Britt-Marie foi a primeira que foi interrogada, então ela se ofereceu para ficar sentada com Elsa, esperando o veterinário sair e dizer alguma coisa sobre o wurse. Então Elsa entende que não há nada de desagradável nisso. Só é difícil para Britt-Marie dizer alguma coisa sem que dê essa impressão.

Minha avó pede desculpas

— Você sabe que as pessoas, talvez, acabassem brigando um pouco menos, se você tentasse dizer as coisas de um jeito um pouco mais agradável? Ser agradável, na verdade, é uma escolha, Britt-Marie! – diz Elsa, tentando ela mesma não parecer desagradável, mas sem conseguir muito.

Ela enxuga os olhos com o lado de dentro do pulso. Tenta não pensar no wurse e na morte. Não adianta. Britt-Marie faz um muxoxo e cruza as mãos no colo.

— Certo, certo, eu entendo que você ache isso. Afinal, isso realmente é o que todas as mulheres da sua família acham de mim. Todas vocês.

Elsa suspira.

— Não era isso que eu queria dizer.

— Ah, não, claro que nunca é. Claro que nunca é isso que vocês querem dizer.

Elsa enrola as mãos no cachecol da Grifinória. Respira fundo.

— Foi muita coragem sua se meter no meio de Coração de Lobo e Sam – admite ela em voz baixa.

Britt-Marie espana sementes ou, possivelmente, migalhas invisíveis da mesa diante dela, pegando-as na palma da mão. Fica sentada com as mãos unidas, como se estivesse procurando um cesto de lixo invisível para jogá-las.

— Não se mata ninguém nessa associação de inquilinos, nós realmente não somos bárbaros – diz ela em voz baixa e apressadamente, para que Elsa não ouça que sua voz está falhando.

Elas ficam caladas. Como a gente fica quando faz as pazes pela segunda vez em dois dias, mas não quer realmente dizer isso em voz alta para a outra pessoa.

Britt-Marie afofa uma almofada em uma das pontas do sofá da sala de espera.

— Eu não odiava sua avó – diz ela sem olhar para Elsa.

— Ela também não odiava você – responde Elsa sem olhar para ela também.

Britt-Marie cruza as mãos de novo e quase fecha os olhos.

— E eu, na verdade, nunca quis que fosse feita uma copropriedade dos apartamentos. Kent quer isso, e eu quero que Kent fique feliz, mas ele quer vender o apartamento, ganhar dinheiro e se mudar. Eu não quero me mudar.

— Por que não? — pergunta Elsa.

— Porque aqui é minha casa.

É difícil não gostar dela por causa disso quando se tem quase oito anos.

— Por que você e a vovó sempre brigavam? — pergunta Elsa, embora já saiba a resposta.

— Ela achava que eu era uma... velha rabugenta — responde Britt-Marie, sem dizer o motivo verdadeiro.

— Mas por que você é uma velha rabugenta? — pergunta Elsa, pensando na princesa, na bruxa e no tesouro.

— Porque a gente realmente precisa se importar com *alguma coisa*, Elsa. A gente realmente precisa! Assim que alguém se importava com alguma coisa nesse mundo, sua avó chamava isso de "rabugice", mas, se a gente não se importa com nada, a gente não vive realmente. Aí a gente só existe... — responde Britt-Marie um pouquinho rabugenta, mas, na verdade, quase totalmente sem ser uma velha.

— Você é muito profunda quando a gente fica conhecendo você — diz Elsa.

— Obrigada — responde Britt-Marie, claramente resistindo ao impulso de começar a varrer alguma coisa invisível da manga da jaqueta de Elsa.

Ela se satisfaz em afofar a almofada do sofá de novo, embora já faça muitos anos que não há coisa alguma na almofada para se afofar. Elsa enrola o cachecol em volta de cada um dos seus dedos.

— Tem aquele poema sobre um velho que diz que, se ele não puder ser amado, não se importa se for detestado. Pelo menos, alguém o estaria vendo, tipo isso — diz Elsa.

— *Doutor Glas* — concorda Britt-Marie.

— Wikipédia — corrige Elsa.

— Essa é uma citação do *Doutor Glas* — insiste Britt-Marie.

— É um site? — pergunta Elsa.

— É uma peça.
— Ah.
— O que é Wikipédia? – pergunta Britt-Marie.
— Um site.

Britt-Marie cruza as mãos no colo.

— Na verdade, *Doutor Glas* é um romance, pelo que eu sei. Não cheguei a ler. Mas fizeram a peça – diz ela, hesitante.

— Ah – diz Elsa.
— Eu gosto de teatro.
— Eu também.

Britt-Marie balança a cabeça. Elsa também.

— Doutor Glas seria um bom nome de super-herói.

Ela acha que, na verdade, seria um nome melhor para uma nêmesis de um super-herói, mas Britt-Marie não parece ler literatura de qualidade regularmente, então Elsa não quer complicar as coisas para ela. Britt-Marie balança a cabeça. Aí cita em voz alta:

— "A gente quer ser amado, na falta disso admirado, na falta disso temido, na falta disso detestado e desprezado. A gente quer inspirar nas pessoas algum tipo de sentimento. A alma treme diante do vazio e quer contato seja a que preço for."

Elsa não tem certeza do que isso significa. Mas balança a cabeça mesmo assim. Para ser justa.

— E o que você quer ser? – pergunta ela.

As mãos de Britt-Marie se mexem um tiquinho no colo, mas sem espanar migalhas.

— É complicado ser adulto às vezes, Elsa – diz ela se esquivando.

— Também não é, tipo, supersimples ser criança – responde Elsa polemizando.

A ponta dos dedos de Britt-Marie passeia cuidadosamente pelo anel branco na pele do dedo anular.

— Eu tinha o costume de ficar de pé na varanda de manhã cedo. Antes de Kent acordar. Sua avó sabia disso, e foi por isso que ela fez aqueles bonecos de neve. Foi por isso que fiquei tão brava. Porque ela sabia meu segredo e me deu a sensação de que ela e os bonecos de neve queriam me ridicularizar por causa disso.

— Que segredo? — pergunta Elsa.

Britt-Marie une as mãos bem apertado.

— Eu nunca fui como sua avó. Nunca viajei. Só fiquei aqui. Mas às vezes gosto de ficar na varanda de manhã cedo, quando está ventando. Claro que é bobo, claro que todos acham que é bobo, claro que sim.

Ela faz um muxoxo.

— Mas eu gosto de sentir o vento no cabelo. Eu gosto mesmo.

Elsa fica achando que Britt-Marie, afinal de contas, talvez não seja totalmente uma bosta. Talvez ela seja bem mais uma "não bosta" ultimamente.

— Você não respondeu à pergunta: o que você quer ser? — diz Elsa, girando o cachecol.

A ponta dos dedos de Britt-Marie se move hesitante pela saia, como alguém que atravessa uma pista de dança para convidar uma pessoa de quem gosta para dançar. E aí ela diz cautelosamente:

— Eu quero que alguém se lembre de que eu existi. Quero que alguém saiba que eu estive aqui.

Infelizmente, Elsa não ouve as últimas palavras, porque o veterinário sai por uma porta com um olhar que deixa um único ruído crescente na cabeça dela. Ela passa por ele apressada, antes que o veterinário, ao menos, tenha tempo de abrir a boca. Elsa ouve que estão gritando com ela quando se lança pelo corredor e começa a escancarar cegamente todas as portas, uma após outra. Uma enfermeira tenta agarrá-la, mas Elsa continua correndo, escancarando mais portas, e só para quando ouve o wurse ganindo. Como se ele soubesse que ela está vindo e a estivesse chamando. Quando, finalmente, entra correndo na sala certa, encontra-o deitado numa maca de exame fria, com faixas em volta da barriga toda. Tem sangue por toda parte. Ela enfia o rosto fundo, bem fundo, nos pelos dele e sussurra "você não pode morrer!" repetidas vezes.

Britt-Marie continua sentada na sala de espera. Sozinha. Se ela se levantasse agora e fosse embora, provavelmente ninguém se lembraria de que

Minha avó pede desculpas

esteve ali. Parece que ela está pensando nisso nesse instante. Então espana alguma coisa invisível do lado da mesa, endireita um amarrotado em sua saia, levanta-se e sai.

O wurse fecha os olhos. E quase parece estar sorrindo. Elsa não sabe se ele a está ouvindo ou sentindo as lágrimas pesadas caírem no seu pelo. É difícil deixar alguém que a gente ama ir embora. É complicado ter quase oito anos e aprender a aceitar que tudo que a gente ama, mais cedo ou mais tarde, vai ter de ir embora.

– Você não pode morrer. Você não pode morrer porque estou aqui agora. E você é meu amigo. Nenhum amigo de verdade iria apenas e simplesmente morrer, você entende? Amigo não morre deixando o outro sozinho – sussurra Elsa, tentando convencer mais a si mesma que o wurse.

Parece que ele sabe disso. Tenta enxugar o rosto dela com o ar quente do seu focinho. Elsa fica deitada ao lado dele, encolhida na maca de exame, como ficou deitada na cama do hospital naquela noite em que vovó não a acompanhou até em casa, voltando de Miamas.

Ela fica deitada lá para sempre. Com o cachecol da Grifinória enterrado no pelo do wurse.

A voz da policial pode ser ouvida quando o intervalo entre as respirações do wurse fica mais longo e as batidas surdas do outro lado do pelo grosso e preto permanecem mais lentas. Seus olhos verdes observam da porta a menina e o bicho. Elsa olha para ela. Os olhos verdes olham para o wurse e parecem lamentar, como os olhos de pessoas que não gostam de falar sobre a morte.

Nós temos que levar seu amigo para a delegacia, Elsa – diz ela em vez disso.

Elsa sabe que ela está falando de Coração de Lobo.

– Vocês não podem prendê-lo! Ele fez aquilo em legítima defesa! – grita Elsa.

Os olhos verdes sacodem a cabeça.

– Não, Elsa. Não foi isso que ele fez. Ele não estava se defendendo.

Então ela recua da porta. Olha para o relógio fingindo distração, como se tivesse acabado de se tocar de que havia algo terrivelmente importante de que tinha de cuidar, em um lugar completamente diferente, e que loucura seria se alguém que ela precisava levar para a delegacia naquele instante ficasse sem vigilância durante alguns minutos, para que ela pudesse conversar com uma criança que está perdendo um wurse. Seria realmente uma loucura.

E aí ela vai embora. E Coração de Lobo está ali na porta. Elsa pula da maca de exame e joga os braços ao redor dele e, realmente, não está nem aí se ele vai ter de se banhar com álcool gel quando chegar em casa.

— O wurse não pode morrer! Diga pra ele que ele não pode morrer! — sussurra Elsa.

Coração de Lobo respira lentamente. Mantém, inseguro, as mãos no ar, como se alguém tivesse derramado alguma coisa corrosiva no seu pulôver. Elsa se toca de que ainda está com o casaco dele no seu apartamento.

— Você vai receber seu casaco de volta, a mamãe o lavou superbem e pendurou no guarda-roupa dentro de uma sacola de plástico — sussurra ela, desculpando-se, sem parar de abraçá-lo.

Ele dá a impressão de que realmente apreciaria se ela parasse. Elsa não está nem aí.

— Mas você não pode mais brigar! — ordena ela, com o rosto enfiado no pulôver dele, antes de levantar a cabeça e enxugar os olhos com o pulso.

— Não quero dizer que a gente não possa brigar nunca, porque ainda não decidi de que lado da questão estou. Em termos puramente morais, quero dizer. Mas a gente realmente não pode brigar, quando briga tão bem como você! — soluça ela.

Então Coração de Lobo faz uma coisa muito surpreendente. Ele a abraça.

— O wurse. Muito velho. Wurse muito velho, Elsa — rosna ele na língua secreta.

— Não aguento isso de todo mundo simplesmente ficar morrendo toda hora! — soluça Elsa.

Coração de Lobo segura as mãos dela. Aperta seus indicadores com cuidado. Ele treme como se estivesse segurando ferro em brasa, mas não os solta, como a gente não faz quando percebe que existem coisas mais importantes na vida do que ter medo das bactérias de uma criança.

Minha avó pede desculpas

— Wurse muito velho. Muito cansado agora, Elsa.

E quando Elsa fica só sacudindo histericamente a cabeça e gritando para ele que ninguém mais pode morrer deixando-a para trás, ele solta uma das mãos dela, coloca a outra no bolso da calça, retira dele um papel muito amassado e coloca-o na mão dela. É um desenho. É óbvio que foi vovó que o fez porque ela desenha tão bem quanto escreve.

— É um mapa – Elsa soluça enquanto o desdobra, como a gente faz quando já parou de derramar lágrimas, mas ainda não de chorar.

Coração de Lobo esfrega prudentemente as mãos uma na outra. Elsa passa os dedos por cima da tinta.

— Está escrito que é um mapa do "sétimo reino" – diz ela em voz alta, mais para si mesma do que para ele.

Ela se deita na maca de exame do lado do wurse de novo. Tão perto que o pelo dele atravessa seu casaco. Sente a respiração quente vindo pelo nariz frio. Ele está dormindo. Elsa espera que esteja dormindo. Ela dá um beijo no focinho dele de forma que o wurse fica com lágrimas no bigode.

Coração de Lobo pigarreia de leve.

— No mapa. Letra da vovó – diz ele na língua secreta, apontando para o mapa.

Ele olha para Elsa. Ela olha para Coração de Lobo pela névoa dos olhos piscando. Ele aponta para o mapa de novo.

— Mipardonus. O sétimo reino. Sua avó e eu... íamos construir.

Elsa estuda o mapa mais atentamente. Na verdade, é um mapa de toda a Terra-dos-Quase-Despertos, só que com proporções totalmente erradas, porque isso de proporções realmente nunca foi o forte da vovó.

— Esse sétimo reino fica no lugar das ruínas de Mibatalos – sussurra ela.

Coração de Lobo esfrega as mãos.

— Só pode construir Mipardonus em Mibatalos. Ideia da sua avó.

— O que significa Mipardonus? – pergunta, com o rosto colado no do wurse.

— Significa "eu perdoo" – responde Coração de Lobo.

As lágrimas do rosto dele são do tamanho de andorinhas. Sua mão enorme pousa suavemente na cabeça do wurse, que abre os olhos um quase nada e olha para ele.

— Muito velho, Elsa. Muito cansado mesmo — sussurra Coração de Lobo.

Então coloca os dedos carinhosamente em cima da ferida que a faca de Sam fez embaixo do pelo grosso.

— Dói muito, Elsa. Dói muito mesmo.

É difícil deixar alguém que a gente ama ir embora. Principalmente quando a gente tem quase oito anos.

Elsa se aninha perto do wurse e abraça-o apertado, bem apertado. Ele olha para ela uma última vez pelos olhos quase fechados. Elsa sorri e sussurra "você é o melhor primeiro amigo que eu já tive". Ele lambe devagar o rosto dela e está com cheiro de mistura para bolo. E ela ri, com lágrimas chovendo sobre a maca de exame.

Quando os bichos-nuvem pousam na Terra-dos-Quase-Despertos, Elsa o abraça o quanto consegue e sussurra: "Você cumpriu sua missão, você não precisa mais proteger o castelo. Proteja a vovó agora. Proteja todas as histórias!" Ele lambe o rosto dela uma última vez.

E aí ele sai correndo.

Quando Elsa se vira para Coração de Lobo, ele aperta os olhos na direção do sol, assim como a gente faz quando não foi para a Terra-dos-Quase--Despertos durante muitas eternidades de contos de fada. Elsa aponta para as ruínas de Mibatalos.

— Nós podemos levar Alf pra lá. Ele sabe construir coisas bem pra caramba. Ou, pelo menos, ele é bom em construir guarda-roupas. E vamos precisar de guarda-roupas no sétimo reino, né? E a vovó vai ficar sentada num banco em Miamas, esperando até nós terminarmos. Exatamente como o avô de Karl faz nos *Irmãos Coração de Leão*. Existe uma história com esse nome, eu a li para a vovó, então sei que ela vai ficar esperando num banco porque é típico dela roubar coisas de outras histórias. E ela sabe que *Irmãos Coração de Leão* é uma das minhas histórias favoritas!

Minha avó pede desculpas

Ela continua chorando. Coração de Lobo também. Mas eles fazem o que podem. E constroem palavras de perdão nas ruínas de palavras sobre lutar.

O wurse morre no mesmo dia em que nasce o irmão de Elsa. Ela imagina que vai contar isso para seu irmão algum dia, quando ele ficar mais velho. Contar sobre o primeiro melhor amigo dela. E também que às vezes alguém tinha que abrir mão de seu lugar para outra pessoa ficar com ele.

E que, na verdade, é só como se o wurse tivesse cedido seu lugar no ônibus para a Metade.

E Elsa fica pensando que vai fazer questão de assinalar para a Metade que ela não deve ficar triste de jeito nenhum ou com a consciência pesada por causa disso.

Porque os wurses, na verdade, odeiam andar de ônibus.

33

BEBÊ

É difícil terminar um conto de fadas. Não necessariamente porque eles acabam, é evidente, pois todas as histórias têm que terminar. Para dizer a verdade, parte delas não acaba rápido o suficiente. Esta aqui, por exemplo, com certeza devia, para ser razoável, segundo muitos observadores experientes, ter sido alinhavada e embalada já havia muito tempo. Mas só que todos os heróis no fim de todas as histórias sempre têm que "ser felizes para sempre". E isso acaba sendo problemático, em termos de técnica narrativa. Porque todos nas histórias que terminaram de viver seus dias deixam para trás outros que têm que viver para sempre sem eles.

E é difícil viver sem. É difícil, muito difícil mesmo, ser a pessoa que tem que ficar para trás e viver sem.

Está escuro quando eles saem do veterinário. Elas costumavam fazer anjos da neve na frente do prédio, antes do dia do aniversário de Elsa. Essa era a única noite do ano em que vovó não ficava falando coisas ruins sobre os anjos. Essa era uma das tradições favoritas de Elsa.

Ela vai de táxi com Alf. Não porque não quisesse ir de carro com papai, mas porque papai disse a ela que Alf parecia estar com muita raiva de si mesmo por estar na garagem com o táxi, quando tudo aquilo do Sam aconteceu. Furioso por não estar lá para protegê-la.

Alf e Elsa não falam muito no táxi, claro, porque é isso que acontece quando a gente não tem muita coisa para dizer. E quando Elsa, finalmente, diz que tem que fazer uma coisa em casa no caminho para o hospital, Alf não pergunta o quê. Ele só dirige. E é bom nisso, o Alf.

— Você sabe fazer anjos da neve? – pergunta Elsa, quando o táxi para na frente do prédio.

— Eu tenho sessenta e quatro anos, cacete – grunhe Alf.

— Isso não é resposta – diz Elsa.

Então Alf desliga o motor do táxi, sai do carro e fala bruscamente:

— Eu posso ter sessenta e quatro anos, mas não tinha essa idade quando nasci! É claro que eu sei fazer anjos da neve!

Então eles fazem anjos da neve. Noventa e nove. E nunca chegam a falar muito sobre isso depois. Porque alguns tipos de amigos podem ser amigos sem falar lá muita coisa.

A mulher de jeans os vê de sua varanda. Ela ri. E está começando a ficar boa nisso.

Quando eles chegam ao hospital, papai os está esperando no saguão. Um médico passa por eles, e, por um instante, Elsa acha que o reconhece. Aí ela vê George e, então, atravessa correndo a sala de espera e se joga nos braços dele. Ele está usando short por cima da *legging* e tem um copo de água gelada para mamãe na mão.

— Obrigada por ter corrido! – diz Elsa, com os braços ao redor dele.

George olha surpreso para ela.

— Eu sei correr muito bem – diz ele, cautelosamente.

Elsa concorda.

— Eu sei. É porque você é diferente.

Então ela vai com papai ver mamãe. E George permanece lá com o copo d'água na mão durante tanto tempo que a água fica na temperatura ambiente.

Papai olha para Elsa e parece que está com ciúmes, mas tenta não demonstrar. Ele é bom nisso. Também.

Há uma enfermeira diante do quarto da mamãe, e, de início, ela não quer deixar Elsa entrar, porque a mamãe teve um parto complicado. É assim que a enfermeira se expressa, soando bastante firme e enfática ao pronunciar o "com" de "complicado". Elsa balança a cabeça. Papai também.

— Por acaso você é nova aqui? — pergunta papai, acanhado.

— O que isso tem a ver? — rosna a enfermeira, como se as palavras viessem durante a temporada de gripe.

— Nenhum motivo — diz papai, acanhado, embora haja todos os motivos do mundo.

— Hoje não é dia de visita! — declara a enfermeira segura de si, dando a volta sobre os saltos do sapato e entrando no quarto da mamãe.

Papai e Elsa ficam ali parados, pacientemente balançando a cabeça, pois, de certa forma, eles têm a sensação de que isso vai se resolver. Porque mesmo que mamãe seja mamãe, ela ainda é filha da vovó. E papai e Elsa ficam pensando no homem do carro prateado logo antes de Elsa nascer. A gente não deve se meter com a mamãe quando ela está dando à luz.

Decorrem talvez trinta ou quarenta segundos antes de o grito ecoar no corredor de forma que os quadros vibram como se estivessem pensando em se atirar das paredes.

— TRAGA MINHA FILHA AQUI DENTRO AGORA, ANTES QUE EU ESTRANGULE VOCÊ COM O ESTETOSCÓPIO E DETONE ESTE HOSPITAL INTEIRO, ESTÁ ME ENTENDENDO?

Mesmo assim, trinta ou quarenta segundos foi mais tempo do que Elsa e papai acharam que ia levar. Mas só decorrem talvez três ou quatro, antes que mamãe acrescentasse gritando:

— QUE SE DANE! VOU ACHAR UM ESTETOSCÓPIO EM ALGUM LUGAR NESTE HOSPITAL E AÍ VOU ESTRANGULAR VOCÊ COM ELE!

A enfermeira sai para o corredor de novo. Ela não parece mais tão segura de si. O médico que Elsa achou ter reconhecido surge atrás dela e diz gentilmente que eles, provavelmente, podem "abrir uma exceção dessa vez". Ele sorri para Elsa. Ela respira decidida e passa pela porta.

A mamãe está com tubos pelo corpo todo. Elas se abraçam o mais apertado que Elsa tem coragem sem acabar arrancando um deles. Ela fica pensando que um dos tubos talvez seja um fio de ligar na tomada e que a mamãe vai se apagar como uma lâmpada se isso acontecer. Mamãe passa a mão diversas vezes no cabelo dela.

— Eu fiquei triste, muito triste mesmo, por causa do seu amigo wurse — diz ela.

Elsa fica tanto tempo sentada em silêncio na beira da cama dela que seu rosto seca, e ela consegue ficar pensando em inventar um jeito completamente novo de medir o tempo. Essa coisa das eternidades e eternidades de contos de fada está realmente começando a ficar um pouco confusa. Ela fica pensando que, talvez, a gente devesse usar algo menos complicado. Como piscadas. Ou batidas de asas de beija-flor. Alguém deve ter pensado nisso. Ela vai pesquisar na Wikipédia quando chegar em casa.

Elsa olha para mamãe. Ela parece feliz. Elsa acaricia a mão dela. Mamãe segura sua mão.

— Eu sei que não sou nenhuma mãe perfeita, amor.

Elsa encosta a testa na da mãe.

— Nem tudo tem que ser perfeito, mamãe.

Elas estão sentadas tão próximas que as lágrimas da mamãe escorrem pela ponta do nariz de Elsa.

— Eu trabalho tanto, amor. Eu ficava tão brava com sua avó porque ela nunca estava em casa, e agora faço a mesma coisa...

Elsa enxuga o nariz delas duas com o cachecol da Grifinória.

— Nenhum super-herói é perfeito, mamãe. Está tudo bem.

Mamãe sorri. Elsa também.

— Posso perguntar uma coisa? — pergunta ela então.

— Lógico — diz mamãe.

— O que eu puxei do seu pai?

Mamãe parece hesitar. Assim como as mães fazem quando estão acostumadas a conseguir sempre prever o que suas filhas vão perguntar e, de repente, erram. Elsa dá de ombros.

— Eu puxei da vovó isso de ser diferente. E puxei do papai ser uma sabe--tudo. E sei que sou uma sabe-tudo porque olhei na Wikipédia e, realmente, puxei isso do papai. Porque ele também fica consultando coisas. E acabo brigando com todo mundo, e isso acho que puxei da vovó. E o que puxei do vovô?

Mamãe não sabe muito bem o que responder. Elsa respira com dificuldade pelo nariz.

— A vovó nunca contava histórias do vovô...

Mamãe encosta a palma das mãos no rosto de Elsa, que enxuga o rosto dela com o cachecol da Grifinória.

— Eu acho que ela contou sobre seu avô sem você perceber — sussurra mamãe.

— O que eu puxei dele então?

— Você tem a risada dele.

Elsa puxa as mãos para dentro das mangas do casaco. Fica balançando a ponta dos braços devagar na sua frente.

— Ele ria muito?

— Sempre. Sempre, sempre, sempre. Era por isso que ele amava sua avó. Porque ela fazia ele rir com o corpo inteiro. Com a alma inteira.

Elsa sobe na cama do hospital e fica deitada junto da mãe durante pelo menos um bilhão de batidas de asas de beija-flor. Ela não saberia dizer com precisão quanto tempo foi. Talvez dependa do beija-flor.

— A vovó não era totalmente bosta. Ela só não era totalmente não bosta também.

— Elsa! Olha o linguajar! — Aí mamãe ri bem alto. Elsa também. A risada do avô. Então elas ficam deitadas lá, conversando sobre super-heróis bastante tempo. Mamãe diz que, agora que Elsa virou a irmã mais velha de alguém, ela tem que lembrar que as irmãs mais velhas sempre são ídolos para seus irmãos menores. E isso é uma grande força. Um grande poder.

— E com grandes poderes vêm grandes responsabilidades — sussurra mamãe. Elsa se senta empertigada na cama.

— Você andou lendo *Homem-Aranha*?!

— Eu olhei no Google. — Sorri mamãe com orgulho.

Então todos os sentimentos de culpa escorrem pelo rosto dela. Como acontece com as mães que se dão conta de que chegou a hora de revelar um grande segredo.

— Elsa... amor... a primeira carta da vovó. Não foi você que a recebeu. Havia outra carta antes da sua. A vovó a deu pra mim. No dia antes de morrer...

Mamãe tem a expressão de alguém que está na beira de um trampolim, com todo mundo olhando, e, então, simplesmente decide que não vai pular.

Elsa balança a cabeça e acaricia o rosto da mamãe, como a gente faz com uma criança pequena que fez uma bobagem porque não sabia como deveria fazer.

— Eu sei, mamãe. Eu sei.

Mamãe pisca os olhos, embaraçada.

— Como? Você sabe? Como assim?

Elsa suspira pacientemente.

— Quer dizer, tudo bem, levou um certo tempo para eu compreender. Mas não foi também, tipo, física quântica. Para começar, nem a vovó teria sido tão irresponsável a ponto de me enviar numa caça ao tesouro sem contar para você primeiro. Além disso, só eu e você sabemos dirigir o Renault, porque ele é meio diferente, mas eu o dirigia, às vezes, enquanto a vovó estava comendo *kebab*, e você o dirigia, às vezes, quando a vovó estava bêbada. Então só pode ter sido uma de nós duas que o estacionou na vaga de Britt-Marie na garagem. E não fui eu. E não sou nenhuma idiota. Eu sei contar.

Mamãe ri tão alto e durante tanto tempo disso que Elsa começa a ficar seriamente preocupada com o beija-flor.

— Você é a pessoa mais esperta que eu conheço, sabia?

— Eu sei, mamãe. Eu sei — geme Elsa.

Ela acha que isso é legal e tudo o mais, porém mamãe realmente precisa sair e conhecer um pouco mais de gente.

— O que a vovó escreveu na sua carta? — pergunta Elsa.

Os lábios da mamãe se fundem num só.

— Ela pediu desculpas.

— Porque ela foi uma mãe ruim?

— Isso.

— Você lhe perdoou?

Mamãe sorri, e Elsa enxuga o rosto dela de novo com o cachecol da Grifinória.

— Estou tentando perdoar a nós duas, eu acho. Sou como o Renault. Demoro para frear — sussurra a mãe.

Elsa a abraça até que o beija-flor desiste e simplesmente vai fazer outra coisa.

— Sua avó salvava crianças porque ela mesma foi salva quando era criança, amor. Eu nunca soube disso, mas ela escreveu na carta. Ela também era órfã — sussurra mamãe.

— Como os X-Men — concorda Elsa.

— Você já sabe aonde a próxima carta está escondida, não? — diz a mamãe com um sorriso.

— Você quer dizer "onde" — corrige Elsa, porque ela não consegue se conter.

Mas ela sabe. É claro que sabe. E sabia o tempo todo. Esse não é exatamente o mais imprevisível dos contos de fada. E Elsa realmente não é nenhuma idiota.

Mamãe ri de novo. Ri tanto que a enfermeira má entra pisando forte e diz que agora ela realmente vai ter que parar de rir, porque isso não é bom para os tubos.

Elsa se levanta. Mamãe pega a mão dela e a beija.

— Nós já decidimos como a Metade vai se chamar. Não vai ser Elviro. Vai ser outro nome. George e eu decidimos assim que o vimos. Acho que você vai gostar.

Mamãe tem razão. Elsa gosta. Ela gosta muito.

Ela está de pé numa pequena sala alguns minutos depois, olhando para ele por um vidro. A metade está deitada numa caixinha de plástico. Ou numa marmita muito grande. Não é muito fácil chegar a uma conclusão. Ele também está com tubos no corpo todo e com os lábios azuis, e o rosto

Minha avó pede desculpas

dele dá a impressão de que está correndo contra um vento forte, mas todas as enfermeiras dizem a Elsa que não tem perigo. Ela não gosta disso. É o jeito mais fácil de saber que tem.

Ela põe as mãos em concha de encontro ao vidro quando sussurra, para que dê para ouvir do outro lado:

— Não fique com medo, Metade. Agora você tem uma irmã. E as coisas vão melhorar. Vai ficar tudo bem.

Aí ela passa para a língua secreta:

— Vou tentar não ficar com ciúme de você. Já fiquei com ciúme de você tempo demais, mas tenho um amigo que se chama Alf, e ele e o irmão mais novo não se dão bem há, tipo, cem anos. Não quero que a gente fique cem anos sem se dar bem. Então acho que a gente devia começar a tratar de gostar um do outro a partir de agora, você entende?

A Metade parece ter entendido. Elsa encosta a testa no vidro.

— Você também tem uma vovó. Ela é uma super-heroína. Vou contar tudo sobre ela pra você quando chegarmos em casa. Infelizmente dei a arminha para um menino com síndrome, mas vou construir outra pra você. E vou levar você para a Terra-dos-Quase-Despertos, e vamos comer sonhos, e dançar, e rir, e chorar, e ser corajosos, e perdoar, e vamos voar em bichos-nuvem, e a vovó vai ficar sentada em um banco em Miamas, fumando e nos esperando. E um dia o vovô vai vir nos ver também. Vamos ouvi-lo vindo desde longe, porque ele ri com o corpo todo. Ele ri tanto que acho que vamos ter que construir um oitavo reino para ele. Vou perguntar a Coração de Lobo como se diz "Eu rio" na língua da mãe dele. E o wurse também está lá, na Terra-dos-Quase-Despertos. Você vai gostar do wurse. Não tem amigo melhor que um wurse!

A Metade olha para ela da caixinha de plástico. Elsa enxuga o vidro com o cachecol da Grifinória.

— E você ganhou um nome bonito. O melhor nome. Vou contar tudo sobre o menino de quem você ganhou esse nome. Você vai gostar dele.

Ela fica de pé perto do vidro até se dar conta de que, provavelmente, aquilo do beija-flor tenha sido simplesmente uma ideia ruim, afinal. Ela pretende ficar com as eternidades e as eternidades de contos de fada mais um pouco. Para simplificar. E talvez porque isso a faça se lembrar da vovó. Faz vovó continuar aqui.

Antes de ir embora, ela sussurra dentro das mãos em concha para a Metade, na língua secreta:

— Vai ser uma grande aventura ter você como irmão, Harry. A maior aventura de todas!

As coisas estão indo como vovó disse. As coisas estão melhorando. Vai ficar tudo bem.

O médico que Elsa achou que tinha reconhecido está ao lado da cama da mamãe quando ela volta para o quarto. Ele espera imóvel, como se soubesse que vai levar um tempo para ela se lembrar de onde o conhece. E quando a ficha por fim cai na memória dela, Elsa sorri, como se nunca tivesse havido alternativa.

— Você é o contador! — exclama Elsa desconfiada, e acrescenta: — E o pároco da igreja. Vi você no enterro da vovó, e você estava com roupa de pároco!

— Sou muitas coisas — responde o médico, com o tipo de expressão de paz que ninguém jamais teve quando vovó estava por perto.

— Médico também?

— Médico em primeiro lugar — ele responde, estendendo a mão e se apresentando: — Marcel. Eu e sua avó éramos bons amigos.

— Elsa.

— Eu achei que fosse. — Sorri Marcel.

— Você era o advogado da vovó — diz Elsa, como a gente faz quando se lembra de detalhes de uma conversa ao telefone do começo de uma história, digamos no fim do capítulo dois, por exemplo.

— Eu sou muitas coisas — repete Marcel, dando a ela um papel.

Ele foi escrito num computador, e está sem erros de ortografia, então dá para saber que foi Marcel e não vovó que o escreveu. Mas é a letra da vovó que está do lado. Marcel cruza as mãos diante dos quadris de um jeito não muito diferente de como Britt-Marie costuma fazer.

Minha avó pede desculpas

— Sua avó era a dona do prédio em que vocês moram. Talvez você já saiba disso. Ela disse que o ganhou numa partida de pôquer, mas eu não tenho certeza.

Elsa lê o papel. Faz uma careta.

— O quê? Agora ele é meu? O prédio inteiro?

— Sua mãe vai administrar o prédio até você fazer dezoito anos. Mas sua avó cuidou de tudo para você poder fazer o que quiser com ele. Se quiser vender os apartamentos como copropriedade, você pode. Se não quiser, tudo bem.

— Então por que você disse pra todo mundo do prédio que haveria copropriedade se todos concordassem?

Marcel afasta suavemente as mãos com as palmas para cima.

— Se você não concordar, a rigor, não vai estar todo mundo concordando. Sua avó estava convencida de que você seguiria a vontade dos vizinhos, se todos pensassem do mesmo jeito, mas ela também estava convencida de que você não faria nada com o prédio que prejudicasse alguém que mora nele. Foi por isso que ela teve que garantir que você conhecesse todos os seus vizinhos, antes de ver o testamento.

Ele põe a mão no ombro dela.

— É uma grande responsabilidade, mas sua avó me proibiu de dá-la a qualquer outra pessoa que não a você. Ela dizia que você era "mais inteligente que todos os outros imbecis juntos". E ela sempre dizia que um reino é composto pelas pessoas que moram nele. Ela dizia que você compreenderia isso.

A ponta dos dedos de Elsa afaga a assinatura da vovó bem na parte de baixo do papel.

— Eu compreendo.

— Posso examinar os detalhes com você, é um contrato muito complicado — diz Marcel, solícito.

Elsa tira o cabelo do rosto.

— A vovó não era exatamente uma pessoa descomplicada.

Marcel dá uma gargalhada. É assim que se chama isso. Uma gargalhada. É barulhento demais para ser só uma risada. Elsa adora isso. É completamente impossível não gostar.

— Você e a vovó tinham um caso? — pergunta ela subitamente.
— ELSA! — interrompe a mamãe, tão aflita que os tubos quase se soltam.
Elsa abre os braços ofendida.
— Caramba! Será que a gente não pode nem PERGUNTAR?
Ela se volta, incisiva, para Marcel.
— Vocês tinham um caso ou não?
Marcel cruza as mãos. Balança a cabeça triste, mas feliz. Um pouco como a gente faz quando comeu um sorvete muito grande e agora percebeu que ele acabou.
— Ela foi o grande amor da minha vida, Elsa. Ela foi o grande amor da vida de muitos homens. De muitas mulheres também, aliás.
— Você foi o dela? — pergunta Elsa.
Então Marcel se detém. Ele não parece estar com raiva. Nem amargo. Só com um pouco de ciúme. E diz:
— Não. Foi você. Sempre foi você, querida Elsa.
Marcel passa a mão carinhosamente no rosto de Elsa, como se faz quando se vê alguém que a gente amava nos olhos da neta dela. E aí ele sai.
Elsa, mamãe e a carta compartilham o silêncio durante segundos e eternidades e batidas de asas de beija-flor. Então mamãe toca a mão de Elsa e tenta fazer com que a pergunta não soe como se fosse superimportante, mas simplesmente alguma coisa que acabou de passar pela cabeça dela:
— O que você puxou de mim?
Elsa fica calada. Mamãe parece infeliz.
— Eu só, ah, você sabe. Você disse que herdou coisas da vovó e do vovô, e eu estava pensando, ah, você entende...
Ela se cala. Envergonhada, como as mães ficam quando se dão conta de que passaram daquele ponto na vida em que querem mais coisas de suas filhas do que suas filhas querem delas. E Elsa põe a palma das mãos no rosto dela e diz delicadamente:
— Simplesmente todo o resto, mamãe. Puxei todo o resto de você.
Papai leva Elsa de carro para casa. Ele desliga o som do Audi para Elsa não ter que ouvir as músicas dele, e ele passa a noite no apartamento

da vovó. Dormem no guarda-roupa. Ele está cheirando a serragem e tem exatamente o tamanho suficiente para o papai poder se esticar e alcançar as duas extremidades com a ponta dos dedos da mão e dos pés. Ele é bom nisso, o guarda-roupa.

Quando papai adormece, Elsa desce a escada de fininho. Fica diante do carrinho de bebê que continua acorrentado diante da porta do prédio. Olha para as palavras cruzadas na parede. Alguém a respondeu a lápis. Em cada palavra há uma letra que, por sua vez, se entrelaça com quatro outras palavras. E em cada uma das quatro palavras há uma letra que está numa casa com o contorno mais grosso que todas as outras.

E. L. S. A.

Elsa olha para o cadeado com que o carrinho de bebê está preso ao corrimão. É uma trava com combinação, mas os quatro anéis da trava não são números. São letras.

Ela forma seu nome e abre o cadeado. Leva o carrinho embora. E é nele que ela encontra a carta da vovó para Britt-Marie.

Claro que Elsa soube disso o tempo todo. Afinal, ela não é nenhuma idiota, essa menina.

34

VOVÓ

Nunca se diz adeus na Terra-dos-Quase-Despertos. Só se diz até logo. É muito importante para os moradores da Terra-dos-Quase-Despertos que seja assim, porque eles consideram que nada, realmente, morre por completo. Só vira uma história, só dá um salto na gramática, muda de tempo do presente para o passado. As pessoas gostam de viajar no tempo na Terra-dos-Quase-Despertos. Nas histórias, isso é tão importante quanto a magia e as espadas.

Por isso, em Miamas, um enterro pode durar semanas, porque poucas ocasiões na vida são tão apropriadas para contar histórias como os enterros. Claro que o primeiro dia é mais de histórias de tristeza e saudade, mas, à medida que os dias passam, aparece o tipo de histórias que a gente não consegue contar sem começar a gargalhar. Histórias sobre como a falecida uma vez leu as instruções "aplicar no rosto, mas não em volta dos olhos" na embalagem de um creme para a pele e ligou para o fabricante terrivelmente aborrecida para apontar que, afinal, é precisamente aí que o rosto está posicionado, meu Deus do céu! Ou sobre como ela contratou um dragão para caramelizar a superfície de todas as *crèmes brûlées* de uma grande festa em seu castelo, mas não verificou primeiro se o dragão estava resfriado. Ou sobre como ficou na varanda com o roupão aberto, atirando nas pessoas com uma arma de *paintball*.

Esse tipo de história.

E os miamasianos gargalham tão alto que as histórias pairam como lanternas em volta do túmulo. Até todas as histórias serem uma só e todos os tempos serem o mesmo. Gargalham até ninguém conseguir esquecer que é isso que deixamos para trás quando vamos embora. As risadas.

— A Metade acabou sendo uma metade menino. Ele vai se chamar Harry! — explica Elsa, orgulhosa, raspando neve da pedra.

"Alf diz que é uma sorte ser um menino, porque as mulheres da nossa família não batem nada bem." Ela sorri, fazendo aspas irônicas no ar e deixando rastros como de um arado na neve, quando imita o jeito de andar de Alf.

O frio morde o rosto dela. Ela morde o frio também. Papai escava a neve com uma pá e raspa a superfície da terra com ela. Elsa aperta o cachecol da Grifinória em volta do pescoço. Espalha as cinzas do wurse por cima do túmulo da vovó e uma camada espessa de migalhas de pãozinho de canela por sobre as cinzas.

Aí ela abraça a lápide bem apertado mesmo e sussurra:

— Até logo!

Ela vai contar todas as histórias deles. Já está contando a primeira quando caminha com papai em direção ao Audi. E ele fica ouvindo. Abaixa o volume do som do carro antes que Elsa chegue a entrar. Ela o estuda detalhadamente.

— Você ficou triste ontem quando eu abracei George no hospital? — pergunta ela.

— Não.

— Eu não quero que você fique triste.

— Eu não fico triste.

— Nem um pouco? — pergunta Elsa, ofendida.

Tudo bem se eu tiver ficado? — pergunta o pai, hesitante.

Você pode ficar um *pouco* triste — murmura Elsa.

— OK, eu estou um pouco triste — diz papai, tentando parecer realmente um pouco triste.

— Isso é triste demais.

— Desculpe — diz papai, começando a soar um pouco estressado.

— Não é para você ficar tão triste que eu fique com a consciência pesada. Só triste o suficiente para não parecer que você não liga! — explica Elsa.

— Eu estou triste desse jeito.

— Agora você não está parecendo nem um pouco triste!

— Talvez eu esteja triste por dentro, não?

Elsa o avalia de maneira extremamente detalhada antes de admitir por fim:

— *Deal*.

Papai balança a cabeça, hesitante, e consegue não comentar que ela não devia usar palavras em inglês quando existem alternativas excelentes na própria língua. O Audi sai para a estrada. Elsa abre e fecha o porta-luvas.

— Ele é bem OK. George, eu quero dizer.

— É sim — diz papai.

— Eu sei que você não está sendo sincero — protesta Elsa.

— George é OK — diz papai, balançando a cabeça como se estivesse sendo sincero.

— Então por que nunca festejamos o Natal juntos? — resmunga Elsa, irritada.

— Como assim?

— Eu achava que você e Lisette nunca foram passar o Natal lá em casa porque você não gosta do George.

— Eu não tenho nada contra George.

— Mas?

— Mas?

— Mas tem um *mas* a caminho aqui, não? Fica parecendo que vem um *mas* — murmura Elsa.

Papai suspira.

— Mas... George e eu somos um bocado diferentes no que diz respeito a nossa... personalidade, talvez. Ele é muito...

— Divertido?

Papai parece estressado de novo.

— Pensei em dizer que ele aparenta ser extremamente extrovertido.

— E você é extremamente introvertido?

Papai tamborila, hesitante, a direção.

— Por que não pode ser por culpa de sua mãe? — arrisca ele.

— Quê?

— Por que não pode ser porque sua mãe não gosta de Lisette que nunca visitamos vocês no Natal?

— É por isso?

Papai suspira.

— Não.

— Todo mundo gosta de Lisette — informa Elsa.

— Eu tenho consciência disso — suspira o pai, como a gente faz quando há um traço de caráter extremamente irritante em alguém que é parceiro da gente.

Elsa o observa bastante tempo antes de perguntar:

— É por isso que Lisette ama você? Porque você é introvertido?

Papai sorri.

— Para ser honesto, não sei por que ela me ama.

— Você a ama? — pergunta Elsa.

— Demais — responde ele sem hesitar.

Mas logo em seguida parece bem hesitante novamente.

— Você vai perguntar agora por que sua mãe e eu deixamos de amar um ao outro?

— Eu ia perguntar por que vocês começaram.

— Você acha que nosso casamento era tão ruim assim?

Elsa dá de ombros.

— Sei lá, vocês são muito diferentes, só isso. Tipo, ela não gosta de Apple. E você não gosta de *Star Wars*.

Com certeza, existe muita gente que não gosta de *Star Wars*.

Papai, não tem NINGUÉM que não goste de *Star Wars* a não ser você!

Papai balança a cabeça, resignado.

— Lisette e eu também somos muito diferentes.

— Ela gosta de *Star Wars*?

— Confesso que nunca perguntei.

— Como é possível que você NÃO perguntou isso?!

Papai esfrega os polegares, indeciso, pela direção.

— Nós somos diferentes de outros modos. Tenho quase certeza disso.

— Então por que vocês estão juntos?
— Porque nós aceitamos um ao outro como nós somos, talvez.
— E você e a mamãe tentaram mudar um ao outro?
Ele beija a testa dela.
— Às vezes eu me preocupo por você ser tão inteligente, amor.
Elsa pisca intensamente. Respira fundo. Cria coragem e sussurra:
— Aquelas mensagens do celular da mamãe que você recebeu outro dia, antes das férias de Natal, dizendo que você não precisava me buscar na escola. Fui eu que escrevi. Menti para poder entregar uma das cartas da vovó...
— Eu sabia – diz ele balançando a cabeça e passando os dedos suavemente pelo cabelo dela.
Elsa aperta os olhos, desconfiada, na direção dele. Ele sorri.
— Estava tudo escrito certo. Então eu já sabia.
Continua nevando. É um daqueles invernos de histórias em que parece que nunca vai parar de nevar. Quando o Audi para diante do prédio da mamãe, Elsa se vira séria para ele.
— Eu quero ficar mais tempo na sua casa e de Lisette, não só a cada dois fins de semana. Mesmo que vocês não queiram.
— Ah... amor... eu... você pode ficar lá em casa o tanto que você quiser! – gagueja o pai, arrasado.
— Não. Só a cada dois fins de semana. E entendo que é porque sou diferente e perturbo a "harmonia familiar" de vocês. Mas a mamãe e George têm a Metade agora. E a mamãe realmente não consegue fazer tudo o tempo todo porque ninguém consegue ser perfeito o tempo todo. Nem a mamãe!
— Nossa... "harmonia familiar"... de onde você tirou isso? – pergunta papai.
— Eu leio coisas – diz Elsa.
Papai respira como a gente faz toda vez que está falando de uma separação com um filho, independentemente de quanto tempo faz. Respira como se o ar dentro dele estivesse acabando.
— Nós não queríamos tirar você do prédio – sussurra ele.
— Porque vocês não queriam me tirar da mamãe?

— Porque nenhum de nós queria tirar você da sua avó.

As últimas palavras somem no ar entre eles sem deixar vestígio. Os flocos de neve caem tão juntos um do outro no vidro do Audi que parece que o mundo à frente deles aparenta ter desaparecido.

Elsa segura a mão do papai. Ele mantém a dela mais firme.

— É difícil para um pai ou uma mãe aceitar que a gente não pode proteger os filhos de tudo.

— É difícil para um filho aceitar isso também — responde Elsa, afagando o rosto dele. Papai segura os dedos dela.

— Eu sou uma pessoa ambivalente, tenho consciência de que isso faz de mim um pai ruim. Receio que sempre imaginei que devia colocar minha vida e minha cabeça mais em ordem, antes de você começar a passar mais tempo na nossa casa. Eu achava que era por sua causa. A gente faz isso quando tem filhos, acho, se convence de que faz tudo por causa dos filhos. É doloroso demais para nós admitir que os filhos não esperam para crescer só porque os pais estão ocupados com outras coisas...

As pálpebras dele se fecham rapidamente. Abrem-se devagar. A testa de Elsa repousa na palma da mão dele quando ela sussurra:

— Você não precisa ser um pai perfeito, papai. Mas você precisa ser meu pai. E você não pode deixar que eu seja mais filha da mamãe do que de você só porque ela acabou sendo uma super-heroína.

Papai esconde o nariz no cabelo dela.

— Nós só não queríamos que você fosse uma daquelas crianças que têm duas casas, mas se sentem como visita nas duas — diz ele.

— Quem fez vocês engolirem isso? — bufa Elsa.

— Nós lemos coisas — sussurra o pai.

— Pessoas tão inteligentes como você e mamãe às vezes são bem pouco inteligentes — comenta Elsa, e então sorri. — Mas não se preocupe em como vai ser morar comigo, papai. Prometo que nós podemos fazer algumas coisas bem chatas!

Papai balança a cabeça e tenta não parecer indeciso quando Elsa conta que eles vão comemorar seu aniversário, hoje, na casa dele e de Lisette, porque mamãe, George e a Metade ainda estão no hospital. E papai tenta não parecer estressado quando Elsa diz que já ligou para Lisette e cuidou de tudo. Mas ele parece um pouco mais tranquilo quando Elsa comenta que ele pode fazer os convites. Porque aí papai começa de imediato a pensar na fonte adequada, e fonte tem um efeito muito calmante sobre ele.

— Eles precisam estar prontos de tarde! — diz Elsa, e papai promete que vão estar.

Eles realmente acabam ficando prontos em meados de março. Mas isso já é outra história.

Elsa se prepara para sair do carro. Mas como papai parece um pouco mais hesitante e estressado do que o normal, talvez fosse bom para ele poder escutar um pouco de suas músicas horríveis. Então ela aumenta o volume do som do Audi. Mas não sai música nenhuma de lá, e leva umas duas ou três páginas antes que caia a ficha para Elsa.

— Esse é o último capítulo de *Harry Potter e a Pedra Filosofal* — ela, afinal, consegue dizer.

— É um audiolivro — admite papai, sem jeito.

Elsa fica olhando para o som. Papai aperta a direção com as mãos, concentrado, embora o Audi esteja parado.

— Quando você era pequena, sempre líamos juntos. Eu sempre sabia em que capítulo estávamos em cada livro. Mas você lê tão rápido agora. Não sei mais tudo de que você gosta. Harry Potter parece significar muito para você e quero saber das coisas que significam muito para você — diz ele na direção da buzina com o rosto corado.

Elsa fica calada. Papai pigarreia.

— Na verdade, é meio que uma pena que você agora esteja se dando tão bem com Britt-Marie, porque, enquanto eu estava ouvindo esse livro, me dei conta de que eu poderia tê-la chamado de "aquela que não deve ser nomeada" em alguma ocasião apropriada. Fiquei achando que isso faria você rir...

E realmente é meio que uma pena, pensa Elsa. Porque essa é a coisa mais engraçada que papai já disse. E ele fica animado com tudo isso, então aponta entusiasmado para o som e diz:

— Tem um filme do Harry Potter, você sabia?

Elsa acaricia o rosto dele, complacente.

— Papai. Eu amo você. Amo mesmo. Mas você mora embaixo de uma pedra, é?

— Você já sabia? – pergunta papai um pouco surpreso.

— Todo mundo sabe, papai.

Papai balança a cabeça. Mas não parece estressado. Quase tranquilo, na verdade.

— Eu não assisto a muitos filmes. Mas talvez a gente possa assistir a esse filme do Harry Potter em alguma ocasião, você e eu? Ele é muito longo?

— São sete livros, papai. E oito filmes – diz Elsa com cuidado.

Aí papai parece ter ficado muito estressado mesmo de novo.

Elsa o abraça e sai do Audi. O sol ricocheteia na neve.

Alf arrasta o sapato gasto diante da porta do prédio, com uma pá de tirar neve na mão. Elsa pensa na tradição da Terra-dos-Quase-Despertos, de dar presentes quando a gente faz aniversário, e decide que no próximo ano Alf vai ganhar um par de sapatos dela. Mas não este ano, porque este ano ele vai ganhar uma chave de fenda elétrica.

A porta de Britt-Marie está aberta. Ela está usando a jaqueta florida. E o broche. Elsa vê pelo espelho que ela está arrumando a cama. Há duas malas de viagem no corredor. Britt-Marie endireita um último vinco no edredom, suspira bem fundo, vira-se e sai para o hall.

Britt-Marie olha para Elsa, que olha para ela, e nenhuma delas tem coragem de dizer nada, até que sai da boca das duas exatamente ao mesmo tempo:

— Eu tenho uma carta para você!

Então Elsa diz "Hã?", e Britt-Marie diz "Como?", exatamente ao mesmo tempo. É tudo meio confuso.

— Tenho uma carta para você, da vovó! Ela estava pregada com durex embaixo do carrinho de bebê da escada! – diz Elsa.

— Ah, sim. Eu também tenho uma carta para você. Ela estava no filtro da secadora na lavanderia – diz Britt-Marie.

Elsa inclina a cabeça. Olha para as malas.

— Você vai viajar?

Britt-Marie cruza as mãos diante dos quadris um pouquinho nervosa. Parece que ela quer espanar alguma coisa invisível da manga da jaqueta de Elsa.

— Vou.

— Para onde? — pergunta Elsa.

— Não sei — confessa Britt-Marie.

— O que você estava fazendo na lavanderia? — pergunta Elsa.

Britt-Marie cerra os lábios.

— A gente realmente não pode viajar sem primeiro arrumar as camas e limpar o filtro da secadora, Elsa. Realmente não dá. Imagine se acontece algo comigo enquanto eu estiver viajando. Realmente não quero que as pessoas fiquem pensando que sou algum tipo de bárbaro que não arrumava as camas, não quero mesmo!

Elsa sorri. Britt-Marie não sorri, mas Elsa acha que talvez ela esteja sorrindo por dentro.

— Foi você que ensinou a beberrona a cantar aquela música quando ela ficava na escada gritando à noite, né?

— Como?! — exclama Britt-Marie.

Elsa dá de ombros.

— Toda vez que a beberrona estava na escada, eu ouvia aquela música, aí ela ficava completamente tranquila e ia se deitar. E a sua mãe era professora de canto. E eu acho que bêbados não sabem cantar tão bem assim. Então fiquei pensando um pouco e não sou nenhuma idiota.

Britt-Marie cruza as mãos ainda mais. Esfrega, nervosa, o dedo no círculo branco no dedo onde a aliança ficava.

— Não se pode deixar moradores bêbados ficar zanzando pela escada à noite, Elsa. Realmente não é civilizado. E David e Pernilla gostavam quando eu cantava aquela música para eles dormirem quando eram pequenos. Claro que eles não devem mais lembrar, mas eles gostavam muito quando eu cantava, gostavam mesmo.

— Você não é totalmente bosta, Britt-Marie.

Elsa sorri.

Minha avó pede desculpas

— Obrigada — diz Britt-Marie, insegura, como se fosse uma questão capciosa.

Então cada uma deu a carta para a outra. Está escrito "ELSA" na carta de Elsa e "VELHA" na carta de Britt-Marie, que lê a sua em voz alta para Elsa sem que Elsa nem precise pedir. Ela é boa nisso, Britt-Marie.

Ela é bem comprida, claro. Afinal, vovó tinha muita coisa pelo que pedir desculpas às pessoas em geral, e as pessoas em geral não chegavam nem perto de Britt-Marie no tanto de ocasiões que mereciam um pedido de desculpas no decorrer dos anos. Desculpas pelo boneco de neve. Desculpas pela bola de felpa da secadora. E desculpas por quando vovó atirou em Britt-Marie com a arma de *paintball* assim que a comprou e queria "testar um pouco" da varanda. Uma vez, ela acertou Britt-Marie no traseiro, quando Britt-Marie estava com sua saia mais bonita, e realmente não dá para esconder manchas nem com um broche, se elas estão no traseiro. Porque realmente não é civilizado usar um broche no traseiro. Vovó escreve que agora ela entende isso.

Mas o maior pedido de desculpas vem no final da carta, e quando Britt-Marie vai ler o que está escrito em voz alta, as palavras ficam engasgadas, de modo que Elsa tem de se inclinar para a frente para ler ela própria.

"Descupa eu nunca ter te dito que você meresce coisa melhor que Kent! Por que você meresce mesmo! Mesmo você sendo uma velha rabujenta!"

Britt-Marie dobra a carta cuidadosamente, com os cantos bem alinhados, olha para Elsa e tenta sorrir como uma pessoa normal.

— Ela não sabia muito bem a grafia das palavras, sua avó, não sabia não.

— Ela escrevia mal pra caramba, era isso que ela fazia — responde Elsa.

Aí Britt-Marie realmente consegue sorrir quase completamente como uma pessoa normal. Elsa acaricia o braço dela.

— A vovó sabia que você ia resolver a palavra cruzada na escada.

Britt-Marie passa os dedos, distraída, na carta da vovó.

— Como você sabia que fui eu?

— Ela foi feita a lápis. A vovó sempre dizia que você é o tipo de pessoa que precisa arrumar todas as camas antes de sair de férias e não consegue resolver palavras cruzadas à caneta, a não ser que tenha tomado dois copos de vinho primeiro. E eu nunca vi você bebendo vinho.

Britt-Marie espana migalhas invisíveis da carta da vovó e responde enfaticamente:

— A gente realmente precisa passar uma borracha nas coisas. Nós realmente não somos bárbaros.

— Não, não somos, realmente não somos. — Sorri Elsa.

Então ela aponta para o envelope na mão de Britt-Marie. Há mais alguma coisa nele. Algo que fica tinindo. Britt-Marie abre o envelope, inclina a cabeça e dá uma olhadinha, como se tivesse certeza de que vovó ia pular de lá de dentro gritando: "Uaaaaaah!"

Então ela coloca a mão dentro do envelope e pega a chave do carro da vovó.

Elsa e Alf a ajudam com as malas. O Renault liga na primeira tentativa. Britt-Marie respira fundo, bem fundo mesmo, o mais fundo que Elsa já viu alguém respirar. Elsa enfia a cabeça pela porta do passageiro e grita para tentar ser ouvida, mesmo com o barulho do motor:

— Eu gosto de pirulito e histórias em quadrinhos!

Britt-Marie parece estar tentando responder, mas sua garganta está muito apertada. Então Elsa sorri, dá de ombros e acrescenta:

— Só por dizer. Caso você tenha algum deles sobrando algum dia.

Britt-Marie parece limpar os olhos úmidos com a manga da jaqueta florida. Elsa fecha a porta. Então Britt-Marie parte. Ela não sabe para onde. Mas vai ver o mundo e sentir o vento no cabelo. E também resolver todas as suas palavras cruzadas à caneta.

Mas isso é, como em todos os contos de fada, uma história completamente diferente.

Alf fica parado na garagem, olhando, bastante tempo depois de ela sumir de vista. Ele fica tirando a neve aquela noite inteira e a maior parte da manhã seguinte.

Elsa está sentada no guarda-roupa da vovó. Ele está com o cheiro dela. A casa inteira também. Tem uma coisa muito especial na casa das avós. Mesmo que passem dez ou vinte ou trinta anos, a gente se lembra do cheiro que tinha. E o envelope com a última carta da vovó tem o aroma da casa dela. Cheira a fumo, macaco, café, cerveja, lírios, detergente, couro, borracha, sabão, álcool, barra de proteínas, menta, vinho, fumo, serragem, poeira, pãozinho de canela, fumaça, mistura para bolo, loja de roupas, vela, achocolatado, pano de prato, sonhos, pinheiro, pizza, vinho quente, batata, merengue, perfume, biscoito de amendoim, sorvete e bebê. Tem o odor da vovó. O cheiro de tudo que tinha de melhor em alguém que era maluco no melhor sentido possível.

O nome de Elsa está escrito com letras quase elegantes no envelope e parece que vovó realmente se esforçou para escrever tudo com a grafia certa. Não deu lá muito certo.

Mas as seis primeiras palavras são: "Descupe por eu ter que morrer."

E é nesse dia que Elsa perdoa à vovó por isso.

EPÍLOGO

Para a cavalera Elsa.

Descupe por eu ter que morrer. Descupe por eu ter morrido. Descupe por eu ter ficado velha.

Descupe por eu te dexar e descupe pelo cancer desgraçado. Descupe por eu ter sido mais uma bosta que uma não bosta às veses.

Eu ti amo pelas eternidades de 10.000 contos de fada. Conta todas as histórias para a Metade! E proteje o castelo!! Proteje seus amigos por que eles vão te protejer. O castelo é seu agora. Ninguém é mais corajosa nem mais valente nem mais forte que você. Você é o mássimo. Creça e seja diferente e não dexe ninguém te dizer pra não ser diferente por que todos os superheróis são diferentes! E si vierem se meter com você, chute eles no meio das pernas!! Viva e dê risada e sonhe para levar histórias novas para Meamas. Eu te espero lá. Talves o vovô também. Sei lá. Mais vai ser a maior aventura.

Descupe por eu ser tão loca.

Eu te amo.

Cacete, como eu te amo!!

———

Ela, de fato, escrevia mal pra caramba, vovó.

E é realmente difícil isso dos epílogos das histórias. Até mais difícil do que os finais. É sim. Porque, embora não precisem necessariamente dar ao leitor todas as respostas, pode ser bastante insatisfatório se gerarem ainda mais perguntas. Porque a vida, uma vez que a história terminou, pode ser ao mesmo tempo muito simples e muito complicada.

Elsa comemora seu oitavo aniversário na casa do papai e de Lisette. Papai toma três copos de vinho quente e faz a dança do pinheiro. Lisette e Elsa assistem a *Star Wars*. Lisette sabe todas as falas de cor. O menino com síndrome e a mãe dele estão lá e riem muito, porque é assim que a gente vence os medos. Maud faz biscoitos, Alf está de mau humor e Lennart dá a Lisette e ao papai uma nova cafeteira. Porque ele reparou que a de Lisette e a do papai têm muitíssimos botões, e a de Lennart é melhor porque só tem um. Papai parece realmente apreciar isso.

E as coisas estão melhorando. Vai ficar tudo bem.

Harry é batizado numa pequena capela no cemitério onde vovó e o wurse estão enterrados. Mamãe insiste em que todas as janelas fiquem abertas, apesar de a temperatura estar abaixo de zero lá fora. Assim todos podem ver.

— E como o menino vai se chamar? — pergunta o pastor, que também é contador, advogado, médico e até, acabou se sabendo, faz bico como bibliotecário.

— Harry — diz mamãe.

O pároco balança a cabeça e pisca para Elsa.

— E a criança vai ter padrinhos?

Elsa bufa, indignada.

— Ele não precisa de padrinhos! Ele tem uma irmã mais velha!

E ela sabe que as pessoas do mundo real não entendem esse tipo de coisa. Mas em Miamas não dão um padrinho para a gente quando nascemos, em vez disso dão um risadeiro. Depois dos pais da criança, da avó da criança e de algumas outras pessoas que vovó não achava que eram lá muito importantes quando lhe contou essa história pela primeira vez, o risadeiro é a pessoa mais essencial na vida de uma criança em Miamas. E claro que um risadeiro não é escolhido pelos pais, porque essa é uma missão importante demais para deixar gente atrapalhada como os pais decidirem. É a própria criança que escolhe. Então, quando nasce uma criança em Miamas, todos os amigos da família ficam em volta do berço e contam histórias, fazem caretas, dançam, cantam e contam piada, e o primeiro que faz a criança rir é o risadeiro. Em Miamas, uma risada de criança é considerada infalível, e o risadeiro é pessoalmente responsável por fazer com que ela venha com muita frequência, seja bem barulhenta e surja em todas as situações possíveis, principalmente naquelas que causam algum embaraço aos pais. É uma missão que sempre é levada extremamente a sério.

Claro que Elsa sabe que todos vão tentar dizer para ela que Harry é pequeno demais para entender isso de ter uma irmã maior. Mas quando Elsa olha para ele em seus braços, os dois sabem perfeitamente bem que essa é a primeira vez que Harry ri.

Eles o levam para casa, e as pessoas lá vivem sua vida. Uma vez a cada duas semanas, Alf entra no táxi e leva Maud e Lennart para um prédio grande onde eles têm de ficar sentados numa sala pequena esperando um tempão. E quando Sam entra por uma portinha com dois grandes guardas, Lennart serve café e Maud, biscoitos. Porque biscoito é a coisa mais importante.

E há um monte de gente que acha que Maud e Lennart não deviam fazer isso. E também não estar lá. Gente que pensa que pessoas como Sam nem deveriam poder viver, e menos ainda comer biscoito. E com certeza essas pessoas têm razão. E sem dúvida estão enganadas também. Não é muito fácil decidir. Mas Maud diz que em primeiro lugar ela é avó, em segundo é sogra e em terceiro é mãe, e que é isso que as avós, as sogras e as mães fazem. Elas lutam pelo que é bom. E Lennart toma café e concorda, e quando Samantha está por perto, continua chamando o café de "bebida de adulto". E Maud faz sonhos, porque, quando a escuridão é grande demais para suportar e muitas coisas se estraçalham de um jeito difícil de consertar, ela realmente não sabe o que se pode usar como arma se não se puder usar sonhos.

Então é isso que ela faz. Um dia de cada vez. Um sonho de cada vez. E se pode pensar que está certo e também errado. E de qualquer jeito se tem razão. Porque a vida é tanto complicada quanto simples.

É por isso que existe biscoito.

Coração de Lobo volta para o prédio na véspera de Ano-Novo. A polícia concluiu que foi legítima defesa, embora todo mundo saiba que não foi a si mesmo que ele defendeu. É possível que isso também esteja tanto certo quanto errado.

Ele continua morando em seu apartamento. A mulher de jeans no dela. E eles fazem o que dá para fazer, o melhor que podem. Tentam aprender a viver consigo mesmos, procuram viver em vez de só existir. Vão a reuniões. Contam sua história. Senão a gente sufoca. E ninguém sabe se é desse jeito que vão consertar tudo que está arrebentado neles, mas de qualquer forma é um caminho. Eles jantam na casa de Elsa e Harry e da mãe e de George todo domingo. Todo mundo no prédio faz isso. Às vezes, a policial de olhos verdes também vem. Ela conta histórias surpreendentemente bem. E o menino com síndrome continua sem falar, mas ele ensina a todos como dançar de um jeito absolutamente fantástico.

Alf acorda um dia de manhã porque está com sede. Ele se levanta, toma café e está voltando para a cama quando batem à porta. E a abre. Toma um gole grande de café. Fica bastante tempo olhando para seu irmão. Kent se apoia numa muleta e olha para ele.

— Eu tenho sido um idiota do caramba — resmunga Kent.

— É mesmo — resmunga Alf.

Os dedos de Kent se agarram mais firme na muleta.

— A empresa faliu há seis meses.

E ficam lá num silêncio árido, com os conflitos de uma vida toda entre eles. Como acontece com os irmãos.

— Quer tomar café ou o quê? — grunhe Alf então.

— Se tiver café feito — grunhe Kent.

Então eles tomam café. Como os irmãos fazem. Ficam sentados na cozinha de Alf, comparando os cartões-postais de Britt-Marie. Porque ela escreve para os dois toda semana. Como mulheres como Britt-Marie fazem.

Todo mundo que mora no prédio continua fazendo reunião uma vez por mês na sala do subsolo. E também brigando toda vez. Porque esse é um prédio normal. Em grande parte. E nem mamãe nem Elsa iam querer que fosse diferente.

As férias de Natal terminam, e Elsa volta para a escola. Ela amarra o tênis bem apertado e puxa bem as alças da mochila, assim como as crianças como Elsa fazem quando as aulas voltam depois do recesso de Natal. Mas naquele dia Alex entra na classe dela, e Alex também é diferente. Eles se tornam os melhores amigos um do outro tão imediatamente quanto a gente pode se tornar quando se acabou de fazer oito anos, e eles nunca mais saem correndo. Quando são chamados para a diretoria pela primeira vez naquele semestre, Elsa está com um olho roxo e Alex com arranhões no rosto. Quando o diretor suspira e diz para a mãe de Alex que ele "realmente precisa tentar se adaptar", a mãe de Alex tenta jogar o globo terrestre nele. Mas a mãe de Elsa consegue fazer isso primeiro.

Elsa vai sempre amar mamãe por isso.

Passam alguns dias. Talvez algumas semanas. Mas, uma após a outra, há outras crianças diferentes que começam a se enturmarem com Alex e Elsa no pátio da escola e pelos corredores. Até que ficam sendo tantos que ninguém mais ousa persegui-los. Até eles serem um exército próprio. Porque, se os diferentes forem suficientemente numerosos, ninguém precisa ser normal.

No outono, o menino com síndrome entra na escola. Quando fazem um baile de máscaras com discoteca, ele vai fantasiado de princesa. Um grupo dos meninos mais velhos zomba dele até ele começar a chorar. Elsa e Alex veem isso e o levam para o estacionamento, e Elsa liga para o pai dela. Ele chega com uma mala trazendo mais roupa.

Quando eles voltam lá para dentro, Elsa e Alex também estão fantasiados de princesa. Princesas Homem-Aranha.

E daí em diante eles ficam sendo os super-heróis do menino.

Porque toda criança de sete anos merece um super-herói.

E quem não concorda com isso realmente não tem nada na cabeça.

AGRADECIMENTOS

Neda. Continua sendo sempre para fazer você rir. Não se esqueça nunca disso. (Sinto muito pelas toalhas molhadas no chão do banheiro.) *Asheghetam*.

Minha avó materna. Que não é maluca de jeito nenhum, mas que sempre fez os biscoitos mais maravilhosos que uma criança de sete anos pode desejar.

Minha avó paterna. Que sempre acreditou em mim mais do que qualquer outra pessoa.

Minha irmã. Que é mais forte que um leão.

Minha mãe. Que me ensinou a ler.

Astrid Lindgren. Que me ensinou a amar ler.

Todos os bibliotecários da minha infância. Que viam um menino que tinha medo de altura e emprestaram asas para ele.

Obrigado também para:

Meu Obi-Wan, Niklas Noite e Dia. Meu editor John Häggblom. Meu agente Jonas Axelsson. A força-tarefa linguística Vanja Vinter. Fredrik Söderlund (por ter me emprestado o Nuvo).

Fredrik Backman

Johan Zillén (que entendeu antes de qualquer pessoa). Kersti Forsberg (por ter dado uma chance para um menino um dia). Nils Olsson (por duas capas maravilhosas). Todos os que estiveram envolvidos não só neste livro como também em *Um homem chamado Ove* na Forum, Månpocket, Bonnier Audio, Bonnier Agency, Tre Vänner e Partners in Stories. Um obrigado a mais para os sabe-tudo linguísticos que vão identificar os erros gramaticais no nome dos sete reinos (um *high five* temporal).

Principalmente obrigado para

Você que está lendo. Sem sua opinião extremamente duvidosa muito provavelmente eu seria obrigado a arranjar um trabalho de verdade.

Impressão e Acabamento:
EDITORA JPA LTDA.